手典
國事

국수사전

아름다운
조선말

手典
國事

국수사전

아름다운
조선말

金聖東 지음

솔

國手
事典
국수사전
아름다운
조선말

차 례

할아버지, 그리고 식구들 생각

김성동

"물보샐틈 읎넌 냥반이셨지."

가짜해방을 맞으면서 더구나 묵돌불가금墨突不暇黔으로 신 벗을 사이 없던 아버지를 끊아매기는 어머니 '한줄평'인데, 그 뜻을 또렷이 알게 된 것은 소설을 보고서였다. 할아버지 손에 잡혀 한밭으로 갔을 때였다. 국민학교 5학년 때였다. 1958년 찔레꽃머리˚였다. 대본서점에서 빌린 『림꺽정』이었다. '마음먹은 일이 조금도 빈틈이 없음'을 이르는 말로 「의형제 편」에 나온다.('의'는 왜말 'の'임)

"대체 사람의 꾀는 구석이 비는 데가 많지만 서장사의 꾀는 물 부어 샐 틈이 없습니다. 서장사는 지금 우리의 보배요."

할아버지 장탄식처럼 막비천운莫非天運인가. 물 부어 샐 틈 없이 그 움직임에 빈틈이 없던 어른임에도 저 제주도에서 학살만

행을 저지른 공으로 서울시경 간부에 특채된 '서북청년단' 출신 두억시니 두 마리가 옛살라비집에서 석 달을 거미줄 느리고 있으리라고는 꿈에도 몰랐던 것이니.

"어디서 배웠넌지 좀 일러주소."

많이 모자라는 『국수』 초간본을 펴냈을 때였다. 소설에 나오는 '아름다운 조선말'을 도대체 어디서 그리고 누구한테 배웠느냐는 것이었다.

"배기는유."

고개를 외로 꼬는 것으로 넘어갔지만, 할아버지한테 배웠다. 할머니한테 배웠다. 고모들한테 배웠다. 삼촌들한테 배웠다. 어머니한테 배웠다. 삼동네 이웃들한테 배웠다. 길카리들한테 배웠다. 그이들은 죄 충청도에서도 가장 조선 본딧말을 간직하고 있는 내포內浦 사람들이었던 것이다. 갑오농민항쟁을 대하서사시로 쓰겠다는 꿈을 지니고 있던 그 유명짜한 사람은 '조선말'에 자신이 없어 그 시작업을 중동무이고 말았다지만, 이 중생은 그럴 수 없었다. 듣고, 묻고, 그리고 책을 보았다. 책은 오일륙 군사반란이 터지기 전까지 나온 것들이었다.

여기서 '사전' 이야기를 안 할 수 없는데, 이 나라는 놀랍게도 '국어사전'이 없는 나라이다. 수십 가지가 나왔지만 죄 엉터리니, 일본 것을 슬갑도적질* 한 것이다. 아니, 슬갑도적질이라는 왕조시대 넉자배기는 싸고*, 베낀 것이다. 아버지가 보시던 동경

「부산방冨山房」에서 소화昭和 16년, 곧 1941년 나온 일본어대사
전인 『대언해大言海』를 보면 알 수 있다. 이 중생이 보는 「민중서
관」에서 나온 문학박사 리희승 편 『국어대사전』 칠팔할이 그렇
다. 평양 쪽에서 펴낸 사전에는 나오겠지 싶어 1992년 평양 「사
회과학출판사」에서 나온 『조선말대사전』을 보던 이 중생 입에
서 터져나온 보살 명호가 있으니, "관세으음보살!"

　같은 다식판에 찍어낸 다식茶食처럼 일매지게* 똑같은 것이다.
그러니까 서울에서는 동경 것을 베꼈고, 평양에서는 서울 것을
베꼈던 것이었다. '아름다운 조선말'을 지키고 살려내고자 애를
쓰는 '주체의 나라'로 알고 있던 중생으로서는 망치로 한 대 맞은
것이 아닐 수 없었다. 이 중생이 옛살라비 뺑소니쳐 묻혀살기 좋
은 대처로 갔던 '찔레꽃머리'를 찾아보라. 아무데도 안 나온다.
1936년 9월 1일 조선총독부 학무국장 시오하라 도카사부로[鹽
原時三郎]가 「조선어한문 폐지령」을 내리고 「일본어식 한문」만
을 배우게 한 것을 '천황폐하 충용忠勇한 신민臣民'답게 좋아 왜식
한자 말은 악착같이 올려놓으면서 우리 겨레가 만년 넘게 써왔
던 '아름다운 조선말'은 거의 빼버렸다. (왜인들이 '한자' '한문'
이라고 고쳐 부르기 비롯한 것은 「갑오왜란」부터이고, 그때까지
우리는 '진서眞書'라고 하였으니―훈민정음이 만들어지면서 '언
문諺文'에 맞서고자 나온 것이 '진서'이고, 그 전에는 그냥 '글'이
었음.) 『꽃다발도 무덤도 없는 혁명가들』을 쓸 때와 똑같은 심정

에서 써 보는 것이 『國手事典』이다.

『림꺽정』이야기를 했는데, 열두 살짜리 어린아이는 모르는 말이 거의 없었다. 식구들이 장 쓰는 말이었던 것이다. 됩세 아쉬운 점이 있었으니, 몰밀어* 말이 똑같다는 것. 계급에 따라 달라지는 말이 죄 똑같고, 사는 고장에 따라 달라지는 말이 죄 똑같다. 이른바 계급, 곧 사는 꼴과 사는 땅에 따라 달라지는 '말'을 조선시대 것으로 되살려 내지 않은 글지*한테 아쉬움이 크다. 『림꺽정』 글지는 조선시대 사람이었기에 더구나 그렇다. 이 점을 모집는 이른바 문학평론가를 단 한 명도 보지 못하였다.

끝으로 이 중생이 그 사전이 진짜냐 가짜냐를 가르는 푯대가 있으니, '몰록'이다. 진서 '돈頓'을 풀어낸 것으로 '갑자기, 펀뜻'이라는 뜻과 '한꺼번에, 죄다'라는 두 가지 뜻을 갖고 있다. 앞 것은 '문득' 뒷 것은 '몰속'이라는 말로 드러낼 수 있겠다. 서울과 평양 그리고 연변에서 나온 어떤 우리말사전에도 없는 이 말이 탄허呑虛 스님이 옮긴 『보조법어普照法語』에 나오니, 우리말을 지키려는 절집 스님들 모습이 보이는 듯하여 눈물겹다.

아버지와 당신 동무들은 '혁명'을 하셨는데, 이 많이 모자라는 중생은 '조선말'을 생각하느라 진땀을 빼고 있다. 할아버지 장탄식이 귓청을 두드린다.

"봉생봉鳳生鳳이요 용생용龍生龍이며 호부虎父이 견자犬子 날 리 읊다던 옛사람 말두 증녕 허언虛言이었더란 말이드뇨?"

10

초간본에서 잘못되었던 많은 어섯*을 바로잡거나 고쳐 썼으며, 그리고 몇 가지 생각이 있었음을 밝혀둔다.

첫째, 원칙적 고증考證과 고고考古에는 충실하되 천의무봉天衣無縫한 상상력을 발휘할 것.

둘째, 민서民庶 삶은 당대 법제法制나 제도를 뛰어넘었으므로 얽매일 필요가 없음.

셋째, 민서 삶은 상상력에 따르지 않고서는 재구성이 안 됨.

넷째, 기록이 있을 수 없으므로 구전口傳·설화·야담野談 안에 민서들 상상력이 들어 있음.

다섯째, 의식적인 과장과 왜곡도 필요함.

『오하기문梧下奇聞』『매천야록梅泉野錄』도 소문을 듣고 쓴 것임.

왜인을 도마름 삼은 서구제국주의 군홧발이 밀려올 때 조선 사람들은 무슨 생각을 하며 어떻게 살았을까? 난생 처음 보는 온갖 신기한 물화들 앞에 갈팡질팡 허둥지둥하던 그때 사람들. 그들이 두려워했던 것은 그런데 총칼이 아니라 '물화物貨'들이었던 것이다. 아랫녘 호남에서는 갑오봉기가 익어가고 있는데, 호서 가운데서도 내포 테두리에서는 무슨 일이 있었던 것일까? 물안개처럼 아련히 피어오르는 생각들은 그야말로 슬슬동풍*에 봄비가 드리우듯 끊임없이 있대어 멈출 줄을 모른다.

2018년 봄

찔레꽃머리 음력 삼사월 모내기 철. **슬갑(膝甲)도적질** 남 시문詩文 글귀를 몰래 훔쳐서 그것을 그릇 쓰는 사람을 웃는 말. **싸다** 흔하고 약함. **일매지다** 모두 다 고르고 가지런하다. **몰밀다** 모두 한곳으로 밀다. **글지** 글짓는 사람. '작가'는 왜말임. **어섯** 몬 한 부분에 지나지 않는 만큼. 몬: 물건. **슬슬동풍** 봄바람.

12

가가 기둥에 입춘(立春) 제 격에 맞지않고 지나침을 이름. 입춘날 대궐 안 기둥에는 춘첩자春帖子를 붙였고 민간 집에서도 '立春大吉' '建陽多慶' 같은 대련對聯을 기둥이나 대문에 써 붙인 풍속에서 나온 말.

가가(假家) 가게.

가결전(加結錢) 결전을 더 받는 것이니, 요즘 말로 '증세增稅'.

가근방 가까운 곳.

가난 먹고 살아가는 일이 어려울 때 '집이 가난하다'고 하는데, '가난'은 어려울 간艱자와 어려울 난難자로 된 '艱難'에서 온 말임.

가난도 비단가난 아무리 가난하여도 몸을 함부로 가지지 않고 본디부터 내려오던 점잖은 가계家系를 더럽히지 않는다는 뜻.

가납사니 되잖은 소리를 마구 지껄이는 사람.

가달박 서너사람 몫 한때 음식을 담을 만한 큰 바가지를 말함.

가댁질 서로 숨고 잡고 하며 노는 아이들 장난.

가랑잎으로 눈 가리기 1.작은 것으로 전체를 가릴 수 없거늘 어리석게도 그것으로 가려 보려 한다는 말. 2.미련하여 아무리 애써도 경우에 맞는 처신을 맘대로 하지 못한다는 뜻. 늑낫으로 눈을 가린다. 가랑잎으로 하문下門을 가린다. 손샅으로 × 가리기.

가래다 추궁追窮하다. 캐묻다. 따져 묻다.

가래딴죽 가랑이에 발을 넣어 내동댕이치는 것.

가래터 종놈 같다 가래질하는 데 종놈 같다 함은, 무뚝뚝하고 거칠며 예의범절이라고는 쇠배 모르는 사람을 이름. 쇠배: 전혀.

가래톳 불두덩 옆 허벅다리 사이 오목하게 된 곳이 부어 켕기고 아프게 된 멍울.

가랫줄 흙을 떠서 던지는 농기구인 가래 양옆에 맨 줄.

가로지다 가로 쪽으로 되어 있다.

가루지기타령 19세기 끝까지 불려지던 판소리 열두마당 가운데 한 곡인 「변강쇠타령」 딴이름.

가루택이 긴 나뭇가지를 휘어 말뚝에 걸치고 그 끝에 낫이나 칼 또는 창날을 매어두어 지나가던 짐승이 건드리면 큰 생채기를 주어 잡게 만든 덫.

가르친 사위 남이 시키는 대로만 하는 창조성 없는 사람. 너무나 모르는 것이 많아 하나하나 타일러 길들인 주변머리없는 사위.

가리(假吏) 그 고을 대물림이 아니고 다른 고을에서 온 아전.

가리구이 쇠갈비를 토막 쳐서 구운 것. '갈비'는 동물 늑골을, '가리'는 식용 갈비를 뜻하여 나누었음. "날고기 보고 침 안 뱉는 사람 없고 익은 고기 보고 침 안 삼키는 사람 없다"고 비위에 거슬리는 시뻘건 갈비 생김새를 피해보고자 하는 옛사람들 슬기였음.

가리마(加里亇) 부녀자가 예장禮裝할 때에 큰머리 위에 덮어쓰던 검은 헝겊. 차액遮額. 낯가리개.

가린주머니 단작스러운 사람을 놀리느라고 하는 말. 재물財物을 다랍게 아끼는 사람.

가림토(加臨土) '가림토'란 '가린다'는 뜻으로, 상형문자 같은 글자를 알기 쉬운 표음문자로 '가려서' 만든 글자라는 말로, 단군조선 첫때부터 써오던 '훈민정음' 뿌리글자임.

가마 밑을 웃는 솥 제 흉은 모르고 남 흉보기는 쉽다고 남 허물을 웃고 욕할 때 이르는 말.

가막가치 '까막까치' 본딧말.

가반자(嫁反者) 시집에서 쫓기어 친정에 온 색시.

가봇쪽 같은 양반 세도가 첫째갈 양반이라는 뜻.

가빈(家貧)**에 사현처**(思賢妻) 집이 가난해지면 어진 안해를 생각한다는 뜻이니, 넉넉히 지낼 때와는 달리 궁박한 지경에 이르면 어진 살림꾼을 생각하게 된다는 말.

가살스럽다 교활하다. 약다. 약삭빠르다. 바냐위다. 꾀바르다. 반지랍다. 능갈맞다.

가새주리 다리를 동여매고 비틀던 족대기질 한 가지. 족대기질: 고문.

가선 눈웃음을 칠 때 눈초리에 지는 잔주름을 말하며 그런 잔주름이 생긴 것을 '가선이 졌다'고 하여 곱상하던 얼굴이 늙어가는 과정으로 여김.

가승(家乘) 한 집안 내력을 적발이 한 것으로 족보·문집 따위.

가시에미 가시어미. 장모丈母 낮춤말.

가을 중 싸대듯 무슨 일이 바빠서 부산하게 돌아가는 것을 이름.

가이 '개' 충청도 내폿말. 가히. 내포고장에서는 이제도 쓰고 있는데, '가히'라고도 함. 狗는가히라.『월인석보月印釋譜』가히는 佛性이 잇ㄴ니잇가(狗子還有佛性也)『법어法語』가히: 견犬.『자회字會』

가이당주(桂當酒) 계당주. 계피桂皮와 당귀當歸를 넣어 곤 소주.

가이동가이서(可以東可以西) 동쪽도 좋고 서쪽도 좋다는 뜻으로, 어떻게 되어도 좋다는 말.

가이(개)를 친하면 옷에 흙칠을 하고 아이를 예뻐하면 옷에 똥칠을 한다 좋지 못한 사람과 가깝게 사귀어 지내면 해 입는다는 말.

가이짐 개짐. 여자가 몸 할 때 차는 헝겊. 서답.

가잠나룻 짧고 성기게 난 턱수염. 우리말로 수염을 '나룻'이라고 하는데, '가잠나룻'은 짧고 성기게 난 것을 말하며 볼품은 없으나 귀격貴格으로 쳤음.

가장비(假張飛) 같다 생김새가 우악스럽고 거센 사람을 이름. 날장비 같다.

가장질 투전판에서 패를 속이는 짓.

가재눈 가재걸음처럼 뒤로 들어간 눈.

가재는 게 편이요 초록은 동색(한빛)이라 꼴이 비슷하고 인연 있는 것끼리 서로 짝되어 붙는다는 뜻.

『가좌책(家坐冊)』 고을백성들 살림 셈판을 적어놓은 책.

가죽방아 찧기 어르기.

가죽부대 사람 몸뚱이.

가죽이 있어야 털 난다 무엇이나 그 근본이 있어야 생겨난다는 말.

가지 따먹고 외수(外數)한다 나쁜 짓을 하고는 시치미를 떼고 딴전을 부린다는 뜻.

가지붕탱이 같다 키가 작고 뚱뚱하여 옷맵시가 두리뭉실하고 미끈하지
못한 사람을 웃는 말.

가판(加板) 두꺼운 유지(장판지)나 나무판대기에 천을 받쳐서 방바닥
이 긁히지 않게 한 깔개다. 요새 '재판'이라고 소개한 이도 있는데 김
화진옹의 증언으로는 '가판'이라는 얘기다. 화로·재떨이·타구·담
배통받이 등을 몰아 얹어서 방 한가운데 놓았다가, 청소할 때는 그
대로 끌어당겨 내어가게 마련이었다고 한다. ─이훈종『민족생활어
사전』에서.

가풀막 가파르게 비탈진 땅바닥.

가한량(假閑良) 가짜 한량. 무과 채비하는 사람처럼 속이는 것.

가호전(加戶錢) 이지가지 이름을 달아 집집마다 덧붙여 거두어들이던
결전.

각(脚) **뜨다** 짐승 몸뚱이를 몇 어섯 각으로 가르다. 어섯: 부분部分. 각:
짐승을 잡아 그 고기를 나눌 때, 모두를 고루 나누는 그 어섯.

각구목질 성음을 여러 가지로 잇달아서 바꾸는 판소리 발성법.

각궁(角弓) 쇠뿔이나 양뿔로 꾸민 활. 고구렷 적부터 내려오는 우리 내
림줄기 활. 배달겨레가 쓰는 활. 곧 '밝활'을 이두로 적은 것이 '각궁'
임. 배달겨레라는 말인 '붉활'을 이두로 적은 것으로 동이족東夷族이
예로부터 써왔던 활임. 한 200보(1보步는 한 1.8미터쯤) 나가는데,
활 매는 밑감인 무소뿔을 중국에서 몰래 들여오기 어려워 많이 만들
수 없었음. 내림줄기: 전통.

각띠 각角대. 벼슬아치가 큰옷에 쓰던 띠를 말하나, 그냥 허리띠를 말함.
큰옷: 예복禮服.

각전에 난전 몰듯 육주비전六注比廛 각전各廛에서 그 몬을 몰래 훔쳐다
판 가게, 곧 난전亂廛 몰아치듯 한다 함은 정신을 차리지 못할 만큼
매우 급하게 몰아침을 이르는 말. 몬: 물건物件. ≒난전 몰리듯 한다.

간나희 나이 어린 계집아이. 시집 안 간 계집애. 처자處子.

간다간다 하면서 아이 셋 낳고 간다 고만둔다고 말로만 하면서 고만두
지 못하고 질질 끌게 됨을 이르는 말. ≒솥 떼어 놓고 삼년.

간담상조(肝膽相照) 서로 속마음이 통하여 알려지거나 속마음을 터놓고 사귄다는 뜻.

간당간당 떨어질락 말락 가느다랗게 매달려 있는 꼴.

간사위 1.붙임성. 2.빈틈없고 주변머리 있는 솜씨. 3.제 이끗을 위해 애쓰는 약삭빠른 솜씨.

간살 문 사이를 가로 지르는 나무.

간살 알랑방귀.

간색미(看色米) 본보기 삼아 한쪽을 빼어보던 것. '견본見本'은 왜말임. 1.본, 본색, 본보기.(이 말들은 무슨 몬을 만들 때에 그 본새로 보여주는 것을 말함이다.) 2.간색.(몬을 흥정할 때에 이 몬은 이러한 것이라고 그 몬 중에서 하나를 대표로 보여주는 것을 '간색'이라고 한다.) ―단기 428년 문교부에서 펴낸 『우리말 도로찾기』에서.

간에 기별도 안갔다 음식을 조금밖에 먹지 못하여 제 양에 차지 않음을 이름. ≒목구멍에 때도 못씻었다. 범 바자 먹은 것 같다. 쌍태 낳은 호랑이 하루살이 하나 먹은 셈. 범 나비 잡아먹은 듯. 간에 안찬다. 코끼리 비스킷 하나 먹으나 마나. 주린 범에 가재라. 참새 조알 까먹은 것 같다. 바자: 대·갈대·수수깡·싸리로 엮거나 결어 만든 몬.

간잔조롬하다 1.매우 가지런하다. 2.졸리거나 술에 취해 눈이 감길 듯하다. 3.마음속으로 느끼는 바가 있어 눈시울이 가느다랗게 처지다.

간증(干證) 죄지음에 말미암는 증인證人.

간진(干進) 벼슬자리에 나가려는 것.

갈 '칼' 본딧말. 그때에 '칼'을 본딧말인 '갈'로 부르는 이들이 있었음.

갈가위 제 실속만을 차리는 소인배. 손맑아서 제 알속만 밝히는 사람. 손맑다: 인색하여 다랍다.

갈강갈강하다 얼굴에 나타난 꼴이 단단하고 힘 있게 가량가량하다.

갈마들다 서로서로 바꿔 번갈아 들다.

갈망 어떤 일을 잘 맡아 추슬러 갈무리함. 갈무리.

갈모 갓 위에 덮어쓰는 기름종이로 만든 비옷. 주막이나 여각에서 지나는 사람들에게 돈을 받고 빌려주었음.

갈음하다 바꾸다. 대신하다.

갈치가 갈치 꼬리를 문다 한패끼리 서로 해친다.

갈퀴질 관아에서 백성들 천량을 빼앗아 가는 것. 천량[錢糧]: 살림살이에 드는 재물.

갈피 턱. 이치理致.

갉죽거리다 가려운 데를 손톱으로 자꾸 긁는 '긁죽거리다'를 얕잡아 쓰는 말.

감때사납다 성질이 몹시 억세고 거칠다. 매우 감사납다. 감때군다. 감때세다. 감때스럽다.

감목 자격資格. 어떠한 할 일을 맡거나 일을 맡는데 쏠데 있는 조건, 지체와 자리.

감발 버선이나 양말 대신으로 발에 감는 좁고 긴 무명. 상일을 하는 이들이나 먼 길을 걷는 사람들이 많이 하는 발감개. 6·25 때 북에서 내려온 인민군은 양말이 없어 '감발'을 하고 있었음.

감복(甘鰒) 전복에 꿀·기름·간장을 쳐서 만든 음식.

감시(監試) 감영에서 생원生員과 진사進士를 뽑던 과거. 사마시司馬試. 소과小科.

감실(龕室) 신주를 모시어두는 곳. 신주神主: 죽은 사람 위位를 베푸는 나무패. 얼추 밤나무로 만들되 길이는 여덟 치, 나비는 두 치쯤이고 위는 둥글고 아래는 모지게 되었음. 사판[祠版·祠板].

감여(堪輿) 하늘과 땅. 천지天地. 건곤乾坤.

감영곳 감영監營이 있는 곳. 공주公州.

감중련을 했는고? 다정히 지내지 않고 왜 폼을 잡았는가? 감중련坎中連: 감괘坎卦 상형象形(☵) 뜻으로, 불상佛像 장지와 엄지가 서로 합한 것을 이름.

감창(甘唱) 어르기를 할 때 여자가 즐거움에 겨워 소리를 지르는 것.

감탄고토(甘呑苦吐) 달면 삼키고 쓰면 뱉는다는 뜻.

감태(甘苔) 김.

감투가 커도 귀짐작이라 어떤 일몬 속내를 어느 만큼 미뤄볼 수 있다는 말. 일몬: 사물事物.

감투거리 여성이 남성 배 위에서 하는 어르기.

갑갑한 놈이 송사(訟事)한다 제 일이 답답하여야 송사한다고 함이니, 무슨 일이나 제게 종요로와야 움직이게 된다는 말.

갑년(甲年) 예순한 살 되는 해. 환갑.

갑리(甲利) 갑변. 곱쳐서 셈하는 변리. 변리를 제 달에 물지 못하였을 때 그 달 변리는 한 달이 지나면 두 배로, 두 달이 지나면 세 배가 된다.

갑술생(甲戌生) 1874년생.

갑술참방(甲戌參榜) 융희隆熙가 갑술생(1874)이므로 갑술생을 알아내어 모두 진사입격進士入格시켰던 데서 나온 말임.

갑자꼬리 골패노름 하나.

갑제(甲第) 크고 너르게 아주 잘 지은 집.

갓나희 젊은 여자로, '노는계집'을 말함.

갓대우 갓모자 시골말.

갓모자 갓양태 위로 내어민 어섯.

갓바치 가죽신을 만들던 바치쟁이로, 조선왕조시대 사노비私奴婢·중·백장·무당·광대·상여꾼喪輿軍·기생과 함께 팔천八賤, 곧 여덟 천민 가운데 하나였음. 뿌리를 줄밑걷어 가면 '팔천'은 곧 백제유민들임.

갓방 인두 달듯 갓 만드는 데 인두가 언제나 뜨겁게 달아 있는 것처럼 저 혼자 애태우고 어쩔 줄 모른다는 말.

갓신 갖신. 가죽신.

갓양태 갓 밑둘레 밖으로 넓게 바닥이 된 어섯. 갓양. 양. 양태.

갓어리질 오입誤入질. 사내가 노는계집과 어울리는 일.

갓짜리 갓 쓴 양반을 빗대어 비꼬던 말.

강갱이 강경江景.

강 건너 시아비좆 저와는 아무 이음고리가 없다는 말.

강근지친(强近之親) 아주 가까운 집안사람.

강다짐 1.밥을 국이나 물에 말지 않고 먹음. 2.주는 것 없이 남을 억지로 부림. 3.덮어놓고 억눌러 꾸짖음.

강더위 비는 오지 않고 여러 날 이어지는 호된 더위.

강된장 제국인 된장만을 그루박은 것으로 삼삼하게 맛좋은 된장으로 작은 뚝배기에 끓인 것임. 제국: 거짓이나 꾸밈이 없이, 또는 다른 것이 섞이지 않고 본디 제 생긴 그대로.

강모 마른논에 호미나 꼬챙이로 땅을 파면서 심는 모.

강산제(江山制) 박유전朴裕全 남다른 소리바디. 서편제西便制 다른 말.

강상(綱常) 삼강三綱과 오상五常. 곧 유교儒敎에서 말하는 사람이 지켜야 할 도리.

강새암 질투嫉妬. 강샘.

강술 안주 없이 먹는 술.

강약(强弱)이 부동(不動) 힘이 세고 약한 것은 같이 어울릴 수 없다는 말.

강청(江淸) 강원도 꿀.

강패(江牌) 골패.

강호령 까닭없이 꾸짖는 호령.

갖옷 가죽옷.

개갈 안 나는 소리 '대답이 없는 말'이라는 충청도 내폿말.

개갈 안 나다 무슨 일이 뚜렷하게 분간되지 않거나 결정되지 않는다는 뜻 내폿말.

개고기는 언제나 제맛이다 제가 타고난 버릇은 어느 때나 속이기 어렵 다는 뜻. 늑제 버릇 개 줄까. 포도군사 은동곳 물어뜯는다.

개골 까닭 없이 내는 골.

개구리 삼킨 뱀의 배 보기와는 다르게 고집이 센 사람을 이름.

개구리 주저앉는 뜻은 멀리 뛰자는 뜻이라 못난 듯이 주저앉으나 그것 은 앞으로 뛰려는 뜻이 있어 하는 몸짓이라는 말이니, 무릇 큰일을 이루기 위하여 채비하는 몸가짐은 척 보기에 어리석고 못나게 보임 을 빗댄 말. 늑굼벵이가 지붕에서 떨어지는 것은 매미 될 셈이 있어 떨어진다. 굼벵이가 지붕에서 떨어질 때는 생각이 있어 떨어진다.

개꼬리 삼년 두어도 황모(黃毛) 못 된다 개꼬리를 아무리 오래 두어도 황모가 되지 않는다는 말로 본디부터 타고난 성깔이 좋지 않은 것은 언제까지 가도 좋은 성깔로 바뀌지 않는다는 뜻. 황모黃毛: 족제비 누런 털.

개꼴 볼성이 엉망이 되어 말할 수 없이 부끄럽게 된 꼬락서니.

개다리소반 네모가 반듯하고 다리가 민틋한 막치로 된 소반. 별 꾸밈없이 휘우듬하게 만든 소반. 휘우듬하다: 조금 휘어져 있다.

개다리출신 총 놓는 재주 한 가지만으로 무과武科에 오른 사람을 낮추어 부르던 말.

개똥밭에 굴러도 이승이 좋고 거꾸로 매달아도 사는 세상이 낫다 아무리 힘들고 구접스럽게 살더라도 죽는 것보다는 사는 게 낫다는 말. ≒산 개가 죽은 정승보다 낫다. 죽은 석숭石崇보다 산 돼지가 낫다. 죽은 정승이 산 개만 못하다. 소여小輿 대여大輿에 죽어가는 것이 헌옷 입고 볕에 앉았는 것만 못하다. 말똥에 굴러도 이승이 좋다. 거꾸로 매달아도 사는 세상이 낫다.

개미 메 나르듯 개미가 먹을 것을 물어 나르듯 한다는 말로 아주 조금씩 가져 나르는 것이나 마침내는 많은 것을 가져다 모아 둔 보람이 되었다는 말.

개밥도둑 코.

개방귀로 여기다 아주 작고 희미하여 보잘것없으며 있는지 없는지조차도 알 수 없다는 말. ≒개방귀 같다. 쥐 밑살 같다.

개복(改服) 옷을 바꾸어 입음.

개산 가야산伽倻山. 충청남도 예산군과 서산군 사이에 있는 산. 578미터.

개살구가 옆으로 터진다 못난 것이 되지못한 짓을 함을 이름.

개어올리다 맞수 비위를 맞춰 추어올리며 구슬리다. 맞수: 상대相對.

개잘량등거리 개가죽털로 만든 소매 없는 등거리. 개털등거리.

개좆부리 고뿔.

개짐 월경대. 생리대. 서답.

개천에서 용 나고 개똥밭에 인물 나며 누더기 속에서 영웅 난다 변변치 못한 집안에서 훌륭한 인물이 나올 때 이르는 말.

개털등거리 개가죽털로 만든 소매 없는 등거리. 개잘량등거리.

개파리 개 피를 빨아먹고 사는 벌레.

개호주 범 새끼.

객(客)쩍다 1. 말과 짓이 쓸데없고 실없다. 2. 알맞은 테 밖이 되어 아쉽지 않다.

객관(客館) 전패殿牌를 모시어두고 임금 명을 받아 내려오는 벼슬아치를 대접하고 묵게 하던 집으로 동헌東軒에서 가까운 곳에 있으며, 그 고을 주산主山을 등진 채 남쪽을 바라보고 있었음. 수령 집무처인 동헌東軒보다 격이 높은 건물로 관아 시설 가운데 짜임새가 제일 크고 화려하며, 동헌이나 질청보다 훨씬 묵직하고 드레가 넘치게 꾸미었음. 1897년 8월 16일 '대한제국' 선포부터 황제를 뜻하는 '궐패闕牌'를 모시었음. 객사客舍.

객주집 칼 도마 같다 이마와 턱이 나오고 눈 아래가 움푹 들어간 사람을 보고 이름.

갬대 나물 같은 것을 캐는데 쓰는 칼과 같이 만든 나뭇조각. 대칼.

갱기찮으니께 '괜찮으니까' 충청도 내폿말.

갸기 몹시 얄밉게 보이는 교기. 교기嬌氣: 교만한 태도.

거기한량(擧旗閑良) 살이 맞는 대로 무겁에서 기를 들어 알려주는 한량.

거드모리 옷을 걷어젖히고 다급하게 하는 성교. 치마만 걷어올리고 선 채로 후딱 하는 성교.

거령맞다 어색語塞하다. 구성없다. 거령스럽다. 스스럽다. 서투르다. 떨떨하다. 멋쩍다. 어줍다. 떠름하다. 서먹하다. 쑥스럽다. 거북하다. 껄끄럽다. 열없다. 머쓱하다. 말이 막히다.

거말(擧末) 과거시험 응시자 끄트머리.

거먹초립 역졸驛卒들이 쓰던 벙거지.

거멀못 벌어지거나 벌어질 걱정 있는 나무그릇 따위 모서리에 걸쳐 박는 못.

거뭇거뭇 점점이 검은 꼴.

거시침 가슴속이 느긋느긋거리며 목구멍에서 나오는 군침. 거위침. 거위오줌.

거우듬하다 조금 기울어진 듯하다. 거운하다.

거웃 음모陰毛. 씹거웃. 불거웃.

거자(擧子) 과거科擧를 보는 선비.

거지 베두루마기 해 입힌 셈만 친다 안갚음하거나 고마워할 것을 바라지 않고 남한테 은혜를 베푼다는 뜻. 늑거지 옷 해 입힌 셈이다.

거탈 참꼴이 아닌, 다만 겉으로 나타내 보이는 꼴.

거탈수작 겉으로만 주고받는 말이나 짓. 실살없이 주고받는 말이나 짓. 알속 없이 겉으로만 주고받는 말이나 짓. 실實살: 겉으로 드러나지 않는 실상 이익. ~스럽다.

거풀송락짜리 송락松絡은 소나무겨우살이로 만든 여승女僧 쓰개니, 그 것이 무슨 껍데기 격지 같다는 뜻으로 여승을 업신여겨 놀리는 말.

걱정이 반찬이면 상발이 무너진다 쓸데없이 걱정만 하고 밥도 제대로 먹지않는 사람을 두고 이르는 말.

건건이 1.'반찬' 내뿃말. 2.변변찮거나 간동한 반찬. 3.음식 짠맛을 내는 간장이나 양념장 같은 것. 4.그리 가깝지도 않고 그다지 신통히 여기 지도 않는 겨레붙이.

건공대매 1.어떠한 조건이나 터무니도 없이 무턱대고 판가름을 겨룸. 2.뒤끝이 가웃으로 끝난 대매. 3.허공중에 몽둥이질 하듯 뚜렷한 꾀 없이 말로만 떠듦. 가웃: 무승부. 대매: 판가름을 마지막으로 아퀴짓 는 일. 양쪽이 같은 끝수일 때 다시 한 번 겨루거나 또는 제비 같은 것을 뽑아서 아퀴지음.

건공중 아무것도 없는 허공虛空. 반공중半空中.

건너다보면 절터요 쩍하면 입맛 걸핏하면 무엇 먹을 것을 주지나않을 까 하고 바라는 것을 비웃는 말.

건넛산 보고 꾸짖기 남을 욕하거나 꾸짖을 때 저한테 바로 하지 않고 건 너 다른 사람에게 한다는 말. ≒건넛 술막 꾸짖기.

건망(乾網) 낯도 못 씻고 머리에 빗질도 않고 그냥 망건을 쓰는 것.

건밤 잠을 자지 아니하고 뜬눈으로 새운 밤.

건밭에 부룻대 쑥하게 키가 크고 곧음을 이름. 부룻대: 부룻동. 상치 줄 거리 자란 것.

건설방 아무 가진 것 없이 오입誤入판 같은 데 쫓아다니면서, 더러운 짓 을 하는 사람. 건달.

건즐(巾櫛) 1.수건과 빗. 2.낯 씻고 머리를 빗음.

건호령(乾號令) 크게 소리나 질렀지 알맹이가 없는 것.

걸군(乞郡) 문과급제자文科及第者로서 부모봉양 명분으로 고향땅 수령 되기를 임금께 주청하던 것.

걸까리지다 사람 몸피가 크고 실팍하다.

걸때 사람 몸피 크기.

걸터듬질 이것저것 닥치는 대로 찾아먹는 짓.

검다 희단 말 없다 그 일에 관해서는 무어라고 옳고 그르다거나, 좋다거나 나쁘다는 말을 하지 않는다는 뜻. ≒쓰다 달다 말 없다.

검숭한 거무스름한.

검실검실하다 조금 검숭검숭하다. 어떤 몬이 자꾸 어렴풋이 움직이다.

검은고양이 눈 감은 듯 검은고양이가 눈을 뜨나 감으나 얼른 알아보지 못하듯이 무엇이나 살피가 뚜렷하게 지어지지 않아 무엇이 무엇인지 헤아리기 어렵다는 말. 살피: 경계.

검추한 '검숭한' 바닥말. 본토박이말.

검푸르죽죽하다 푸른빛이 나면서 거무죽죽하다. 감파르족족하다.

겁수죄인(劫囚罪人) 죄수를 사나운 힘으로 빼앗아간 죄인.

겅중겅중 긴 다리를 모으고 자꾸 위로 솟구어 뛰면서 가는 꼴.

겉 볼 안이라 1.생김새만 보고서도 속마음씨가 어떤지 짐작을 할 수 있다는 말. 2.두루 쓰는 대로 겉이 보기 흉하면 그 속알맹이도 좋지않고 겉꼴이 훌륭하면 그 속알맹이도 그만큼 훌륭하다는 말.

겉목 인 박인 목으로 싱겁게 쓰는 소리. 인: 여러 차례 되풀이하여 몸에 붙은 버릇.

겉발림 속과는 다르게 겉만 그럴듯하게 발라맞춤.

겉보매 겉으로 드러나는 모양새.

겉수청 곁에 모시고 잔심부름이나 하는 것.

겉흙 논밭 맨 위에 깔린 흙.

게꼬리 재주없는 사람. 게 꽁지만 한 재주밖에 없는 사람.

게도 구럭도 다 잃었다 게는 잡지도 못하고 가지고 갔던 구럭까지 잃었다는 말이니, 일을 하려다가 이루지는 못하고 도리어 제것만 축갔다는 말.

게(그이)발 물어 던지듯 매우 외로운 자리에 놓여 있다는 뜻. '그이'는 '게' 내푯말. ≒태백산太白山 갈가마귀 게발 물어 던지듯.

게서타다 느낌을 실어 거문고 따위를 타다.

게슴치례하다 거슴츠레하다. 졸리거나 병이 나서 눈에 정기가 없고 감길 듯하다.

게정꾼 불평꾼. 사회불만자.

게정풀이 투정질하는 것.

겨끔내기 어떤 일을 서로 번갈아 하는 것.

겨릅대 삼대 껍질을 벗긴 것.

겨린잡히다 살인등사等事가 났을 적에 그 일낸 사람 집 이웃에 사는 사람이나 또는 일낸 곳 가까운 데로 지나가던 사람까지도 본메본짱, 증좌인證左人으로 잡아가던 것. 본메본짱: 증거물證據物.

겨반지기 겨가 많이 섞인 쌀.

겨우살이 겨울철에 입는 옷.

격물치지(格物致知) 사물 갈피를 꿰뚫어 앎에 이른다는 유가철학 고갱이 가르침.

격화소양(隔靴搔痒) '신을 신고 가려운 데를 긁는다'는 뜻으로, 답답하여 안타깝다는 말.

견대팔 어깻죽지 팔.

견딜성 참을성.

결곤(決棍) 곤형棍刑, 곧 곤장棍杖을 때림.

결도국(結都局) 판막음장사.

결자해지(結者解之) 맺은 사람이 그것을 푼다는 뜻이니 처음 비롯한 사람이 그 일을 끝맺는다는 말.

결절(決折) 판결判決.

결창 속된 말로 '내장內臟'을 말함. 안찝.

겸노상전(兼奴上典) 종이 해야 할 일까지 저 혼자서 하는 것.

겹복 두 점.

겹사라지 헝겊이나 종이를 걸어 만들어서 기름에 절인 담배 쌈지.

겻동 겨드랑이.

겻불 겨를 태운 불

겻칼 장도粧刀. (남자는) 여자와 달리 제법 실용적인 칼을 꾸며서 찼다. 본래 모습은 첨자添子라고 반드시 젓가락 한쌍을 끼우고, 개구리장

식이 있어 이것을 끌어당겨 빼게 되어 있다. 옛날 몽고에서는 식사 때 수저가 따로 없고 각자 차고 있는 칼과 젓가락으로 먹게 마련이었다. 이것이 그곳 양식을 제대로 전한 모습이라 하겠다. —이훈종 『민족생활어 사전』에서.

경광(慶廣)　경사스러운 날 널리 인재를 구한다는 말.

경드롬　경기바다 소리 모양새.

경론(硬論)　드센 논의論議.

경상(經床)　절에서 불경佛經을 얹어놓던 상이나, 반가班家에서도 썼음.

경선징(慶善徵, 1616~?)　조선왕조朝鮮王朝 효종孝宗 때 수학자數學者.

경성지색(傾城之色)　성주城主가 그를 가까이 하면 성이 무너져도 모를 만한 계집이라 함이니, 매우 아름다운 생김새를 이름.

경신년(庚申年) **글강 외듯**　1.자꾸 부탁함을 이름. 2.하지 않아도 좋을 말을 거듭 되풀이함을 이름. 숙종 6년인 1680년 '경신대출척'이 일어나면서 허 적許積·윤 휴尹鑴가 사사되고 송시열宋時烈이 국병을 잡음으로써 죽게 된 숱한 남인들이 노론 앞에 엎드려 살려달라고 비라리 쳤던 데서 나온 말임.

경신년(庚申年)　숙종 6년인 1680년.

경아리　서울내기

경진생(庚辰生)　1880년생.

경화달관(京華達官)　눈부신 서울에 사는 높은 벼슬아치.

곁군[格軍]　사공일을 돕던 젓꾼. '수부水夫'는 왜말임.

곁동　겻동. 겨드랑이.

곁두리　농군이 일할 때 끼니 밖에 참참이 먹는 음식. 사잇밥. 일을 하다가 쉬는 짬에 먹는 음식. 참. 새참.

곁머슴　상머슴 곁에서 잔일을 도와주던 스물 안쪽 아이머슴. 꼴머슴.

곁방망이질　남이 욕할 때 곁에서 덩달아 욕하는 짓.

곁부축　겨드랑이를 붙들어 걸음을 돕는 것.

계당주(桂當酒)　계피桂皮와 당귀當歸를 넣어 만든 소주.

계림(鷄林)　신라 딴이름. 경주慶州 옛이름. 우리나라 딴이름.

계면가락(界面加樂) **도드리**[還入]　조금 빠른 장단과 산드러진 가락임.

계면바닥   계면조界面調가 본줄기를 이루는 것.

계면조(界面調)   판소리에서 애처롭고 구슬픈 소리.

계명(鷄鳴)   축시丑時. 새벽 1~3시.

계방(桂榜)   문과급제자文科及第者 성명이 내걸린 것.

계삼탕(鷄蔘湯)   어린 햇닭 내장을 빼버리고 인삼을 넣어 곤 보약. 닭이
    인삼보다 주가 되므로 닭계 자를 앞에 두었던 것이니, 요즈막 쓰는
    '삼계탕'은 왜제 때 생긴 말임.

계찰(季札, BC 576~?)   중국 춘추시대 오나라 사람.

계추리   삼껍질을 긁어버리고 만든 실로 짠 경북산 삼베.

고갱이   1.초목草木 줄기 한 가운데 있는 부드러운 심. 2.통배추 부드러운
    속닢. 3.핵심核心.

고경립(高景立)**이 바지 같다**   지저분하고 더러우며 뇌하다는 말. 뇌하다:
    천하고 더럽다.

고공살이   남의집에서 삯을 받고 품팔이 하던 사람. 고공雇工. 노비는 아
    니면서 애옥하고 기델 데가 없어 남한테 붙어사는 사람. 이러한 무
    리는 부잣집에 부쳐지내며 그집 종년과 혼인하여 비부婢夫 곧 종서
    방으로 살면서 '고공'이라 불리었음. 도적이 되는 것을 걱정해서 군
    역軍役 대상에서 내쳤음. 주인집 호적에 든 것으로 쳐주었음.

고괴지상(古怪之相)   옛스럽고 야릇한 얼굴.

고균(古筠)   김옥균金玉均 호.

고기도 먹어본 사람이 많이 먹는다 관덕정 설탕국도 먹어본 놈이 먹는다
    무슨 일이든지 늘 하던 사람이 더 잘하게 된다는 말.

고까워진   야속한 느낌이 든.

고깝다   야속한 느낌이 있다.

고당명기(高唐名妓)   이름 높은 기생.

고대   지금 막. 이제 막.

고대수(顧大嫂)   갑신정변 때 개화당 궁중 이음줄로 힘차게 뛰다가 죽임
    당한 궁녀. 보기 드문 어처구니로 모두들 뒤돌아보았대서 붙여진 이
    름으로, 민중전 지킴이였음. 어처구니: 생각 밖으로 엄청나게 큰 사
    람이나 몬. 지킴이: 경호원.

고동 소라로 만든 악기.

고두리에 놀란 새 고두리살을 맞아 놀란 새와 같다함은, 어찌할 바를 모르고 두려워만 하고 있음을 이르는 말. 고두리: 고두리살 준말로 작은 새를 쏘아 잡는, 대철사로 테를 만든 화살. 늑갈구리 맞은 고기.

고드롭게 조화調和롭게. 가지런하게. 어울리게.

고래고함 '고래'는 '아우성'이라는 말이니, '커다란 소리'라는 뜻. '크게 소리 지르는 것'을 말함.

고량자제(膏粱子弟) 고량진미膏粱珍味만 먹고 귀엽게 자라나서 고생을 모르는 부귀한 집안 젊은이.

고례(古例) 예로부터 내려오는 차례次例.

고리 고려高麗에서 '麗'자는 '나라이름 리'로 읽고 써야 하므로 '고려'가 아니고 '고리', '고구려'가 아니라 '고구리'가 됨.

고리공사(高麗公事) **삼일**(三日) 우리나라 사람들이 무슨 일을 하거나 참을성이 부족하여 자주 고침을 꼬집는 말. 늑고리공사 사흘.

고리기직자리 왕골껍질이나 부들 잎을 짚에 싸서 엮은 돗자리.

고리백장 고리버들로 키나 고리짝을 만들던 상사람. 왕건정권에 끝까지 앙버티다가 바닷가 늪 테두리에 내팽개쳐져 '갯땅쇠'가 된 후백제 유민들이 살아갈 수밖에 없었던 삶꼴이었음.

고리짝 옷을 담는 고리. 고리: 껍질을 벗겨버린 고리 버들가지.

고린전 고린내가 날 만큼 깊숙이 감춰둔 주머니지킴. 보잘것없는 푼돈.

고마 작은 마누라. 첩妾.

고머리 머리 땋은 것으로 머리통을 한번 돌려 남은 머리나 댕기를 이마 위쪽에 꽂은 머리차림으로 남녀 모두 즐겨 썼는데, '꽃두루'들은 그 위에다 수건을 써서 북데기가 앉는 것을 막았고, '꽃두레'들은 빨강 댕기를 볼품있게 내보여 꼴을 내었음. 남의 집 하인이나 노는계집들이 흔히 하였음.

고명딸 아들 많은 사람 외딸.

고봉 바지게 위로 수북하게 담음.

고불이(古佛-) 매우 나이 많은 늙은이.

고비(考備) 글쓴 종이를 눈에 잘 띄게 넣어서 벽에 걸게 한 가구. 흔히

나무로 솜씨를 다해 짜나, 종이를 구부려서 붙인 쉬운 짜임새 것도
있다.

고빗사위　썩 종요로운 가운데서도 가장 아슬아슬한 순간. 고비판.

고샅　좁은 골목길.

고손자 좆 패겠다　아무것도 남기지 않고 다 갖다 대어도 이루어지지 않
을 때 이름.

고슴도치 외 걸머지듯　남한테 진 빚이 많음을 이름. 늑고슴도치 외 따
듯. 대추나무에 연 걸리듯.

고슴도치도 제 새끼는 함함하다고 한다　1.털이 바늘같이 꼿꼿한 고슴도
치도 제 새끼 털이 부드럽다고 감싼다는 말이니, 제 자식 나쁜 점도
모르고 도리어 자랑삼는다는 말. 2.어머니 눈에 제 자식은 다 잘나보
인다는 뜻. 늑범도 새끼 둔 골을 두남둔다. 고슴도치도 제 새끼는 귀
여워한다. 두남: 두둔.

고시랑거리다　1.잔소리를 듣기 싫도록 자꾸 하다. 2.여러 사람이 작은
소리로 조용히 자꾸 말을 하다.

고신(告身)　임명장.

고양이 개 보듯　사이가 매우 나빠서 서로 으르렁거리기만 하고 때를 노
린다는 뜻.

고양이 달걀 굴리듯　무슨 일을 슬기롭고 약삭빠르게 해나감을 이름.

고양이 목에 방울 달기　해내지 못할 것을 쓸데없이 꾀하는 것을 이르
는 말.

고양이가 알 낳을 노릇이다　아무리해도 알아들을 수 없는 야릇한 일이
라는 뜻.

고양이걸음　고양이처럼 살금살금 소리 나지 않게 걷는 것.

고요(皐陶)　중국 고대 요·순 두 임금 때 군신 사이에 나눈 아름다운 말
들을 적어두었다는 『서경』 편명.

고을살이　원 노릇.

고의춤　고의허리를 배에 접어 여민 사이.

고윗말기　치마나 바지 윗허리에 둘러서 댄 어섯. 고의춤. 고의 허리를
배에 접어 여민 틈.

고자 처갓집 드나들듯 사내 구실을 제대로 하지 못하는 내시가 처갓집을 드나들 듯 한다 함이니, 아무 실속 없이 건성으로 왔다 갔다 함을 이름.

고쟁이 예전 여자가 속곳 위 단속곳 밑에 입던 속옷 한가지. 고장바지.

고주(孤注) 노름꾼이 남은 돈을 다 태워놓고 한번에 결판을 내는 것.

고주배기 나무를 베고 남은 밑동이나 죽은 나무등걸.

고즈녁하다 잠잠하고 호젓하다.

고지논 고지로 내놓은 논. 고지: 논 한 마지기에 값을 정하여 모내기에서 마지막 김매기까지 일을 해주기로 하고 미리 받아쓰는 삯. 또는 그 일.

고추장이 밥보다 많다 밥을 비빌 때 밥보다 고추장이 많다 함이니, 원몸보다 그에 딸린 것이 더 많다는 말. 늑배보다 배꼽이 더 크다. 아이보다 배꼽이 크다. 주인보다 객이 많다. 바늘보다 실이 굵다. 눈보다 동자가 크다. 얼굴보다 코가 더 크다. 기둥보다 서까래가 더 굵다. 산보다 골이 더 크다.

고뱃골 이제 서울 은평구 신사동에 있던 공동 무덤.

고패 떨어뜨리다 하인下人이 상전上典에게 뜰아래에서 절하던 것을 말하나, 흔히는 겨루기에서 진 것을 말함.

고패 몬을 높이 달아올렸다 내렸다 하는 줄을 걸치는 작은 도르래나 고리. ~떨어뜨리다: 하인이 뜰아래서 상전에게 절을 하다. ~빼다: 동곳빼다.

고패 고개.

고팽이 일정한 거리를 한 번 다녀오는 것. 또는 그 세는 낱자리.

곡재아의(曲在我矣) 잘못이 제게 있다는 뜻.

곤댓짓 1.고개를 끄덕이거나 흔드는 짓. 2.제가 젠체해서 기운을 뽐내는 것.

곤두로 거꾸로.

곤들맨들 술에 몹시 취하거나 잠에 취하여 정신을 차리지 못하고 몸을 잘 고누지 못하는 꼴. 곤드레만드레.

곤방(棍棒) 이십사반二十四般 무예 하나. 또는 그에 쓰는 막대기. 넉자나 다섯자가 되는 단단하고 둥근 나무로 여러가지 솜씨가 있었음.

곤자소니 쇠 창자 끝에 달린 기름기가 많은 어섯.

곧은발질 선자리에서 곧장 턱끝을 돌려차는 택견 솜씨.

골걷이 밭고랑 잡풀을 뽑아주는 것.

골무 바느질할 때 바늘귀를 눌러 밀거나 손이 바늘에 찔리는 것을 막고 자 손가락에 끼우는 것.

골바람 골짜기를 훑고 오르내리는 바람.

골통대 흙·나무로 된 담뱃대.

곬 1.한 쪽으로 트이어서 나가는 길. 2.물이 흘러내려 가는 길. 3.사물 거 쳐온 길.

곰배팔 굽거나 펴지 못하는 팔.

곰배팔이 담배목판 끼듯 무슨 몬을 꼭 끼고 있는 꼴을 이름. 곰배팔이: 팔을 펴지 못하는 나간이. 나간이: 병신病身. '불구자不具者'나 '장애 인障碍人'은 왜말임.

곰비임비 잇달아서.

곰살궂다 성질이 부드럽고 다정하다.

곱 기름.

곱대돈변 두 돈변. 2할 이자.

곱돌 빛나고 부드러운 느낌이 있는 돌. 납석蠟石.

곱돌조대 곱돌로 만든 곰방대.

곱사등이 짐 지나마나 해도 하지 않은 것이나 다름없음을 이름. 늑귀머 거리 귀 있으나마나. 소경 잠 자나마나.

곱새 용마름. 초가 용마루나 토담 위를 덮는 짚으로 틀어 지네꼴로 엮은 이엉.

곱송 굽신.

곱송거리다 놀라거나 겁이 나서 몸을 움츠리다.

곱송하는 굽신하는.

곱장리 '장리長利' 두 배. 요즘말 '달러 이자'.

곱지낼 두 번 또는 그 위로 지낼.

곱패집 부엌과 외양간을 곱패로 단 기역자집. 흔한 '초가삼간'을 말함.

흔한 '초가삼간'이 거의 기역자인 곱패집이었음.

곳 훈민정음訓民正音이 창제創制되었을 때는 이제 '꽃'을 '곳', '까마귀'는 '가마귀', '까치'는 '가치', '칼'은 '갈'이라고 부드럽게 발음하였음. 그러던 것이 임병양란壬丙兩難을 겪으면서 삶이 숨가빠지고 인심人心이 거세짐에 따라 말이 되고 거세지게 되어 '곳'이 '꽃', '갈'이 '칼'로 된 것임. '끝'도 '긋'이라고 하였음. 그런데 '끝낸다'는 말은 이제는 편지 같은 데서 '이만 끄치나이다' 하지 않고 '이만 그치나이다'고 하니 15세기 자취를 간직하고 있는 언어言語 보수성保守性을 보여주는 것임. 갈가마귀: 갈'까마귀'라고 하지 않음.

공궐(空闕) 지킨 내관(內官) 상 내관, 곧 환관宦官이 텅 빈 궁궐을 지키게 되었다면 고임받던 떠세가 없게 되었으니 그 낯빛이 구슬퍼보이므로, 근심이 가득하여 슬픔이 깃들인 낯빛을 지니고 있는 사람을 두고 이르는 말. 고임: 굄. 총애寵愛. 떠세: 돈이나 떨치는 힘과 벼슬을 믿고 젠 체하며 억지를 쓰는 짓.

공규(空閨) 오랫동안 남편 없이 안해 혼자서 자는 방. 공방空房.

공다리 힘부림을 마구 휘두르며 백성을 몹시 괴롭히는 관원官員. 공무원. 힘부림: 권력.

공든 탑이 무너지랴 힘을 다하고 마음을 다하여 한 일은 헛되지 않아 반드시 좋은 열매를 맺으리라는 뜻.

공령지문(功令之文) 과거 볼 때 쓰던 여러 가지 문체.

공명첩(空名帖) 성명을 적지 아니한 서임서敍任書이니, 곧 임명장. 조선왕조 끝무렵 관아에서 돈이나 곡식 같은 것을 받고 관직을 팔았는데, 관직 이름만 써서 주었으니, 일은 하지않고 그 벼슬이름만 가지고 행세하던 것. 이처럼 돈이나 곡식으로 사서 한 벼슬을 가리켜 그때 사람들은 '빠꿈벼슬'이라고 비웃었음. 공명장空名帳.

공부자(孔夫子) 공자를 높여 부르는 말로, '부자'는 '훌륭한 선생님'이라는 말임.

공안(公案) 선종禪宗에서 드는 '문제의식'. 화두話頭.

공장(公葬) 고탯골. '공동묘지共同墓地'는 왜말임.

공장바치 장색바치. 공장工匠이. 공인工人. 각종 기술자. '기술자技術者'

는 왜말임. 바치: 1.무엇을 만드는 것을 업으로 삼는 사람. 2.한쪽 이
름씨에 붙어 어떤 남다른 바탕을 가진 사람을 나타내는 말.

공중 들은풍월 터무니없는 말을 얻어 듣고서 쓰는 문자.

공중제비 1.두 손을 땅에 짚고 두 다리를 공중으로 쳐들어서 거꾸로 넘
어가는 재주. 2.공중에서 거꾸로 떨어짐. 여기서는 바지 허릿단을
틀어쥐고 머리 위로 치켜들어 빙빙 돌리는 것.

공해(公廨) 관청건물.

공행공반(空行空返) 행하는 것이 없으면 제게 돌아오는 날찍도 없다는
말. 날찍: 일한뒤끝에 생기는 보탬. 일한 열매로 생긴 이끗.

공현(空弦) 빈 활을 잡아당기는 것.

공황(龔黃) 중국 한漢나라 순리인 공수와 황파. 순리循吏: 규칙을 잘지키
며 열심히 근무하는 관리.

과갈간(瓜葛間) 인척사이. 외와 칡은 덩굴이 벋고 그 가지와 잎이 서로
얼크러지는 것이 인척 사이와 같다는 뜻에서 온 말. 인척姻戚: 처가
와 외가 겨레붙이. 사돈.

과거를 아니 볼 바에야 시관(試官)이 개떡 같다 저와 아무 아랑곳없는
일이라면 조금도 두려워 할 것이 없다는 말.

과공비례(過恭非禮) 지나치게 얌전하면 도리어 인사가 아니라는 말.

과글이 갑자기. 급하게.

과꾼 과군科軍. '과유科儒'를 낮춰 부르던 말.

과녁배기집 똑바로 건너다보이는 곳에 있는 집. 막다른 집.

과만(瓜滿) 만기滿期. 벼슬 맡은 동안이 참.

과문줄(科文-) 과거시험에 나올 만한 글귀.

과부장변 호된 길미를 주고 얻는 돈으로, 요즘 '달러 이자'.

과잘 과果줄. 약과藥果·정과正果·다식茶食을 말함.

과전불납리(瓜田不納履) 외밭을 지나면서 신을 고쳐 신지 말라.

과줄 밀가루를 꿀물이나 설탕물에 반죽하여 만든 과자.

과택(寡宅) 과부寡婦. 홀어미.

과환(科宦) 과거급제하여 벼슬길에 나가는 것.

곽도령(郭道令) 고리 무신정권 최 우崔瑀시대 바둑 신동.

곽란에 죽은 말 상판대기 같다　빛이 시푸루둥하고도 검붉으며 얼룩덜룩하다는 말.

관두(官斗)　관에서 쓰던 말이나, 아전배들이 울을 어겨 만들었음.

관디목 지르다　벼슬이 낮은 사람이 높은 사람에게 절을 하던 것.

관문(關文)　1.상관上官이 하관下官에게 또는 윗 관청이 아랫 관청에게 보내던 공문서. 2.관청 허가서.

관에 들어가는 소　푸줏간에 들어가는 소란 뜻이니 몹시 겁내는 꼴을 이름. ≒관에 들어가는 소걸음.

관정발악(官庭發惡)　관청에서 관원에게 악을 쓰고 욕설을 하는 짓.

관지(款識)　옛날 그릇이나 종 같은 데 새긴 표나 글자. 요즘은 글씨나 그림에 필자 스스로 제 이름이나 호를 쓰고 도장 찍는 것을 가리켜 '낙관落款'이라고 함.

관차(官差)　아전·사령·군노 같은 구실아치들.

관찰(觀察)　관찰사觀察使. 감사監使.

관채(官債)　관에서 진 빚.

관청빗　수령守令 음식을 맡은 아전.

관청에 간 촌닭　영문도 모른 채 낯선 곳에 끌려와 어리둥절해 있는 사람을 비기는 말.

관형찰색(觀形察色)　1.남 속마음을 떠보고자 낯빛을 짯짯이 살펴봄. 2.일몬을 짯짯이 살펴봄. 짯짯이: 빈틈없이 골고루.

관후장자(寬厚長者)　너그럽고 점잖은 사람.

괄기는 인왕산(仁王山) **솔가지라**　매우 괄괄한 성격을 이름.

괄다　1.불기운이 세다. 괄하다. 2.성질이 느긋하지 못하고 팔팔하다. 괄아먹다. 3.관솔 따위 나무옹이 어섯에 뭉쳐 엉긴 진이 많다.

괄련(适璉)**난**　이 괄李适과 한명련韓明璉이 인조仁祖 2년인 1624년 일으킨 반란.

광릉(光陵)**을 부라리며**　눈을 부라리며. 어린 조카가 앉았던 임금 자리를 칼로 빼앗는 계유정난癸酉靖難 쿠데타로 임금이 된 세조가 죽어 묻힌 무덤을 '광릉'이라고 하니, 세조가 눈을 부라리는 것처럼 사나워 보인다는 말임.

광쇠 염불할 때 치는 쇠.

광평대군(廣平大君) 세종대왕 다섯째 아들로 자식이 없이 생선가시가 목에 걸려 마침내 밥을 못 먹어 스무 살에 죽었음.

괘꽝스럽다 언행言行이 엉뚱하게 이상야릇하다.

괘서(掛書) 어떤 내댐(주장)을 담은 글을 백지에 써서 사람들이 많이 볼 수 있는 곳에 붙이던 것. 건글. 벽보. 오늘날 '대자보大字報'.

괘씸타고 사람으로서 마땅히 지켜야 할 본데, 믿음에 어긋나는 일을 하여 남에게 큰 미움을 받게 하다.

괴 불알 앓는 소리 쉴 새 없이 흥얼거리며 듣기싫게 구는 것을 놀리는 말. 괴: 고양이. 늑씨아귀에 불알을 놓고 견디지. 씨아귀: 목화씨 빼는 연모.

괴나리봇짐 걸어서 길을 갈 적에 보자기에 싸서 어깨에 메는 조그마한 짐.

괴딸아비 동네에 들어온 까닭을 도무지 알 수 없는 사람이라는 뜻.

괴타리 고의袴衣 허리를 매어 접어 여민 사이인 '고의춤' 내폿말.

굇고리 꾀꼬리. 곳고리.

교(驕)**가 적다** 교만함이 적다. 젠체함이 적다.

교군꾼(轎軍軍) 가마를 메는 사람. 교자꾼轎子軍. 교정轎丁. 교군橋軍. 교부轎夫.

교의 걸상.

교의(交椅)**에 좌기**(坐起)**하고** 관청 우두머리가 걸상에 앉아 일을 봄.

교전비(轎前婢) 혼인婚姻 때에 홍색짜리를 따라가던 계집종. 홍색紅色짜리: 새댁.

교첩(敎牒) 오품 아래 벼슬아치 임명장.

교첩(敎帖) 임금 명령을 적은 글.

丘 공자를 우러르므로 이름자인 '丘'에서 한 획을 빼고 '丘'라고 쓰니, '결필缺筆'이라고 함. 어버이나 조상 이름자를 쓸 때도 마찬가지임.

구격나래(具格拿來) 중죄인을 수갑 지르고 차꼬 채우고 칼 씌워 잡아들이던 것.

구경가마리 하는 짓이 우스워서 남 구경감이 되는 사람. 웃음가마리.

구경소조 부끄러움을 당하여 구경가마리가 되는 것.

구구(區區) 변변하지 못함. 저마다 다름. 못남.

구궁(九宮) 바둑판에서 사방 아홉 칸이 되는 곳. 화점花點.

구글 귓글. 시詩.

구긔 구기. 술이나 기름 따위를 풀 때에 쓰는 자루가 달린 국자보다 작은 그릇.

구기(拘忌) 꺼리는 것. 사위(재앙이 올까 두려워 꺼리는)하는 것.

구더기 날까봐 장 못말까 쉬파리 무서워 장 안말을까 큰일을 하려면 헐뜯음 같은 것을 두려워해서는 안된다는 말.

구력 새끼로 눈을 성기게 떠서 그물같이 만든 것으로 무엇을 담을 때 썼음.

구렁말 은총이 털이 밤빛이고 불알이 흰 말.

구렁배미 움푹 팬 곳에 있는 논. 구렁논.

구렁이 담 넘어가듯 1.구렁이는 움직임이 느리거나 소리도 내지 않고 다니니, 일을 함에 있어서 우물쭈물 하는 듯하면서 어느 품에 이루어놓음을 이름. 2.일을 분명하게 처리하지 않고 적당히 얼버무림을 이름.

구렁이 아래턱 같다 옛날 상평전常平錢, 상평통보常平通寶를 가리키는 말.

구렁이 제 몸 추듯 제가 저를 자랑하는 것을 이름. 이 말은 '굴원屈原이 제 몸 추듯'을 잘못 소리내어 일컫게 된 것이라고도 함.

구리개 이제 서울 을지로1가와 2가 사이.

구린 입 1.구린내 나는 입. 2.더럽고 주제넘은 말을 하는 입.

구만리장공(九萬里長空)**에 너만 나느냐** 너만 하느냐, 나도 한다는 말.

구메구메 남모르게 틈틈이. 겨를 있을 때마다.

구메도적 좀도둑.

구메밥 옥에 가둔 죄수罪囚에게 벽구멍으로 들여보내던 밥.

구메소리 툭 터놓지 못하고 수군거리는 소리.

구메활터 사사로이 만든 활터.

구문(口文) 흥정을 붙여주고 그 삯으로 받는 돈.

구미호(九尾狐) 능갈맞은 사람을 빗댄 말. 능갈맞다: 얄밉도록 몹시 능청맞다.

구박데기 힘든 일을 하며 괴롭힘을 당하는 사람.

구복(口腹)이 원수라 입으로 먹고 배를 채우는 일이 원수같다 함이니 살기 위해서 괴로움과 아니꼬움을 당한다는 말. 늑목구멍이 포도청捕盜廳.

구붓 잎담배를 엮은 두름.

구상관원률(毆傷官員律) 관아에서 내보낸 사람 말을 따르지 아니하며 관차를 때린 자를 다스리던 형률.

구새먹다 벌레가 먹어 구멍이 숭숭 뚫리는 것.

구수배미 구유통처럼 길고 움푹 들어간 논.

구슬이 서 말이라도 꿰어야 보배 좋은 솜씨로 온힘을 다하여 쓸모 있는 것으로 만들어 놓아야만 쓸모 있다는 말.

구시렁거리다 잔소리나 군소리를 듣기 싫게 자꾸 되풀이하다.

구시홰빙(口是禍病) '입은 동티가 들어오는 문'이라는 말. 구시화병.

구실길 구실아치가 공무로 다니는 길. 출장길.

구실아치 여러 관아 벼슬아치 밑에서 일 보는 사람. 아전.

구양순체(歐陽詢體) 선비 멋을 풍기는 엄정한 글씨. 중국 당나라 때 서예가, 구양순(557~641).

구유 마소 먹이던 '여물'을 담아주는 그릇. 큰 나무토막이나 큰 돌 한쪽을 파내어 만들었음.

구음(口音) 입안에서 해보는 콧소리.

구의집 '관청'을 일컫던 말. 마을. 마을집.

구점(口占) 압운押韻 같은 꼴을 갖추지 않고 단박 입으로 부르는 시.

구접스럽다 1. 너절하고 더럽다. 2. 짓거리가 너절하다. 하는 짓이 더럽다.

구정 귀정歸正. 잘못되어 가던 것이 옳게 되는 것.

구준(寇準) 중국 송대 관리.

구척장송(九尺長松) 아홉자나 되는 큰 소나무. 키 크고 우람한 사람을 그릴 때 쓰던 말임.

구화반자 국화무늬를 새긴 반자.

국량(局量) 그릇과 두름성. 두름성: 주변성이 좋아서 일을 잘 꾸려가는 솜씨.

국박(國博) 나라 안에서 장기를 가장 잘 두는 사람.

국반(國班) 나라에서 으뜸가는 양반.

국병(國柄) 국가권력.

국사당에 가 말하듯 국사당國社堂은 서낭당을 이름이니, 옆에서 알아듣지도 못할 소리를 중얼중얼 길게 외울 때 이르는 말.

국자(國子) 성균관成均館 딴이름.

국집(局執) 한군데에 달라붙는 것.

국출신(局出身) 훈련도감 가장 아래치 장교.

군기(郡棋) 한 고을 안에서 바둑을 가장 잘 두는 사람.

군두목 한자漢字 뜻은 생각하지 않고 음흡과 새김만 따서 몬 이름을 적던 것. 콩팥은 '豆太', 팽이를 '廣耳', 등심을 '背心'으로 쓰는 따위. 조선왕조 끝 무렵 아전들이 만들었음. 군두목질.

군둥내 김치가 오래 묵어서 나는 구리텁텁한 내음.

군목질 1.제대로 소리를 하기 전에 목을 틔우려고 하는 발성 연습. 2.흥이 났을 때 혼자서 굴러내어 보는 목소리.

군밤둥우리 같다 옷 입은 맵시가 두리벙벙함을 웃는 말.

군병(軍兵) 군사.

군불에 밥 짓기 원 일에 얹혀 쉽게 또 다른 일을 한다는 뜻. 늑떡 삶은 물에 중의 데치기. 떡 삶은 물에 풀한다.

군식구 1.집안 식구 밖에 덧붙어서 먹고 있는 식구. 2.끼니 때 밖에서 와 밥을 먹는 사람.

군안(軍案) 병적兵籍.

군액(軍額) 군인 숫자.

군웅살(軍雄煞) 예전에 싸우다 죽은 병졸들 한맺힌 넋이 붙은 것으로, 내외간 사이가 안좋은 것.

군자(君子) 학식과 덕행이 높은 사람이나 여기서는 임금을 말함.

군짓 안 해도 좋을 쓸데없는 짓.

군치리집 개고기 안주에 술파는 집.

군포(軍布) 조선시대 16세에서 60세까지 남자들이 해마다 베 한 필씩

나라에 바치던 것.

굳잠 깊이 든 잠.

굴러온 돌이 박힌 돌 뺀다 다른 곳에서 들어온 사람이 본디부터 있던 사람을 내쫓는다는 말.

굴레부리 마소 목에서 고삐에 걸쳐 어리어매는 줄 끝.

굴왕신 같다 몹시 시커멓고 어둡다. 낡고 찌들고 더러워서 흉하게 보이는 것을 흉보는 일.

굴원(屈原, BC 343?~BC 277?) 중국 전국시대 초나라 비극 시인.

굴퉁이 1.겉만 그럴듯하고 속은 보잘것없는 몬이나 사람. 2.씨가 안 여문 늙은 호박.

굴풋하다 속이 헛헛한 듯하다.

굽도리 방안 벽 쪽 아랫도리.

굽돌아 구부러진 길을 휘돌아.

굽잡히다 남한테 발목을 잡히거나 기에 눌려 기운 펴지 못하다. 굽죄이다.

굽죄이다 발목잡혀서 꼼짝을 못하다.

굽통 마소 발굽 몸통.

굿 마친 뒷장구 굿이 다 끝난 다음에야 아무리 장구를 쳐도 쓸데없는 것이니, 일이 다 끝난 다음에 새삼스럽게 끄집어 내어 말한다는 뜻. ≒굿 뒤에 날장구 친다.

궁 고수鼓手가 왼손으로 북가죽을 치는 솜씨.

궁(宮)**가 박**(朴)**가요** 서로 한패가 되어 잘 어울리는 사람을 이름.

궁글다 소리가 웅숭깊다.

궁도련님 유복하게 자라서 세상 물정에 어두운 도령道令.

궁둥이내외 외간 사내와 마주친 계집이 슬쩍 돌아서서 외면하는 짓.

궁리(窮理) 갈피를 파고드는 것. 궁구窮究. '공부功夫'는 왜말임.

궁싯궁싯 몸을 이리저리 조금씩 움직이는 것.

궁예(弓裔) 미륵 고구리 옛땅을 다물하여 미륵세상(미륵대제국)을 이룩하겠다는 우람한 꿈을 안고 일떠섰던 선종善宗스님 궁예였음. 그러나 왕건王建을 우두머리로 한 호족세력 연합군 백주 쿠데타에

미륵세상 꿈이 깨어지게 되었으니, 뜻을 세운 지 28년 만이었음.「평
복으로 갈아입고 도망하여 보리이삭을 훔쳐먹다가 백성들한테 맞
아죽은」것으로 되어 있는『삼국사기』적바림은 이긴 자, 곧 왕건 처
지에서 쓰여진 것이고, 참으로는 왕건 쿠데타로 쫓겨났으나 최소한
3년을 더 버티다가 끝내 스스로 목숨을 끊었던 것으로 보여지니—
휴전선 지뢰밭 속 쇠둘레[鐵圓]에 가면 궁예가 왕건반란군과 싸웠던
'보개산성普蓋山城'··'성동리성成東里城'이 있고, 왕건군한테 져서 달
아났다고 해서 이름 붙여진 '패주敗走골'과 궁예군이 한탄하며 쫓겨
갔다는 '군탄리軍歎里'가 있으며, 포천抱川에 가면 궁예군 항전기지
였던, 반월산성半月山城이 있고, 파주坡州에는 궁예가 말달리며 군사
훈련을 시킨 곳이라는 '치마대馳馬臺'가 있는 '금파리성'이 있음. 또
탄식하며 건너가서 목 놓아 울었다는 한탄강 건너 울음산[鳴聲山]
오르면 궁예황제 자진처自盡處로 짐작되는 걸상 꼴 바위. 곧 '궁왕弓
王자리'가 있음. 다물多勿: 되찾는다는 뜻 고구리말. 한탄강恨歎江: 이
제 漢灘江.

궁혈(弓穴)　엎드려 활을 쏘게 되어 있는 성벽 사이 구멍.

권병(權柄)　권세자루.

권불십년(權不十年)**이요 화무십일홍**(花無十日紅)　힘 덧없음을 이르는 말.

권에 못이겨 방립(方笠) **쓴다**　남 권에 못이겨 싫으면서도 어쩔 수 없이
따라하게 됨을 이름. 방립: 상제喪制가 쓰는 대오리로 만든 모자.

권주(眷注)　보살핌. 돌봄. 애호愛護.

궐도(厥徒)　'그들' '그'를 조금 가볍게 쓰는 말. 궐자. 궐공. 궐야厥也. 궐.

궐련 마는 당지(唐紙)**로 인경을 싸려다**　작은 것으로 터무니없이 큰 것
에 맞서려다.

궤상(几床)　팔을 얹고 쉽게 기댈 수 있게 만든 조그만 상이다. 천병옥千
昞玉여사는 '의침依枕'이라는 이름으로 소개하고 있다. —이훈종『민
족생활어 사전』에서.

귀　종[노복] 수를 세던 말. 조선왕조 때 양반은 '인人', 평민은 '명名', 노
비는 '구口'라고 하였으니, '구'에서 온 말임.

귀가 도자전(刀子廛)**이다**　귀가 보배로운 것을 많이 간직하고 있다 함은

비록 학식은 없으나 귀로 들어 아는 게 많으며 잘 알아들음을 이름.

귀글 구句글. 두 마디가 한 덩이씩 되게 지은 진서眞書 시부詩賦. 그 낱낱 마디를 '짝'이라 하며 앞엣 짝을 '안짝', 뒤에짝을 '바깥짝'이라 함.

귀꿈스럽다 외딸아서 흔하지 아니하다.

귀다래기 귀가 작은 소.

귀동반정(歸東反正) 불교佛教를 버리고 동학東學으로 돌아갔다는 뜻.

귀둥대둥 된 짓 안 된 짓을 함부로 저지르거나 된 소리 안 된 소리를 함부로 주책없이 지껄이는 것.

귀때병 주전자 부리처럼 물몬을 담는 그릇에 따로 내밀어 그 구멍으로 따르게 된 부리가 달린 병.

귀먹은 중 마 캐듯 남이 무슨 말을 하거나 말거나 알아듣지 못한 체하고 저 하던 일만 그대로 함을 이름.

귀밑머리 귀 앞에까지 머리를 먼저 땋아 뒷머리에 모아서 땋아내리던 것.

귀신 씨나락 까먹는 소리 알아듣지 못하게 중얼거리는 소리. 늑장마 도깨비 여울 건너가는 소리를 한다. 봉사 씨나락 까먹듯. 낙지 판다. 비 맞은 중놈.

귀신은 경문(經文)에 막히고 사람은 인정(人情)에 막힌다 사람은 인정이 있어서 사정하는 사람한테는 심하게 우기지 못한다는 말.

귀유반정(歸儒反正) 불도佛道를 버리고 유학儒學으로 돌아오는 것.

귀인성(貴人性) 타고난 귀인貴人다운 든직한 바탕.

귀정(歸正)내다 잘못되어가는 일을 옳게 되도록 하여 끝을 맺다.

귀주머니 거의 네모나게 지은 주머니를 세 가닥으로 모아 겹쳐서 아구리를 막아 끈으로 꿰어차게 된 주머니다. 자연 윗자락은 접혀 처지기 때문에 수를 놓을 때는 무늬를 거꾸로 넣는다. 차는 끈을 그대로 죄어서 고를 지어 고정하면 닫힌다. ―이훈종『민족생활어 사전』에서.

귀짐작 귀로 들은 것을 헤아리는 것.

귀천궁달(貴賤窮達)이 수레바퀴다 사람 운수는 돌고돌아 늘 바뀐다는 말.

귓구멍에 당나귀 좆을 박았느냐 말을 못 알아 듣는 이에게 하는 말. 늑귓구멍에 마늘쪽 박았나.

규각(圭角) 1.말과 몸가짐에 모가 나서 남과 뜻이 아니맞는 것. 옥신각신 나는 것. 2.몬이 서로 들어맞지 아니하는 것.

그렁그렁 물몬이 가장자리까지 괴어 거의 찰 듯 찰 듯한 꼴.

그루갈이 1.같은 땅에 한 가지 작물을 잇달아 심지 않고 서로 다른 작물을 엇바꿔 심는 것. 한 해에 같은 땅에서 두벌 농사를 짓는 일. 3.그루를 뒤엎고자 땅을 가는 것. 작물: 농작물農作物. 그루: 작물을 심은 두럭.

그물에 든 고기 이미 어쩔 수 없는 몸이 되어 곧 죽을 자리에 놓임을 빗댄 말. 늑독안에 든 쥐. 댓진 먹은 뱀. 도마에 오른 고기. 푸줏간에 든 소. 산 밖에 난 범이요 물밖에 난 고기. 낚시바늘에 걸린 생선. 그물에 든 고기요 쏘아 놓은 범이라.

그물이 삼천 코라도 벼리가 으뜸 아무리 여럿이 있다 하더라도 그것을 내대는 것이 없으면 조금도 쓸데없다는 말. 벼리: 그물 위쪽 코를 꿰어서 올렸다 폈다 할 수 있게 된 줄.

그물이 열 자라도 벼리가 으뜸이다 여러 사람 하는 일에 세우는 이 뜻이 가장 대모하다는 말.

그믐치 음력 그믐께 눈이나 비가 오는 날씨.

그악하다 사납고 모질다.

그이 '게' 내폿말.

극성(極盛)**이면 필패**(必敗) 무슨 일이나 몹시 힘차게 일어나면 또한 반드시 그 끝은 좋지않게 된다 하여 이르는 말.

근각(根脚) 지명수배. 신원조회. 죄를 범한 사람 생년월일과 꼴과 그 조상을 적발이하는 것.

근기(近畿) 서울에서 가까운 경기도 테안.

근대다 빈정거리다.

근동(近洞) 가까운 이웃 동네.

근사모아 오랫동안 힘써 은근히 공을 들여.

근지(根地) 자라온 살림살이와 살아온 길. 밑절미.

근포(跟捕) 죄인을 수탐搜探, 곧 염알이 하여 쫓아가서 잡던 것.

글력이 팽긴다 '근력筋力이 모자란다. 힘이 든다. 힘이 달린다.'고 볼 때 쓰는 내폿말.

글바디 글꼴.

글자하다 유식有識한. 많이 배운.

글지 세종대왕이 훈민정음을 만들었을 때부터 썼던 말로, 글짓는 사람을 말함. 대한제국 때까지 쓰였음. '작가'는 왜말임. 글지이.

긁쟁이 긁정이. 논밭을 가는 연장 가운데 하나. 보습이 쟁기보다 덜 휘었음. 바닥이 좁고 거친 곳에서나 얕게 갈 때에 씀.

금 잘치는 서순동(徐順同)**이라** 몬값을 잘 매기는 사람을 두고 이르는 말.

금 검劍.

금강산(金剛山)**도 식후경**(食後景) 아무리 좋은 것, 재미나는 것이 있더라도 배가 부르고 난 뒤에라야 좋은 줄 알지 먹지 않고는 좋은 것이 없다는 말. 늦꽃구경도 밥 먹은 뒤. 악양루岳陽樓도 식후경.

금릉위(錦陵尉) 박영효(朴泳孝, 1861~1939).

금방(金榜) 문과급제文科及第.

금백(錦伯) 충청감사忠淸監使.

금북정맥(錦北正脈) '차령산맥'은 왜제시대 바뀐 것으로 우리나라 본디 말로는 '금북정맥'임.

금송아지대감 민당상閔堂上 민영휘(閔泳徽, 1852~1935) 첫이름 영준泳駿. 고종 14년인 1877년 정시문과에 병과로 급제, 여흥민씨驪興閔氏 척족세력을 타고 정계에 나와 김옥균 갑신정변을 누르고 사대당에 들어감. 형조·예조·공조·이조판서를 거쳐 민씨 세력 우두머리로 내무부 독판·통영사統營使·경리사經理使·선혜아문당상宣惠衙門堂上·친군경리사親軍經理使 같은 온갖 최고 벼슬을 하다가, 1894년 갑오년 농민혁명이 일어나자 원세개袁世凱에게 청군 지원을 요청, 혁명군 토벌을 했음. 갑오왜란甲午倭亂으로 민씨 척족들과 함께 벼슬자리에서 쫓겨난 탐관오리로 임자도荏子島에 귀양갔으나 청나라로 도망쳤음. 다음 해 왜인들 입김으로 돌아와 중추원의장中樞院議長·시종원경侍從院卿·헌병대사령관·표훈원총재表勳院總裁를 지내며 왜인들이 시켜서 주는 훈일등팔괘장勳一等八卦章·태극장·태극이화대수장太極李花大綬章 따위를 받았음. 1910년 한일합방이 되자 왜국정부

한테서 자작子爵을 받았고 이제 상업은행 앞몸인 천일은행天一銀行
과 휘문학교를 세웠음. 왜제한테 받은 돈과 땅을 굴려 조선에서 첫
째가는 백만석군이었던 민영휘는 1936년 이제 4천만 원(현재 시가
로 4조 8천억 원) 재벌이었음. 민영휘가 시앗 봐서 낳은 세 아들 가
운데 맏이인 민대식閔大植은 김연수金秊洙·박흥식朴興植과 함께 왜
제 끝무렵을 비다듬은 친일 3거두 가운데 하나였으니, 할아버지 민
철갈구리 민두호閔斗鎬와 아버지 민금송아지 민영휘 의발衣鉢 대받
은 것이었음. 이들이 쌓은 더러운 부는 이제까지 이어지고 있으니,
'휘문학원' '남이섬' 같은 것은 아주 작은 재산 가운데 하나에 지나
지 않음.

금승말 갈기 외로 질지 바로 질지 모른다 아직 어린 말갈기가 차츰 어느
쪽으로 넘어질지는 모른다 함이니, 일이 앞으로 어떻게 될는지 첫
시작에는 짐작할 수 없다는 말.

금영(錦營) 공주감영公州監營.

금원(禁苑) '비원秘苑'은 왜제시대 왜인들이 고쳤던 말로, 그때 우리말
이었음. 또 다른 이름 후원後園.

금쟁이 금 불리듯 금金을 손질하면서 많은 것처럼 불려 만들 듯한다 함
이니, 제 마음대로 용춤 춤을 이름.

금줄(禁-) 부정을 꺼리어 사람이 함부로 드나들지 못하도록 문에 건너
맨 줄. 인줄.

금창산(金瘡散) 칼이나 창 같은 쇠붙이로 받은 생채기에 바르는 약. 나
무나 풀잎과 줄기를 석회石灰에 이겨서 큰 뽕나무에 구멍을 뚫고 그
속에 넣어 뽕나무껍질로 봉하여 두서너 달 두었다가 꺼내어 그늘에
다시 두서너 달 말려 만듦. 금상산金傷散. 금창약金瘡藥.

금향수주(錦香水紬) 붉은빛을 띤 검푸른빛 물명주.

급곽란(急霍亂) 먹은 것이 얹쳐 갑자기 토하고 설사가 호된 급성 위장
병. 급곽기急霍氣.

급상한(急傷寒) 지나친 성생활 또는 성욕을 눌러 생긴 급한 병.

급수공덕(汲水功德) 목마른 사람에게 물을 길어주는 공덕.

급수비(汲水婢) 관청에서 물 긷는 일을 하던 계집종.

급장이 '급창及唱'을 상스럽게 낮춰 말할 때 쓰던 말.

긍이 보리밭 고랑 사이에 목화나 콩, 조 따위를 심는 일.

긍이 한 해에 같은 땅에 두 번째 농사짓는 일.

긔맥 기맥氣脈. 서로 통하는 낌새.

긔승밍 기성명記姓名. '기성명'은 제 성과 이름을 쓰는 것을 말하나, 속뜻은 이런 것이었음. 제 성명, 부모 성명과 관향貫鄕, 그리고 조상 내력이며 제나라 역사를 아는 것을 말함. 여기에 더하여 삼강오륜三綱五倫을 알고, 나날살이에서 지켜야 할 예의범절과 지각을 어느 만큼 아는 것을 뜻하였음. 이만큼이 못되면 세상 사람들이 '못 배운 자식'이라고 하며 그 부모를 욕하고 손가락질을 받았음. 지각知覺: '상식'은 왜말임.

긔위(旣爲) 기위. 벌써. 이미.

긔장 기장記帳. 치부책置簿冊에 적어둔 것.

깅사자가 경사자가經史子家. 경서經書·사서史書·제자諸子·문집文集.

기 들고 북 친다 두 손 든다는 말이니 미끄러져서 끝내 다른 길이 없음을 이름. 늑막 들고 나선 판.

기(夔) 외발 봉황새로, 예전 종정鐘鼎 따위에 이 무늬를 새겼다고 함.

기급 단 벙거지 급한 소식을 전하고자 하례들이 쓰던 모자인 벙거지에 '寄急'이라고 써 붙이던 것을 말함.

기둥을 치면 대들보가 운다 들떼놓고 알아듣도록 말하는 것을 이름. 늑기둥을 치면 봇장이 운다. 변죽을 치면 복판이 운다.

기러기 불렀다 "기러기 펄펄 날아갔다"라는 노래를 불렀다 함이니 사람이 멀리 뺑소니쳐 버렸음을 빗대서 하는 말.

기론(奇論) 놀라운 이론理論.

기름쳉이 미끄러운 미꾸라지.

기린(麒麟)이 늙으면 노마(老馬)만 못하다 뛰어난 사람도 늙어지면 힘이 지워진다는 뜻.

기묘년(己卯年) 1879년.

기별(寄別) 긔별. 1.승정원承政院에서 갈망한 일을 날마다 아침에 적어서 널리 퍼뜨리는 일. 또는 그 적은 종이. 난보爛報. 조보朝報. 조지朝

紙. 2.소식을 전함. 또는 알림.

기스락 비탈진 곳 끝자리인 기슭 끝자리.

기슭집 행랑行廊.

기식(器識)이 엄엄(嚴嚴)하신 게 겉 꼴이 틀지고 무서워 보이는 것이.

기식인가(寄食人家) 남의 집을 돌아다니며 빌붙어 얻어먹음.

기십 뜻밖.

기안(妓案) 기생명부.

기안탁명(妓案託名) 기생명부에 이름을 올리는 것.

기역자 왼다리도 못 그린다 아주 아는 게 없다는 뜻. 순무식자라는 말.

기역자를 그었다 아니라고 마음먹었다는 말.

기울기울 한쪽으로 쏠려 기울어지는 것.

기음 김.

기찰(譏察) 남모르게 알아봄.

기축년 1889년.

기판(騎判) 병조판서.

긴가민가 그러한가 아니한가.

긴경마 기구器具를 갖춘 말 왼쪽에 달린 넓고 긴 고삐.

긴대 긴 담뱃대. 장죽長竹.

긴목 심복지인心腹之人. 매우 가까운 사람. 또는 마음놓고 믿을 수 있는 둘도 없는 아랫사람. 복심腹心.

긴목(緊目) 조치개. 손발.

긴짐승 배암. 뱀.

길가에 집짓기 길가에 집을 지으면 오가는 사람이 보고 저마다 끼어들 어 집을 짓지 못한다 함이니, 무슨 일을 해나감에 있어 끼어드는 사 람이 많아 일을 이루어 내지 못할 때 이름. 늑작사도방作舍道傍.

길고 짧은 것은 대어보아야 안다 1.잘하고 잘못하는 것은 겨룸을 해봐 야 안다는 뜻. 2.무슨 일이나 잘 알려면 참으로 겪어 보아야 한다는 뜻. 늑물은 건너보아야 알고 사람은 지내보아야 안다.

길군악 '길에서 부르는 노래'라는 뜻. 행악行樂 중 하나. 12가사 하나인 '노요곡路謠曲' 딴이름.

길라잡이 길을 이끌어주는 사람. 길앞잡이. 길잡이.

길미 변리. 이자.

길아뢰다 길잡이하다.

길치 남조선에서 나던 황소. 살지고 기름기가 흐르나 억세지 못하였음.

길카리 먼촌 일가붙이. 가깝지 않은 동성同姓이나 이성異姓 겨레붙이.

김 생(金生, 711~791) 왕희지를 뛰어넘었던 신라 때 명필.

김개남(金開南, 1852~1894) 전봉준全琫準을 이끌었던 동학남접東學南接 목대잡이로, 왜군과 조정에서 가장 두려워했던 피끓는 혁명가였음. '녹두장군' 소리를 들었던 것도 개남장開南將이었음. 새로운 세상을 연다는 뜻에서 '開南'으로 이름 바꾼 개남장이 태어난 곳이 녹두꽃이 많이 피는 동네였음. 전주성에 무혈입성한 개남장이 곧바로 한양을 두려빼자고 했으나 작은 성취에 취한 전봉준이 머뭇거리는 바람에 때를 놓친 동학군은 찢어지고, 남원南原에 차고 앉아 '코뮨'을 편 김개남이었음. 왜군의 가짜 밀서에 속아 우금고개를 넘으려다 무너진 전봉준이 잡혀갈 때 한 사람도 내다보지 않던 농군들이 김개남이 실려가는 쇠달구지 뒤로는 끝없이 이어지며 터져나온 노래가 있으니―"개남아 개남아 김개남아/그 많던 군사 어디다 두고/짚둥우리가 웬말이냐 짚둥우리가 웬말이냐." 물너울처럼 밀려오는 인민대중 서슬에 놀란 전라감사 이도재李道宰가 전주성 남문 밖 초록바위에서 서둘러 목을 잘랐음. 왜제는 진정한 조선 농군혁명가 김개남을 지워버리고 온건개혁론자인 전봉준이 동학을 목대잡았던 것으로 만들었으니, 김개남이 이룬 혁명 업적을 인정하기 싫었기 때문에서임. 오늘도 갑오농군혁명이 전봉준 중심으로 흐르는 것은 왜제가 만든 '전봉준 공판기록'에만 매달려 있는 때문임. 갑오농민군이 그 아름다운 이름을 세상에 널리 알리게 된 백산싸움과 황토재싸움을 이기고 나서 했던 맨 첫번째 일은, 짚신을 벗고 관군이 신던 가죽장화로 갈아신는 것이었음. 왜군이 펼친 남조선대토벌작전에서 살아남은 '개남장 사람들'은 지리산으로 들어갔고, 인민유격대로 몸 바꿔 이현상 남부군까지 이어졌던 것임. 김기전 지음『다시 쓰는 동학농민혁명사』비춰볼 것.

새야새야 파랑새야
녹두밭에 앉지마라.
녹두꽃이 떨어지면
청포장수 울고간다.

개남장이 태어난 곳은 이제 정읍시 산외면 동곡리 지금실 마을 상지
금실 웃만댕이 막다른 산골짝이었음. 녹두를 많이 심는 마을에서 태
어난 녹두처럼 자그마한 사람이 새 세상을 열려는 큰일을 했다고 해
서 녹두꽃 같은 '녹두장군'으로 불리었음. 관군과 왜군을 파랑새라
하였고, 백성들은 청포묵장수라고 하였음. 청포淸泡묵, 곧 녹말묵이
라도 마음껏 먹게 하려는 개남장을 잡아가면 백성들이 슬퍼한다는
말로, 녹두밭마을 아낙 가운데 누군가 지어 콧노래로 불리웠던 노래
였음.

이제 정읍시 산내면 종성리에 있던 자형 서영기徐英基 집에 숨어
있다가 친구인 임병찬林炳瓚 등돌림으로 붙잡힌 개남장이었으니,
1894년 12월 3일(음)이었음. 개남장을 잡은 관군은 황소구루마에
태운 다음 열 손가락에 대못을 박았음. 그리고 '유지뱅이'라고 불리
우던 짚둥우리를 씌우고 소나무 서까래로 빙둘러 놓아 돔치고 뛰지
못하게 하였음.

초록바위에서 잘려진 개남장 머리는 한양으로 보내져 서대문에서
사흘, 전주 남문거리 장터에서 사흘간 장대 끝에 꿰어 매달린 다음
없애버렸으니— 계백장군이 화랑관창 머리를 돌려주었다가 백제가
무너졌듯이, 농군들이 다시 일떠설 것을 두려워했던 때문이었음.

도강김씨道康金氏 영주永疇를 개남開南으로 바꾼 것은 일해대사一海
大師 서장옥徐璋玉 이끎 받아 동학남접에 든 스물세 살 때부터였음.
이 '개남'을 두고 많은 이들이 '혁명을 남쪽에서부터 열어간다'는 뜻
에서 지은 것으로 풀이하는데, 그것은 '남南'을 잘못 읽어낸 것임.
'남'은 동서남북을 가리키는 방위개념이 아니라 '와야만 될 새 세상'
을 말하는 '앞'을 말하는 것으로, '새 세상을 연다'는 뜻에서 '개남開
南'임. 이것은 우리 겨레가 예로부터 애타게 그리워했던 새 세상을
꿈꾸는 미륵사상 이어받은 '남조선사상南朝鮮思想'에서 나온 것임.

김규홍(金奎弘, 1845~?)　고종 원년인 1864년 증광문과增廣文科에 을과乙科로 급제, 전라도 관찰사와 경기·황해도 관찰사를 지내었음. 본관 청풍淸風.

김만수(金萬秀)　1830년대에 태어났던 조선왕조 끝무렵 바둑국수였음.

김병시(金炳始, 1832~1898)　고종 때 영의정을 지냈는데, 끝까지 왜국을 비롯한 서구 열강과 통상을 반대했던 사대당 수구파 우두머리였음.

김성기(金聖器)　영조英祖 때 금객琴客.

김세종(金世宗)　헌철고憲哲高 년간 명창.

김영수(金永壽, 1829~?)　1870년 문과에 올라 1884년 협판내무부사協辦內務府事와 1886년 이조판서吏曹判書를 거쳐 대제학大提學을 지내었음.

김오세(金五歲)　단종端宗 때 생육신生六臣 하나였던 매월당梅月堂 김시습(金時習, 1435~1493). 세조世祖 쿠데타에 앙버티며 승속僧俗을 넘나들었던 천재天才 먹물.

김응하(金應河, 1580~1619)　인조仁祖 때 장군.

김조순(金祖淳, 1765~1831)　순조純祖 때 척신戚臣.

김종귀(金鐘貴)　조선왕조 가운데 때 국수國手.

김좌근(金左根, 1797~1869)　왕실 척족으로 세력을 잡았던 철종 때 영의정.

김중진(金仲眞)　정조 때 선비로 익살과 상말을 잘하였음.

김지이지[金的李的]　성명이 뚜렷하지 않은 사람들을 셀 때 쓰던 말. 지[的]: 이두.

김창환(金昌煥)　1855~1927년 사이 명창.

김채만(金采萬)　1865~1911년 사이 명창.

깁　명주실로 바탕을 좀 거칠게 짠 비단.

깃긔(衿記)　깃기. 민인들이 지닌 논밭과 걷이를 적었던 결전 거두는 치부책을 말하는 이두.

깃옷　졸곡卒哭 때까지 입는 생무명으로 지은 상복. 졸곡: 삼우제三虞祭를 지낸 뒤에 지내는 제사. 사람이 죽은 지 석달 만에 정일丁日이나 해일亥日을 가려 지내는 제사.

깃저고리　졸곡卒哭 때까지 입는 생무지 거상居喪옷.

깊드리 바닥이 깊은 논. 깊은 바닥에 박인 논.

까끄라기 벼·보리들 수염이나 그 도막난 동강.

까리 정해진 일자리가 없이 길거리에서 떠돌아다니는 발록구니. 날건달.

까마귀 똥도 열닷냥 하면 물에 깔긴다 아무짝에도 쓸데없는 까마귀 똥도 값이 나간다고 하면 물에 깔겨 못쓰게 한다는 말이니, 흔해 빠진 것도 정작 쓸데있어 구하려 하면 얻기 힘들게 된다는 말.

까막배지(牌旨) 그 고을에서 떨치는 힘 센 사람이 상사람을 부를 때 창호지에 먹 묻힌 도장을 찍어보냈던 데서 나온 말로 '까막배자'인데, 참으로는 못된 선비들이 한밑천 잡는 데 쓰였고, 그 가운데 송시열宋時烈이 남긴명령으로 청주 화양동華陽洞에 세운 '만동묘萬東廟'에서 박아낸 '까막패지'가 가장 더럽고 나쁜 이름이 높았음.

까만종놈 종을 낮춰 부르던 말.

까실까실하다 찰기 없이 거칠고 빳빳하다.

까치두루마기 어린아이를 곱게 보이고자 다섯가지 헝겊을 모아 지은 두루마기.

까치발 키를 높이고자 발뒤꿈치를 드는 일.

까치옷 흑백색 군복 하나. 사령군노들이 입던 옷.

깍다귀 각다귀. 낮에 움직이며 사람이나 짐승 피를 빨아먹는 왕모기로, 남을 빨아먹는 못된 놈을 빗대어 이르는 말.

깍정이 손맑고 다라운 사람.

깍정이패 동냥질과 소매치기 들치기를 하던 사내아이들.

깍지 활을 쏠 때 손가락을 감싸주는 가죽 끼우새.

깍짓동 1.몹시 뚱뚱한 사람을 빗댄 말. 2.콩이나 팥 깍지를 줄기째로 묶은 큰 단.

깍짓손 깍지를 꽂은 손. 활줄을 잡아당기는 손. 깍지: 활 쏠 때 시위를 잡아당기는 엄지손가락 아랫마디에 끼는 연모. 뿔로 대롱 꼴을 만듦. 각지角指.

깎은 밤 같다 겉꼴이 말쑥하고 똑똑한 사람을 이르는 말. 늑씻은 팥알 같다. 깎은 서방님.

깎은선비 말쑥하고 단정하게 차린 선비.

깐깐오월(--五月) 오월달은 해가 길어 더디감을 말함. 모둔오월.

깜냥 일을 해내는 얼마간 힘.

깡깡이 해금奚琴.

깡동하게 아랫도리가 드러날 만큼 겉옷이 짧다.

깡동한 아주 짧은.

깡반 깡고집 양반.

깨단하고 오래 생각 못하던 것을 어떤 실마리로 말미암아 깨닫고.

깨묵쉥이 깻묵송이 내뿟말. 깻묵은 참기름을 짜고 난 찌꺼기이니, 쓸데 없다·하찮다는 말임.

깨성 병을 추스르고 일어나는 것. 회복回復. 되찾음. 깨어남. 깨남. 바로 잡음. 추셤. 좋아짐. 돌아섬. 돌이킴.

깽비리 어린아이나 한 동아리 가운데 작은 사람같이 하잘것없는 사람을 낮잡아 일컫는 말.

꺼끔하다 조금 뜸하다.

꺽꺽 푸드덕 장끼 갈 제 아로롱 까투리 따라 가덧 녹수 갈 제 원앙 가구 '바늘 가는 데 실 간다'는 말로, 『고본古本 춘향전』에 나옴.

꺽지다 억세고 꿋꿋하며 기운차다. 다부지다.

꺽짓손 억세고 사나워서 마음대로 되지 않는 솜씨.

꺾어진 환갑 서른 살.

꺾음하다 꺾임을 당하다.

꺾자치다 1.본메글발 같은 중요로운 문서 빈 데에 꺾자를 그리다. 2.글에서 글줄이나 글자를 지워버리고자 꺾자를 그리다.

껑거리 길마를 얹을 때 소 궁둥이에 막대를 가로대고 그 두 끝에 줄을 매어 길마 뒷가지에 좌우로 잡아매게 된 몬. 길마: 짐을 실으려고 소 등에 얹은 안장.

꼬꼬마 병졸들 벙거지 뒤에 늘이던 붉은 말총으로 만든 길고 부풀한 수술.

꼬리가 길면 밟힌다 나쁜 일을 오래 두고 하면 끝내는 들키고야 만다는 말.

꼬리치마 상것 부녀자들이 입던 치마로 겨우 무릎을 가릴 만큼 짧았음.

꼭두군사 꼭둑각시 놀음에 나오는 군사로, 재빠르게 움직이지 못하는 힘없는 군졸을 말함.

꼭뒤 1.뒷통수 한가운데. 2.활 도고지 붙은 뒤.

꼭지를 딴다 처음으로 비롯한다는 말.

꼭지와 잡좆 술바닥 반대쪽 끝은 뾰족하게 깎아서 밭가는 이가 왼손으로 쥐고 가늘게 되어 있는데, 여기를 '꼭지'라 하고 중간쯤에 밑으로 향해 꽂혀있는 손잡이 나무를 '잡좆'이라 한다. 한 이랑을 갈고 나서 돌아설 때는 여기를 쥐고 쟁기를 들어서 둘러놓고 다시 갈기 시작하는 것이다. 술바닥: 쟁기질을 할 때 보습을 꽂아 직접 가는 일을 하는 것이 술바닥이다. ―이훈종『민족생활어 사전』에서.

꼴에 수캐라고 다리 들고 오줌 눈다 되지못한 자가 나서서 젠 체하고 짓거리함을 이름.

꽃 본 나비 물 본 기러기 나비는 꽃이 좋아서 그냥 지나치지 못하며 기러기는 물이 좋아서 노닐고야 만다 함이니, 흔히 남녀 간 정이 깊어 떨어지지 못하는 즐거움을 두고 하는 말. ≒꽃 본 나비 불을 헤아리랴. 물 본 기러기 어옹漁翁을 두려워할까. 어미 본 애기. 물 본 기러기.

꽃 본 나비 불을 헤아리랴 꽃 본 나비가 불에 타 죽을 위험이 있더라도 꽃에 들어 노닐지 않을 수 없다 함이니, 남녀 간 정이 깊어 비록 죽을지도 모를 위험이 있다라도 무릅쓰고 찾아 같이 즐김을 이르는 말. ≒꽃 본 나비 불을 헤아리며 물 본 기러기 어옹을 두려워할까.

꽃두레 큰아기. 숫색시. '처녀處女' 본딧말. 시집갈 나이 찬 숫색시는 몸에 꽃다발을 두른 것처럼 아름답다고 해서 붙여진 이름으로, 대한제국 때까지 쓰였음. 처녀. 큰아기. 아기씨. 아가씨. 색시. 비바리. 처음.

꽃두루 '총각' 본딧말.

꽃은 반만 핀 것이 곱구 술은 반만 취한 것이 좋다 무엇이든 꽉 차서 터질 듯한 것보다 조금 모자란 듯 빈 데를 남겨놓는 것이 좋다는 말.

꽤짜 꽤 괜찮은 사람이나 몬.

꽹하게 투명透明하게. 맑게. 속 비치게. 환히 들여다보이게.

꾀송꾀송 '꾀음꾀음' 충청도 내폿말로, 달콤하고 재치있는 말로 남을 자꾸 꾀는 꼴.

꿀 먹은 벙어리 벙어리는 맛을 알면서도 어떻다고 말은 못하므로 어떤 일에 대하여 말이 없는 사람을 두고 하는 말. 늑꿀 먹은 벙어리요 침 먹은 지네.

꿍심 남에게 드러내 보이지 않고 우물쭈물하는 셈속. 꿍꿍이셈.

꿩 구워 먹은 소식 1.어떤 일을 하고도 아무 자취가 남지 않을 때 쓰는 말. 2.소식消息이 아주 없다는 말.

꿩 대신 닭 제가 쓰려는 것이 없으면 그와 닮은 것으로 바꿔 쓸 수도 있다는 말.

꿩 떨어진 매 아무 데도 붙일 곳이 없다는 뜻.

꿰미 구멍 뚫린 돈을 꿰어묶는 노끈이나 철사끈 따위. 꿰어놓은 갯수. 한 돈이면 열 푼이고 열 돈이면 한냥이니, 한 관이면 열냥이 되므로, 십만관이면 백만냥이 됨.

끄싱개 베틀에 걸린 연장

끈 떨어진 뒤웅박 홀로 나가 떨어져 아무 데도 붙지 못하고 굴러다닌다는 말이니, 조금도 기댈 데가 없어진 자리를 이름.

끈 떨어진 망석중이 1.망석중이가 끈이 떨어지면 꼼짝도 못한다는 것을 이르니, 기댈 곳 없어 어찌할 줄 모름을 이름. 2.돈이 아주 못쓰게 되어 버렸다는 말. 망석중: 꼭둑각시 한가지인 나무로 만든 사람 탈.

끌끌하다 마음이 맑고 바르고 깨끗하다.

끌끔하다 마음이나 솜씨가 끌끌하고 미끈하다.

끌탕 속을 태우는 근심걱정.

끕끕하다 무엇이 모자란 듯 입맛이 다셔진다.

끼끗하다 1.생기가 있고 깨끗하다. 2.싱싱하고 길차다.

끽긴(喫緊)한 매우 종요로운. 대수로운. 대모한. 대단한.

나귀 샌님 쳐다보듯 눈을 치떠서 말똥말똥 쳐다본다는 뜻.

나깨떡 메밀나깨로 만든 개떡. 나깨: 찌끼.

나날삶 일상日常.

나는 새도 깃을 쳐야 날아간다 무슨 일이나 채비를 하고 차례를 따라야 이룰 수 있다는 말. ≒나는 새도 움직여야 난다. 개구리도 옴쳐야 뛴다.

나달나달하다 여러 가닥이 가늘게 늘어져 곧 끊어질 것처럼 흔들거리다.

나막신 나무를 배꼴로 파고 밑에 높은 굽이 두 개 달린 것으로 비 오는 날 신었음.

나무갓 나라에서 나무를 못하게 하던 곳.

나무거울 반치기 겉꼴은 그럴듯하나 참으로는 아무 쓸데없는 사람.

나무접시 놋접시 될까 나무접시가 바뀌어 놋접시가 될 리는 없다 함이니, 바탕이 나쁜 자가 뛰어나게 될 수 없다는 뜻. ≒각관 기생 열녀 되랴. 닭의 새끼 봉이 되랴. 까마귀 학이 되랴. 우마가 기린 되랴. 나무 뚝배기 쇠 양푼 될까.

나무칼로 귀를 베어도 모르겠다 좀처럼 베어질 리 없는 나무칼로 귀를 베려면 한바탕 북새를 겪어야 할 것이나 그것을 모르겠다 함은 한가지 일에 몹시 골똘하여 정신이 없음을 이름. 거의 음식이나 애정에 빠졌을 때 하는 말. ≒둘이 먹다 하나가 죽어도 모르겠다.

나붓이 1.천천히 땅으로 내려오는 꼴. 2.고개를 숙이고 얌전하게 가만히 앉거나 엎드리는 맵시.

나비눈 못마땅해서 사르르 굴려 못본 체하는 눈짓. '나비'는 '고양이'를 말하므로, 고양이 눈 돌리듯 한다는 뜻임.

나비잠 반듯이 누워 두 팔을 머리 위로 벌리고 자는 잠.

나우 조금 많게. 조금 낫게.

나이 차 미운 계집 없다 무엇이나 한창 필 때는 좋게 보인다는 말.

나장이(羅匠-) 의금부義禁府에서 죄인을 족대길 때에 매 때리는 일을 하던 하례下隷. 족대기질: 고문拷問.

낙낙찮다 만만할 만큼 힘이 없지 않다.

낙낙하다 삶이나 무엇이나 만만하여 다루기가 쉽다.

낙낙하지 부드럽지.

낙락장송(落落長松)**도 근본은 종자**(種子) 1.훌륭한 인물도 뿌리를 캐어보면 예사사람이나 다름이 없으니 힘들여 애씀으로 그렇게 되었다는 말. 2.대단한 일도 그 첫 비롯됨은 아주 보잘것없었음을 이름.

낙송(落訟) 송사訟事에 지는 것.

낙양성(洛陽城) 중국 후한·진·후당 도읍지.

낙은지(落銀紙) 은박 가루를 뿌려 만든 편지지.

낙적(落籍) 기생 명부에서 이름을 빼어 양민이 되는 것.

낙정미(落庭米) 말질을 하거나 섬에 담을 때 땅에 떨어지던 것.

낙지 파는 소리 남이 알아듣지 못하게 게정 섞인 말을 중얼거릴 때 이르는 말. 장마 도깨비 여울 건너가는 소리를 한다. 게정: 불평스럽게 떠드는 말과 짓. 늑귀신 씨나락 까먹는 소리. 비 맞은 중놈. 봉사 씨나락 까먹듯.

난만히 가댁질하는 흐드러지게 놀아대는.

난장박살탕국에 어혈밥 말아먹기 마구 함부로 맞아 성한 데 없이 멍이 들고 죽게 될 것이라는 말. 어혈瘀血: 맞은 탓으로 피가 제대로 돌지를 못하고 한곳에 남아 있어서 생기는 병.

난질 여자가 정을 통한 사내와 내빼는 것.

난짝 1.번쩍. 2.바로 딱. 3.단목에 바짝.

날 샌 올빼미 신세 힘 없고 세력 없어 어찌할 수 없는 외로운 신세를 이름. 늑날개 부러진 매. 허리 부러진 호랑이.

날 잡은 놈이 자루 잡은 놈을 당하랴 동뜨게 좋은 터수에 있는 자를 이겨내기는 어렵다는 말. 늑칼날 쥔 놈이 자루 쥔 놈 당할까.

날밤 부질없이 새우는 밤.

날밤집 밤새 술 팔던 주막.

날붙이 칼·낫·도끼처럼 날이 서 있는 연장들.

날올 세로 건 올.

날장비 같이 생긴 사내 날아다니는 장비처럼 무섭게 생긴 사내.

날짜 생무지. 양말로 '아마추어'.

날피 가난한 데다 헛되고 미덥지 못한 사람.

남 이(南怡, 1441~1468) **장군** 세조 때 장군. 민중적 영웅으로 민간과 무속에서 떠받들렸음.

남 컨 횃불에 조개 잡듯 남 돈을 써서 제 일을 하며 거기서 난 알속도 제가 갖는다는 뜻.

남가일몽(南柯一夢) 꿈처럼 헛된 한때 부귀영화. 중국 당나라 때 소설 『남가기南柯記』에서 나온 말.

남갈개 사냥꾼이 지니고 다니는 탄약이나 화약을 넣어두는 가죽 갑.

남보매 남이 언뜻 보기에.

남사당패(男社黨牌) 사당 복색을 하고 이곳저곳 돌아다니면서 소리와 춤을 팔며 사당처럼 놀던 무리.

남산골 샌님이 신청 안 고직(庫直)**이 시킬 재주는 없어도 뗄 재주는 있다**
양반이라도 아무 힘없는 남산골 샌님이 선혜청宣惠廳 고직이를 시켜줄 수는 없어도 못입을 일으켜 못하게 할 수는 있었다 해서 이름이니, 무슨 일이나 해줄 수는 없어도 죽젓개질 해서 못하게 할 수는 있다는 뜻으로 할 때 이름.
예전 나라에 바치는 진상품進上品을 받던 관청인 선혜청에는 각 도별로 낭청郎廳이 있고 그 밑에 서리書吏와 고직이가 있었음. 고직이만 하더라도 생기는 검은돈이 많아서 일족一族이 먹고산다 하였으므로, 가난한 선비인 남산골 샌님이 이 고직이를 시켜줄 힘은 비록 없으나, 양반이 한 번 "그놈 고약한 놈"이라고 떠들면 당장에 잘렸다 해서 생긴 말임. 죽젓개질: 훼방놓다. 가로막다. 어지럽히다.

남산골 샌님이 역적 바라듯 한다 1.가난하고 졸아든 사람이 엉뚱한 일을 바란다는 말. 2.딱한 자리에 있는 사람은 늘 투정을 품고 있다 하여 이르는 말. ≒남촌 양반이 반역할 뜻을 품는다.

남산골 생원이 망해도 걸음 걷는 봇수는 남는다 남산골 샌님이 망해서 아무것도 없으나 남다른 걸음걸이만은 남는다는 말이니, 사람 버릇이란 없어지지 않는다는 말. ≒왈짜가 망해도 왼다리질 하나는 남는다.

남여(藍輿) 걸상 비슷하고 위를 덮지 아니한 작은 가마. 승교乘轎.

남연군(南延君, ?~1822) 홍선대원군興宣大院君 이하응李昰應 아버지. 고종高宗 5년인 1868년 충청도 덕산德山 가야산伽倻山에 있는 그 무덤을 독일 장사치 옴페르트가 도굴하려다가 그르친 사달은 홍선대원군으로 하여금 쇄국주의鎖國主義를 더욱 다지르게 한 실마리가 되었음. 사달: 사건事件. 다지르다: 다지다.

남의 돈 천냥이 내 돈 한 푼만 못하다 아무리 작고 보잘것없는 것이라도 제가 직접 가지고 있는 것이 낫다는 말. ≒내 돈 서 푼이 남의 돈 사백냥보다 낫다. 아버지 종도 내 종만 못하다.

남이 눈 똥에 주저앉는다 남 잘못으로 제가 아리송하게 벌을 받게 되거나 밑진다는 말.

남이 장에 간다 하니 거름 지고 나선다 남이 장에 간다고 나서니 멋도 모르고 저도 간다고 거름을 지고 나선다 함은 줏대없이 남이 하는 대로 그대로 따라서 움직인다는 뜻.

남인맞다 시집가다.

남인종 '남노男奴' 예전 말. 남인종노奴.

남전대(藍纏帶) 구군복具軍服 속에 걸치는 화약통 달린 조끼. ~하다. 구군복具軍服: 안올린 벙거지를 쓰고 동달이를 입은 장표章標 위에 전대띠를 눌러 띠고, 목화木靴를 신고, 동개를 메고, 환도還刀를 차고, 등채를 손에 드는 일. 구기복具器服.

남진얼이다 시집온다.

남초(南草) 본디 남쪽에서 왔다고 해서 '담배'를 일컫던 말.

남촌 양반이 반역할 뜻을 품는다 서울 남촌에는 사그라져 애옥한 양반들이 살았으니, 반역할 뜻은 언제나 때를 본받아 투정 많은 사람들이 품게 되는 것이라 하는 말.

남추강(南秋江) 생육신 한 사람인 남효온(南孝溫, 1444~1492).

남행짜리(南行--) 음직蔭職. 곧 조상 덕으로 얻은 벼슬자리.

남호(南湖) 고려 때 시인 정지상(鄭知常, ?~1135) 호.

납가새 물가 모래땅에서 나는 한해살이 풀.

납박주다 퇴짜놓아 무안을 주다. 납백納白. 자빠주다.

납상(納上) 웃어른에게 바침. '상납'은 왜제가 뒤집은 말임.

납신 윗몸을 가볍고 재빠르게 수그리다. 남에게 굽신거리느라고 허리를 납작하게 구부리는 꼴.

납신납신 납작납작.

납청장(을 만들다) 1.몹시 얻어맞거나 눌리어 꼴이 납작하게 됨을 이름. 2.판세가 나빠 꼼짝도 못하게 된 마당을 이름. 평안북도 정주군 定州郡 납청장納淸場에서 만드는 면은 몹시 두들기어 만들어서 그 바탕이 질겼다 함.

낫 놓고 기역자도 모른다 낫을 눈앞에 놓고 낫 꼴로 생긴 기역자를 모른다 함이니, 아주 무식하다는 말.

낭구 '나무' 충청도 내폿말.

낭심(囊心) 불 한가운데.

낮거리 대낮에 하는 남녀관계.

낮곁 한낮부터 해 질 녘까지를 둘로 나눈 앞 어섯 동안.

낮뒤 한낮이 지나간 뒤인 오정午正부터 자정子正인 밤 12시까지를 말하는 하오下午. '오후午後'는 왜말임.

낮말은 새가 듣고 밤말은 쥐가 듣는다 1.아무도 안 듣는 데에서라도 말 조심하여야 된다는 뜻. 2.아무리 남몰래 한 말도 반드시 남 귀에 들어가게 된다는 뜻.

낮부림 낮 동안만 부림을 받아서 하는 일.

낮전 상오上午. '오전午前'은 왜말임. 한낮이 되기 전인 자정子正부터 오정午正까지인, 밤 12시부터 낮 12시까지.

낱자리 하나치. 단위單位.

내 떡 나 먹었거니 제게 잘못이 없으니 상관없다는 말.

내 할말을 사돈이 한다 1.제가 하려고 하던 말을 남이 오히려 먼저 한다

는 뜻. 2.제가 남을 탓하려고 하니 그쪽에서 도리어 저를 나무란다는
말. 늑나 부를 노래를 사돈집에서 부른다. 시어미 부를 노래를 며느
리 먼저 부른다. 아가사창我歌査唱. 사돈 남 나무란다. 사돈네 남의 말
한다.

내리닫이 바지저고리가 붙고 뒤가 터진 옷.

내아(內衙) 수령 부인.

내음갈피 냄새나는 이치理致. 까닭.

내외법(內外法) 조선왕조 때 남자와 여자 사이에서 지켜야 할 도리. '남
　　녀칠세부동석男女七歲不同席' 같은 것.

내전보살 알고도 모르는 체하고 가만히 있는 사람을 가리키는 말.

내탕금(內帑金) 임금이 궤에 넣어두고 사사로이 쓰던 돈.

내포칠읍(內浦七邑) 서산瑞山·당진唐津·청양靑陽·예산禮山·홍성洪城·
　　보령保寧·서천舒川.

내행(內行) 아녀자들 여행.

냉갈령 몹시 매몰차고 쌀쌀한 낌새.

냉족(冷族) 찬바람 부는 가난한 집.

냠냠이탐 주전부리를 찾는 것.

냠냠히 맛있게 먹는 일.

냥냥고자 활 끝에 심고 걸리는 곳. 심고: 활 시위를 냥냥고자에 걸려고
　　그 끝에 심으로 만들어댄 고. 심: 나무 고갱이.

너나들이 서로 너니나니 하면서 허물없이 터놓고 지내는 사이.

너덜겅 돌이 많이 깔린 비탈.

너름새 판소리 가락 짜임새.

너부데데하다 얼굴이 둥그번번하고 너부룩하다. 넙데데하다.

너뷔바위 네둘레가 편편한 넓은바위.

너스레 남을 놀려먹으려고 하는 말이나 짓.

너울 1.양반 부녀들이 나들이 때 머리에서 허리까지 덮어 쓰던 검은 사
　　로 만들었던 자루같은 것. 2.혼인 때 계집하인이 머리에서 허리까지
　　덮어 쓰던 검은 사로 만들었던 자루같은 것. 3.장사 때 계집종이 머
　　리에서 허리까지 덮어 쓰던 베로 만든 자루 같은 것. 4.푸나무잎이

뜨거운 볕에 쬐어 시들어 늘어진 것. 사紗: 깁. 비단.

너울가지 남과 잘 사귈 수 있는 솜씨. 붙임성이나 너그러움 같은 것.

너울짜리 양반 부녀.

넉동 나가다·넉 동 다 갔다 윷놀이 할 때 윷판을 한 판 다 돌아 말이 나가면 한 동 나갔다 하고 넉 동이 나가면 이기게 되는 것이니, 1.무슨 일이든지 다 끝나게 되었다는 뜻. 2.사람 신세가 쇠잔하여졌다는 말.

넉가래 곡식이나 눈 따위를 한곳에 밀어 모으는 데 쓰이던 연모. 나무로 한쪽은 넓은 잎이 되고 다른 쪽은 자루가 되게 만들었음.

넉자배기 네 문자로 된 시문詩文. 네 글자로 된 말. 사자성어四字成語.

넉장거리 네 활개를 벌리고 뒤로 벌떡 나자빠짐.

넉장질 날품 하나.

넙치눈이 두 눈망울을 한 곳으로 잘 모으는 사람.

네 각담 아니면 내 쇠뿔 부러지랴 다른 사람 때문에 제가 축났다고 대드는 말.

네둘레 동서남북東西南北. 사방四方.

네미룩 내미룩 무슨 일을 가지고 서로 미루는 것.

년광(年光) 나이.

녈비 지나가는 비.

녈손 나그네.

노구솥 놋쇠나 구리로 만든 작은 솥으로, 맘대로 옮기어 따로 걸고 음식을 익히는데 쓰였음.

노느매기 몬을 여러 몫으로 나누는 일. '분배分配'는 왜말임.

노는 입에 염불하기 입도 가만히만 있기보다는 염불이라도 외우는 것이 좋다 함이니, 하는 일 없이 그저 노는 것보다는 무엇이나 하는 것이 낫다는 말. ≒할 일이 없거든 오금을 긁어라. 적적할 때는 내 볼기짝 친다.

노둣돌 말을 타거나 내릴 적에 발돋움으로 쓰느라고 대문 앞에 놓였던 돌. 하마석下馬石.

노드리듯 노끈 같은 빗발이 죽죽 퍼붓는 꼴.

노랑목 판소리에서 시원찮은 목소리.

노랑수건 앞잡이. 권력자 밑 심부름꾼.

노래기 족통도 없다 노래기 발은 아주 작아서 여간해서는 잘 보이지 않는 것인즉 그렇게 작은 것도 없다 함은 집안 형편이 매우 어렵고 가난하다는 뜻. 노래기: 고약한 노린내가 나며 축축한 땅에 사는 절족동물節足動物 한가지.

노량 느릿느릿. 천천히.

노량으로 어정 어정 놀아가면서. 느릿느릿한 움직임으로.

노록딸깃날 2월 초하루 종날. 정월 열사흗날부터 보름날까지 담과 지붕에 꽂아둔 모조무명·낟가릿대 따위를 모두 헐어서 불때어 콩도 볶고 떡도 만들며, 낟가릿대 속 곡식으로 만든 송편을 노비들에게 골고루 나누어 주어서 그 나잇수대로 먹게 하였던, 하리아드랫날.

노루 친 몽둥이 삼년(三年) 우린다 노루를 쳐잡은 몽둥이에 고기맛이 옮았으리라고 그것을 삼년 동안 우려먹는다 함이니, 한번 써먹은 것을 되풀이하여 여러 번 쓴다는 뜻.

노리개삼작 저마다 다른 세 가지 밑감, 세 가지 몬으로 된 삼작.

장도와 향랑 및 귀이개·족집게가 달린 것도 있으나, 붉은색 산호가지, 누런색 밀화불수, 청강석나비로 된 것이 제 식이다.

불수佛手는 양손 손 끝을 펴지않은 채 합장한 것 같은 밀감을 부처님 손 같다하여 진귀하게 여기는데, 그것을 본떠 만든 노리개이다. 밀화는 송진 같은 수지가 땅 속 깊숙이서 굳어진 호박琥珀으로 노랗게 불투명한 것을 말한다. 노랗고 말갛게 비치는 것은 금패金貝라 하여 갓끈 같은 데 많이 쓰였다. —이훈종『민족생활어 사전』에서.

노망태 노로 그물처럼 떠서 만든 망태기.

노문(路文) 공문公文.

노뭉치로 개 때리듯 맞선이 비위를 맞춰가면서 슬슬 놀림을 이르는 말.

노성(老成) 1.숙성함. 2.노련하고 성숙함.

노소시벽(老少時僻) 노론, 소론, 시파, 벽파.

노심개 베틀에 걸린 연장.

노여개 닥종이 따위로 꼰 노끈으로 엮거나 결어 만든 그릇.

노점(癆漸) '폐결핵肺結核'그때 말. 부족증不足症. 허로虛勞.

노정기(路程記) 나그넷길 거리와 길을 적바림한 것.

노파리 삼·종이·짚 따위로 만들어 집안에서 신던 신.

노파리가 난다 신이 난다.

녹병 보리잎과 줄기에 얼룩이 생기고 가루가 나는 병.

녹비에 가로 왈 사슴가죽에 쓴 가로 왈 자는 당기는 대로 날 일日자도 되고 가로 왈曰자도 된다는 말이니, 줏대 없이 이랬다저랬다 하는 것을 이름.

녹수(錄囚) 사람이 옥에 갇혔을 때 마땅한가 당찮은가 밝히는 일

녹작지근하다 온몸 맥이 풀려 괴롭고 몹시 나른하다.

논 이기듯 신 이기듯 한다 한 말을 연해 되풀이해서 잘 알아듣도록 빠짐없이 말한다는 뜻.

논꼬 논바닥.

논다니 웃음과 몸을 파는 여자.

논배미 논둑이나 논두렁으로 둘러싸인, 논 하나하나 가름.

놀던 계집이 결딴이 나도 엉덩이짓은 남는다 1.무엇이나 오래 버릇된 것은 떨어버릴 수 없다는 뜻. 2.어떤 것이 망해버리더라도 깡그리 죄다 없어지는 법은 없고 무언가 남는 것이 있다는 말. 늑왈짜가 망해도 왼다리질 하나는 남고 종가가 망해도 신주보와 향합은 남고 남산골샌님이 망해도 걸음 걷는 볏수는 남는다.

놀량목 목청을 떨면서 내는 목소리.

놀량으로 노는 것처럼 천천히.

놀량패 건달패.

놀음차 재인광대才人廣大나 기생들이 재주와 놀이를 보여주고 받던 돈.

놋바리 한 죽 놋쇠로 만든 여자 밥그릇 열 개.

놋종발 놋으로 만든 중발보다 작고 종지보다 조금 나부죽한 그릇.

농탕질 계집 사내가 야한 소리와 상스러운 짓거리로 막 놀아대는 짓.

농투성이 '농군'을 낮추어 일컫는 말. 농토산農土産이.

농판(弄板) 형벌을 느슨하게 하던 수령.

농현(弄絃) 현악기絃樂器 줄을 퉁기는 것.

높드리 1.골짜기 높은 곳. 2.메마르고 높아서 물기가 적은 논밭. 천둥지

기. 천수답.

뇐돈 현금. '놓여 있는 돈'이라는 말이 줄어든 것으로, 맞전·맞돈·직전
과 같은 뜻.

녕튀셍이 농토산農土産, 곧 '농투산이' 충청도 내폿말.

누름적 고기나 도라지를 꼬챙이에 꿰어 달걀을 씌워 지진 것.

누비적(鏤飛迪) 루스벨트 한자 취음이나, 여기서는 프랑스 해군 제독인
로오저.

누울 자리 보고 발 뻗친다 다가올 뒤끝을 생각해 가면서 모든 것을 미리
살피고 일을 비롯한다는 뜻.

누이 좋고 매부 좋다 1.서로 다 좋다는 말. 2.좋은데 한층 더 좋다는 말.

눅다 1.값이 싸다. 2.반죽 같은 것이 무르다. 3.뻣뻣하던 것이 물기를 받
아 부드럽다. 4.성깔이 너그럽다. 5.춥던 날씨가 풀려 푸근하다.

눅은목 언제나 하탁성下濁聲으로만 내는 목소리.

눅지다 가라앉다.

눅진 누긋하고 끈끈한.

눅진하다 몬이나 됨됨이가 누긋하고 끈끈하다.

눈 먼 고양이 갈밭 매듯 뚜렷한 목표가 없이 여기저기 떠돌아다닌다는
뜻. ≒눈 먼 중 갈밭에 든 것 같다.

눈 위에 서리친다 어려운 일을 당하고 있는 터에 또 어려움이 닥친다는
말. ≒눈 위에 서리치고 엎친 놈 위에 덮치고.

눈감뎬감 눈을 감았다 떴다.

눈비음 남 눈에 들게끔 겉으로만 꾸미는 일. 눈발림. 눈치레. 눈흘림.

눈썹지붕 지붕 한쪽이 몹시 작고 좁은 지붕.

눈은 있어도 망울이 없다 사물을 정확하게 분별하는 안목眼目과 식견識
見이 없음을 이름.

눈자라기 아직 곧추앉지 못하는 어린아이.

눈찌 흘겨보거나 쏘아보는 눈길.

눈치가 빠르면 절에 가도 조개젓을 얻어먹는다 눈치 빠른 사람은 어떤
경우에라도 군색한 일 없이 지낼 수 있다는 말.

눈홀레 눈요기.

눌눌 길게.

눌인(訥人) 정조 때 명필 조광진(曹匡振, 1772~1840) 호.

눙치다 좋은 말로 풀어서 마음이 누그러지게 하다.

뉘럴 누이를.

뉘반지기 뉘가 많이 섞인 쌀.

느물거리다 1.능글능글한 꼴로 끈덕지게 굴다. 2.산발이나 물결들이 물매가 느리게 넘실거리며 구비쳐 뻗다. 3.불길이 이글이글 넘실거리다.

느즌배 택견에서 발차기 솜씨 하나.

느짓느짓 자주 느즈러지게.

늑늑하다 속에 무엇이 얹힌 것처럼 개운하지가 않다.

는개 안개보다 조금 굵고 이슬보다 조금 가는 비.

는실난실하다 (남녀 사이 몸가짐에서) 어르기에서 부추김 받아 야릇하고 추잡하게 구는 꼴을 말하나, 여기서는 '야릇함'이나 멧새들이 서로 '짝을 찾는 것'으로 썼음.

는질는질 물크러질 듯한 느낌.

는짓는짓 느글느글 징그럽게. 능청스럽고 징글맞게.

늘자리 부들로 짠 돗자리.

늘품(-品) 앞으로 좋게 나아갈 바탕.

늙은 중이 먹을 간다 힘 들이지 않고 슬슬 하는 꼴을 이름.

늙정이 늙은이. 늙다리.

능 여분. 자투리. 나머지.

능갈맞다 얄밉도록 능갈치다.

능연(凌煙) 중국 당나라 때 공신들 초상을 걸어두던 곳. 능연각.

늦 조짐兆朕. 길흉吉兇이 생길 터무니가 미리 드러나 보이는 변화현상. 전조前兆. 조후兆候. 징조徵兆. 징후徵候.

늦잡드리다 켕기지 못하고 풀어져서 늦추어지다.

늦잡들이다 정신차리지 못하고 늦게 잡도리하다.

넝쿼히 능준히. 가늠에 차고도 남아서 넉넉하다.

니물리기 혼인하였던 여편네.

다 된 죽에 코 떨어뜨리기 제대로 잘되어 가는 일을 모지락스럽게 망침을 이름.

다 퍼먹은 김칫독 앓거나 굶주려서 눈이 쑥 들어간 사람을 빗댄 말. 늑눈이 하가마가 되었다. 하가마: 기생이 쓰던 '화관花冠'이 잘못 전해진 말.

다기져 힘차고 야무져.

다기차다 매우 당차고 야무지다.

다는목 떼지 않고 달아붙이며 하는 목소리.

다다 아무쪼록 힘 닿는 데까지. 될 수 있는 대로 가장.

다담상(茶啖床) 손님치레로 차려내는 교잣상.

다떠위다 사람들이 한데 모여 시끄럽게 떠들고 덤비다.

다랑논 비탈진 산골짜기에 있는 층층으로 된 좁고 작은 논배미.

다랭이 비탈진 산골짜기 같은 곳에 있는 층층으로 된 좁고 작은 논배미.

다리속곳 여자들이 속곳 속에 입던 맨 밑 속옷. 양말로 '팬티'. 치마끈에 기저귀를 달아 샅을 가리게 한 것으로, 속속곳을 자주 빨아야 하는 거북함을 덜고자 입었다고 함.

다리아랫소리 비위를 맞추고자 간살부리는 말. 구구하게 남한테 빌붙을 때 단작스럽게 저를 낮춰 하는 말. 단작스럽다: 보기에 매우 치사스럽고 짜며 다랍다.

다모토리 1.큰 잔으로 파는 소주. 또는 그것을 파는 집. 2.소주를 큰 잔으로 마시는 일.

다방골 조선왕조 끝 무렵 기생집이 많던 이제 서울 중구 다동 얼안.

다부치홰 다북, 곧 쑥을 말려서 홰로 묶은 것이다. 불을 붙여서 밭 둘레에 밤새 매달아놓으면 불똥이 잇달아 톡톡 튀고 냄새를 풍기기 때문에 멧돼지가 가까이 오지를 않아서 농작물을 보호하기 위해 산간동네에서 이용한다. ―이훈종『민족생활어 사전』에서.

다시어미 의붓어머니. 새어머니. 계모繼母. 훗어미.

다옥하다 무성茂盛하다.

다직 기껏.

다팔머리 갓난아이나 어린이 머리를 자라는 대로 내버려두어 눈썹을 덮도록 된 것. 아무 손질도 하지 않은 꼴을 말함.

다홍치마 1.짙게 붉고 산뜻한 빛깔인 다홍빛 치마. 홍상紅裳. 홍치마. 2.웃도리는 희고 아랫도리는 붉게 만든 연鳶.

닦은 방울 같다 1.반짝반짝 슬기가 도는 눈을 가리키는 말. 2.영토하고 똑똑한 어린애를 보고 하는 말. 영토하다: 영리하고 똑똑하다.

단내 1.몸이 불에 눌 때 나는 내음. 2.목 열이 몹시 높을 때 콧구멍에서 나는 내음.

단매 단 한차례 쳐서 죽이는 센 매.

단목 1.큰 명절이나 큰 일이 바짝 다가온 때. 2.어떤 일이나 고비에 바짝 가까워져서 매우 대수롭게 된 때나 자리. 단單대목. 한번.

단백사위 촉(觸) 간다 윷놀이에서 저쪽은 이제 '도'만 하여도 이길 판이고 이쪽은 이제 노는 윷짝으로 나지 못하면 지게 되는 자리에 그렇게 못하고 지게 됨을 이르는 말이니, 1.무슨 일이든지 한번에 그르쳤다는 말. 2.장난삼아 한 일에 져서 어렵게 됨을 이름. 어려운 자리를 맞았다는 뜻.

단속곳 치마 속에 입던 속옷. 속치마 격.

단참에 단숨에. 쉬지 아니하고 한꺼번에.

단총박이 짚 속대로 꼰 총을 박아 감은 짚신.

달걀로 성(城) 치기 굳고 단단한 것에 매우 가냘픈 것이 맞서서 친다 함이니, 칠 수 없는 것은 그만두고 도리어 저만 결딴나기에 이른다는 뜻. ≒달걀로 백운대 치기.

달걀섬 다루듯 깨어지기 쉬운 달걀을 담아놓은 섬 다루기는 여간 조심스러운 것이 아니므로 무엇이나 매우 조심하여 다룸을 이름. ≒달걀

섬 모시듯.

달거오례 일찍 베는 올벼.

달구리 새벽닭이 울 무렵.

달구지 1.소 한필이 끄는 짐수레. 2.구루마.

달기(達氣) 보기에 환하여, 높고 귀하게 잘 될 서슬.

달레『조선교회사 서설』 "수인 사지를 네 마리 소에 잡아매고 소에 채찍질을 하면 사형수 몸은 네 토막으로 갈라진다. 머리와 동체 및 사지 따위 여섯 토막이 된 수인 찢긴 몸뚱이는 각기 한 토막씩 각도에 보내져 백성들로 하여금 보게 하는 것이 관례가 되어 있다. 천한 관노가 이 흉칙한 살덩어리를 대로상으로 끌고 다니면서 구경을 시키고 통행인들한테 돈을 요구한다. 국왕 이름으로 또 국사를 위하여 돌아다니므로 누구 하나 이 시체 구경값을 받지 못하게 말릴 수가 없었다. 또 수인 시체를 매장하지 않고 버려두기에 거지들이 시체 팔에 끈을 매달아 거리로 끌고 다니며 구걸하였다. 주민들은 이 무서운 광경으로부터 해방되기 위하여 재빨리 돈을 던져주는 것이었다."

달보드레하다 조금 달큼하다. 들부드레하다.

달성위궁(達城尉宮) **마직**(馬直)**이 명위를 걸었나** 뒤에 의지할 데가 있다고 하여 버릇없는 짓과 거만한 짓을 할 때 이르는 말. 옛날 달성위 서씨徐氏 집 마지기 종이 그 상전上典을 믿고 방자放恣하고 간악하였다는 말이 있음. 늑대신댁 송아지 범 무서운 줄 모른다. 대신댁 송아지 백장 무서운 줄 모른다.

달소수 한 달이 조금 지나는 동안. 달포.

달첩 한 달에 얼마 받기로 하고 남자에게 몸을 파는 여자. 임병양란壬丙兩亂을 겪으며 살기가 어려워진 농군대중農軍大衆 아래 여자들한테서 비롯되었음.

달팽이 바다 건너간다 도무지 될 수 없는 일이라 말할 거리도 안된다는 뜻.

달팽이눈이 되었다 핀잔을 받거나 또는 겁이 날 때에 움찔하고 기운을 펴지 못한다는 말.

달포 한 달이 조금 넘는 동안.

닭똥쇠주 닭똥소주. 닭똥과 같이 술을 해 넣어서 소주로 내린 것. 여름에

보리밥이 쉬면 버리지 않고 쪄서 소주로 내렸음. 진서로는 소도주消
導酒라고 하는데 말린 닭똥 한되에 소주를 그 세곱으로 붓고, 하룻밤
재웠다가 절반으로 줄어들 때까지 달여서 먹었음. 닭똥이 독하므로
부종浮腫과 대소변 불통, 그리고 무엇보다도 장독杖毒에 더구나 좋
아, 조선왕조 끝무렵 인민봉기가 많았던 때는 닭똥 구하기가 어려웠
다고 함.

담기(膽氣) 담력膽力. 배짱. 뱃심.

담방석 꽃무늬가 가득 찬 돗자리.

담아낸다 성난 인민대중이 벌떼처럼 들고 일어나 못된 수령을 짚둥우
리에 태워 고을 살피 밖으로 내놓던 것. '짚둥우리 태운다'고 하는
데, 그때 사람들은 짚둥우리를 가리켜 인민대중이 태워주는 가마라
는 뜻에서 '만인교萬人轎'라고 하였음.

답답한 송사다 답답하기가 곧 풀리지 않는 송사訟事 같다 함이니, 무슨
일이 몹시 답답하다는 뜻.

닷곱방 벼 다섯홉이나 뿌려둘 만큼 좁다는 뜻에서 '아주 작은 방'을 말함.

닷둘홉 오갈피[五加皮].

당길마음 무엇을 바라거나 하고 싶어서 움직여지는 마음. 당길심.

당나귀 귀치레 좆치레 당찮은 곳에 치레를 하여 오히려 그 꼴이 나빠짐
을 이름.

당마(塘馬) 몰래 살피는 구실을 띤 군사를 태운 말.

당물(唐物) 중국 몬.

당쎙 당사향唐麝香. 당나라에서 들여온 사향이 약효가 좋다는 말이 나중
에는 중국에서 들여온 사치품과 나아가서는 가장 좋은 몬을 일컫는
말로 쓰임.

당여·운여·외코 여자용 신발.

당조짐 정신을 차리도록 단단히 조지는 것.

당줄 상투 짠 머리에서 끌어올린 머리카락이 흩어지지 않게 동여매는
망건 아랫단 끝에 달려 있는 끈. 망건으로 머리를 감아 반대편에 달
린 관자貫子로 꿰어, 돌이켜서 잡아당겨 몇 번을 새끼 꼬듯 감아가지
고 남은 자락을 상투에 감아서 처리함. 끝으로 갈수록 가늘게 만든

것을 '쥐꼬리 당줄'이라 하고 이를 상품으로 쳤음.

당질녀(堂姪女) 종질녀從姪女, 곧 조카가 낳은 딸을 정답게 일컫는 말.

당창(唐瘡) 매독梅毒.

당채련 바지저고리 오래 입어 때가 빤질빤질한 옷. 기름때가 묻고 닳아서 반들반들하게 된 헌옷을 이름. 당채련: 검정빛에 번들거리는 중국 나귀 가죽. 늑굴뚝 막은 덕석 같다. 왜장녀냐 제명월이냐 똥 덮개냐.

당최 아주. 도무지. 영永.

당취(黨聚) 조선왕조 때 있었던 불교 비밀결사체로 미륵세상을 만들고자 애를 태웠던 혁명승려 동아리를 가리킴. 못된 중을 가리키는 말인 '땡초'는 이 '당취'가 당추→땡추→땡초로 소리가 바뀐 것임.

당파(黨派) 수구당守舊黨.

대 선 책망 행동거조行動擧措가 덜 익었다고 꾸짖어 내치던 기생방 풍습.

대가리에 쉬 쓴 놈 머리에 쉬가 슬어서 제대로 머리 구실을 못한다 함이니 어리석고 미련한 자를 욕하는 말. 늑구더기 될 놈.

대간(臺諫) 사헌부·사간원. 벼슬을 도틀어 일컫는 말.

대갈받이 박치기.

대궁 먹다가 그릇 안에 남은 밥. 대궁밥. 잔반殘飯.

대궁술 먹다 남긴 술.

대꼬챙이로 째는 소리를 한다 사람 목소리가 매우 쨍쨍 높이 울려 듣기 거북함을 이르는 말.

대대 곱사등 대를 물려 이어가는 곱사등이.

대돈변 돈 한냥에 대하여 한 달에 한 돈씩 치는 비싼 변리. 한 돈변.

대마루판 일이 되고 안됨과 어떤 겨룸에서 판가리가 나는 마지막 판.

대망이 큰 구렁이.

대매 단 한번 때리는 매.

대명전(大明殿) **대들보에 명매기걸음** 맵시를 부려 아장아장 걸음을 이름.

대모(玳瑁)**테** 바다거북 껍질로 만든 왜배기 안경테. 왜배기: 윗길. 상치. 겉보기에 좋고 본바탕도 짭짤한 몬.

대못박이 대로 만든 못은 뚫을 수 없으니, 어리석고 둔하여 가르칠 수도 없는 사람을 일컫는 곁말.

대벽(大辟) 사형.

대부동(大不動)**에 곁낫질** 아주 큰 아름드리나무에 비스듬히 낫을 내리친다 함이니, 떨치는 힘이 큰데 대고 제 힘을 생각하지 않고 부질없이 함부로 덤비는 것을 이르는 말. 대부동: 대부등大不等이라고도 하며 아주 큰 아름드리나무라는 뜻. ≒장나무에 낫걸이. 참나무에 곁낫걸이. 토막나무에 낫걸이.

대살져 몸이 강팔라.

대신댁 송아지 범 무서운 줄 모른다 제가 기대고 있는 주인 힘을 믿고 저밖에 모르며 건방진 사람을 보고 이르는 말. ≒대신댁 송아지 백장 무서운 줄 모른다.

대우 들여 농작물 사이에 다른 곡식을 심어.

대원위대감(大院位大監) 홍선대원군興宣大院君 이하응(李昰應, 1820~1898).

대이구 '자꾸' 충청도 내폿말.

대전(大殿) 임금.

대접젖 아래로 내려 처지지 않은, 대접같이 생긴 여자 젖통.
　　"젖 보학譜學을 좀 들러주까? 묵모 같은 대접젖이 제일 이쁜 젖이구 그외에 가지각색 젖이 다 있다네. 연적같이 넓적한 건 연적젖이요, 병같이 길쭉한 건 병젖이요, 쇠뿔같이 끝이 빠른 건 쇠뿔젖이요, 쇠불알같이 축 늘어진 건 쇠불알젖이요, 그러구 젖꼭지가 들어간 건 구융젖이라네." ─홍명희『림꺽정』에 나오는 말.

대처물 큰바닥물.

대추나무에 연 걸리듯 여러 곳에 빚을 많이 걸머졌음을 비기는 말.

대컨 대중 보아. 대저大抵. 무릇, 헤아려보건대.

『대학(大學)**』** 공자 제자인 증자曾子나 자사子思가 지었다는 책으로 사서四書 하나임.『대학』『논어』『중용』『맹자』사서와『역경』『시경』『서경』삼경은 반드시 읽어야 되는 선비들 바탕책이었음.

대행마마 전 왕 철종哲宗.

댑싸리 밑 개팔자 더운 여름날 우거진 댑싸리 밑에 누워 있는 개는 몸이 매우 푸근하다 함이니 하찮은 자 늘어진 팔자를 말함.

댓진 먹은 뱀 이미 어쩔 수 없는 몸이 되어 곧 죽을 자리에 놓임을 빗댄 말.

댓진 먹은 뱀대가리 똥 찌른 막대 꼬챙이 댓진을 먹어 죽게 된 꼿꼿한 뱀대가리 꼴로, 똥 찌른 막대 꼴로 쓸데없이 꼿꼿하다는 말이니, 성미가 마르고 꼬장꼬장하여 도무지 사귐성이 없는 사람을 두고 하는 말.

댕구방망이 수염이 빽빽하게 난 '텁석부리'를 낮추어 부르는 말로 '댕구'는 조선왕조 때 가장 큰 화포火砲였던 '대완구大碗口'를 말함.

댕기머리 자지紫地헝겊을 땋는머리 끝에 드리거나 쪽찌는 머리에 감는 꽃두레 꽃두루. 꽃두레: 숫색시. 꽃두루: 숫총각.

더그레 각 영문營門 군사軍士들이 입던 세자락 웃옷. 군인·관하 딸린 데를 나타내던 윗막이(저고리·적삼). 호의號衣.

더그레짜리 사령·군노 같은 아래치 병졸.

더기 고원高原. 곧 높은벌에 있는 편편한 땅. 덕. 분지盆地.

더늠 소리꾼이 더욱 잘하는 소리나 소리 한 어섯.

더뎅이 부스럼 딱지나 때 같은 것이 덧붙어서 된 조각.

더부살이 환자(還子) 걱정 남의집살이 하는 주제에 주인집 빚걱정을 한다는 말이니, 주제넘게 남 일에 쓸데없는 걱정을 한다는 뜻.

덕갈나무 '떡갈나무' 옛말.

덕국(德國) 독일.

덕대(德大) 남 광산에서 광주와 도장을 찍고 그 광산 한도막을 떼어맡아, 많지 않은 굿일꾼을 데리고 쇳돌을 캐내는 사람.

덕석 추울 때 쇠등을 덮어주는 멍석.

덜미 목덜미 아래 어깻죽지 사이. 뒷덜미.

덥추 예전 일패·이패·삼패기생을 몰아 부르던 말.

덧거리질 매겨진 것 밖으로 덧붙여 받는 것. 인민들이 내게 되는 결전結錢에 덧붙여 빼앗아 가는 것.

덧거침 논밭에 잠풀이나 가시나무가 덩굴지게 우거지는 것.

덧게비질 다른 것 위에 쓸데없이 덧엎어 대는 일.

덩더꿍 북을 두들기는 소리.

덩덕새 덩덕새머리. 빗지 아니하여 더부룩한 머리.

덮어 열넉냥금 나음과 못함을 가리지 않고 같이 다룸을 이름.

데면데면하다 스스럼없이 못하다.

데아라 아라야 늘어진 수작이라는 뜻.

덴 소 날치듯 한다 사람이 열이 나서 펄펄 뛰는 꼴을 이름.

덴겁하다 뜻밖에 일을 당해서 놀라 허둥지둥하다. 깜짝 놀라다.

데김(題音) 관청에서 백성이 올리는 소장이나 청원서에 그대로 쓰는 분부. 또는 보고서에 쓰는 판결문을 가리키는 이두.

데사(題辭) 관장이 내리는 판결문. 데김題音 이두.

도(度) 곤장을 칠 때 때리는 숫자를 헤아리던 말.

도거머리 따로따로 나누지 아니하고 한데 합쳐서 몰아치는 사람. 도거리.

도기(道棋) 한 도 안에서 바둑을 가장 잘 두는 사람.

도깨비 땅 마련하듯 무엇을 하기는 하나 그예 아무 알속없이 헛됨을 이름.

도깨비는 방망이로 떼고 귀신은 경으로 뗀다 귀찮은 것을 물리치는 데는 남다른 꾀가 있다는 말.

도깨비도 수풀이 있어야 모인다 기댈 곳이 있어야 무슨 일이거나 이루어진다는 말.

도꼭지 어떤 길에서 가장 으뜸이 되는 사람.

도끼바탕 도끼질 할 때 밑에 받치는 나무토막.

도도평장(都都平丈) 글을 잘못 가르치는 본데없는 시골 훈장訓長.

도두뛰다 힘껏 높이 뛰다.

도둑고양이 그때 '수령'을 빗대어 부르던 말.

도둑눈 밤 사이에 내린 눈.

도드락장단 1.잔가락을 많이 넣는, 격이 낮은 장단. 2.손바닥으로 치는 장단.

도드리 '되돌아드는 것'이라는 뜻으로, 어떤 가락을 되풀이하는 일.

도드리다 눈에 힘을 주다.

도람 하소연.

도랑방자(跳踉放恣) 너무 똑똑하게 굴어서 아무 거리낌이 없는 꼴.

도랑에 든 소 도랑 양편에 우거진 풀을 다 먹을 수 있는 소라 함이니, 1.먹

을 복이 터진 자리에 있다는 뜻. 2.양쪽에서 잇속을 본다는 말. 늑개
천에 든 소.

도랑치마   다리가 드러날 만큼 짧은 치마

도래떡   초례상에 놓는 둥그넓적한 떡.

도래떡이 안팎이 없다   1.다같은 사람일 터이나 되지 못한 자가 도리어
서출庶出을 몹시 발라 업신여김을 빗댄 말. 2.둥글기만 한 도래떡은
안팎 나뉨이 없다 함이니, 뭐라고 가릴 수 없을 만큼 두리뭉실하다
는 뜻. 발라(내다): 골라내다.

도령상(喪)에 구방상(九方相)   자리에 맞지 않는다는 말. 늑명주 잘에 개
똥 들었다. 벌거벗고 환도 차기. 짚신에 정분 칠하기. 잘: 자루.

도롱이 접사리   짚이나 띠풀로 만든 비가리개. 도롱이는 어깨에, 접사리
는 머리서부터 무릎까지 썼음.

도릉지학(道陵之學)   신선神仙 궁구窮究.

도리(闍梨)   귀한 집 아들로 중이 된 아이를 대접하여 부르던 말.

도린결   사람이 잘 가지 않는 외진 곳.

도마름   지주地主한테 몸받아(위임받아) 큰 논밭을 맡아보는 우두머리
마름.

도막이   시골 지주地主나 늙은이.

도머리   도리머리. 머리를 흔들어 무엇이 싫다거나 아니라는 뜻을 나타
내는 것.

도머리를 치다   머리를 좌우左右로 흔들어 '부否' 뜻을 나타내는 것. 도머
리는 돌리는 것이란 뜻 도리머리로, 무엇을 지우는 뜻에서 머리를
흔드는 것.

도문(到門)   문과급제하여 홍패를 타가지고 집으로 돌아옴.

도섭   변화. 환술幻術.

도술   양반계급에서는 '무예武藝'라고 하였고, 농군을 머리로 한 여느 백
성들은 '도술道術'이라고 하였음.

도스리다   둘레를 잘 다듬다.

도안(道案)   도인道人 이름발기.

도장두(都狀頭)   장두 가운데 으뜸되는 사람. 우두머리 장두.

도적방귀 소리 없는 방귀.

도차지 도맡거나 혼자서 다 차지하는 것.

도척(盜跖) 중국 춘추시대 몹시 악한 사람. 현인賢人 유하혜柳下惠 아우로 무리 구천 명과 떼지어 늘 전국을 휩쓸었다고 함. 몹시 악한 사람을 빗대는 말로 쓰임. 날마다 죄없는 사람을 죽이고 사람 생간을 회쳐 먹으며 오래도록 잘 살다가 죽었다고 함.

도치 '도끼' 내폿말.

도투마리 베틀.

독 틈에 탕관(湯罐) 작은 약탕관이 큰 독 틈에 끼어서 어찌할 줄 모른다 함이니, 약자가 강자 사이에 끼어 어려움을 당한다는 말. ≒고래싸움에 새우 등터진다. 남 눈 똥에 주저앉고 애매한 두꺼비 떡돌에 치인다. 간어제초間於齊楚.

독립특행(獨立特行) 누구한테도 아랑곳받지 않고 제 줏대대로 살아가는 몸가짐.

독수리는 파리를 못 잡는다 저마다 깜냥에 맞는 일이 따로 있다는 말.

독장수구구 이루어질 수 없는 헛된 셈.

독판 혼자 치는 판. 독장치는 판.

돈만 있으면 개도 멍첨지다 상스러운 사람도 돈만 있으면 남들이 귀하게 다뤄줌을 이르는 말.

돈머리 많고적은 돈 만큼. 액수額數.

돈에 범 없다 사람은 누구나 돈을 떠받든다는 말.

돈이 장사라 돈 힘은 장사壯士힘과 같이 커서 세상일은 돈 힘으로 어떻게든지 뜻대로 된다는 말. ≒돈이 제갈량. 돈이 많으면 두억신을 부린다. 돈만 있으면 귀신도 부린다. 돈만 있으면 처녀 불알도 산다.

돈이 제갈량(諸葛亮) 돈만 있으면 못난 사람도 제갈량이 될 수 있다 함이니, 돈만 있으면 무엇이나 다할 수 있다는 뜻. ≒돈이면 귀신도 부릴 수 있고, 돈만 있으면 두억시니도 부릴 수 있고, 돈만 있으면 처녀 불알도 살 수 있다.

돈절(頓絕) 아주 끊어짐.

돈점총이 몸에 돈짝만한 점이 박힌 푸른빛 부루말. 부루말: 백마白馬.

돈피(獤皮) 노랑담비 털.

돌계집 아이를 낳지 못하는 계집. 석녀石女.

돌구멍안 서울 사대문 안을 가리키던 말로, 돌로 된 성벽으로 둘러쌓고
네 군데에 문을 달았으므로 그렇게 불렀던 것임.

돌기총 짚신이나 미투리 허리 양편에 맨 굵은 총.

돌반지기 돌이 많이 섞인 쌀.

돌아본 마을 뀌어본 방귀 무엇이나 하기 비롯하면 재미가 붙어 그만둘
수 없음을 이름.

돌알 달걀. 삶은 달걀.

돌입내정(突入內庭) 남의 집안에 주인 허락없이 불쑥 들어감. 내정돌입.

돌전 돌낯.

돌쩌귀에 불이 난다 매우 자주 쉴새없이 문을 여닫는다는 말.

돌쪼시 석수장이.

돌통대 흙이나 나무로 만든 싸구려 담뱃대. 돌통딕.

돌팍도 십년만 들여다보면 구멍이 뚫리는 법 오랫동안 온힘을 다하면
안 되는 일이 없다는 말.

돍써 토종土種. 제바닥치. 제고장치. 토박이씨. 토박이. 본토박이.

돗진갯진 윷판에서 도 아니면 개니 '거기서 거기'란 말.

동 곡식에서 나오는 줄기.

동 묶어서 한 동이로 만든 묶음.

동 채소에 꽃이 피는 줄기.

동개철 대문짝 위아래 문장부가 쪼개져 나가지 않게끔 양쪽으로 대거
나 걸치어 대는 길쭉한 쇠.

동거리 물부리 끝에 물린 쇠.

동곳 상투가 풀리지 않도록 꽂는 몬.

동구래저고리 길이가 짧고 앞섶이 좁으며 앞도련이 썩 동글고 뒷길이
보다 조금 길게 만들었던 여자 저고리. 동구래.

동네방네 저희 동네 여기저기.

동달이 1.붉은 소매 검정 두루마기에 붉은 안을 넣고, 뒷솔기가 길게 째
진 옛 군복. 2.군인 옷소매 끝에 그 등급에 따라 대던 가는 줄.

동동이(同同-) 투전 하나로 '짓고땡' 격.

동동팔월 부산한 가운데 어느새 갔는지도 모르게 쉬 지나간다 하여 이
르던 말. 건들팔월.

동무 따라 강남(江南) **간다** 저는 하고싶지 않으나 남한테 끌려서 좋아
하게 되는 경우를 이름.

동무(東武) 사상의학四象醫學 창시자인 이제마(李濟馬, 1838~1900) 호.

동방 누룩 뜨듯 떴다 얼굴이 누르께하고 기운 없어 보이는 사람을 이름.

동방 승려들 방한용防寒用 윗도리.

동방(洞房) 침실. 안방.

동배 몰이꾼과 목을 지키는 사람.

동부레기 뿔이 날 만한 나이 송아지.

동부리 담뱃대 입에 닿는 어섯. 물부리.

동사백체(董思白體) 중국 명대明代 문인 동기창董其昌 글씨체.

동색(同色) 당파 색이 같음.

동아리 한패.

동악상조(同惡相助) 나쁜사람이라도 그들 하려는 일을 이루기 위하여서
는 서로 돕고 힘을 모은다는 뜻.

동안 뜨게 사이가 있게.

동온돌(東溫突) 대궐 안 양전兩殿 침전寢殿 동쪽에 있던 방.

동이 닿지 않다 앞뒤 가리새가 맞지 않다. 가리새: 조리條理.

동자아치 밥짓는 일을 하던 여자 하인. 가정에서 하는 살림일을 '동자'라
하고, 그 일을 함을 '동자하다'라고 하며, 그 일하는 사람을 '동자아
치'라고 하나니, 이는 전부터 우리 가정에서 써 오는 말이다. 그러므
로 이제 '동자바지'라 함은, 여자들이 동자할 때 입는 바지라 함이다.
—단기 4281년 2월 15일 문교부에서 펴낸 『우리말 도로찾기』에서.

동지(冬至) **때 개딸기** 추워진 동지 때에 개딸기가 있을 리 없으니, 철이
지나 도저히 얻을 수 없는 것을 바란다는 뜻.

동짜(東字) '동학쟁이' 그때 변말. 동학하는 이를 가리키던 말.

동타지옥(同墮地獄) 함께 지옥에 떨어진다는 뜻 불교 문자.

동탁한 씻은 것 같이 깨끗한.

동탕하다 얼굴이 토실토실하게 잘생기다.

동퇴서붕(東頹西崩) 이리저리 쏠려 허술하다는 뜻.

동패 같은 패. 한패. 동료同僚.

동학지혐(東學之嫌) 동학에 손닿고 있다는 의심.

동홍(冬烘)선생 훈장 딴이름.

되게 몹시.

되곱쳐 되풀이해서.

되꺽지 도꼭지. 어떤 길에서 으뜸가는 사람을 조금 가볍게 이르는 말. 우두머리. 일인자.

되로 주고 말로 받는다 조금 주고 그 샀으로는 몇 곱이나 더 받는다는 말.

되룅이 도롱이. 짚이나 띠 같은 풀로 만들어 어깨에 걸쳐 둘러입던 농군들 비옷 한가지.

되매기 도막이. 시골 지주地主나 늙은이.

되면 더 되고 싶다 1.되면 될수록 초름하게 여겨지고 더 잘되고 싶어지는 것이 사람 마음이라는 뜻. 2.사람 욕심이란 한 없다는 말. 초름: 모자람. 늑말 타면 견마 잡히고 싶다. 말 타면 종 두고 싶다. 득롱망촉得隴望蜀. 바다는 메워도 사람 욕심은 못 채운다.

되지기 볍씨 한 되로 부어 낼 수 있는 논 넓이. 또는 씨 한 되를 뿌릴 수 있는 밭 넓이. 열 되지기가 한 마지기임.

되집어홍 이쪽이 저쪽을 꾸짖어야 할 일인데, 저쪽에서 도리어 먼저 들고나서 불가불不可不하는 것을 '되집어홍'이라고 하는데 이 말은 전부터 써오는 말이다. ―단기 4281년 6월 2일 문교부에서 펴낸 『우리말 도로찾기』에서.

된밀치 안장을 지울 때 볼기 쪽으로 잇대는 가죽 끈.

된새 북동풍北東風.

된숨 거친 숨.

된이문 당찮은 이문. 폭리暴利.

된장떡 된장을 섞어서 만든 떡.

됩세 '도리어' 내폿말. 됩데.

뒹비 동비東匪. '동학비적匪賊'이라는 말로, 떼를 지어 돌아다니며 살인·

약탈을 일삼는 도둑무리를 가리킴.

이 '동비'라는 말에 그때 지배계급이었던 양반사대부들 역사인식과 역사의식이 들어 있다고 봄. 이것은 이른바 조선왕조 마지막을 비다 듬은 문장이며 우국지사로 기림받는 매천梅泉 황 현黃玹이 쓴 『매천야록』과 『오하기문』에 동학도를 '쳐서 무찔러 없애야 할 도적떼'로 보았던 데서 잘 알 수 있음. 더구나 조선왕조 뒷녘을 빛낸 천재로 알려진 다산茶山 정약용丁若鏞 해적이를 보면 놀라운 사실을 알 수 있으니, 강진康津에 유배되어 있던 1811년 겨울이었음. 유배생활 10년째로 49살 나던 이 해 홍경래洪景來 장군이 잘못된 세상을 둘러엎고자 농군들 모아 서북농민항쟁을 일으켰는데, "폭도를 토벌해야 된다"면서 양반사대부계급한테 도장을 받고자 연판장을 들고 호남 언저리를 돌아다녔음. 하늘이 낸 천재사상가라는 정약용이 그렸던 가장 아름다운 세상이란 것은 이른바 요순이 다스리던 세상, 그러니까 이상화된 왕조사회였음을 알 수 있음. 정약용이 지니고 있는 시대적 한계로 보고 있으니, 무계급의 평등사회까지는 미치지 못한 사상이었던 것임.

정약용이 꿈꿔보지 못했던 꿈나라로 가고자 하는 용트림이 제대로 한번 판을 벌였던 것은 그로부터 1백34년이 지난 1945년 8월 15일 해방을 맞으면서였는데, 미군정과 그 앞잡이 사냥개인 한민당이 쳐놓은 올가미인 '조선정판사사건'으로 막을 내렸고, 그래도 차마 버리지 못한 그 꿈을 쭐딱 접을 수밖에 없었던 것은 '해방 8년사'가 끝장난 1953년 7월 27일이었음. 그로부터 어언 65년이 지난 오늘, '동비' 뒷자손들은 무슨 생각을 하고 있을까?

"폭도를 토벌하라!" 이른바 집권당 사무총장이라는 전 육군대령이 소리쳤으니, '건대항쟁'이 일어났을 때였음. 운동권 대학생들이 건국대학교 옥상에 올라가 5·17 군사반란세력을 쳐서 물리치자고 아우성을 치는 모습과 함께 텔레비전 9시뉴스에 나왔던 그림임. 일송삼천日誦三千, 그러니까 하루에 삼천 자, 곧 책 세 권을 외우는 하늘이 낸 대천재라는 정다산 말이나 그보다 2백여 년 뒷사람인 군사깡패 앞잡이 말이나 똑같으니, 그 까닭을 밝혀내는 것이 인문학임. 왜양

150년과 '해방 8년사'를 거치며 우리 겨레 가운데 가장 **빼**어났던 난 사람들이 왜 가뭇없이 사라져갔는가 하는 물음과 대꾸가 여기에 있음. 이 세상에서 일어나는 역사적인 일에 대해서 스스로 묻고 스스로 대꾸할 수 있어야만 마침내 사람일 수 있음. 예전 어른들은 역사를 볼 수 있는 이만을 가리켜 비로소 '사람史覽'이라고 불렀음.

두견(杜鵑) 두견이. '두견이'를 자냥스럽게 일컫는 말. 두견새. 진달래. 자냥스럽다: 재잘거리는 소리가 듣기에 똑똑하다.

두겹복 두 점.

두꺼비가 되라 '애매한 두꺼비 돌에 치인다'는 말처럼 남이 한 짓을 뒤집어써라.

두껍닫이 미닫이를 열 적에 창짝이 들어가는 곳.

두남재(斗南才) 북두칠성 아래, 곧 천하에 으뜸가는 재주.

두냥패에 엎어먹기 골패노름 하나.

두량(斗量) 되나 말로 곡식을 되어서 셈.

두레우물 두레박으로 물을 긷는 깊은 우물로, 동네우물.

두렛일 여러사람이 두레를 짜가지고 힘을 모아 하는 일. 두레농사.

두려뺀다 빼앗는다. 무너뜨린다. 함락陷落시킨다.

두루마리구름 흰 머리털이나 나란히 된 가는 실올처럼 보이는 높이 떠 있는 구름 가운데서도 가장 높은 데 있는 구름.

두루미 아가리가 작고 배가 부른 술병으로 상에 오르던 것.

두름성 주변머리가 좋아서 일을 잘꾸려나가는 솜씨.

두리 언저리.

두발당성 공중으로 솟구쳐올라 두 발로 천장이나 벽을 치는 택견솜씨.

두부살에 바늘뼈 살결은 두부와 같고 바늘같이 가느다란 뼈를 가졌다 함이니, 몹시 비영비영하여 조금만 아파도 엄살하는 사람을 놀리는 말. 비영비영: 병으로 파리하고 기운이 없는 꼴. 늑바늘뼈에 두부살.

두세거리다 조금 사이를 두고 서로 말을 띄엄띄엄 주고받는 소리나 꼴. 두세두세.

둑도(纛島) 뚝섬.

둔덕지다 땅바닥이 두둑하게 언덕이 생기다.

둔턱진 두두룩한.

둘러치나 메어치나 일반 1.어깨에 메어가거나 등 뒤에 걸치고 가거나 같다는 말. 2.어떻게 하든지 간에 맴돌아 꼭 마찬가지라는 말. ≒업으나지나. 외로 지나 바로 지나. 열고 보나 닫고 보나.

둘레둘레 1.이리저리 네둘레를 자꾸 둘러보는 꼴. 2.여럿이 여기저기 빙 둘러앉은 꼴.

둠벙 '웅덩이' 내폿말.

둥구미 짚으로 둥글고 울이 깊게 엮어 곡식이나 채소를 담는 데 쓰는 그릇. 먹둥구미.

둥덩산 같다 몬이 수북하게 쌓여 있는 꼴을 가리키는 말.

둥두렷 온달처럼 환하게. 둥그렇게.

뒤뚱발이 뒤뚱거리며 걷는 사람.

뒤를 잃을 듯 앞에 가는 사람 발자국을 놓칠 듯.

뒤마치 늦은장단.

뒤조지 뒷마무리.

뒤조지다 뒤끝을 단단히 다지다.

뒤지 밑씻개 종이.

뒤턱 노름판에서 남에게 붙어 돈을 태는 것.

뒤트레방석 손잡이를 내어 만든 트레방석.

뒨장질 사람·짐승·몬 같은 것을 뒤지어내는 짓. 뒨장하다. 수색搜索.

뒷간 개구리한테 하문(下門)을 물렸다 부끄러운 일을 당하고도 남에게 말못할 경우라는 뜻. 하문下門: 생식기生殖器. ≒뒷간 쥐한테 하문을 물렸다.

뒷간 우리 겨레가 예로부터 쓰던 말로, 똥오줌을 누는 곳. '변소'는 왜말이고, '화장실'은 양말임.

뒷갈망 일 뒤끝을 맡아 다루다.

뒷고대 깃고대 목 뒤쪽에 닿는 어섯. 옷깃을 붙이는 자리. 두 어깨 솔 사이로서 목 뒤에 닿는 곳. 깃고대.

뒷구멍으로 호박씨 깐다 겉으로는 어릿어릿 어리석은 체하면서도 속셈이 엉큼하여 딴짓을 하는 사람을 이름. ≒밑구멍으로 노 꼰다.

뒷눈질 1.뒤쪽으로 눈을 흘깃거리는 짓. 2.사람을 돌려세우고 흉보는 눈짓.

뒷동 일 뒷 어섯. 또는 뒤에 얽힌 도막.

뒷머리 1.넓이가 있는 크고 긴 몬 뒤쪽. 2.벌인 줄 뒷 어섯.

뒷발에 치다 황소 뒷걸음치다가 쥐잡는다. 1.어리석은 사람이 미련한 짓을 하다가 뜻밖에 좋은 보람을 얻었을 때 이름. 2.이따금 어쩌다 알아맞히거나 일을 이루었을 때 이름. 늑소 발에 쥐잡기.

뒷배 곁에 나서지는 않고 남 뒤에서 일을 보살펴 주는 일.

뒷뿔치기 남 밑에서 뒷바라지하는 사람.

뒷산타령 그때 불려지던 잡가雜歌 하나.

드레 인격적으로 점잖은 무게. 위엄威嚴. 틀거리. 무게. 틀.

드레지게 위엄있게.

드므 넓적하게 생긴 독으로 궁궐에서 불이 났을 때 비방祕房으로 쓰기 위하여 물을 담아두었음.

드팀전 온갖 피륙을 파는 가게.

득달같다 1.시키는 대로 조금도 어김이 없다. 2.조금도 머뭇거림 없이 빠르다. 잠깐도 머무르지 않고 그대로 재빨리.

득롱망촉(得隴望蜀) 말 타면 견마 잡히고 싶다 되면 더 되고 싶다 사람 욕심은 끝이 없다는 말.

득음(得音) 오음五音과 음양陰陽을 뚜렷하게 나타내는 소리 갈피를 깨우치는 것.

듣다 떨어지다. 맺히다. 물이 방울방울 떨어지다.

듣보기장사 여기저기 물계를 듣보면서 까딱수를 바라고 하는 장사. 물계: 셈판이 돌아가는 꼴. 까딱수: 바둑·장기에서 요행僥倖을 바라는 얕은 수.

들때밑 힘 있는 집 사나운 종. 서슬푸른 양반 고달부리는 하인. 고달: 점잔을 빼고 거만을 부리는 짓.

들떼놓다 똑바로 집어 말하지 않다.

들레다 와자지껄하게 떠들다.

들메 끈으로 신을 발에 동여매는 일.

들배지기 맞선이 배를 껴안고 몸을 슬쩍 돌리면서 넘어뜨리는 씨름 솜씨.

들병이 돗자리 한 닢과 병술을 끼고 다니며 몸을 팔던 여자로, 경복궁景福宮 중건重建 때 생겨났음.

들에읖 시끄럽게 떠들썩함. 들에우다.

들은귀 1.들은 겪음. 2.잇속 있는 말을 듣고 그 고비를 놓치지 않으려고 함을 이르는 말.

들피진 굶주려서 몸이 야위고 기운이 약해진.

듬 1.질서秩序. 2.차례. 위아래.

듬부룩하다 먹은 것이 잘 삭지 아니하여 뱃속이 딩딩하고 불러서 시원하지 않다.

등거리 등만 덮는 홑옷.

등걸잠 입은 채로 잠깐 자는 것. 아무 데나 쓰러져서 거북하게 자는 잠.

등글개첩 등 가려운 곳을 긁어주는 첩이라는 뜻으로, 늙은이 젊은첩을 일컬음.

등내(等內) 벼슬아치가 그 벼슬을 살고 있는 동안. 임기任期.

등내짜리 원.

등등거리 등나무 줄기를 가늘게 오려서 드문드문 엮어 소매 없이 만든 등거리로 여름에 적삼 밑에 입어 땀이 배지 못하도록 하였음.

등떠보다 에멜무지로 시켜보는 것.

등롱(燈籠) 대오리나 쇠로 살을 만들고 겉에 종이나 헝겊을 씌워 그 안에 촛불을 넣어서 달아두기도 하고 들고 다니기도 하던 등. 사초롱紗燭籠·등롱燈籠 얇은 비단인 사로 겉을 하고 속에 초를 켜게 한 자루 달린 등이다. 귀인들 행차에 앞세워 신분을 알리며, 낮에도 들어서 의장儀杖을 삼았다. 황·청·홍 등 사의 색깔로 지위를 나타낸다. ─ 이훈종『민족생활어 사전』에서.

등메 헝겊으로 가장자리에 테를 두르고 뒤에 부들자리를 대어 만든 돗자리.

등배 북 장단에서 강약强弱을 잡는 것.

등사(等事) 일. 탈. 사달. '사건事件'은 왜말임.

등시포착(等時捕捉) 현장 검거.

등옷 등허리에 닿는 옷.

등잔 밑이 어둡다 1.제게 너무 가까운 일은 반대로 먼데 일보다 오히려 모른다는 뜻. 2.남 일은 잘 알 수 있으나 제 일은 제가 잘 모른다고 하는 말.

등장(等狀) 여러 사람이 이름을 잇대어 써서 관청에 어떤 바라는 것— 원통한 일, 억울한 일, 잘못된 일, 딱한 사정 따위—을 애타게 베풀어 말하던 것. 등소等訴. 한 단체나 한 촌락에서 같은 사정으로 관청에 호소할 때에, 그 단체나 그 촌락에 소속된 사람이 다함께 소장에 이름을 써가지고 호소하러 가는 것을 '등장한다' 혹 '등장간다'라고 말하였다. —단기 4281년 2월 15일 문교부에서 펴낸 『우리말 도로찾기』에서.

등제(登第) 과거에 급제함. 등과登科.

등짐장수 몬을 등에 지고 팔러다니는 사람. 부상負商. 봇짐장수와 등짐 장수를 가리키는 '보부상'은 왜말이고 우리는 '부보상負褓商'으로 불렀으니, 더 크고 무거운 짐을 진 부상을 앞에 두는 것이 맞음.

등채 굵은 등나무 도막 머리 쪽에 물들인 사슴가죽이나 비단 끈을 단, 무장武裝할 때 쓰던 채찍.

등채짜리 장교.

등치고 배 문지른다 남을 몰래 으르고 슬며시 달래는 체함을 가리키는 말.

등토시 여름철 소맷자락이 땀으로 살에 달라붙지 않게 등藤으로 얼기설기 결어서 만든 토시. 겨울철 소용이나 한가지로 한 짝을 다른 한 짝에 포개 끼워서 보관한다. —이훈종『민족생활어 사전』에서.

등힘 활 잡은 손목으로부터 어깨까지 손등과 팔등 힘이 하나로 뻗는 것.

듸림부채 한 끝은 엮고 다른 끝은 모아 묶어서 만든 부채로, 바람도 일구고 모기도 쫓고 쓸데 있을 적에는 깔고 앉기도 하는 따위 여덟 가지 씀씀이에 쓰여 '팔덕선八德扇'이라고도 하였던 부채.

디새죽담 못 쓸 기와조각을 흙에 박아 쌓은 죽담.

딩딩하다 1.힘이나 알천이 옹골차고 든든하다. 2.속이 무르지 않고 조금 굳다. 3.느즈러지지 않고 켕기어 팽팽하다. 4.생긴 바탕이 튼튼하다.

따기꾼 소매치기.

따깜질 어떤 큰 덩어리에서 조금씩 뜯어내는 짓.

따디미 가승假僧.

따비밭 따비로나 갈 만큼 좁은 곳에 있는 작은 밭. 따비: 풀뿌리를 뽑거나 밭을 가는 연장 한 가지. 쟁기보다 좀 작고 보습이 좁게 생겼음.

딱다구리 부작(符作) 무엇이나 알속 있고 옹근 것을 꾀하지 않고 쳇것만 겨우 갖추었다는 말. 부작: 불가佛家나 도가道家에서 기도할 때 쓰는 야릇한 글자꼴을 받은 종이로, 본딧말은 부적符籍임.

딴꾼 1.포도청에 매여서 포교 심부름을 하며 도둑을 잡는데 거들던 사람. 딴. 2.말투가 거칠고 볼썽이 없는 사람.

딴죽 걸어 다리를 걸어.

딴죽 다리를 걸어당겨 쓰러뜨리는 씨름 솜씨 한 가지. 불가불不可不.

딴죽치다 한뜻이었던 것을 어기다.

딸각발이 가난한 선비.

딸따니 '딸'을 정겹게 부르는 말.

땀등거리 베로 만들어서 여름에 등과 가슴에만 걸쳐 입는 웃옷.

땅두께 두꺼운 땅덩어리.

땅뜀 무거운 몬을 들어 땅바닥에서 뜨게 하는 일.

땅보탬 사람이 죽어 땅에 묻힘을 이르는 말.

땅불쑥하게 특별特別하게. 유다르게.

땋은머리 혼인 전 머리칼을 뒷통수로 모아 땋아내리던 것.

때깔 피륙이 눈에 선뜻 비치는 꼴과 빛깔.

때꼽재기 '때'를 얕잡은 말.

땡감 덜 익어 떫은 감.

떠꺼머리 장가나 시집갈 나이가 넘은 꽃두루나 꽃두레가 땋아 늘인 긴 머리로, 꽃두루를 가리킴.

떠돌뱅이 붙박힌 살림터가 없이 떠돌아다니며 사는 사람.

떡 본 김에 제사 지낸다 무슨 일을 하려고 생각하던 중 아쉬운 것을 마침 얻을 때를 타서 그것을 치른다는 뜻. ≒활을 당기어 콧물 씻는다. 소매 긴 김에 춤춘다.

떡 삶은 물에 풀하고, 떡 삶은 물에 중의 데치기 한 가지 일을 하면서 다른 일까지 한다는 말.

떡돌멩이 바둑에서 다닥다닥 한데 모이게 둔 돌. 포도송이.

떡목 텁텁하고 얼붙어서 별 조화를 내지 못하는 목소리.

떡심 1.억세고 질긴 힘살. 2.굳세게 견디거나 당해내는 힘. 3 성깔이 검질긴 사람 빗댐.

떡에 웃기 쓸데없는 짓이라는 뜻. 웃기: 웃기떡 준말이니, 합이나 접시에 떡을 담은 뒤에 맵시내려고 위에 얹는 떡.

떨거둥방아 등대고 지내던 곳에서 하릴없이 쫓겨나 의지가지없게 된 사람.

떨거지 일가친척붙이에 딸린 무리와 한속으로 지내는 사람들. 한속: 같은 뜻이나 마음. 셈속.

떳다봐라꾼 야경夜警 돌던 순라꾼巡邏軍.

떼는목 어느 대목에서 갑자기 맺어서 딱 잘라내는 목소리.

떼밀기 두 사람이 매긴 금 안에서 두 손바닥을 맞대고 밀어 금 밖으로 밀려난 사람이 지는, 무과시험 하나였음.

떼어놓은 당상(堂上) 떼어놓은 당상이 바뀔 리도 없고 다른 데로 갈 리도 없다 함이니, 으례 될 것이라 조금도 걱정없다는 말. ≒떼어 둔 당상 좀 먹으랴.

또랑광대 노랑목 도랑물 흐르는 조그만 고을에서나 행세할 수 있는 어설픈 소리꾼이 억지로 꾸미어내는 소리.

또아리 1.짐을 일 때에 머리 위에 얹어서 짐을 괴는 고리 꼴 몬. 짚이나 헝겊 같은 것을 둥글게 틀어서 만듦. 2.갈퀴고를 가운데 치마에 잡아맨 뒤에 뒤초리 목장이와 장치 사이에 거는 새끼 네 가닥을 허리질러 끼고 두 가닥씩 갈라서 장치 뒤초리에 매는 몬. 똬리.

똑딴 찍어낸 듯 똑같은.

똥 누고 밑 아니 씻은 것 같다 무엇이나 옹글게 끝맺지를 못하여 마음이 꺼림칙하다는 말.

똥 마려운 계집 국거리 썰 듯 제 일이 급하여 하는 일을 아무렇게나 함부로 함을 가리키는 말.

똥 먹은 곰상(相) 곰은 구린 것을 매우 싫어하므로 매우 마땅찮아 대단히 얼굴을 찌푸린다는 뜻. ≒똥 주워먹은 곰 상판대기.

똥 싸고 성낸다 제가 잘못하고서는 도리어 큰소리로 야단스럽게 군다는 말.

똥 싼 년이 핑계 없을까 무슨 일이든지 핑계는 있다는 말. ≒핑계 없는 무덤이 없다. 처녀가 애를 낳고도 할 말이 있다.

똥 친 막대기 아주 더럽게 되어 값이 없게 된 몬을 가리킴.

똥또도롬 도도록하게 솟아오른.

똥이 무서워 피하랴 약한 사람은 맞서 겨루는 것보다는 피하는 것이 낫다는 뜻. ≒똥이 무서워 피하나 더러워 피하지.

똥인지 호박국인지 서로 비슷하여서 무엇이 무엇인지 갈피잡을 수 없다는 뜻으로 이름. ≒무룻인지 닭의 똥인지. 죽인지 코인지.

똥줄 빠지다 혼이 나서 급히 달아남을 이름.

뙤창 방문 옆이나 뒷벽 쪽에 조그맣게 달아 쉽게 밖을 내다볼 수 있거나 바깥과 말을 건넬 수 있게 만든 창.

뚜껑밥 잡곡 위에 이밥을 조금 담은 밥.

뚫레 땅굴. 동굴.

뜨막하다 오랫동안 뜸하다.

뜨물 먹은 당나귀 청 컬컬하게 쉰 목소리라는 뜻. ≒모주 먹은 돼지 껄때청.

뜨저구니 심통心統. 나쁜 마음자리. 소가지. 소갈머리.

뜬광대 재인청才人廳에 딸리지 않은 유랑광대流浪廣大.

뜸단지 붙이다 어느 한가지에 늘어붙어 꿈적도 하지 않음을 가리키는 말.

뜸단지 부스럼 피고름을 빨아내려고 부항附缸을 붙이는 데 쓰던 자그마한 단지.

뜻 있는 선비 황 현(黃玹, 1855~1910).

래자불거(來者不拒) **왕자물추**(往者勿追) 오는 사람 막지 않고 가는 사람 잡지 않는다는 뜻 불가문자.

령(嶺) 호피虎皮를 세던 낱자리. 『연산군 일기』에 나옴. 산마루마다 호랑이가 한 마리씩 산다는 데서 생긴 낱자리였을 듯. '연경燕京을 가는 데 호피 스무령을 보냈다.'

리델 『**경성유수기**(京城幽囚記)』 "밤낮없이 족가足枷를 끼고 있어야 하니 옴으로 곪지 않은 몸이 없고, 장독으로 썩지 않은 살이 없다. 수수밥 한 덩이에 굶주림이 겹쳐 살아 나간 사람보다 죽어 나간 사람이 더 많았다. 죽으면 병사한 것으로 하여 시방屍房에 버려졌다가 밤이 되면 두엄터에서 태워버린다."

마곗(馬契)말 나이 이미 늙었으나 아양 부리는 여인.

마구발치 마굿간 뒷쪽.

마는목 느린 소리를 빨리 돌려 차차 몰아들이는 목소리.

마늘모눈 눈윗까풀이 야릇하게 모가 져서 눈 모두가 삼각형으로 보이
는 눈. 이런 눈을 한 사람 가운데 모든 일에 모를 세워 다투는 이가
많다고 함.

마늘쪽봉우리[蒜峯] 우뚝하게 높이 솟아 다른 곳에서 내려다볼 수 없는
곳으로, 유성룡柳成龍 말임.

마당귀 마당 귀퉁이.

마루구멍에 볕 들 날이 있다 1.어두운 마루구멍에 볕 들 날이 있다 함은
하 기다리노라면 마침내 일이 이루어지는 날이 오고야 만다는 뜻.
2.언제나 괴로운 자리에만 있는 사람도 때로 좋은 때를 만날 수 있다
는 말. 늑쥐구멍에도 볕 들 날이 있다.

마루터기 산마루나 지붕마루 두드러진 턱. 마루턱.

마륭(馬融)·반고(班固) 중국 후한시대 문인.

마른 나무에 물 내기 물기가 있을 리 없는 마른 나무에서 물을 낸다 함
이니 없는 것을 짜내려고 억지를 쓴다는 말. 늑마른 낢에 물 날까.

마른하늘에 날벼락 뜻하지 않은 큰 언걸을 받는다는 말. 언걸: 남 때문
에 당하는 괴로움이나 손해.

마름쇠 날카로운 송곳 끝같이 된 네 가지를 가진 무쇠덩이. 적군을 막기
위하여 진지 앞에 여기저기 던져두었음.

마름쇠도 삼킬 눔 싸움터에서 쓰는 마름쇠까지 삼키겠다 함이니, 남의
것이라면 무엇이나 빼앗아 가는 사람을 이름.

마름집 지주땅을 맡아보는 사람 집.

마리사기 가마에 꾸미는 술.

마리실 갓모자 윗 어섯.

마마님 존귀한 사람과 상궁 또는 벼슬아치 첩을 높여 부르던 말.

마미두면류관(馬尾頭冕旒官) 말총으로 만든 임금 정복正服에 갖추어 쓰
던 관. 거죽은 검고 속은 붉으며, 위에는 바른 네모꼴 판板이 놓이고
판 앞으로 끈을 늘이어 구슬을 꿰었는데, 천자天子 관에는 끈이 열
둘, 제후諸侯인 조선왕 관에는 끈이 아홉이었음.

마방진(魔方陣) 자연수를 바른 네모꼴로 늘어놓아 가로나 세로나 맞모
금으로나 그 합친 수가 똑같게 되도록 한 것. 우리나라 제바닥 고등
수학 '퍼즐'.

마병장수 철지나 값싸고 헌 몬을 가지고 다니며 파는 사람.

마부대(馬夫大) 병자호란 때 조선에 쳐들어온 청군 장수.

마서(摩西) 모세.

마수걸이 첫 비롯으로 되는 일.

마안한 끝없이 아득하게 먼.

마이 세차게. 빨리.

마줏대 말말뚝.

마지(摩旨) 불전佛殿에 올리는 메.

마지기 논·밭 넓이 낱자리로 한 말 씨를 뿌릴 만큼을 뜻함. 논 한 마지기
는 어림잡아 150~300평, 밭은 100평 안팎임.

마패짜리 암행어사暗行御史.

막객(幕客) 감사監使·수사水使·유수留守·병사兵使·견외사신遣外使臣들
에게 따라다니던 관원 하나. 비장裨將. 막비幕裨. 막빈幕賓. 좌막佐幕.

막대 잃은 장님 기댈 데를 잃고 꼼짝을 못한다는 말.

막대잡이 장님한테 길을 가르쳐줄 때에 쓰는 말로, 지팡이를 든 손 쪽이
라는 뜻에서 '오른쪽'을 말함. 부채잡이. 나중에는 앞장서서 남을 이
끌어 주는 사람인 '길라잡이'가 되었음.

막막강궁(莫莫強弓) 아주 센 활.

막불경이 1.불경이보다 바대가 낮은 썬 담배. 2.풀빛에 검붉은 기를 띤

國手事典 89

막 익어가는 고추.

막음거리·널름새·딴죽·밧짱다리·오금치기·중배걸이·안낚·뒷낚·무릎걸고 발따귀·는질러차고 딴죽치기·두루치기·걷어차며 오금치기·곁치고 돌개치기·곧은발질·두발당성·낚시걸이   택견솜씨들.

막창   하급 창녀.

막힌 둥 만 둥   막힌 듯 만 듯.

만단수회(萬端愁懷)   마음에 일어나는 갖가지 근심걱정. 온갖 시름.

만도리   볏논 마지막 김매기.

만릿길도 한걸음부터   대단한 일도 시작은 보잘것없다는 말.

만발공양   공동 기도.

만벗모   제철보다 늦게 여무는 모.

만산홍엽(滿山紅葉)   온산 단풍

만수받이   남이 귀찮게 굴어도 싫증내지 않고 좋게 받아주는 사람.

만수성절(萬壽聖節)   '대한제국'을 널리 알린 광무원년光武元年에 매긴 고종 태어난 날을 일컫던 말.

만호(萬戶)   각 도道 여러 진鎭에 두었던 종사품 무관벼슬.

맏배   짐승이 여러 차례 새끼를 낳거나 깔 때 첫 번째, 또는 그 새끼.

말 갈 데 소 왔나   아니 갈 데를 왔느냐는 말.

말 귀에 염불(念佛)   말한테 염불을 하여줌이나 같다는 것은 아무리 말해도 알아듣지 못한다는 뜻. 늑쇠귀에 경經읽기.

말 단 집에 장 단 법 없다   1. 말로만 좋은 듯이 이야기 하나 실속은 나쁘다는 말. 2. 말이 많고 불가불을 가리기 좋아하는 집안은 불화하여 모든 일이 제대로 되지 않는다는 말.

말 타면 종 두고 싶다   걷다가 말 타기를 원하여 말을 얻게 되니 또 그것을 끌고 갈 종까지 두고 싶어진다 함은, 사람 욕심이란 한이 없다는 뜻. 늑말 타면 견마 잡히고 싶다.

말   마을. 관청을 일컫던 말.

말감고   곡식을 사고파는 장판에서 되나 말로 되어 주는 일을 업으로 하던 사람. 거의 그 곡식 십분지 일을 구문으로 받아먹었음. 말쟁이. 되쟁이.

말구종 말을 탈 때 고삐를 끌거나 뒤에서 따르는 하인. '마부馬夫'는 왜
　　말임.

말기 치마나 바지 같은 것 윗허리에 둘러서 댄 어섯.

말똥도 모르고 마의(馬醫) 노릇 한다 어떤 일에 대해서 아무것도 모르
　　면서 그 일을 받아내려 한다는 뜻. 늑쥐 밑도 모르고 은서피銀鼠皮 값
　　을 친다. 자 눈도 모르고 조복朝服 마른다. 적도 모르고 가지 딴다. 맥
　　도 모르고 침통 흔든다.

말뚝댕기 종종머리꼴 억지로 땋은 머리에 널직하게 치렛감으로 천을
　　드리우던 것.

말뚝잠 앉은 채로 자는 잠. 등걸잠.

말막음 남 욕을 벗어나려고 어름어름해서 그 꾸중을 막고 벗어남.

말말 끝에 이런저런 이야기로 뜸을 들인 뒤에.

말말 끝에 단 장 달란다 여러 말 끝에 장을 달라고 한다 함이니, 맞수 마
　　음을 사놓고 제 욕심을 채우려는 말을 꺼낸다는 말.

말말뚝 말을 매는 말뚝. 마줏대.

말몰잇군 짐 싣는 말을 몰고다니는 것을 업으로 삼는 사람. '마부馬夫'는
　　왜말임. 구부驅夫. 말꾼. 말몰이.

말미(末尾) 겨를. 남은 날짜. 끝머리.

말밥 1.없다, 오르다, 올리다 따위 말과 붙어 '언짢은 이야깃거리'가 된
　　다는 뜻으로 쓰임. 2.쌀 한 말로 지은 밥.

말방구(-防口) 말막음.

말보다 똥누다.

말부주 곁에서 말로 거드는 것.

말뽄새 말 됨됨이. 말투.

『마사(馬史)』 중국 전한前漢시대 역사가 사마천史馬遷이 지은 『사기史記』.

말살에 쇠살에 되는 소리 안 되는 소리 마구 지껄이는 것을 이르는 말.

말은담배 담뱃대가 아니라 종이에 말아서 피우던 담배. 요즈막 궐련과
　　같은데, 담뱃대를 챙기기 어렵고 거친일을 하던 아랫도리 사람들이
　　즐겨 태웠음.

말잡이 되나 말로 곡식 되는 것을 업으로 하는 사람. 말감고. 되장이.

말코지 몬을 걸고자 벽에 달아두는 갈고리진 나뭇가지. 쇠못이 나오기까지는 모두 이것을 썼음.

맘밑 마음자리.

망(望) 후보감.

망건(網巾) 상투를 짠 머리(짠다고도 하고, 튼다·쫓는다고도 한다)의 끌어올린 머리카락이 흩어지지 않게 동여매는 띠를 말한다. 이마쪽 살이 훤하게 들여다보이게 외가닥으로 결은 것은 '외올망건'이라고 해서 사치품으로 쳤다. 흔히 말총으로 짜는데 짐승털을 머리에 얹기가 민망하다 하여 사람 머리카락으로 결은 것은 인모人毛망건이라고 하였다. 부모님이 돌아가 상중에 있을 때는 베로 만든 것을 썼는데 이것을 포망布網이라고 한다. ―이훈종『민족생활어 사전』에서.

망둥이가 뛰니까 전라도(全羅道) 빗자루가 뛴다 남이 한다고 아무 걸림도 없고 그럴 자리도 못되는 사람이 객쩍게 날뜀을 이름. 늑숭어가 뛰니까 망둥이도 뛴다.

망웃 밑거름.

망팔(望八) 여든을 바라본다는 뜻에서 일흔한 살을 말함.

맞붙이 솜옷을 입어야 할 때 입는 겹옷.

맞잡이 비슷한 것으로 여겨지는 사람이나 일몬, 또는 양量.

맞전 몬을 사고 팔 때 몬값으로 그 자리에서 마주 치르는 돈. 맞돈. 직전.

매 위에 장사 있나·달구 치는데 아니 맞는 장사 있더냐 매질하는 데 무릎꿇지 않는 사람이 없다는 말.

매개 일이 되어가는 형편.

매나니 일을 하는데 아무 연장도 없이 맨손뿐임.

매다 어떤 때에 떠나지 못할 이어짐을 갖다.

매롱매롱하다 눈이나 정신이 또렷또렷한 꼴.

매문자생(賣文資生) 글을 팔아 먹고사는 사람.

매사는 불여튼튼 무슨 일이나 미덥게 튼튼히 하여야 가장 좋다는 말. 늑 만사萬事는 불여不如튼튼.

매상(昧爽) 인시寅時. 상오 3~5시.

매조지 일 끝을 단단하게 맺어 조지는 일.

매화산자(梅花饊子) 찹쌀가루를 꿀에 반죽하여, 얇고 네모지게 만들어서 기름에 띄워 지진 것에, 찰벼를 불에 튀겨 매화 비슷하게 된 것을 앞뒤에 묻히어 만든 산자. 매화강정, 매화과잘.

매화점(梅花點) **삼공잽이** 북통 맨 꼭대기를 두 번 세게 치는 기법.

매화점(梅花點) 구궁점九宮點. 화점.

맨날 뗑그렁이라 살림이 넉넉하여 걱정이 없고 언제나 흔전만전하다는 말.

맨드리 1.몬이 만들어진 꼴. 2.옷을 입고 매만진 맵시. 몬: 물건物件.

맴돌아 결국結局.

맴맴 아이들이 제자리에 서서 뱅뱅 도는 장난인 맴을 돌 때 부르는 소리.

맵짜다 1.매섭게 사납다. 2.옹골차다.

맹이 말안장 몸뚱이가 되는 몬. 그 위에 안갑鞍匣을 씌움. 안갑: 안장 위를 덮는 헝겊.

먹기는 발장이 먹고 뛰기는 말더러 뛰란다 이끗은 제가 다 갖고 애는 남보고 쓰란다는 말. 발장撥長: 매우 어려운 문서를 변두리 땅에 서둘러 넘겨주는 발군撥軍 우두머리.

먹기는 홍중군(洪中軍)**이 먹고 뛰기는 파발말이 뛴다** 애쓰는 이는 늘 일만 하고 잇속을 얻는 사람은 따로 있다는 말.

먹돌도 뚫으면 굶이 난다 굳은 돌도 뚫으면 구멍이 난다는 말이니, 처음부터 끝까지 힘을 쓰면 마침내 이룰 수 있다는 말.

먹을 콩으로 알고 덤비네 1.먹지도 못할 것을 먹겠다고 대든다는 말. 2.제가 부릴 수 있는 사람이라고 남한테 함부로 덤빈다는 뜻.

먹장구름 먹빛같이 시꺼먼 구름.

먹집게 닳아서 짧아진 먹을 껴잡아 집게 된 대나무 집게. 묵협墨挾.

먼데 똥오줌을 누는 곳. 뒷간. '변소便所'는 왜말이고, '화장실化粧室'은 더구나 말이 안 되는 양말로 8·15 때 북미합중국 병대와 함께 들어왔음.

먼산나물 가난한 사람들이 집 가까운 들판 나물은 죄 뜯어먹었으므로 먼 곳에 있는 산에 가서 나물을 하던 것.

먼산바라기 1.한눈을 파는 짓 또는 그런 사람을 말함. 2.눈망울이나 목

생김새가 늘 먼데를 쳐다보는 것 같이 된 사람을 이르는 말이니, 쑥스러운 판이라 일부러 못본 체하는 것.

먼지털음 정식 노름 앞서 손풀기 삼아 해보는 것.

멍덕 짚으로 바가지 비슷하게 만든 벌통 뚜껑.

멍덕꿀 멍덕 안에 박힌 가장 좋은 흰 꿀. 멍청이. 멍덕: 짚으로 바가지 비슷하게 만든 벌통 뚜껑.

멍석 위에 새앙쥐 눈 뜨듯 크게 놀라고 겁을 내어 어쩔 줄 모르고 여기저기 살펴보느라 정신이 없음을 이르는 말.

멍석 섶으로 새끼날을 써서 엮은 큰 자리.

멍석말이 사람을 멍석에 말아놓고 두들겨 패던 것.

멍청이 멍덕 안에 박힌 가장 좋은 흰 꿀. 흔히 말하는 '멍덕꿀'.

멍텅구리 볼품없이 생겼으나 한 되들이가 되는 큰 병.

메기 잔등에 뱀장어 넘어가듯 스을쩍 넘어간다는 뜻.

메나리 농군들이 논밭에서 일하며 흥겹게 부르는 노래 하나.

메나리조 농가農歌 한 가지.

메밀나깨 체에 치고난 뒤에 남는 메밀가루 찌끼.

메지메지 여러 몫으로 따로따로 나누는 꼴.

멧간나희 시골 계집아이.

멧돝 잡으러 갔다가 집돝 잃었다 먼뎃 것을 탐내다가 이미 가진 것을 잃었다는 말.

멧부엉이(멧븽이) '부엉이처럼 어리석고 메부수수하게 생긴 시골뜨기' 놀림말. 촌놈. 메부수수하다: 말과 하는 짓이 메떨어지고 시골티가 나다.

멧일 산역山役.

멧잣 산성山城. 산 위에 돌이나 흙으로 쌓은 성.

멩엇 지경地境.

멱 목 앞쪽.

멱둥구미 둥글고 울이 높게 짚으로 엮어서 만든 그릇으로 농가에서 곡식 따위를 담가두었음.

면(帬) 빅.

면상받이 얼굴을 무엇에 정면으로 부딪치는 것.

면서원(面書員) 주州·부府·군郡·현縣에 딸려 각 면面에서 결전結錢받는 일을 나누어 맡아보던 아전.

면주인(面主人) 주부군현과 면 사이를 몬을 가지고 오가며 심부름 하던 사람.

면천(免賤) 천민賤民 지체를 벗고 평민平民이 됨.

면추(免醜) 여자 얼굴이 겨우 더러움을 면함.

면치레 겉으로만 꾸며 체면體面을 닦음.

명경천하(名景天下) 목소리를 닦으려고 좋은 산천을 찾아다니는 것.

명다리(命--) 신神이나 부처를 모신 상像 앞 보꾹 가까운 곳에 원願을 드리는 사람 생년월일시를 써서 매다는 모시나 무명. 보꾹: 천장天障.

명문(明文) **집어 먹고 수지똥 눌 놈** 세상 듬을 어기기 일쑤인 사람을 욕하는 말. 듬: 질서.

『명물도수(名物度數)**』** 수數와 일몬 이름이며 법식法式 그리고 십간十干 십이지十二支와 기후절기氣候節氣며 경서經書 이름들을 적어놓은 책. 일몬: 사물事物.

명부(明府) 원.

명불허전(名不虛傳) 자랑이 널리 퍼짐은 그만한 참꼴이 있어 퍼짐. 이름은 헛되이 전해지는 것이 아님.

명심불망(銘心不忘) 마음속에 새기어 두고 오래 잊지 아니함.

명지바람 부드러운 실바람.

명치기·눈찌르기·낙함·항정치기·줄떠자르기 택견솜씨 가운데 하나.

명태 한 마리 놓고 딴전 본다 명태를 팔자는 것이 아니고 딴벌이를 한다는 말이니, 곁에 벌여놓고 있는 일보다는 더 중히 여기는 일이 따로 있다는 말.

명토박다 속속들이 누구 또는 무엇이라고 하는 모집음.

명화적(明火賊) 잘못된 세상 어두운 밤을 밝힌다는 뜻에서 대낮에도 횃불을 들고 다녔던 무리로 해서 나왔던 말로, '불밝힌 무리'·'불컨당'이 그 소리가 바뀐 것으로 못된 무리를 가리키는 '불한당'이 되었음.

모걸음(질) 게처럼 옆쪽으로 걷는 걸음. 해행蟹行. 모로 걷는 걸음걸이.

모기 보고 환도(還刀) 빼기 1.대단치 않은 일에 크게 성내는 사람을 이름. 2.생각이 좁다는 뜻.

모꺾다 굽어 돌다.

모꺾어 앉다 웃사람 앞에 앉을 때에 우러른다는 뜻으로 마주 보고 앉지 아니하고 옆으로 조금 돌아앉음.

모두걸이 두 발을 한데 모아 붙이고 뛰거나 넘어지는 것.

모둠매 여럿이 한꺼번에 덤벼 때리는 매. 뭇매.

모둠발 가지런히 같은 자리에 모아붙인 두 발.

모라익선관(毛羅翼善冠) 임금이 여느 때 쓰는 모자 겉을 싸는 웃길 깁.

모래 위에 물 쏟은 격 아무리 애써 하여도 자취도 남지 않는 쓸데없는 헛일을 한다는 뜻. 늑모래로 방천防川한다.

모로 던져 마름쇠 아무렇게 하여도 그르침이 없다는 뜻.

모로미 모름지기.

모롱이 모퉁이 휘어둘린 곳.

모르쇠 아는 것이나 모르는 것이나 모두 모른다고만 하는 것.

모양도리(模樣道理) 1.어떠한 투와 솜씨. 2.일을 해낼 수 있는 어떤 꾀.

모잽이 몸이 모로 떠들린 꼴. 또는 모로 누운 꼴. 옆댕이.

모주 먹은 돼지 껄대청 컬컬하게 쉰 목소리를 이르는 말. 늑뜨물 먹은 당나귀청.

모주장사 열 바가지 두르듯 술장수가 술을 뜨면서 많이 있는 체하여 열 바자지로 휘휘 저어서 떠내듯 한다 함이니, 내용이 빈약한 것을 겉만 꾸며댄다는 말. 열바가지: 박 열매를 쪼개어 삶아서 만든 바가지.

모집다 똑똑히 가리키다.

모코 옛날 여자들이 입던 길이가 짧은 저고리.

목곧이 목을 꼿꼿하게 세우는 사람이라는 말로, 자기내댐(주장)이 뚜렷하고 센 사람.

목구멍이 포도청이요 구복이 원수라 굶주려 먹기 위하여는 죄지음도 어쩔 수 없다는 말.

목구성 목소리 구성진 맛. 청구성

목대 세다 억지나 줏대가 매우 세다.

목대 이끎.

목대잡는 여러 사람을 도맡아 거느리고 일을 시키는.

목대잡이 여러 사람을 도맡아 거느리고 일을 시키는 이.

목로(木爐) 술집 술청에 술잔을 벌여 놓는 상. 썩 길고 좁으며 목판처럼 되어 있음. 주로酒壚.

목마른 송아지 우물 들여다보듯 목마른 송아지가 아무리 우물을 들여다본들 물을 떠 마실 수는 없는 노릇이니, 무엇이나 애타게 가지고 싶은 것을 보고만 있으려니 더욱 안타깝다는 뜻으로 이름. ≒소금 먹은 소 우물 들여다보듯.

목멱산(木覓山) 남산南山. 앞산.

목발우(木鉢盂) 나무로 파서 만든 중 밥그릇.

목배롱 목백일홍.

목불식정(目不識丁) 일자무식一字無識. 곧 배운 것이 없는 사람이라는 뜻. 불식일정자不識一丁字. 목불지서目不知書.

목비 모내기 할 때쯤 한목 내리는 비.

목울대 목청.

목인덕(穆麟德, 1848~1901) 묄렌도르프. 독일 외교관으로 임오군변壬午軍變 뒤 조선에 와 외아문 고문을 지냈으며, 갑신정변 때는 개화당에 거슬러서 수구당을 도왔음. 임오군변 바로 뒤 북양대신北洋大臣으로 청나라 권세자루를 쥐고 있던 이홍장李鴻章이 초들어 쓰게 하여 조선에 와 외교·세관 일을 맡아보았음. 1884년 러시아 공사 웨베르·주일 러시아 공사 스페이에르와 통짜 러시아 세력을 조선에 끌어들이는 친로배청親露排淸을 했다 하여 이홍장 미움을 받고 조선을 떠났음. 조선 역사와 만주말에 앎이 깊었고, 청나라 영파寧波에서 죽었음. 초들다: 어떤 사실을 입에 올려서 말하다.

목자(目子) 눈.

목자배기 둥그넓적하고 아가리가 쩍 벌어진 나무그릇. 소래기보다 조금 운두가 높음. 소래기: 독 뚜껑이나 그릇으로 쓰이는, 운두가 조금 높고 접시 꼴로 굽어 있는 질그릇. 소래.

목잔 좀 불량해도 이태 존대 목자木子, 곧 이씨李氏 성을 가진 사람은 좀 불량不良해도 이태나 존대尊大를 한다함은, 조선시대 때 이씨 성 가진 사람을 높여서 하던 말.

목잠 곡식 이삭 줄기가 말라서 죽는 병.

목쟁이 목정강이. 들목.

목접이질 목이 접질리어 부러짐.

목정이 목. 목정강이.

목침돌림 여러 사람이 모인 자리에서 차례로 목침을 돌리어 그 차례를 맞은 사람이 옛이야기나 노래를 하며 즐기던 놀이.

목침행하(木枕行下) 까닭 없이 공으로 달라는 것.

몬 '물건'그때 말. 몬[物].『동언해東言解』.

몰강스럽다 억세고 모질며 악착스럽다.

몰록 '한꺼번에 모두 다'인 '몰속'과 '문득'을 가리키는 선가禪家말.

몰밀다 모두 한곳으로 밀다.

몰판(沒板) 온 바둑판에 한군데도 산 말이 없이 지는 일.

몸맨두리 몸꼴과 틀거지.

몸빠진살 가는 살.

몸채 여러 채로 된 살림집에서 내세우는 채. 정방正房. 정실正室.

몽구리 아주 바짝 깎은 머리를 가리키는 것으로 '승려'를 낮추어 부르던 말.

몽글게 먹고 가늘게 싼다 크게 게염을 부리지 않고 제 힘에 맞도록 푼수를 지키는 것이 옳은 일이며 그것이 또한 쉽기도 하다는 뜻.

몽도리 기생이 잔치에 나아가는 정식 차림이다. 초록색으로 원삼 비슷이 지어입고 큰 띠를 등 뒤로 매어 드리운다. —이훈종『민족생활어 사전』에서.

몽때린다 알고 있으면서도 일부러 모른 체하는 것. 몽띠다.

몽치 포졸들이 쓰던 병장기 가운데 한가지로, 박달나무나 물푸레나무로 깎아 만든 짜른 몽둥이.

묘기(妙棋) 묘수풀이 사활 문제.

묘상(猫相) 괭이 상.

묘순이바위 임존성 밖에 있는 전설적 바위.

묘전걸소어(猫前乞蘇魚) 고양이한테 반찬 달란다는 말.

묘항현령(猫項懸鈴) 고양이 목에 방울 달기라는 말.

무 캐다 들킨 사람같이 멋없이 우두커니 앉아 부끄러워하는 사람을 보고 하는 말.

무가내 어찌할 수 없음을 이르는 '막무가내莫無可奈'를 이르는 말로, 무가내하無可奈何.

무(無)**값** 너무 귀한 것이어서 값으로 매길 수 없다는 뜻에서 쓰는 말.

무겁 과녁 앞에 웅덩이를 파고 사람이 들어앉아서 살이 들어맞았는지 살펴보는 곳.

무고(無辜) 아무 죄가 없음.

무꾸리 '굿' 충청도 내폿말.

무네미 수유리水踰里. 무너미.

무는 개를 돌아본다 사람도 성미가 사납고 말이 많은 사람을 더 조심하게 된다는 말.

무룽태 깜냥은 없고 그저 착하기만 한 사람.

무루와가나이다 '물러갑니다'라는 종말. 좋은 항것한테 맞먹는 말을 쓰지 못하였으니, 언어의 계급성을 말함.

무르춤하다 물러서려는 듯 몸짓을 갑자기 멈추다.

무르팍밭장치기 다리로 무릎을 걸어 넘어뜨리는 씨름솜씨 한가지.

무르팍치기 택견솜씨 한가지.

무릎꿇림 뒷짐을 지우고 사금파리 위에 무릎을 꿇린 뒤 무릎 위에 무거운 돌을 올려놓던 형벌 한 가지.

무릎맞춤 높낮이와 잘잘못을 따져 마음을 모으는 것.

무릎치기 사령군노 같은 구실아치 손발들이 걸친 옷옷 세폭자락이 무릎까지 내려왔으므로 낮춰 불리던 말.

무릿매 몰매.

무물불성(無物不成) 비발이 없으면 아무런 일도 되지 않는다는 말. 비발: 어떤 일을 하는 데 드는 돈. 경비經費. 해자. 부비浮費. 쓰임. 씀씀이. '비용費用'은 왜말임.

무부(武夫) 무인武人. 힘이나 세고 사납기나 하지 아는 것이 없는 무식꾼이라고 스스로를 낮출 때 쓰던 말이기도 함.

무색옷 물감을 들인 천으로 지은 옷. 색色옷. 색깔 있는 옷. 물색옷.

무싯날 장날이 아닌 날.

무자년(戊子年)·**기축년**(己丑年) 1888~1889년.

무자위 물을 높은 곳으로 또는 내뿜게 하는 쇠물레(기계). 수룡水龍. 이제 '양수기'.

무지기 부녀자들이 명절이나 잔치 때 치마 속에 입던 짧은 통치마 하나. 1, 3, 5, 7 홀수로 입는데 끝을 각기 다른 빛깔로 물을 들이매 가장 긴 것이 무릎 아래 이르고 차차 짧아지므로 다 입으면 무지개 빛깔을 이루었음.

무지르다 1.몬 한 어섯을 잘라 버리다. 2.몬 가운데를 끊어 두 동강을 내다.

무춤 놀라거나 열적은 느낌이 들어 하던 짓을 갑자기 멈추는 꼴. 멈칫.

무춤하다 놀라거나 조금 부끄럽고 계면쩍어 갑자기 멈추다.

무투 나무.

무협(巫峽) 중국 사천성四川省에 있는 급류.

묵권(墨卷) '먹 묻힌 책'이라는 말로, 과거시험 시권詩卷을 뜻함. 시권: 글장. 답안지.

묵뫼 오래 묵은 무덤.

묵새기다 1.별로 하는 일 없이 한곳에 오래 묵으며 날을 없애다. 2.애써 참으며 잊어버리다. 별것 아니라는 듯이 슬쩍 넘겨버리다.

묵은 치붓장이 되었다 이미 쓸데없게 된 묵은 치부책이라는 말로, 쓸데없는 것이라 벌써 까맣게 잊어버린 것이라는 뜻.

묵적(墨翟) 중국 춘추전국시대 노魯나라 철인으로, 형식·계급·사욕을 깨트려 꿈나라를 만들자는 '겸애설兼愛說'을 내대었던, 맑스보다 큰 손윗사람이었음. 묵자墨子.

묵정밭 오래 버려둬 거칠어진 밭.

문 밖에 새그물을 치다 집에 찾아오는 사람이 없으므로 대문에 새가 그물을 친다는 말이니, 청렴결백하게 산다는 말임.

문갑 책상 쯤 높이 되게 가로 길게 짜서 몬을 넣거나 얹게 한 궤. 한 쌍으로 만드는 것이 상식이며, 네쪽문으로 꼭꼭 닫는 것도 있다. 문짝을 두 쪽씩 붙여서 뗄 수도 있는 것도 있으나, 서랍을 한층으로 달고 방바닥 가까이 층이나 한 켜 얹은 것이 품위있는 것이라는 게 옛 노인의 말이다.

문문하다 1.무르고 부드럽다. 2.아무렇게나 함부로 다룰 만하다. 3.(질서, 제도, 규율 따위가) 그렇게 세지 않다.

문서(文書) 없는 종 옛날 종을 팔고삼에 문서가 따라다니나 이것이 없다 함은, 집의 며느리를 이름. 며느리는 팔고살 수 있는 종이 아니더라도 종과 같은 푸대접에 종과 같은 고된 일을 한다 하여 나온 말.

문질빈빈(文質彬彬) 겉모습 아름다움과 그 속이 잘 어울려서 아름다운 것을 말하니, 생김새와 속내가 들어맞음을 말함.

문참(文讖) 어쩌다가 쓴 글이 뒷일과 꼭 맞는 것.

문채(文採) 좋은 차복성(車福成)이라 꼴이 빼어나고 옷차림이 눈부신 사람을 두고 하는 말.

문틈에 손을 끼었다 문틈에 손이 끼면 그대로 둘 수도 없고 문을 열고 뺄 수도 없는 일이니, 어찌 해야 할지 매우 거북하여 망설이게 된 자리를 이름.

물 본 기러기 꽃 본 나비 기러기는 맑은 물을 즐기며 나비는 꽃을 반기니 무엇이나 제가 가장 좋아하는 것, 더구나 님을 만났다는 뜻.

물 본 기러기 어옹을 두려워할까 어옹漁翁에게 잡힐 위험은 많더라도 기러기는 물에 와 앉는다 함이니, 비록 어떠한 위험이 있다 하더라도 남녀가 정을 맺고 만나 서로 즐김을 이르는 말.

물 썬 때는 나비잠 자다 물 들어야 조개 잡듯 게을러 좋은 때를 놓치고 뒤늦게 움직이는 어리석음을 빗댐.

물거리 싸리 같은 잡목 우죽이나 잔가지로 된 땔나무. 우죽: 우두머리 가지.

물거미 뒷다리 같다 꼴이 길고 마른 것을 그린 말.

물것 사람을 잘 무는 모기·빈대·벼룩·이 같은 것을 다 일컫는 말.

물고(物故) 사람 죽은 것을 뜻하는 이 말은 '물物'은 '일'을 뜻하고 '고故'는 없음을 뜻하니, 죽은 자는 다시 일할 수 없다는 뜻.

물구나무쌍발차기 택견솜씨 하나.

물놀 파도波濤.

물들인 소리 본디 가락에서 달라진 소리.

물때썰때 사물을 이어주는 다리가 나오고 들어갈 때.

물떠러지 쏠. '폭포'는 왜말임.

물리다 색깔 입히다.

물린 입힌.

물림퇴 본채 앞뒤나 좌우에 딸린 반 칸 너비 칸살. 물림간.

물망(物望) 여러 사람이 우러러 보아 드러난 이름.

물매 지붕이나 언덕이 비탈진 만큼.

물매지다 비탈진 것이 세고 가파르다.

물매진 지붕이나 언덕 따위가 비탈진.

물목발기(物目件記) 물품 이름을 죽 적어놓은 종이. '발기'는 이두임.

물미장(勿尾杖) 부보상負褓商들이 짚고 다니던 작대기. 촉작대.

물선(物膳) '선물'은 왜제가 우리 말을 뒤집은 것임.

물성질 계집 수성水性 여자. 술장사.

물어도 준치 썩어도 생치 비록 물크러져도 준치俊魚라 하며 다 썩어도 생치生雉라고 하니, 1.훌륭한 사람은 죽더라도 그 명예는 남고 지조 志操가 굳은 사람은 아무리 어려운 처지에서도 절개를 지킨다는 말. 2.말놀이로 쓰임.

물에 빠져도 주머니밖에 뜰 것 없다 물에 빠지면 돈주머니가 가벼워 그 것밖에 뜰 것이 없다 함이니, 돈이 없다는 말.

물오이 물외. 오이.

물잇구럭 남 빚이나 밑진 것을 대신 물어주는 일. 벗바리. 도울이. 거추 꾼. 줄목. 뒷배보는 이. 후원자後援者.

물종(物種) 몬 갈래.

물풍치(沒風致) 멋이 없음.

뭇 1.볏단 하나. 속束: 줌. 2.생선을 세는 낱자리로 열 마리 또는 열 묶음.

믈리굽다 물려서 싫증이 나다.

믠 면. 남색 상대자. 남창男娼.

믠추 면추免醜. 여자 얼굴이 겨우 지저분한 것을 벗어남.

밍부 명부明府. 원을 일컫는 안전案前 딴이름으로 현감·현령·군수는 두루 일컬어 '안전'이라 불렀고, 목사·부사·감사는 '사또'라고 불렀음.

밍주 즌대 명주로 만든 돈자루.

미꾸라지 속에도 부레풀은 있다 미꾸라지 속에도 부레풀 곧 물고기 뱃속에 있는 공기주머니는 있다 함은 아무리 보잘것없고 가난한 사람이라도 속은 있고 아망도 있다는 말. 아망: 오기傲氣. ≒미꾸라지도 먹통이 있고 빈대도 콧등이 있다.

미끈유월(--六月) 유월달은 해는 짧고 할 일은 많아 가는지 모르게 지나가 버린다는 뜻.

미나리꽃노래 뫼나리꽃노래. 산유화가山遊花歌. 백제유민들이 부르던 망향가望鄕歌로, 충남 예산고장 전래 민요임. 산유화山有花 → 산유화山遊花 → 뫼놀꽃 → 뫼나리꽃 → 미나리꽃.

미노랑(米露朗) 미리견·노서아·불랑국. 불랑국佛朗國: 포르투갈.

미리견(米利堅) 미국.

미사리 산속에서 사는 털 많은 자연인.

미설가(未挈家) 수령守令이 도임到任 때 식구食口를 데리고 가지 않는 것.

미성(未成) 아직 혼인하여 어른이 되지 못함.

미세기 두 짝을 한편으로 겹쳐서 여닫는 문.

미운 마누라 죽젓광이에 이 죽인다 미운 사람은 더욱 미운 짓만 한다는 뜻. ≒미운 벌레 모로 긴다.

미운 쥐일수록 품에 안는다 근심걱정을 막으려면 미운 것에게도 다 잘해 주어야 한다는 말.

미운놈 보려거든 술장사하라 술장수를 하면 미운 사람을 많이 볼 수 있다 하여 하는 말. ≒미운놈 보려면 길 나는 밭 사라.

미장가(未丈家) 아직 장가를 들지 않음.

미장이 비비송곳 같다 같은 생각에 빠져 안타깝게 되풀이하여 괴로워함을 이름.

미좇아 가다 뒤따라가다.

미주알 똥구멍을 이루는 창자 끝 어섯.

민당상(閔堂上) 민영휘(閔泳徽, 1852~1935) 첫이름 영준泳駿. 고종 14년

인 1877년 정시문과에 병과로 급제, 여흥민씨驪興閔氏 척족세력을 타고 정계에 나와 김옥균 갑신정변을 누르고 사대당에 들어감. 형조·예조·공조·이조판서를 거쳐 민씨 세력 우두머리로 1894년 갑오년 농군혁명이 일어나자 원세개袁世凱에게 청군 지원을 요청, 혁명군 토벌을 했음.

민두(民斗) 민인들이 쓰던 말[斗].

민머리 알상투 벼슬을 못해서 갓이나 관을 받치는 망건을 두르지 못한 머리 위로 맨상투 바람이라고 해서, 농군대중을 가리키던 말임.

민머리 벼슬을 살지 못한 사람. 백두白頭. '대머리'.

민민(憫憫)한 매우 딱한.

민부채 아무런 꾸밈새 없이 한지에 기름을 먹인 쓸모 있는 부채. 단선團扇.

민색 검푸르죽죽한 빛.

민식(民食) 사식私食.

민영달(閔泳達, 1859~?) 고종 22년인 1885년 증광문과增廣文科 병과丙科로 급제하여 경기도 관찰사를 거쳐 형조·예조판서, 좌참찬左參贊과 호조판서로 있다가 김홍집金弘集 내각에서 내부대신이 되었으나 1895년 을미참변이 일어나자 사직하였고, 1910년 합방 때 남작男爵을 주었으나 자빡놓았음.

민영소(閔泳韶, 1852~?) 고종 15년인 1878년 정시문과庭試文科에 병과丙科로 급제, 병조판서兵曹判書·한성부윤漢城府尹을 지냈음. 민씨 척족戚族 거물로 임오군란壬午軍亂 때 집이 부서졌고, 병조판서로 있으며 왕 밀지密旨를 받아 왜국으로 도망간 김옥균金玉均·박영효朴泳孝 암살을 부추기고, 그 뒤 홍종우洪鐘宇를 시켜 김옥균을 죽였음. 1910년 한일합방이 되면서 왜국한테 자작子爵을 받은 막된 친일파임.

민영환(閔泳煥, 1861~1905) 고종 15년인 1878년 정시문과에 병과로 급제, 1881년 동부승지同副承旨를 거쳐 이듬해 대사성大司成이 되었음. 이 해 생부生父 겸호謙鎬가 임오군변壬午軍變으로 궂기자 벼슬을 버리고 3년 동안 거상居喪. 1895년 주미전권공사, 1897년 영국·독일·러시아·프랑스·이탈리아·오스트리아 6개국 특명전권대사가 되어 러시아 모스크바에서 열린 니콜라이 황제 대관식과 영국 빅토리아 여왕 즉위 60주년 축하식에 참석하는 등 새 문물에 눈을 떠 시정 개혁을 꾀하다가 민씨 일파들에게 미움을 사 파직되었음. 1904년 내부·학부 대신을 지냈으나 왜국 입김으로 시종무관장侍從武官長이라는 별볼일 없는 자리로 밀려났다가, 1905년 을사늑약으로 나라를 빼앗기게 되자 유서 3통을 남기고 자진自盡하였음.

민자건(民字巾) 검정베로 만든 유생儒生 예관禮冠.

민주스러운 1.면구스럽다.(부끄럽다) 2.낯이 뜨뜻하다.

민짜 아무 꾸밈새 없는 소박한 몬.

민촌(民村) 상민常民이 사는 마을.

민탈 낭떠러지.

민틋하다 1.울퉁불퉁한 곳이 없이 비스듬하다. 2.일한 뒷자리가 깨끗하고 번번하다.

민혼(民婚) 양반 지체로 상민과 혼인하던 것.

밀랍(蜜蠟) 꿀을 짜내고 남은 찌끼를 끓여서 만든 유지油脂 같은 것임. 밀. 황랍黃蠟.

밀문 앞으로 밀어 열게 된 문.

밀세다리 끄나풀. 밀정密偵.

밀양놈 쌈박질 단판에 끝장내지 않고 옥신각신이 오래 끌게 됨을 이름.

밀화투심(蜜花套心) 밀과 같은 푸른빛이 나고 젖송이 같은 무늬가 있는 호박으로 된 말뚝댕기 치레.

밋겨집 본 마누라. 유부녀有夫女.

밋남진 본 남편.

밍그적거리다 천천히 움직움직하는 꼴.

밑 없는 독에 물붓기 아무리 힘을 들여 애써서 해도 꼴이 없고 보람이 나타나지 않는 경우에 이름. 늑시루에 물 퍼붓기. 한강투석漢江投石.

밑바대 속곳 밑 안폭에 힘받침으로 댄 천.

밑살 1.미주알. 2.'보지' 상스러운 말. 3.소볼깃살 한가지로 국거리에 쓰임.

밑턱구름 땅 위 2킬로 안 하늘에 있는 구름.

바구미 곡식을 갉아먹는 벌레.

바기롭다 교묘하다.

바늘 가는 데 실 간다 서로 떨어져서는 아무 쓸데가 없으므로 늘 붙어다
　　닌다는 뜻. 늑녹수 갈 제 원앙 가듯. 범 가는 데 바람 간다. 용 가는 데
　　구름 간다. 구름 갈 제 비가 간다. 봉 가는 데 황이 간다. 실 가는 데 바
　　늘도 간다.

바대 품질. 바탕 품. 본바탕.

바디 베짜는 연장.

바디질 베나 섬을 짜는 데 바디를 부리는 일.

바랑 승려가 등에 메고 다니는 자루 같은 큰 주머니.

바래 파루罷漏. 오경삼점五更三點(상오 4시 반)에 큰 쇠북을 서른세 번
　　치든 일. 서울 도성都城 안에서 인정人定 이후 야행夜行을 금하였다가
　　파루를 치면 풀리었음.

바리 놋쇠로 만든 여자 밥그릇. 오목주발과 같으나 아가리가 조금 좁고
　　중배가 나왔으며 뚜껑에 꼭지가 있음.

바오달 병정들이 둔치던 군막軍幕. 군영軍營.

바위너덜 바위가 많은 비탈.

바이 다른 도리 없이 전연. 아주.

바지게 1.발채를 얹은 지게. 2.못 접게 만든 발채.

바지랑대 빨랫줄을 받치는 장대.

바치다 음식·암수에 주접스럽게 가까이 덤비다.

바치쟁이 살림살이에 쓰이는 모든 몬을 만드는 것을 업으로 삼던 사람.
　　곧 손재주로 벌어먹던 사람. 장색匠色. 공장工匠. '기술자'는 왜말임.

바치질 무엇을 만드는 것을 업으로 삼는 일.

바탱이 중두리보다 조금 작은 오지그릇.

바투 짧게. 가까이. 조금씩. 적게. 바특이.

바투어지다 두 몬 사이가 썩 가까워지다.

박기홍(朴基洪) 정춘풍 법통을 받은 철고哲高 년간 명창.

박긴다리 조선왕조 가운데 때 지리산 얼안에서 움직였던 활빈당活貧黨 우두머리 박장각朴長脚. 토포군한테 붙잡히지 않고 잘 달아났다고 해서 붙여진 이름인데, 그때 인민대중들 꿈이 담겼던 것임.

박덕칠(朴德七) 예산 출신 동학 목대잡이 상암湘庵 박희인朴熙寅으로, 나중 박연국朴演國을 따라 시천교侍天敎로 갈라져 갔음.

박등 순라꾼이 야경을 돌 때 쓰던 들손 등불로, 꼴이 박 같았음. 수조롱手照籠.

박만순(朴萬順) 1835~1907년 사이 명창.

박선달 명창 박만순으로, 고종한테서 무과선달 제수를 받았음.

박유전(朴裕全) 1834~?년 사이 명창.

박인호(朴寅浩) 덕산 출신 동학 목대잡이로, 천도교 제4대 교주. 춘암(春庵, 1855~1940).

박창섭(朴昌燮) 1857~1908년 사이 명창.

박초 질 낮은 아래치 담배. 값싼 잎담배.

반거충이 무엇을 배우다 그만둔 사람. 반거들충이. 벗장이.

반계(磻溪)**선생** 조선왕조 효종孝宗 때 실학자 유형원(柳馨遠, 1622~1673).

반공(半空) 허공虛空. 빈탕. 빈하늘.

반구비 쏜 화살이 높지도 않고 낮지도 않게 알맞게 가는 꼴.

반로환동(返老還童) 늙은이가 젊음을 되찾는 것.

반물(빛) 짙은 검은빛을 띤 남藍빛. 쪽빛.

반벌충 모자라는 것을 다른 것으로 갈음하여 반쯤 채움.

반병두리 놋쇠로 만든 둥글고 바닥이 편편한 국그릇.

반보기 충청 이남 농촌에서, 서로 멀리 떨어져 살아 오랫동안 만나지 못한 친척 부인네들이 두 집 사이 중간쯤 되는 산이나 시냇가 같은 곳에서 만나 장만해온 음식을 나누어 먹으며 하루를 즐기던 것.

반불겡이 반불경이. 1.빛깔과 맛이 제법 좋은 가운뎃길 살담배. 2.반쯤 익어서 불그레한 고추.

반빗아치 반찬 만드는 일을 하던 여자 하인.

반옥환포(反獄還捕) 사로잡아 다시 감옥으로 돌아오게 하는 것.

반웃음 웃는 듯 마는 듯.

반자 돌림 양반 명색.

반절 앉은자리에서 웃몸만 숙이는 것.

반좌율(反坐律) 되잡히는 형률. 곧 거짓말이나 쏘개질로써 남을 죄에 **빠**지게 한 자에게 언걸입은 자와 똑같은 벌을 일 낸 사람에게 주는 벌. 쏘개질: 몰래 일러바치는 것. 요즈막 '무고죄誣告罪'.

반지랍다 됨됨이가 꾀바르다.

반지빠르기는 제일이라 되지 못한 것이 버릇없어 얄밉다는 뜻.

반지빠르다 빈틈없고 두름성이 있는 솜씨가 좋다.

반치기 1.가난한 양반. 2.쓸모없는 사람.

반팔등거리 짧은 소매가 달린 등거리.

받고차기 1.머리로 받고 발길로 차는 일. 2.서로 말을 빠르게 주고받는 일. 말다툼 하는 일.

받는소리 상여를 멘 사람들이 부르는 소리.

받아 논 밥상 이미 마련이 되어서 아무리 비키려 하여도 비킬 수 없음을 이름. 늑받아 논 당상堂上.

발 탄 강아지 쏘다니기를 좋아하는 사람.

발감개 버선이나 양말 대신으로 발에 감는 좁고 긴 무명. 상일을 하는 이들이나 먼길을 걷는 이들이 흔히 함. 6·25 때까지 '인민군'들이 썼음.

발고(發告) '고발'은 왜말임.

발괄(白活) 전에, 백성이 억울한 일이 있거나, 요구하는 바가 있을 때에, 관장에게 잘하여 달라고, 올리는 글을 발괄이라고 하였는데, 이 말은, 계급에 관계가 있는 듯하지마는, 계급을 차리지 않는 오늘에는, 상관없을 것이다. ―단기 4281년 문교부에서 펴낸 『우리말 도로찾기』에서.

발긔[件記] 물품 이름이나 돈 머릿수 따위를 적어놓은 종이 이두.

발끈 왈칵. 하찮은 일에 왈칵 성내는 꼴.

발내포 옷길 주사니것.

발림 판소리에서 하는 몸짓.

발막 마른신 한 가지. 뒤축과 코에 꿰맨 솔기가 없고, 코끝이 뾰족하지 아니하고 넓적하며, 가죽조각을 대고 구슬같이 아름다운 분을 칠하였는데, 얼추 부잣집 노인들이 신었음.

발명(發明) 잘못이 없음을 밝힘. 변백辨白. 변명辨明.

발발성 떨리며 나오는 목소리.

발비 빗방울 발이 보이게끔 굵게 내리는 비.

발샅에 때(꼽재기) 아주 보잘것없고 값어치가 없으며 더러운 것을 가리킴.

발피(潑皮) 뚜렷한 생업이 없이 떠돌아다니는 무리. 건달.

밤 문 소리 기껍지 않아 또렷하지 않은 소리. 입에 밤 물고 하는 소리라는 말이니, 맘에 들지 않아 투세하는 소리.

밤길이 붓는다 밤에 걷는 길은 더 멀게 생각된다는 말.

밤농사 내외 관계. 밤에 치르는 어르기.

밤도와 밤에도 낮처럼 힘써.

밤두억시니 사나운 귀신 하나. 야차夜叉.

밤뒤 밤똥.

밤밥을 먹어라 아무도 모르게 밤중에 뺑소니쳐라. 늦저녁 두 번 먹어라.

밤벌레 같다 어린아이처럼 살이 토실토실하고 살빛이 보유스름하다.

밥 위에 떡 마음에 살갑게 가졌는데도 더 주어서 그 위로 더 바랄 것이 없을 만하다 할 때 이르는 말.

밥밑콩 밥지을 때 밑에 놓는 콩.

밥주발 고봉 수북한 밥.

밥풀눈 눈꺼풀에 밥알만 한 군살이 붙어 있는 눈.

밧총박이 총을 신날 바깥쪽으로 내는 짚신. 총: 짚신 앞어섯 둘레에 촘촘하게 내어 끈으로 꿰어서 운두가 되도록 한 것이다. 꼴을 내는 상품일 때는 총을 따로 비벼 놓고 끼우기 때문에 딴총박이라 하고, 따라서 바닥 겯는 짚에서 비벼서 내는 것은 제총박이라 한다. 또 신날 안쪽으로 내는 것이 안총박이, 바깥쪽으로 내는 것이 밧총박이인데, 밧총박이 쪽이 발이 편하다. ―이훈종『민족생활어 사전』에서.

방갓 상제喪制가 쓰던 대오리로 만든 삿갓.

방건(方巾) 외겹으로 된 정자관程子冠이다. 그냥 머리가 심심해서 쓰는 거겠지만 뜻있는 선비들이 써서 오히려 존경을 받았다. 충정관沖正冠·사방관四方冠하는 것도 이와 거의 같다.

방광(放光) 부처 또는 불상佛像에서 나는 밝은 빛. 서광瑞光.

방구리 물 긷는 질그릇으로 동이보다 조금 작음.

방구어 점찍어.

방뎅이 길짐승 엉덩이.

방때리기 윷놀이 하나.

방말(榜末) 꼴지 입격入格.

방목(榜目) 과거 급제자 이름발기.

방물장수 여자에게 쓰이는 단장품·바느질 기구·패물 같은 것들을 팔러 다니던 사람으로, 흔히 노파가 하였음. 아파牙婆. 방물: 이 말은 잡화雜貨라는 말과도 같다. 여자들이 여러 가지 자질구레한 몬을 보에 싸 가지고, 각 가정으로 돌아다니며 파는데 이 사람을 '방물장사'라고 한다. ―단기 4281년 2월 15일 문교부에서 펴낸『우리말 도로찾기』에서.

방사오리 안석案席.

방색(防塞) 틀어막거나 가려서 막음.

방아(放衙) 공무公務를 끝내는 것. 퇴령. '퇴근'은 왜말임.

방안(榜眼) 두째.

방안랑(榜眼郎) 문과 두째.

방외(方外) 1.테두리밖. 국외局外. 2.티끌세상을 버린 사람들 세상. 3.유가儒家에서 도가道家와 불가佛家를 가리키던 말.

방울띠 방울 꼴로 된 허리띠.

방울목 궁굴궁굴 굴려내는 목소리.

방울쏘냐 당해내겠느냐.

방장(方將) 곧. 장차將次. 방금方今. 앞으로.

방장(房帳) 방안에 두르던 가리개. 모기장. 휘장揮帳.

방죽을 파야 머구리가 뛰어든다 개구리가 뛰어들기를 바라거든 먼저 물이 고이는 웅덩이를 파야 한다는 말이니, 무릇 자기가 바라는 것이 있거든 그에 대한 채비를 해야 한다는 말. 늑둠벙을 파야 개구리가 뛰어든다.

방짜 바대 좋은 놋쇠를 손으로 두드려 만든 그릇으로, 제대로 된 사람을 가리킬 때도 썼음. 바대: 바탕 품.

방치 아래치 여자 엉덩이. 엉덩이 낮춤말.

방패(方牌) 요패要牌 하나로, 관예官隸 허리에 차되 매인 관아 성명을 적고 딸린 고을 불도장 찍었음.

방포원정(方袍圓頂) 네모진 가사袈裟를 걸친 둥근 머리라는 뜻으로, '승려僧侶'를 가리키는 말.

배 먹고 배 속으로 이를 닦는다 한가지 몬을 써먹음으로 인하여 두 가지 잇속이 생겼을 때 이름. 늑배 먹고 이 닦기.

배 주고 뱃속 빌어먹는 제가 가지고 있던 배는 남한테 주고 저는 먹을 것 없는 배 속을 얻어먹는다 함이니, 크게 이利 되는 것은 남한테 빼앗기고 그 사람한테서 겨우 적은 것을 얻어갔다는 말.

배강(背講) 책을 보지 않고 돌아앉아서 욈. 배독背讀. 배송背誦.

배고픈 호랑이가 원님을 알아보나 굶주린 호랑이가 원님 앞에 나갔다고 해서 무슨 인사를 차리거나 할 리가 없다는 말로, 사람도 가난하고 굶주리면 인사체면을 돌아볼 겨를이 없다는 말.

배꼽점 바둑판 맨 가운데. 어복魚腹.

배냇병신 날 때부터 나간이.

배다리 뱃짐다리. 선창船艙.

배따라기 서경악부西京樂府 12가지 중 하나.

배메깃논 병작인이 농사를 지어 그 거둠새 반을 지주와 똑같이 나누어 갖던 것. 반타작. 왜제가 들어와 지어 90퍼센트에 이르는 소작료를 물게 하였던 '소작제'가 있기 전까지 치러졌던 토지제도였음.

배시시 보일 듯 말 듯 살짝.

배우개 이제 서울 동대문시장 자리에 있던 그때 민간시장.

배자(排子) 순장바둑에서 바둑판 위에 돌을 미리 놓던 것. 초석草石.

배코 치다 머리를 면도面刀로 밀어 박박 깎다.

백 짐 10만냥.

백골남행(白骨南行) 과거를 거치지 아니하고 조상 음덕으로 벼슬길에 나가는 것. 음직蔭職. 음사蔭仕.

백공천창(百孔千瘡) 여러가지 나쁜 일로 엉망진창이 됨.

백날마지 백일불공百日佛供.

백당목(白唐木) 흰 무명실로 짠 바닥이 고운 천.

백당지(白唐紙) 생진과 입격증.

백두짜리(白頭--) 벼슬하지 못한 민머리.

백락(伯樂) 중국 주周나라 때 사람으로 말 값매기기를 잘하였다고 함. 지기知己, 곧 나를 알아주는 사람을 말할 때 보기가 됨.

백령백리(百伶百俐) 능소능대(能小能大) 여러 가지 일에 칠칠하거나 모든 일에 슬기롭고, 모든 일에 두루 막힘없음.

백리 한 고을. 거의 네둘레 백 리 안팎이 한 고을이었음.

백면지(白綿紙) 바대가 좋은 백지.

백모(百毛) 이것저것 여러 가지.

백모래밭에 금자라 걸음 맵시를 부려 아장거리며 걸음을 이름. 늑대명 전 대들보에 명매기 걸음. 양지마당에 씨암탉 걸음.

백목(白木) 무명.

백목전(白木廛) 무명과 베를 팔던 가게. 면포전綿布廛.

백문선의 헛문서 남을 속이려는 거짓 서류書類 같은 것을 이름.

백비(白碑) 아무것도 씌어 있지 않은 빗돌.

백사(百史) 모든 역사책.

백사(白沙) 선조 때 공신 이항복(李恒福, 1556~1618) 호.

백사무석(百死無惜) 백번 죽어도 아깝지 않다. 죽을죄를 지었다고 빌 때 쓰는 말.

백설기 시루떡 하나. 설기.

백설총이 온몸이 희고 입술이 검은 흰 말.

백세 후 죽은 뒤.

『백수문(白首文)』 중국 후량後梁 주흥사周興嗣가 하룻밤 사이에 만들고 머리털이 하얗게 세었다고 하는 고사故事에서 온 말로,『천자문千字文』다른 이름.

백양모정구(白羊毛精具) 흰색 양털로 만든 안창을 깔은 신발.

백온(伯溫) 김옥균金玉均 자字.

백일독공(百日獨功) 백날 동안 공을 들임.

백죄 '백제百濟'를 가리키는 충청도말.

　　쓸데없이 그런 말 하지말라. 분하고 답답한 일을 맞은 때, 터무니 없는 경우를 맞았을 때 쓰는 충청도 테두리에서 쓰이는 말인데, 백제 광복운동이 임존성과 함께 무너져내리면서부터 생겨난 말임. 이때 왜국에서는 '백제는 없다'라는 뜻인 '구다라나이'라는 말이 생겨났으니, 할아버지나라인 백제가 망했으니, 가보지도 못할 백제를 말해보았자 무슨 쓸데가 있겠느냐며 슬퍼했던 데서 나온 말임. 백제가 무너졌다는 말을 듣고 천척 배에 이만오천 싸울아비를 싣고 할아버지나라 구하러 왔으나 이제 전북 부안扶安 앞바다인 백강白江싸움에서 나당연합군에게 진 다음, '왜倭'라는 츱츱한 이름 버리고 '일본日本'이 되면서부터 '쓸데없다', 그러니까 '백제 것이 아니면 아무런 값어치가 없다'는 말이 나오게 된 까닭임. 츱츱하다: 못나고 더럽다.

백집사가감(百執事可堪) 무슨 일을 하든지 넉넉히 갈망할 수 있다. 백집사하가감百執事何可堪.

백차일(白遮日) 치듯 사람이 많이 모인 꼴.

백청(白淸) 빛깔이 희고 바탕이 썩 좋은 꿀.

백토주(白吐紬) 바탕이 두텁고 색깔이 희고 깨끗한 옷길 주사니것.

백패(白牌) 생진과生進科에 든 이들에게 주던 흰 종이 본메글발.

뱀뱀이 본데나 참길에 대한 배움. 곧 어른을 떠받들 줄 아는 버릇. 배움배움.

뱁새가 수리를 낳는다 매우 못난 양친한테서 훌륭한 아들이 생겨났을 때 이르는 말.

뱁새가 황새 걸음을 걸으면 가랑이가 찢어진다 다리가 짧은 뱁새가 큰

황새처럼 걸으려 하니 다리가 찢어지더라는 것이니, 남이 한다고 해
서 제 힘에 겨운 일을 억지로 해 나가려다가는 도리어 큰 탈을 맞게
된다는 말.

뱁새눈이 눈이 작고 샐죽한 사람.

뱌비작거리다 우스개로 자꾸 대고 뱌비는 짓을 하다. 뱌빗거리다.

버금달 음력 2·5·8·11월.

버덩 조금 높고 평평하며 나무는 없고 잡풀만 난 거친 땅.

버리줄 과녁을 켕기는 줄.

버무리 쌀가루에 쑥이나 콩·팥 따위를 버무려 켜를 짓지 않고 시루에
찐 것.

버새 수말과 암나귀 사이에서 난 잡종으로 노새보다 작고 나귀 비슷함.

버성기다 풍김새가 꾸밈없지 못하고 어설프다.

버썩 1.힘주어. 2.갑자기 나아가거나 늘거나 주는 꼴.

버캐 간장·침·오줌 같은 물몬 속에 섞이었던 소금기가 엉기어서 뭉쳐
진 찌끼.

버히다 베다.

버히어질 베어질.

벅구잡이 소고小鼓와 비슷하나 그보다는 훨씬 큰 자루가 달린 북을 치는
사람.

번신(藩臣) 감영 관찰사나 병영 병마절도사.

벌때추니 조선왕조 효종 때 병자호란 치욕을 씻고자 북벌北伐 때 타고
갈 전마戰馬로 만주에서 호마胡馬를 들여다 강화섬에 풀어먹였는데,
바람찬 바닷가를 내달리던 말갈기 같다고 해서 붙여진 이름으로, 제
멋대로 쏘다니기를 좋아하는 여자를 빗댄 말. 말괄량이.

벌떡증 화가 벌떡벌떡 일어나는 병증病症.

벌레 먹은 삼잎 같다 얼굴에 검버섯이 끼고 기미가 보기 싫게 퍼진 사람
을 이르는 말.

벌물 켜듯 한다 젖이나 술 같은 것을 세게 들이킨다는 말. 벌물: 벌을 주
느라고 우격다짐으로 물을 들이키게 하는 것.

벌이줄 그물 벼리를 이룬 줄 몸.

벌터질 활을 과녁에 쏘지 않고 아무데나 쏘아서 팔에 힘을 올리는 것. 활 쏘기를 활터에서 하지 않고 들이나 산등성이 같은 데서 하는 습련習鍊.

범 본 여편네 창구멍을 틀어막듯 1.위험한 일을 맞아 몹시 당황해하며 그것을 벗어나려는 행동. 2.급히 밥을 퍼먹는 꼴을 이름.

범 아가리에 떨어진다 매우 어려운 때를 맞았다는 말.

범 없는 골에는 토끼가 스승이라 잘난 사람이 없는 곳에서는 못난 사람이 잘난 체하고 억척 떨어 뽐낸다는 말.

범강장달이(范疆張達-) 키가 크고 감궂게 생긴 사람을 가리키는 말. '범강·장달'은 장비를 죽인 이들임. 감궂다. 흉악하다.

범승(汎繩) 줄로 땅을 재는 것.

범연(泛然)**하다** 1.대수롭지 않게 여기다. 2.데면데면하다. 3.무심無心하다.

법국(法國) 프랑스.

법수(法手) 정수正手.

법은 멀고 주먹은 가찹다 갈피를 따져 풀어나가기 보다 힘으로 풀어보려 할 때 이르는 말.

벗장이 반거충이.

벙거지 시울 만지는 소리 하는 말이 미립 없고 아주 아리송하여 어떻게 되는 것인지 아주 모를 소리라는 말. 미립: 솜씨. 뼈대.

벙거지조각에 콩가루 묻혀 먹을 놈 털로 만든 벙거지조각에 아무리 콩가루를 묻혀도 먹을 것은 없으니, 그것을 먹는다 함은 못할 짓을 하여 천량을 남몰래 빼앗아가는 자를 욕하는 말. 천량[錢糧]: 살림살이에 드는 재물.

벙벙하다 1.어쩔줄 몰라 얼빠진 사람처럼 아무 말이 없다 2.물이 넓게 밀려오거나 흘러 내려가지 못하여 가득 차 있다.

베갯머리 송사 내외가 밤을 같이 지내는 동안 안해가 남편에게 여러 가지 말을 하여 남편 마음을 제 뜻대로 움직이려 함을 이르는 말.

베주머니로 바람잡기 헛고생만 한다는 말.

베주머니에 의송(議送) **들었다** 보기에는 허름한 베주머니에 종요로운 문서가 들었다 함이니, 사람이나 몬이 겉꼴은 허름하고 못난 듯

하나 남다른 쓸모와 훌륭한 바탕을 지녔다는 말. ≒주먼지에 어패 들었다.

뱃불 삼을 쪄내는 불.

벼락감투(別惡龕套) 조선왕조 끝무렵 매관매직賣官賣職 풍토에서 처음 에는 다투어 원납전願納錢을 바치고 벼슬을 샀으나 나중에는 그 돈 머릿수가 차츰 높아지면서 너무 흔하여 천하여졌으므로 꺼리고 피 하였던 데서 생겨났던 말.

벼락방망이 갑자기 얻어맞는 매. 또는 벼락같이 호된 매.

벼룩잠 벼룩처럼 몸을 오그리고 잠깐 눈을 붙이는 선잠.

벼름질 고루 별러서 나누어 주는 것.

벼리 1.그물 위쪽 코를 꿰어 오므렸다 폈다 하는 동아줄. 2.일이나 글 뼈 대가 되는 줄거리.

벼슬은 높이고 뜻은 낮추어라 자리가 높을수록 고분고분하여야 한다는 뜻. ≒지위가 높을수록 마음은 낮추어 먹어야.

벽곡(辟穀) 곡식은 안 먹고 솔잎·대추·밤을 먹고 사는 일.

벽량장군(碧梁將軍) 유응부兪應孚 아호雅號에 붙여 불리어지던 딴이름.

벽력신(霹靂神) 벼락신.

벽사(辟邪) 사귀邪鬼 곧 요사스러운 귀신을 물리침.

벽쇠 구두쇠. 벽보.

벽창우(碧昌牛) 평안북도 벽동碧潼과 창성昌城땅에서 나던 크고 억센 소.

변돈 변리를 무는 돈. 이자돈.

변리(邊利) 변돈에서 는 길미. 이자.

변말 남이 모르게 저희끼리만 쓰는 남모르는 암호暗號 말. 변. 은어隱語.

변방비장(兵房裨將) 외방관아에서 병전兵典에 딸린 일을 맡아보던 우두 머리. 큰 고을에서는 좌우 두 비장을 두었음.

변백(辨白) 변명辨明. 핑계. 구실.

변장(邊將) 첨사僉使, 만호萬戶, 권관權管을 두루 일컫던 말.

변조(遍照) 신돈辛旽. 우리 겨레 역사에서 맨 처음 이루어졌던 「신돈개 혁」 고갱이는 '평등과 자유'였음. 낫과 삽 든 사람이 논밭을 갈아먹 게 해야 된다는 한울법칙 따라 권문세족들이 빼앗아 지니고 있던 논밭을 무상몰수해서 일할 수 있는 힘에 맞게 농군들한테 무상분배하여 주었음. 그리고 노비를 해방시켰음. 낫과 곡괭이를 쥔 농군에게 논밭을 골고루 나눠줘서 똑 고르게 살게 하고, 노비들 쇠사슬을 풀어주어 제물로 살아가게 함으로써 마침내 인간해방의 저 언덕에 이르게 하자는 것이었음. 그때에 개경 하늘이 몇 달 동안 자욱한 티끌 안개로 뒤덮였으니, 난생 처음 내 땅을 갖게 된 농투산이들과 종이라는 쇠사슬에서 벗어나게 된 사람들이 발을 굴러 뛰어오르고 손뼉 쳐 울며 입을 모아 부르짖었던 것임.

"성인이 나오셨다!"

"미륵부처님이 내려오셨다!"

그러나 힘부림이 나오게 되는 물적 토대, 곧 밥그릇을 빼앗기게 된 권문세족들은 원제국에 등을 기대며 정파가 다름을 떠나 보수대연합을 이뤄 되받아쳐오니, 급진개혁주의자 신돈 꿈은 물거품이 되고 말았음. 궁예와 묘청에 이은 세 번째 꺾여짐이었음. 그리고 고리왕조는 가림천을 내리게 됨.

그로부터 5백80년 뒤였음. 신돈개혁을 창조적으로 이어받은 사람들이 있었으니, 1946년 2월이었음. '북조선임시인민위원회'에서 집행한 '토지개혁'이 그것으로 1948년 9월 세워진 「조선민주주의인민공화국」의 물적·도덕적 토대가 되었음. 신돈개혁에서는 개경15일·외방40일이었는데, 46년 2월 토지개혁에서는 평양이고 지방이고 간에 몰밀어 10일이었으니, 악덕 지주들한테서 앙버틸 시간을 뺏어버린 것이었음.

별(撇) 글씨 쓰는 법 하나인 왼쪽 삐침.

별각간죽(別刻簡竹) 유다르게 잘 만든 담배 설대.

별감(別監) 좌수座首 버금자리. 아향亞鄕.

별기침(別起寢) 곧 일어나라는 뜻.

별꼴 '별일 다 보겠다'는 내푯말.

별래무양(別來無恙) 몸에 별다른 탈이 없느냐?고 묻는 인사치레.

별반거조(別般擧措) 일껏 다르게 차리는 노릇.

별성마마(別星媽媽) 배송 내듯 천연두天然痘를 앓은 뒤 열사흘 만에 두

신두神을 전송餞送해 보내는 풍습이 있었으니, 이와 같이 한다 함은 마음에 매우 달갑지 않으나 후환後患이 두려워 조심조심 좋도록 해서 내보내는 것을 뜻함.

별업(別業) 별서別墅. '별장別莊'은 왜말임.

별조 별수.

병 주고 약 준다 병을 앓게 만들어 놓고 그 뒤에 약을 준다는 말이니, 무슨 일을 가로막아 망쳐놓고서 도와준다는 뜻.

병든 솔개같이 잠깐도 쉬지 않고 여기저기 살펴보며 빙빙 돌아감을 이르는 말.

병야(丙夜) 밤 11시부터 새벽 1시까지. 삼경三更.

병인년(丙寅年) '병인양요'가 일어났던 1866년.

병자년(丙子年)·**무자년**(戊子年) 1876년·1888년.

병자정축(丙子丁丑) 1876~77년.

병작(竝作·幷作) 농사꾼이 농사를 지어 거두어들인 것을 지주와 똑같이 반씩 나누어 가지던 제도로, 대한제국 때까지 치르어졌음. 배메기. 반타작. 이제도 이어지고 있는 소작小作제도는 왜제가 들어오면서 생겨난 것임. 도지賭地라는 이름으로 지주가 받아가던 것이 반에서 90퍼센트까지 이르기도 하였으니, 6·25사변이 일어날 때까지였음.

병작농(竝作農) 배메기 농사. 농사꾼이 거둠새를 지주와 반반씩 나누던 농사. 반타작. 왜제가 소작농제도를 들여오기까지 이어지던 농사법이었음.

병집 깊이 뿌리박힌 잘못이나 흠.

병탈(病頉) 병으로 말미를 바라다.

보(堡) 흙으로 축대築臺를 쌓아서 만든 작은 성城.

보글보글하다 물이나 거품이 좁은 테두리 안에서 자연스럽게 자꾸 끓거나 일어나다.

보기 좋은 떡이 먹기도 좋다 겉꼴이 좋으면 알맹이도 좋다는 말.

보꾹 방이나 마루 천장을 편편하게 만들어 놓은 차림. 천장天障.

보료 양반집에서 주인이 앉는 자리에 깔아두던 요. 솜이나 짐승털 또는 보드랍게 자란 짚을 섞어넣어, 이부자리 요보다는 훨씬 튀길심 있게 만들었음. 튀길심: 탄력.

보름보기 애꾸.

보름치 음력 보름께 눈이나 비가 오는 날씨.

보리 볶아 먹으러 다닌다 색주가色酒家 출입을 가리키던 그때 변말.

보리가을 음력 4월. 익은 보리를 거두어들이는 일.

보리곱삶미 1.보리를 두 번 삶아 짓는 밥. 2.꽁보리밥.

보리꽃 싸구려 막창.

보리누름 보리가 누렇게 익는 철.

보리동지 곡식이나 돈을 바치고 벼슬이름을 얻은 사람을 비웃느라고
　　일컫는 말. 맥동지麥同知.

보리바둑 엉터리 바둑.

보리밟기 이른 봄 보리를 밟아주던 것.

보리밥 한솥 짓기 보리밥이 익을 동안 한 사오십분에서 한시간.

보리밭만 지나가도 주정한다 보리로 누른 누룩으로 술을 만든다는 것
　　을 생각하고서 1.술도 마시지 않고 취하는, 곧 술을 조금도 못하는
　　사람을 놀리는 말. 2.성미가 급하여 지나치게 서두는 사람을 이름.

보리소주 보리밥에 누룩을 섞어 담갔다가 곤 소주.

보리수 엉터리수.

보릿고개 묵은 곡식은 다 떨어지고 보리는 아직 여물지 않아 농가에서
　　가장 살기 어렵던 사오월.

보비리 천량을 몹시 아끼고 다랍게 강밭은 사람. 구두쇠. 강밭다: 몹시
　　야박하고 다랍다.

보비위(補脾胃) 남 비위를 잘 맞추어 줌.

보솔(保率) 하인下人.

보슬이 보슬비. 또는 보슬비처럼 눈자위에 보오얗게 어리는 눈물.

보암보암 이모저모로 보아서 짐작할 수 있는 겉꼴.

보인(保人) 정군 부비를 대던 사람. 보증인.

보장(報狀) 상관에게 보고하던 공문公文.

복 없는 년은 봉놋방에 가 누워도 고자 곁에 가 눕는다 운수가 나쁘면
　　하는 일마다 잘 안된다는 뜻. 운수運數: 날떠퀴. 달떠퀴. 해떠퀴. 떠

뀌: 운기運氣. 늑계란에도 뼈가 있다. 박복한 놈은 계란에도 유골有骨
이라. 칠십에 능참봉을 하니 거둥이 하루에도 열아홉번씩이라. 마디
에 옹이. 기침에 재채기. 하품에 폐기. 재수없는 포수는 곰을 잡아도
웅담이 없다. 복없는 봉사가 괘문을 배워놓으면 감기 앓는 놈도 없
다. 복없는 정승은 계란에도 뼈가 있다. 괘문卦文: 점괘를 풀어 써놓
은 글.

**복 있는 과부는 앉아도 요강 꼭지에 앉고 복 없는 과부는 봉놋방에 자도
고자만 만난다**   운수가 나쁘면 하는 일마다 잘 안된다는 뜻.

복(腹)   흑.

복건(幅巾)   선비들이 점잖게 꾸밀 때 머리에 쓰던 건으로, 이제는 어린
사내아이가 명절이나 돌 또는 경사스러운 때에 많이 쓰던 쾌자快子
와 같은 것임. 검정헝겊으로 위는 둥글고 삐죽하게 만들었으며 뒤에
는 넓고 긴 자락을 늘어지게 대고 양옆에 끈이 있어서 뒤로 돌려매
게 되었음.

복국(復局)   복기復棋.

복달임   복이 들어 날씨가 달차게 더운 철.

복덕(福德, 1826~?)   초대 주조미국특명전권공사 푸우트. 고종 19년인
1882년 조선에 와 전권외무독판 민영목閔泳穆과 조미수호조규를 비
준, 교환했음. 갑신정변 때는 조·청·일 사이에서 고르기에 힘쓰며,
1885년 아펜젤러·언더우드 목사를 불러들였음.

복마(卜馬)   짐 싣는 말. 상마(다 큰 숫말).

복불복(福不福)   사람이 잘살고 못살고 하는 것은 다 그 타고난 복과 불
복에 말미암음이니, 억지로는 안 된다는 말.

복상(卜相)   정승 후보.

복심(腹心)   '심복'그때 말.

복자   간장이나 기름을 아가리가 좁은 병에 부을 때 쓰는 귀가 달린 그릇.

복지개   주발 뚜껑.

복합상소(伏閤上疏)   여러 사람이 대궐 앞에 엎드려 하소연하는 것.

본 놈이 도둑질한다   미리 보지 않고서는 도둑질 못 한다는 말.

본곁   비妃나 빈嬪 친정. 본겻.

본국검(本國劍)　신라시대 화랑 황창黃昌으로부터 비롯된 우리나라 본디 검이라고 함. 검은 반드시 두 손으로 잡아야 했으니, 조선시대 썼던 환도 무게가 한 근 여덟냥이었음.

본금　본전本錢. 원금元金.

본때보이기　본보이기. 시범示範.

본밑　본밑천. 뒷돈. 자본資本.

본쉬(本倅)　제 고을 원. 또는 원이 스스로를 일컫는 말.

봄 꿩이 스스로 울다　누가 가르쳐 주지 않아도 제물로 알게 되는 것. 제 물로: 스스로.

봄 조개 가을 낙지　봄에는 조개, 가을에는 낙지가 제철이라는 뜻으로 다 제때가 되어야 제 구실을 한다는 말.

봄석전(釋典)　봄에 지내던 문묘대제文廟大祭. 석전釋奠.

봄석채(春釋菜)　'봄석전'을 흔히 일컫던 말.

봉(鳳) **가는 데 황**(凰)**이 간다**　봉황은 성인聖人이 세상에 나면 난다는 새 암수이니, 둘이 반드시 같이 있어 떠나지 않음을 이름.

봉노　주막집 대문 가까이 있는, 여럿이 잘 수 있는 방. 봉놋방. 주막방酒幕房.

봉당(封堂)　안방과 건넌방 사이 마루를 놓을 자리에 마루를 놓지 않고 흙바닥 그대로 둔 곳.

봉사 둠벙 쳐다보듯　서로 아무 걸림 없이 지나간다는 말.

봉사 씨나락 까먹듯　남이 알아듣지도 못할 잔소리·군소리를 늘어놓는다는 뜻.

봉산 수숫대 같다　황해도 봉산鳳山에서 나는 수숫대는 키가 유달리 크므로 말쑥하게 말라서 키만 큰 사람을 이름. 늑물거미 뒷다리 같다. 신 속에 똥을 담고 다니냐, 키도 잘 자란다.

봉생봉(鳳生鳳)**이요 용생용**(龍生龍)**이며 호부**(虎父)**에 견자**(犬子) **날 리 없다**　봉황새는 봉황새를 낳고 용은 용을 낳으며 호랑이 아비가 개새끼를 날 리 없다. 호부견자虎父犬子: 호랑이 아비에 개새끼라는 뜻으로, 잘난 아버지에 견줘 못난 자식을 일컫는 말.

봉장(封章)　임금에게 올리는 글인 상소문上訴文.

ㅂ

봉적(逢賊) 도적을 만남.

봉족(奉足) 봉죽. 정군正軍을 돈으로 뒷바라지 하는 것.

봉충다리에 울력걸음 조금 모자란 사람도 함께 일을 하는 데서는 덩달
　　아 할 수 있게 됨을 이름. 봉충다리: 사람·몬 한쪽이 짧은 다리.

봉홧불 받듯 봉홧불을 보면 이어 받아서 다시 불을 올리는 것과 같이 조
　　금도 지체 없이 서로 말을 주고받을 때 이르는 말.

뾔 '부아' 충청도 내폿말.

뷕불뷕 복불복福不福. 복있는 것과 복없는 것. 곧 사람 운수를 말함.

뷩퇭진 봉통진. 부러진.

부(賦) 세금.

부(賦) 한시체 또는 한문체 한 가지로 글귀 끝에 운을 달고 대對를 맞추
　　어 짓는 글.

부계(伏鷄) 알을 품은 닭.

不求利而 自無不利 求利不得而 反爲害之 구하지 않으면 이로운 일이 있고
　　이를 구하고자 하면 얻지 못하며 도리어 해를 받는다.

부니는 가까이 따르며 붙임성 있게 구는.

부담틀(負擔-) 부담농을 싣고 사람이 타려고 말잔등에 잡아매는 틀.

부담농(負擔籠) 옷이나 책 같은 것들을 담아 말 등에 싣는 농짝. 부담.

부담마 부담농을 싣고 그 위에 사람이 함께 타도록 꾸민 말.

부대기 부대앝. 부대. 화전火田.

부대시참수(不待時斬首) 죄수를 잡는 대로 목베는 것.

부대시처참(不待時處斬) 곧장 목을 베어 죽임.

부들자리 부들 잎·줄기로 엮어 만든 자리.

부등가리 안 옆 조이듯 무슨 일을 저질러 놓고 마음이 놓이지 않음을 이
　　름. 부등가리: 오지그릇이나 질그릇 깨어진 조각으로서 부삽 대신으
　　로 쓰던 것.

부라퀴 1.야물고도 암팡스러운 사람. 2.이끗 있는 일이면 기를 쓰고 덤
　　벼드는 사람.

부레풀 민어 부레를 끓여서 만든 풀.

부루말 온몸 털빛이 흰 말. 가라말.

부룩소 작은 수소.

부르쥐다 1.힘껏 주먹을 쥐다. 2.힘을 내어 움켜쥐다.

부보상 봇짐보다 등짐이 주가 되므로 '부보상負褓商'이 맞는데, 왜인들이 '보부상'으로 바꿨던 것임.

부비(浮費) 일하는 데 드는 삯. 쏨쏨이. '비용費用'은 왜말임.

부시 맞부딪쳐 불꽃을 일게 하는 강한 차돌과 강철조각이다. 수리취라는 잎 뒤가 하얀빛이 나는 참취잎을 말려 솜처럼 핀 것을 깃이라 하는데, 그것을 당처에다 대고 치면 아주 쉽게 옮겨붙어 그것을 바탕으로 하여 불을 일구어 쓴다. 이름은 진시황秦始皇의 아들 부소扶蘇에서 유래한다고 한다. —이훈종『민족생활어 사전』에서.
옛날에는 왼쪽 허리에 쇠부싯돌을 차고 오른쪽에는 나무부시를 찼었음. 맑은 날에는 쇠부싯돌을 써서 불火을 얻었고, 흐린 날에는 나무부시를 써서 불을 얻었던 것임. 그러나 뒷세상에서는 비록 그 솜씨가 없어져 허리에 차지는 않지만 불을 얻는 솜씨는 예전과 같음. 그러나 쇠는 돌에 쳐서 불을 얻는 솜씨보다는 손쉽지 못함. 귀천을 가리지 않고 모두 썼으며 행군行軍하는 데에 더욱 아쉬웠으니, 그래서 부시火施라고 하는 것임.

부시(婦寺) 궁중에서 일을 보는 여자와 환관宦官을 아울러 일컫던 말.

부시쌈지 부시를 넣던 주머니. 종들이 바짓말기에 차고 있었음.

부앗김에 서방질한다 답답증을 이기지 못하고 그것을 풀고자 차마 하지 못할 일을 함을 이르는 말. ≒홧김에 화냥질 한다.

부엉이 곳간이다 1.없는 것 없이 이것저것 많이 모아 간직하고 있음을 뜻하는 말. 2.뜬돈을 얻었음을 이름. 뜬돈: 횡재橫財.

부엉이 집을 얻었다 땡 잡았다는 말.

부자리 살림터.

부작(符作) 불교佛敎나 도교道敎를 믿는 집에서 악귀惡鬼나 잡신雜神을 쫓고 언걸을 물리치고자 야릇한 글자를 붉은 글씨로 그려 붙이는 종이. 부적符籍.

부조(扶助) 남 큰일에 돈이나 몬을 보내어 도와주는 것.

부지하세월(不知何歲月) 언제나 될지 그 날짜를 알지 못함.

부진부진(不盡不盡) 끊어지지 않게 잇달아서.

부집 부집존장父執尊丈. 아버지뻘 어른.

부집전배(父執前輩) 아버지와 나이가 비슷한 전배. 흔히 여남은 살 위로 스무살 나이가 많은 이를 가리켜 쓰던 말임. 부집존장父執尊丈.

부찌지 못하다 1.가까이 붙어 있지 못함. 2.한곳에 오래 배겨 있지 못함. 옴짝달싹. 좌정坐定.

부처님 가운데 토막 됨됨이가 고분고분하고 마음이 어진 사람. 늑부처님 허리 토막.

부처님 살찌고 파리하기는 석수(石手)**에게 달렸다** 일이 되고 안 되고는 그것을 하는 사람에게 달렸다는 말.

부초 같은 양반 가냘픈 양반이라는 뜻. 부초: 부추.

부탕도화(赴湯蹈火) 끓는 물이나 뜨거운 불에도 가리지 않고 밟고 간다는 뜻으로 '아주 어렵고 힘겨운 솜씨'를 일컫는 말.

부헙다 이가 갈리고 허쁘다.

북두갈고리 1.상일을 많이 해서 험상궂게 된 손가락. 2.북두 끝에 달린 갈고리. 북두로 짐을 얼러 맬 적에 다른 한 끝을 얽어서 매게 된 것인데, 나뭇가지나 쇠날로 만들기도 하고 또는 쇠고리를 쓰기도 함. 북두: 마소 등에 짐을 싣고 그 짐과 배를 얼러서 매는 줄.

북두칠성이 앵돌아졌다 1.일이 그릇되어 비꾸러졌다. 2.딴 길로 벗어져 나가다. 3.일이 어그러지다. 비꾸러지다: 몹시 비틀어지다.

북바리 좆 죄듯 무엇이고 꼭 간직하면 내놓을 줄 모르는 두름성 없는 사람을 두고 이르는 말.

북상투 1.함부로 끌어올려서 땋은 상투. 2.함부로 틀어올린 여자 머리. 노총각들이 흔히는 땋은 채로 있기도 무엇하고, 상투를 틀자니 손이 많이 가서, 머리칼 끝을 끊어버리고 거두어올려서 묶었음.

분긍질(奔兢-) 온갖 수를 써 벼슬자리를 얻고자 하는 것. 엽관운동獵官運動.

분탕질(焚蕩-) 재물을 죄다 없애는 짓.

붇질기다 인색吝嗇하다.

불 난 강변에 덴 소 날뛰듯 한다 갑자기 급한 일을 당하여 어쩔 줄 모르고 정신없이 구는 사람을 보고 이르는 말.

불 불알을 싸고 있는 살로 된 주머니. 음낭陰囊. 불알.

불가불(不可不) '시비是非' 우리 말.

불감청(不敢請)**이언정 깨소금** 감히 청하지는 못하나 좋고 알뜰한 것으로 달라는 뜻으로 이름. "불감청이언정 고소원固所願이다"에서 온 말.

불강아지 몸이 바짝 여윈 강아지.

불겅이 붉은 빛 나는 살담배.

불고 쓴 듯하다 매우 가난하여 집안이 횅하니 비었다는 말.

불근닥세리 화전火田.

불긴(不緊)**하다** 종요롭지 않다.

불긴지목(不緊之目) 종요롭지 않은 대목.

불놓이 총 쏴서 짐승을 잡는 것.

불담 좋게 불에 잘 타게.

불두덩 자지나 보지 언저리 두두룩한 곳.

불뚝성 갑자기 솟아오르는 성깔.

불뚝성이 살인(殺人) **낸다** 갑자기 똑똑하게 성을 내면 좋지 못한 탈을 내게 된다는 말.

불뚝심 갑자기 일어나는 성질에서 나오는 힘.

불뚱이 걸핏하면 불뚱거리며 화를 잘 내는 사람.

불목한이 절에서 나무나 밭일 따위 잡일을 하는 사내.

불불이 재빠르게 서둘러.

불수예사(不數例事) 흔히 있을 수 있는 여느 일에 지나지 않는다는 뜻.

불알동무 발가벗고 함께 놀던 사이.

불알을 긁어주다 남 비위를 살살 맞춰가며 알랑거리는 것을 이름.

불약 화약.

불의출행일(不宜出行日) 그날 운기運氣가 먼길 떠나는 것을 꺼리는 날.

불질 총으로 짐승을 잡는 일. 총질.

불집 어떤 일 빌미. 바드러움이 있는 곳. 바드럽다: 빠듯하게 위태하다.

불치 총을 쏘아 잡은 짐승.

불치인류(不齒人類) 아직 이도 솟지않은 어린아이니, 사람으로 여기지 아니한다는 뜻.

불컨당 도적들이 처음에는 어두운 세상을 밝혀 새 세상을 열어보겠다는 뜻에서 대낮에도 횃불을 밝혀 들고 다녔던 데서 비롯된 이름임. 못된 사람이나 무리를 일컫는 '불한당'은 이 '불컨당'이 소리바뀜된 것임. 명화적明火賊.

불퉁가지 고분고분하지 않고 퉁명스러운 성질. 불퉁이.

불효(拂曉) 새벽. 밝을 무렵.

붉그족족(죽죽)하다 고르지 못하고 칙칙하게 불그스름하다.

붙걸고 붙들어 묶고.

붙들 언치 걸 언치 말을 탈 때 제 손으로 말안장을 붙들어 얹은 다음 그 위에 걸터앉는다는 말로, 남 덕을 보기 위해서는 먼저 그를 알맞은 자리에 추켜세움이 쓸 데 있다는 뜻.

브새 버새. 1.암나귀와 숫말 사이에서 난 튀기. 흔히 노새보다 작고 겉모습은 나귀 비슷함. 몸바탕은 튼튼하나, 노새만은 못함. 걸때와 끌심이 노새보다 떨어지며, 수컷은 새끼칠 힘이 통 없고, 암컷은 어쩌다가 몸가지나 새끼는 비영비영하기 이를 데 없음. 거허駏驉. 결제駃騠. 2.숫말과 암노새 사이에서 난 튀기말. 몸은 약하고 성질이 사나와 쓸모가 적음. 비영비영: 병으로 말미암아 몸이 몹시 파리하여 몸을 가눌 만한 힘이 없는 꼴.

블 벌.

븨상 비상砒霜. 청산가리靑酸加里, 사이나.

빙증년간 병정년간丙丁年間. 1876년·1877년 병자정축丙子丁丑년 사이. 고종 13년인 병자년에 큰 가뭄이 들어 많은 사람이 죽어나감으로써 다음 해인 정축년까지 화적떼가 창궐하면서 민심이 어지러워짐. '병자년 까마귀 빈 뒷간 들여다보듯'이라는 퍼짐말이 돌았으니, 무슨 일이 일어날까 하고 사람들이 기다리고 있었음을 말해 줌.

비 그을 데 비 그치기를 기다릴 곳. '긋다' 옛말이 '긋다'임.

비 맞은 중놈 남이 알아듣지 못하게 불평 섞인 말을 중얼거릴 때 이르는 말. ≒장마 도깨비 여울 건너가는 소리를 한다. 낙지 판다.

비가비 1.조선왕조 때 학식 있는 양반이나 상민常民으로 광대廣大로 나선 사람 또는 배움 있는 양민으로 판소리를 배우던 사람. 2.무당들이 저희들과 다른 여느 사람들을 가리키던 말.

비각 서로 물과 기름처럼 맞지않는 일.

비거스렁이 비 온 뒤 바람이 불고 기온氣溫이 낮아지는 꼴.

비게 애벌뽑기를 거친 장사. 애벌뽑기: 예선.

비구니(比丘尼) **다니듯** 둘씩 다니는 것.

비나리 앞날 흐뭇한 삶을 비는 말.

비나무 낫으로 벤 나무.

비늘창 비늘판을 3센티미터쯤 간격으로 45도쯤 비스듬히 가로 댄 창으로, 햇빛은 막고 통풍은 잘되게 만든 것.

비단 위에 꽃을 꽂은 격 비단에 다시 꽃을 더한다 함이니, 그러지 않아도 좋은데다가 더 좋은 것을 보탠다는 말. 금상첨화錦上添花.

비단이 한끼라 집이 사그라져 양식이 떨어졌으므로 깊이 간직하였던 비단을 팔지만 겨우 한끼밖에 안된다 함이니, 한번 사그라지기 비롯하면 걷잡을 수 없음을 이른 말. 늑없는 놈이 비단이 한 때라. 굶으면 아낄 것 없이 통비단도 한끼라.

비닭이 비둘기. 비두리.

비대발괄 '비두발괄' 바뀐 말. 비라리치면서 애타게 빎.

비라리 떳떳하지 못한 말로 남에게 무엇을 바라는 것.

비럭질 빌어먹는 짓.

비렴급제(飛簾及弟) 초시나 생진과 등을 거치지 않고 단번에 문과 장원 급제하는 것. 이때 삼일유가三日遊街 나선 장원랑을 보고자 길가 집에 든 벼슬아치들 안방마님이며 안아기씨들이 방문에 쳐둔 발을 들췄던 데서 나온 말임.

비루먹다 개·나귀·말 같은 것이 비루에 걸리다. 비루: 짐승 살갗에 생기는 병. 온몸에 털이 빠짐.

비방(秘方) 남몰래 내려오는 꾀. 남몰래 내려오는 약 처방.

비부쟁이(婢夫--) 계집종 지아비를 낮추어 부르던 말.

비비각시 유랑녀流浪女 하나.

비사치기 에둘러서 말하여 은근히 알아차리도록 하기.

비손 두 손을 싹싹 비비면서 검님에게 꿈을 비는 일. 검: 신神. 신령神靈.

비쌔다 사양辭讓하다. 채변하다. 떠죽거리다. 돌아내리다. 손사래치다. 뿌리치다.

비양거리다 빈정거리다.

비역질 사내끼리 하는 성행위. 계간鷄姦. 남색男色.

비잡이 쇠꼬리 밑으로 가로걸쳐 봇줄 끝끼리를 이은 나무토막이 머구리밑, 거기서 쟁기머리로 연결하는 끈이 비잡이다. 비잡이는 힘도 많이 받고 또 더럼을 많이 타는 곳이라 쇠사슬로 하는 것이 보통이다. 여기까지는 연자방아를 끌게 할 때도 매한가지다. ─이훈종 『민족생활어 사전』에서.

비접 나가다 병중에 몸조리하기 위하여 자리를 옮기다.

비죽비죽 울려고 입을 자꾸 비죽거리는 꼴.

비지불능야(非智不能也) 슬기롭지 못하면 해낼 수 없다.

비척걸음 비치적거리면서 걷는 걸음.

비척비척 이리저리 맥없이 비칠거리는 꼴.

비편(非便) 거북한 느낌. '불편不便'은 왜말로 조선사람들은 안썼음.

빈객(賓客) 욧임금 아들 단주丹朱.

빈대 미워 집에 불 놓는다 크게 밑지는 것을 돌아보지 않고 저한테 매우 마땅치 않은 것을 없애기 위해 어떤 일을 한다는 뜻.

빈대도 콧등이 있고 족제비도 낯가죽이 있다 너무도 염치없는 사람을 핀잔주는 말.

빈자떡 껍질을 벗긴 녹두를 맷돌에 갈아 온갖 나물이나 쇠고기·돼지고기 같은 것을 섞어서 번철에 부쳐 만든 음식. 녹두전병綠豆煎餠. 빈대떡. 납작한 것이 눈에 띄는 보람임.

빈채 쓸데없는 채찍.

빈탕 허공虛空. 빈 하늘.

빈아지 색차지色次知. 옛날 관청에서 쓰던 말로 궁중 내시에 승전빈[承傳色], 병조에 일군빈[一軍色], 이군빈[二軍色], 호조에는 세폐빈[歲幣色], 회계빈[會計色]과 같은 것이 있었음. 요즘 말로 하면 국局과 과課 계係들과 같은 것임. 국이나 과는 전부터도 우리말로 쓰던 것이나, 계는 우리가 쓰지 않던 말임, 맡은이.

빗아치 빈아지. 맡은이. 아전.

빚값에 계집 뺏기 인정 없고 심술궂으며 막됨을 이름.

빚지시 빚을 주고받는 일을 다리놓는 일. 빚거간.

빨간상놈 까만종놈 모든 것을 드러내 놓고 마구 사는 상놈과 드러내고 자시고 할 것도 없이 죽지 못해 사는 종놈이라는 뜻.

빨간상놈 상놈은 옷을 죄 벗은 것처럼 힘이 없다는 말.

빨주 술병 하나.

빼그어 '뽐내어' 그때 말.

뺨맞고 집에 와서 계집 치기 밖에서 뺨을 맞고 집에 와서 힘 없는 제 마누라를 때린다는 말이니, 억약부강抑弱扶强함을 이르는 말.

뻑뻑이 마땅히. 틀림없이. 응당應當. 틀림없이 그러하리라고 미루어서 헤아리는 뜻을 나타내는 말. 벅벅이.

뻑세다 뻣뻣하고 거세다. 뻣세다.

뻗장다리 1.구부렸다 폈다 하지 못하고 늘 뻗치기만 하는 다리. 2.뻣뻣 하여져서 마음대로 굽힐 수가 없이 된 몬.

뼈똥 쌀 일 기가 막힌 일이라는 뜻.

뼘어보다 몇 뼘이나 될까 헤아려 보다. 뼘: 엄지손가락과 다른 손가락과 잔뜩 벌린 거리. 엄지손가락과 가운데손가락을 벌린 것을 '장뼘', 엄지손가락과 집게손가락을 벌린 것을 '집게뼘'이라고 함.

뼘어본다 견주어본다.

뼛성 갑자기 발칵 일어나는 짜증.

뽄 1.됨됨이. 2.해오던 대로. 식으로.

뽄새 본새. 어떤 버릇이나 짓 됨됨이.

뽑스런목 평평하게 나가다가 휘잡아 뽑아올리는 목소리.

뽕빠지다 1.크게 밑져 밑천이 다 없어지다. 2.잇속은 없이 써 없애는 것만 많아지다.

뽕빼다 사로잡다.

뾰로통하다 잔뜩 골나서 노여워하는 빛이 사뭇 엿보이다.

뾰주리감 꼴이 조금 기르스름하고 끝이 뾰족한 감.

뻣뻣하다 반듯하게 곧추서 있다.

뿔 뺀 쇠상(相) 뿔을 빼어버린 쇠꼴이니, 1.볼품없이 되었음. 2.자리는 있어도 힘은 없음을 이름. 늑꽁지 빠진 새 같다. 털 뜯은 꿩.

삐끗 실수失手.

삐끗하다 어긋나다.

삐치게 시달리게.

사간(司諫) 사간원司諫院 종사품 벼슬. 세조世祖 12년에 지원사知院事를 이 이름으로 고쳤음.

사고지(四古紙) 습자習字나 기신祇神 용으로 쓰던 백지. 항용지恒用紙.

사궁(四窮) 늙은 홀아비·늙은 홀어미·부모 없는 자식·자식 없는 늙은이.

사그랑주머니 다 삭은 주머니로 겉모양만 있고 속내가 없는 것.

사근내(沙斤乃) **장승만 하다** 보기 싫게 키 큰 사람을 보고 하는 말. 사근내: 경기도 과천果川에서 수원水原으로 가는 길에 있는 땅이름.

사근사근 성깔이나 생김새가 부드럽고 상냥한 꼴.

사긔 『사기史記』. 사마천이 지은 역사책.

사내꼭대기 남자는 높이고 여자는 낮추던 예전 남자를 비꿀 때 쓰던 말.

사다듬이 몽둥이로 마구 때리는 것. 싸다듬이.

사다듬질 매나 몽둥이로 봐주지 않고 마구 때리는 것. 몽둥이찜.

사다새 물새 하나.

사달 사건事件.

사당패 패를 지어 다니면서 노래와 춤을 파는 창녀娼女.

사도(斯道) 유가儒家에서 유교도덕을 일컬을 때 쓰는 말. 인의仁義에서 말하는 도의道義로 더구나 공맹孔孟 가르침을 말함.

사돈네 남 말 한다 제 일을 젖혀놓고 남 일에만 넙뜨는 것을 이름. 늑사돈 남 나무란다.

사드래공론 마무리가 되지 않는 갑론을박 헛공론.

사또 걸어 등영고(登營告) 어림없고 이길 쬐가 바이없는 짓을 한다는 뜻.

사또 범 곁말. 못된 원처럼 무서운 것이 범이라고 해서 붙였던 것임.

사또님 말씀이야 다 올습지 제 생각만이 옳다고 우기는 사람한테 마음

속에서는 딴생각을 하면서도 귀찮아서 져줄 때 하는 말.

사래 목구멍이 막히는 것.

사령(使令) 군관軍官이나 포교捕校 밑에서 심부름을 하거나 죄인에게 매를 치는 따위 여러 가지 일을 하던 조례皁隸, 곧 아랫도리 사람으로 문졸門卒 일수日守 나장羅將 군노軍奴들과 함께 노비계급과 같았음. 『목민심서』에 보면 '정처없이 떠도는 무리'로 외방관아 사령들은 더구나 백성들에게 행짜를 많이 부렸음.

사령(使令)**파리** 입이 거칠고 사나우며 늘 방정맞은 소리를 잘하는 사람을 이르는 말.

사륙문(四六文) 네 글자와 여섯 글자로 된 한문문장 체.

사면발이 1.거웃 속에 붙어사는 작고 납작한 이. 2.여러 군데를 다니며 약삭바른 꾀로 알랑거리는 사람.

사문(斯文) 유교 스스로 유교문화를 이르는 말. 유학자儒學者 높임말.

사발옷 가랑이가 짧은 여자 옷.

사발잠방이 농군이 여름에 입는 무릎까지 오는 짧은 잠방이. 가랑이가 잠방이보다 길고 사발고의보다 짧음. 쇠코잠방이.

사발통문(沙鉢通文) 목대잡이를 숨기려고 손잡은 이들 성명을 사발꼴로 둥글게 빙 돌려 적은 두루알림글.

사방등(四方燈) 위에 들쇠가 있어서 들고 다닐 수 있게 되었던 네모반듯한 등.

사방침(四方枕) 장침과 같으나 사방 길이가 같은 것.

사방탁자 네 기둥을 세우고 사방이 탁 트이게 몇 개 층을 얹은 탁자를 말한다. 일상에 보는 책을 얹어두기 때문에 '책탁자'라고도 한다.

사배지(私牌旨) 힘 있는 양반들이 제멋대로 만들었던 패지. 자리가 높은 사람이 낮은 사람에게 공식으로 주던 글말. 배자牌子. 배지.

사복개천 입이 더러운 사람을 낮게 일컫는 말.

사북 중심中心. 1.가장 대수로운 어섯. 한가운데. 가운데. 복판. 한복판. 줏대. 고갱이. 뼈대. 안. 속마음. 알맹이. 알속. 알짜. 사자어금니. 범어금니. 노른자. 한허리. 한바닥. 2.부챗살이나 가위다리 어긋매끼는 곳에 꽂는 못과 같은 몬.

사사망념(邪思妄念) 좋지 못한 여러 가지 생각.

사색(辭色) 말과 얼굴빛. 언사言辭와 안색顔色. 사기辭氣.

사색보(四色保) 군역軍役을 면하기 위하여 바치던 베나 곡식.

사색친구 오색벗 각계각층 아는 사람들.

사설치레 어단성장語短聲長 원칙을 지켜 가사와 음 고드롬을 이루는 것.

사순(四旬) 마흔 살.

사슬돈 꿰거나 싸지 않은 쇠붙이 돈. 곧 잔돈. 푼돈.

사올 씨실.

사운시(四韻詩) 네 개 운각韻脚으로 된 율시律詩.

사위스럽다 마음에 꺼림칙하다.

사자 어금니 같다 사자 어금니는 가장 중요로운 것이니 무엇이나 반드
시 있어야만 하는 것을 이름.

사자(死者)**는 불가부생**(不可復生) 한 번 죽은 사람은 다시 살 수 없다는 말.

사점박이(士點--) 서출庶出. 첩자식.

사중구활(死中求活) 죽을 수밖에 없는 자리에서 한가닥 살 길을 찾아냄.
사중구생死中求生.

사즉동혈(死卽同穴) 죽어 한 구멍에 들어간다는 말.

사처(私處) 사사로이 머물 곳.

사처소(四處所) **오입쟁이** 기생서방이 될 수 있었던 각전 별감別監·포도
청 군관·정원사령·금부나장과 각 궁가와 왕실 외척 및 청지기·무
부武夫.

사처잡은 사사로이 쓰고자 얻은 방.

사체(辭遞) 사임辭任.

사체장(辭遞狀) 사직서.

사초롱 비단으로 가린 등. 사등롱紗燈籠.

사추리 살. 사타구니. 두 다리 사이. 고간股間. 두 몬 틈.

사판승(事判僧) 살림중.

사팔눈 보고 있는 것에 눈동자가 똑바로 보지 않고 비뚤어진 눈.

사품 겨를. 동안. 틈. 1.어떤 몸놀림이나 일이 나아가는 바람이나 틈.
2.비좁게 붐비는 사이. 3.여울물 같은 데서 세차게 흐르는 물살.

사흘 굶은 범이 원님을 안다더냐 몹시 굶주리면 아무것도 가릴 것이 없게 된다는 말. ≒새벽호랑이가 중이나 개를 헤아리지 않는다. 호랑이가 굶으면 환관宦官도 먹는다. 새벽호랑이 쥐나 개나 모기나 하루살이나 하는 말.

사흘에 피죽 한모금도 못 얻어먹은듯 사람이 파리해서 풀이 죽고 힘이 없어 보임을 이르는 말.

삭갈려 '헛갈려' 충청도 내폿말.

삭채(朔債) 한 달을 마감날로 변리를 내야 하는 변돈.

삯매 모으듯 한다 삯 받고 남 매를 대신 맞는 일을 구하는 것은 내키지 않는 일이니, 마음에 내키지 않는 일을 마지못해 함을 이름.

산 밖에 난 범이요 물 밖에 난 고기 꼴 그물에 든 고기라는 말.

산(算)가지 예전 숫자로 점치는 데 쓰던 몬.

산가마귀 염불한다 무식한 사람도 오래오래 보고듣고 하면 저절로 할 수 있게 된다는 말. ≒서당 개 삼년에 풍월한다.

산돌림 1.이리저리 돌아다니며 한 줄기씩 쏟아지는 소나기. 2.산기슭으로 내리는 소나기.

산돌이 산에 익숙한 사람.

산돗모 산비탈에 심던 모.

산모롱이 산모퉁이 밑둘린 곳. 산기슭이 나와서 휘어져 돌아가는 곳.

산목(算木) 산가지. 주판. 주판籌板알.

산수털 벙거지 사령군노가 쓰는 모자. 병졸兵卒·하례下隷·교군轎軍들이 쓰던 산짐승 털로 만든 모자. 벙테기.

산에 가야 범을 잡지 1.발 벗고 나서야 비로소 이뤄낼 수 있다는 뜻. 2.어떤 일을 이루려면 먼저 감목을 갖추어야 한다는 뜻. 감목: 자격資格.

산이 커야 골이 깊다 몸집이 큼직하고 든든하여야 그가 가지는 생각도 크고 훌륭하다는 말.

산적(散炙) 쇠고기 같은 것을 길쭉길쭉하게 썰어 양념을 해서 꼬챙이에 꿰어서 구운 음식.

산호(山呼) 처음에는 편전便殿에 모인 만조백관滿朝百官들이 "산호, 산호" 다시 "산호" "주상전하 천천세 ○○마마 수만년!" 하고 임금내외 만천세萬千歲를 기려 부르던 것이, 여느 백성들이 공다리들 잘못을 뽕놓고자 한밤중 산꼭대기에 올라가 소리쳤던 것임. 만세萬歲는 1897년 대한제국이 세워지면서부터 불려졌고, 조선왕조 때는 천자天子나라인 중국 제후국이었으므로 천세千歲였음. 뽕놓다: 알리다.

살(煞) 1.사람이나 몬을 해치는 독하고 모진 기운. 2.친족親族 간에 좋지 않은 띠앗. 띠앗: 형제자매 사이에 우애友愛하는 정의情誼. 띠앗머리.

살갑다 마음씨가 부드럽고 곰살궂다.

살강 그릇이나 세간을 얹어놓고자 시골집 부엌 턱에 드린 선반. 가는 서까래 두 개를 건너질러서 만듦.

살걸음 화살이 가는 빠르기.

살그니 '살그머니' 본딧말.

살깊게 몸에 살이 많이 붙은 자리가 두껍게.

살꽃 1.매춘. 2.논다니 계집 몸뚱이.

살림두량(--斗量) 곡식을 되어서 헤아리듯 살림 얼개를 잡는 것. 얼개: 짜임새. 구조構造.

살모사(殺母蛇) 제 어미를 잡아먹는다는 독사毒蛇. 살무사.

살보드랍게 몸가짐이 매우 부드럽게.

살부드럽다 꼴이 매우 보드랍다.

살수청 잠자리를 모시는 것.

살쩍 관자놀이와 귀 사이에 난 털.

살차다 성미가 붙임성이 없이 차고 매섭다.

살치다 잘못되었거나 못쓰게 된 글과 문서 같은 데에 ×꼴 줄을 그어서 못쓴다는 뜻을 나타내다.

살포 논에 물꼬를 트거나 막을 때 쓰는 농기구 하나로 흔히 노인들이 논에 나갈 때 지팡이 대신 짚고 다녔음.

살푸슴 살풋 웃는 꼴. '미소微笑'는 왜말임.

살피 1.두 땅 어름을 쉽게 나타내 놓은 표標. 2.두 몬 사이를 나눠놓은 표.

삶은 소가 웃다가 꾸러미 째지겠다 하 어처구니가 없고 우스워 못견디겠다는 말. 늙소가 웃다가 꾸러미 째지겠다.

삼개나루 이제 서울 마포.

삼경(三更) 밤 11시부터 새벽 1시까지.

삼공형(三公兄) 모든 고을 호장戶長·이방吏房·수형리首刑吏 세 구실아 치. 공형.

삼대 들어서듯 길고 곧은 몬이 빽빽하게 모여섬을 이르는 말.

삼대 하·은·주.

삼동네(三洞-) 이웃에 있는 가까운 동네.

삼뚝가지 째놓은 삼을 걸어놓는 나뭇가지.

삼방술(三放術) 화승총을 잇따라 세 방 쏠 수 있는 솜씨.

삼부리 우두머리 포교捕校.

삼삼(三三) 아홉 살.

삼상(三上) 문장을 생각하는 데 좋은 겨를 되는 세 곳이라는 뜻으로, 마 상馬上·침상枕上·측상(廁上: 뒷간)을 말함.

삼색보(三色保) 세 사람 군정軍丁 가운데 한 사람만 군역軍役을 치르게 하고 다른 두 사람은 벗겨주는 대신으로 베나 무명 같은 것을 받던 삼색군보三色軍保. 그 받은 것은 복무자 옷감으로 썼음.

삼순구식(三旬九食) 서른 날에 아홉끼니밖에 먹지 못한다는 뜻으로 집 안 형편이 아주 가난함을 이르는 말.

삼승(三升) 몽골산 석새 베.

삼시관 초시初試 때 세 사람 감독관으로 첫 자리를 상시관上試官, 둘째를 부시관副試官, 셋째를 말시관末試官이라고 일컬었음.

삼신 삼 속껍질로 삼은 신으로 선비들 마른날 가까운 나들이에 쓰였음.

삼일유가(三日遊街) 과거에 급제한 사람이 사흘 동안 좌주座主와 선진자 先進者와 친척을 찾아보며 대접받고 놀던 일.

삼척지율(三尺之律) 예전 중국에서 석 자 길이 대쪽에 법률을 썼던 고사 古事에서 '법'을 가리키는 말로 '삼척'이라는 말이 쓰였음.

삼태기 흙·쓰레기·거름 따위를 담아 나르는 그릇. 앞은 벌어지고 뒤는 우긋하며 삼면三面으로 울이 있도록 대오리·싸리·짚·새끼로 엮어 만듦. 삼태미.

삼팔주(三八紬) 올이 고운 중국산 명주.

삼하(三下) 시문을 끊는 열두 등급 가운데 아홉째 급.

삼화토(三和土)　석회石灰·모래·황토黃土.

삽사리　1.털이 복실복실한 둘씨개. 2.포도청에 딸려 있던 염알이꾼.

삽사리질　앞잡이질. 포교 끄나풀. 요즘 '경찰 정보원'.

삽상(颯爽)**하다**　바람이 시원하여 마음이 아주 상쾌하다.

삽짝　울타리.

삿갓들이　논에 아주 성기게 심은 모.

삿자리　갈대로 엮어 만든 자리.

삿짬　샅 사이.

상고(商賈)　장사치.

상고대　나무나 풀에 내려 눈같이 된 서리.

상관(上官)　도임到任.

상국(相國)　영의정·좌의정·우의정.

상년(上年)　지난해. '작년昨年'은 왜말임.

상노(床奴)　밥상 나르는 일과 잔심부름 하는 아이.

상두꾼　상여꾼.

상두술에 낯내기　남 것을 가지고 생색내는 것.

상머슴　우두머리 머슴. 어른머슴.

상방(上房)　관아 우두머리, 곧 원이 거처하던 방.

상사별곡(想思別曲)　조선왕조 때 남녀 간 그리움을 노래한 것.

상상(上上)　가장 좋음. 위에 더 없이 좋음. 최상最上.

상상(上相)　영의정領議政.

상서(尙書)　『서경書經』 옛말.

상서(上書)　산송과 효행·탁행·정려旌閭를 위한 것이 주를 이루었던 소
　　지 하나.

상성(上聲)　높은 음넓이 소리.

상쇠잡이　풍물패 가운데서 꽹과리를 가장 잘 치는 사람으로 그 패 앞잡
　　이가 되어 이끌어감.

상앗대질　1.말다툼을 할 때에 주먹이나 손가락 또는 막대기 같은 것으
　　로 맞선이 얼굴 쪽을 보고 푹푹 내지르는 짓. 삿대질. 2.상앗대로 배
　　질을 함.

상여집 상여喪輿 및 그에 딸린 연장들을 넣어두던 초막草幕. 거의 산 밑
　　이나 마을 옆에 있었음.

상오도(上五道) 서울 위쪽 경기·강원·황해·평안·함경도.

상원갑(上元甲) 새 세상.

상일 노동일.

상지상(上之上) 시문詩文을 끊는 등급 하나로 첫째 등 가운데 첫째 급.

상직군 안에서 주인이나 아낙네들 심부름을 하던 할멈. 상직上直꾼.

상척자락 벗어난 성행위 한 가지.

상첨(尙忝) "충청도 대흥에서 화적승火賊僧 상첨들이 횡행하였다."는
　　『일성록日省錄』고종 15년(1878) 9월 4일치 비춰볼 것.

상첨(尙忝)의 난(亂) 1878년 충청우도 대흥 태안에서 일어났던 민요民擾.

상팔십(上八十)이 내 팔자 가난한 것이 제 팔자라는 것.

상피(相避) 가까운 겨레붙이 사이인 남녀 간 성적 어우름.

새 까먹은 소리 터무니없는 말을 듣고 퍼뜨린, 진짜와 어긋나는 헛소문
　　을 뜻함.

새경 농가에서 머슴한테 곡식으로 주던 한해품삯. 년봉.

새꼽빠지게 '새삼스럽게' '터무니없게' 충청도 내폿말.

새끼초라니 잡귀 쫓는 굿에 나오는 어린 초라니. 초라니: 노릇바치.

새때 끼니와 끼니 허리쯤 되는 사이.

새록새록 일어나는 일이 새롭다.

새문 숭례문崇禮門·흥인문仁門보다 가장 늦게 지었다는 뜻에서 돈의
　　문敦義門을 일컫던 말. 이제 신문로.

새박뿌리 강장제强壯劑로 쓰이는 박주가리 뿌리. 하수오何首烏.

새밭 억새밭.

새벽달 보려고 으스름달 안 보랴 앞날 있을 아리송한 일을 기다리고 있
　　는 것보다 이제 당하고 있는 일에다 마음을 써서 마음껏 하는 것이
　　슬기롭다는 말. ≒홋장에 쇠다리 먹으려고 이 장에 개다리 안 먹을
　　까. 나중 꿀 한 식기 먹으려고 당장에 엿 한가락 안 먹을까. 생일날
　　잘 먹으려고 이레를 굶을까.

새벽호랑이가 중이나 개를 헤아리지 않는다 매우 급할 때는 무엇이건

가질 수 있는 것만을 다행으로 여긴다는 말.

새앙손이 손가락이 잘라져서 새앙같이 된 사람.

새앙쥐(생쥐) 볼가심 할 것도 없다 매우 가난하다는 말.

새절 스님 봉원사奉元寺 이동인李東仁.

새참 사이참. 일을 하다가 잠깐 쉬는 동안. 또는 그때 먹는 음식.

새침데기 겉으로만 얌전한 체 하는 사람. 곧 틀거지가 새침한 사람 딴이름.

새호루기 새처럼 얼른 하는 성교.

색 꼴. 맵시. 낌새. 태깔. 티. 틀. 틀거지. 몸가짐. 마음가짐. 태도態度.

색(色) 당파. 같은 갈래.

색먹인 소리가 봉홧불 받듯 아양떠는 소리가 잇따름을 이르는 말.

색을 바꾼 목소리 결을 바꾼.

색장(色掌) 마을에서 공적으로 또는 사삿집 큰일 때에 심부름을 하던 하인.

색차지 (色次知) 기생 맡은 아전. 놀이에 기생을 맡아 뒤스르는 사람. 빈 아지. 뒤스르다: 주선周旋하다.

샛눈 감은 듯하면서 살짝 뜨고 보는 눈.

샛바람 동풍東風. 새.

생(生)무지 어떤 일에 손익지 못한 사람. 양말로 '아마추어'.

생가시아비 묶듯 살아 있는 가시아비 곧 장인丈人을 묶듯 한다 함은 윗 사람이 저한테 너그럽게 한다고 하여 너무 버릇없이 굴어 바른 길에 어긋남을 이름.

생각시 나이 어린 의녀醫女.

생게망게하다 1.당최 생각이 나지 않다. 2.말투가 터무니가 없어서 알아 들을 수 없다.

생광(生光)스럽다 1.보람이 있어 낯이 나다. 2.아쉬운 때에 잘 쓰게 되다.

생금(生金) 캐어낸 대로 황금.

생나무 휘어잡기 되지 않을 일을 억지로 한다는 뜻.

생목 아직 트이지 않은 목소리.

생무지 1.어떤 일에 애초에 손익지 못해 서툰 사람. 2.손을 대지 않아 처음 그대로 있는 곳. 생재기. 3.갈지 않아 거친 땅. 황무지荒蕪地.

생불 받는다 죄없이도 뜻밖에 큰 언짢은 일을 만난다는 말.

생불 갑자기 받게 된 나쁜 일.

생사관두(生死關頭) 죽고 삶이 달리어 있는 아슬아슬한 고비. 사생관두
死生關頭.

생사지권(生死之權)**이 열 시왕님 명부전**(冥府殿)**에 매였다** 사람을 죽이
고 살리는 손아귀는 명부 곧 저승 염라대왕 중 시왕에게 있다 함이
니, 사람 죽고 사는 것은 뜻대로 못한다는 말.

생생이판 속임수로 돈을 빼앗는 판.

생서양포(生西洋布) 가는 무명올로 폭이 넓고 바닥은 썩 설피게 짠 피륙.

생원님 나룻에 꼬꼬마를 단다 나이 어린 사람을 귀여워 하면 차츰 버릇
없이 된다는 말.

생의(生意) 생심生心.

생이불여사(生而不如死) 사는 것이 죽는 것만 못하다.

생일꾼 별다른 재주없이 할 수 있는 농사·채광採鑛·짐질 같은 것을 하
는 사람. 막일꾼.

생짜집 기생집.

생치(生齒) 인민.

샤옹 남편.

서경(署經) 외방 수령으로 도임하기 전 조정 전배 관원들에게 인사를 하
던 것.

서과(西瓜) 수박.

서껀 움직임 또는 생김새가 미치는 뜻을 나타내는 토씨.

서낙배기 장난꾸러기 아이. 싸낙배기.

서낙하다 장난이 지나치고 억척스럽다.

서낭목 서낭당, 곧 성황당城隍堂에 있는 나무.

서낭에 났구나 어떤 돈이 진티되어 좋지못한 일이 생겼을 때 이르는 말.

서당 개 삼년에 풍월(風月)**읊기** 1.무슨 일 하는 것을 오래 보고 듣고 하
면 자연히 할 줄 알게 된다는 말. 2.무식한 사람도 유식한 사람과 같
이 오래 지내면 자연히 견문이 생긴다는 말.

서당아이들은 초달(楚撻)**에 매여 살고 귀신은 경문**(經文)**에 매여 산다**
1.서당아이들은 선생님이 회초리로 종아리나 볼기를 때리고 나무

라는 것을 가장 무서워한다는 말. 2.좋건싫건 무엇에 얽매여 어쩔 수
없이 그대로 따라 하게 될 때에 이름.

서른 날에 아홉 끼[三旬九食] 끼니를 제대로 잇지 못한다는 뜻.

서릿쌀 햅쌀.

서서구(徐敍九) 서광범(徐光範, 1859~?).

서수라(西水羅) 함경북도 경흥군 노서면 서수라동에 두었던 진鎭.

서슬 간수.

서온돌(西溫突) 대궐 안 양전 침전 서쪽에 있던 방.

서울 까투리 너울가지 좋은 여자. 너울가지: 남과 잘 사귈 수 있는 솜씨.
붙임성이나 너그러움 따위. 사귐성.

서음전벽(書淫傳癖) 지나치게 글 읽기를 좋아하는 버릇.

서장옥(徐障玉, 1852~1900) 서기포徐起包 소리를 듣던 동학 남접 우두머
리로 김개남·전봉준을 의식화시키며 '당취'를 이끌고 동학에 들었
다가 꺾인 다음 속리산에서 다시 일떠서려다 죽임 당한 혁명승려 일
해대사一海大師.

서짜(西字) '천주학쟁이' 그때 변말.

석 새에서 한 새 빠진 소리를 한다 '실없는 소리를 한다'는 뜻.

석루(石壘) 돌로 지은 작은 성.

석문(釋門) 불교.

석사(碩士) 벼슬이 없는 선비를 높이어 부르던 말.

석새짚신에 구슬 감기 본바탕은 나쁜데다가 알지도 못하고 분에 넘치
는데 눈부시게 꾸며 도리어 보기 싫다는 말.

석파란(石坡蘭) 흥선대원군興宣大院君이 쳤던 난. 운란雲蘭.

섯김 서슬에 불끈 일어나는 김.

선(先) **미련 후**(後) **슬기** 무슨 일을 잘못 생각하거나 일을 망쳐놓은 뒤
에야 이랬으면 좋았을 것을 저랬더라면 좋았을 것을 하고 파고들며
뉘우치기 쉽다는 뜻.

선길장수 봇짐장수. 몬을 보자기에 싸서 들거나 메고 다니며 파는 사람.
보상褓商.

선떡부스러기 뭉쳐지지 않은 무리들을 뜻함. 오합지졸烏合之卒.

선변(先邊) 선이자.

선부 '선비' 전라도 말.

선불 맞은 길(날)짐승 날짐승이 총알을 설맞고 날뛰는 꼴 같다 함이니, 분에 못이겨 펄펄 뛰는 것을 이름.

선비걸음 양반걸음.

『선생안(先生案)』 각 관아에서 전임 관리들 성명·직명·생년월일·본적 따위를 적어두었던 책.

선손(先-) 남보다 앞서 하는 일.

선손질 먼저 손찌검 하는 짓.

선우협(鮮于浹, 1588~1653) 호는 둔암遯庵. 평양 출신으로 스스로 궁구하여 심성이기心性理氣 갈피를 깨달아 관서부자關西夫子라는 기림을 받았음. 벼슬을 사양하고 학문에만 오로지 하였음. 평양 용곡서원龍谷書院과 태천泰川 둔암서원遯庵書院에 제향祭享. 시호는 문간文簡.

선원(仙源) 인조 때 상신으로 병자호란 때 강화 남문에서 화약궤를 터뜨려 순절殉節한 김상용(金尙容, 1561~1637) 호.

선자통인(扇子通引) 부채에 말미암는 일을 맡아보던 외방관아 아랫도리 사람.

선잠 깊이 들지못한 잠.

선잣문(先尺文) 그때 관가에서 먼저 끊어주던 받음표. '영수증領收證'은 왜말임.

선정비(善政碑) 선정을 베푼 관원 덕을 기리고자 세운 빗돌.

선종(善宗) 궁예弓裔.

선취복장 후취덜미 먼저 배를 차고 다음에 뒷덜미를 치는 것.

선치수령(善治守令) 백성을 잘 다스리는 수령.

선풍도골로 끼끗한 풍신에 오갈이 들다 의젓하게 생긴 겉꼴에 주눅이 들다.

선화당(宣化堂) 감사 집무실.

섣달 도목(都目) 해마다 유월과 섣달 벼슬아치 성적成績이 좋고 나쁨에 따라서 벼슬자리를 떼어버리거나 더 좋은 데로 올리거나 하던 일, 즉 전최殿最를 말하는데, 문반文班은 이조吏曹에서, 무반武班은 병조

兵曹에서 하였음.

설 쇤 무우 가을에 뽑아둔 무우가 해를 넘기고 나면 속이 비고 맛이 없어지므로 때가 지나 볼 것 없이 된 것을 이르는 말. 삼십 넘은 계집.

설경자활(舌耕資活) 혀를 놀려 먹고사는 사람.

설기 싸리나 버들채로 걸어 만든 네모꼴 상자.

설렁 문설주 같은 데 달아놓고 사람을 부를 때 줄을 잡아다니면 소리가 나게 한 방울. 전에 가정이나 관청 또는 공청에서 이방에서 저방까지 줄을 매고서 저쪽 줄 끝에 방울을 달아둔다. 이방에서 저방 사람을 부르고자 할 때는, 이쪽에 있는 줄 끝을 잡아다려 흔든다. 그러면 저방에 달린 방울이 울린다. 그러면 저방 사람은 자기를 부르는 줄 알고 이방으로 온다. 이것을 '설렁'이라고 하였으니, 이것을 일어로 말하자면 호령呼鈴이 될 것이다. ―단기 4281년 2월 15일 문교부에서 펴낸『우리말 도로찾기』에서.

설렁설렁 천천히 티나지 않게.

설렁줄 사람을 부를 때 잡아다니면 소리가 나게 방울을 매단 줄로, 방문 설주 위로 드리웠음.

설레꾼 직업적인 노름꾼이나 야바위꾼.

설상 '임금 혀'를 가리키던 궁중 말.

설원(舌院) 사역원司譯院.

설인(舌人) 역관譯官.

설자리 활을 쏠 적에 서는 자리.

설축 설근찬 놈. 매우 센 놈. 오입장이.

섬거적 섬을 엮거나 또는 뜯어낸 거적.

섬뻑 잘 드는 칼에 쉽사리 깊게 베어지는 꼴.

섬서하다 '다정하지 아니하다'는 뜻 그때 말로 인사치레로 쓰였음.

섬서히 1.지내는 사이가 썩 어울리지 않고 서먹서먹하다. 2.상냥하거나 곰살갑지 않다. 곰살갑다: 성질이 겉으로 보기보다 속으로 살갑다.

섬피 섬 부피.

섭산적 쇠고기를 난도하여 주무른 다음에 갖은 양념을 치고 반대기를 지어서 구운 적. 반대기: 얄팍하고 둥그넓적하게 만든 조각.

섭수 꾀. 솜씨. 수단手段

성(姓)은 피가(皮哥)라도 옥관자(玉貫子) 맛에 다닌다 바탕은 좋지 못한 사람이 허울을 꾸미고 뽐낼 때 이르는 말.

성가퀴 성 위에 몸을 숨기고 적을 치려고 낮게 쌓은 담.

성동(成童) 15살.

성동격서(聲東擊西) 서쪽을 칠 작정이면서 동쪽에서 소리를 질러 적 눈과 귀를 흐뜨려 놓는다는 말.

성련자(成連子) 중국 춘추시대 음악가로 백아伯牙 스승인데, 백아를 바닷속으로 데리고 가 음악 높은 경지인 '이정移情'을 스스로 깨닫게 하였다고 함.

성부동남(姓不同-) 성이 달라서 남일 뿐, 피붙이처럼 가까운 사람이라는 뜻.

성사재천(成事在天) 모사재인(謀事在人) 일이 되고 안됨은 오로지 천운天運에 달렸고, 되든 안되든 간에 일을 힘써 꾀하는 것은 사람에게 달렸다는 말로 뜻이 이루어질 것을 미리 알기는 어려우나, 힘은 써봐야 한다는 말.

성의정심(誠義正心) 의義를 밝히고자 살손붙이는 바른 마음. 살손: 정성 들여 힘껏 일하는 손.

성현도 종시세 사람은 누구나 시속時俗을 따르며 산다는 말.

섟 우죽.

세 돈변 3할 이자.

세교(世交) 대대로 사귀어 온 정.

세군차다 힘차다.

세답족백(洗踏足白) 남 빨래를 하였더니 제 발이 희어졌다 함이니, 1. 남을 위하여 한 일이 저한테도 이득이 있다는 뜻. 2. 일을 하고 아무런 삯도 얻지 못하였을 때 이름. ≒상전上典 빨래를 해도 발뒤축이 희다.

세마치 판소리에서 조금 느린장단인 자진진양 다른 말.

세목 동옷 가는 무명으로 만든 사내 저고리.

세손목카래 세 사람이 하는 가래질. 장부잡이 하나와 줄꾼 둘이 하는 카

래질. 세손목한카래.

세자(勢子)　형세를 이루는 돌. 옛날 중국에서는 순장바둑처럼 네 귀에 각기 두 점씩 놓았는데 어복 한 점과 합하여 오악五嶽이라고 하여 가장 큰 세자로 보았음.

세찬바리　세밑에 물선하는 몬을 소나 말 따위 등허리에 잔뜩 실은 것. 세찬歲饌.

세폭자락　사령군노들이 입던 세 갈래진 웃옷

센일　쟁기질처럼 힘드는 일.

셋갖춤　바지·저고리·조끼를 다 갖춘 한 벌 옷.

셋겸상　세 사람이 같이 먹게 차린 밥상.

셋겹복　석 점.

셍기다　1.이소리 저소리를 자꾸 잇달아 주워대다. 2.남한테 일거리를 잇달아 대어주다.

소 닭 보듯　서로 아무 마음 없이 본둥만둥 덤덤히 있음을 가리키는 말.

소경 머루 먹듯　익었는지 설었는지도 모르고 마구 먹듯이 좋고나쁜 것을 잘 분간하지 못함을 이름.

소경 북자루 쥐듯　무엇을 꼭 쥐고 놓지 아니하거나 한번 잡은 일을 내어놓지 않는다는 말.

소경 장 떠먹기　소경이 장을 떠먹을 때 그 양이 많고 적음을 숟가락에 맡기듯이 일을 되어가는 형편에 맡긴다는 뜻.

소경 팔양경(八陽經) **외듯**　뜻도 모르는 소리를 쉬지 않고 헛되이 소리내어 읽기만 한다는 뜻.

소곡주(燒穀酒)　충청도 한산韓山에서 나던 술로 '앉은뱅이술'이라고도 하니, 맛이 좋고 순한 듯해서 한잔한잔 마시다 보면 일어날 수 없을 만큼 취한다고 해서 붙여진 이름임.

소나기 삼형제　소나기는 얼추 세 줄기로 온다고 해서 이르는 말.

소나기술　여느 때는 먹지 아니하다가도 입에만 대면 끝없이 먹는 술.

소낙비는 오려 하고 똥은 마렵고 괴타리는 옹치고 꼴짐은 넘어지고 소는 뛰어나갔다
　　여러 일이 한꺼번에 닥쳐와서 무엇부터 먼저 해야할지 모르고 쩔쩔

맨다는 말.

소도 언덕이 있어야 비빈다 누구나 해내려면 먼저 기댈 데가 있어야 한다는 말.

소드락질 남 재물을 빼앗는 것.

소래기 독뚜껑이나 그릇으로 쓰이는 운두가 조금 높고 접시꼴로 굽이 없는 질그릇.

소리개를 매로 보았다 1.무능無能하여 쓸데없는 것을 쓸 만한 것으로 그릇 보았다는 말. 2.못생긴 여자를 일색으로 잘못 보았다는 뜻. 늑매를 꿩으로 보았다.

소릿광대 판소리를 아주 잘하는 광대.

소릿귀 남 노래를 제대로 알아듣는 지닐총.

소매 긴 김에 춤춘다 별로 생각이 없더라도 그 일을 할 조건이 갖추어졌기 때문에 하게 될 때 이름.

소미사(少微史) 북송 때 사마광司馬光이 지은 주周나라 위열왕威烈王부터 후주後周 세종世宗까지 1362년 동안 역사를 연대순으로 엮은 중국 역사책.『자치통감資治通鑑』딴이름.

소박데기 남편에게 소박을 맞은 여자. 소박疏薄: 마누라나 작은마누라를 푸대접함.

소성(小成) 생원진사과生員進士科에 오르는 것.

소소리바람 1.이른 봄 살속으로 기어드는 듯이 맵고 찬 바람. 2.회오리바람.

소소리쳐 회오리바람처럼 맴돌며 솟구쳐.

소소리치다 높이 솟아오르다. 솟구치다.

소악(韶樂) 순임금 음악.

소연(蕭衍) 중국 양梁나라 무제武帝. 성은 소. 이름은 연.

소인(小人) 수양修養이 적은 사람으로, 군자지덕풍君子之德風 소인지덕초小人之德草 초상지풍초草上之風 필언必偃. 여기서는 여느 백성을 말함.

소장의 혀 옛날 중국 전국시대戰國時代에 말 잘하기로 유명한 소진蘇秦과 장의張儀를 이름이니, 매우 구변이 좋은 사람을 뜻함.

소조(所遭) 부끄러움이나 괴로움.

소종래(所從來) 지내온 내력.

소주방(燒廚房) 대궐 안에서 음식을 만들던 곳. 주방廚房. 주간廚間.

소지(所志) 서민·하리·천민이 관부에 올리던 청원서와 진정서. 발괄.

소쿠리 안이 트이고 테가 둥글게 결은 대그릇.

소포(小布) 무명으로 만든 과녁. 솔.

소피(所避) 오줌 누는 일.

소해(小奚) 14~5세 되는 사내 종.

속곳 벗고 은가락지 낀다 제게 맞지도 않는 겉치레를 하여 도리어 보기
　　싫다는 뜻.

속곳 속속곳과 단속곳 모두.

속내평 겉으로 드러내지 않는 속마음. 속. 속내.

속다짐 속셈.

속바치다 속전을 내다. 속전贖錢: 죄를 벗고자 바치는 돈. 속금贖金.

속발기 속갈래. 속가름. 세목細目.

속빼다 논을 두 번째 갈다.

속소위(俗所謂) 세상에서 이른바. 저잣거리 사람들이 일컫는 바.

속속곳 요즈막 양말로 ‘팬티’처럼 바로 여린살에 닿는 속옷이므로 일부
　　러 부드러운 헝겊으로 만들었다고 함.

속신(贖身) 종을 놓아주어서 양민良民이 되게 하던 것. 속량贖良.

속전(續田) 해를 걸러 가꿔지는 땅.

속종 마음속으로 정한 결심.

속판 속마음.

손 안대고 코풀기 일을 아주 쉽게 해치운다는 뜻.

손대기 잔심부름을 해줄 만한 아이. 심부름꾼. 심부름애. 막둥이. 사환使
　　喚: 어느 기관에서나, 심부름을 하는 사람을 부름에 맞대고 부를 때
　　에는, 그 사람의 성명을 부를 것이요, 그 사암의 직임을 가리어 말할
　　때에는 사환이라고 할 것이다. ―단기 4281년 2월 15일 문교부에서
　　펴낸 『우리말 도로찾기』에서.

손때먹이다 어루만져 기르다.

손떨어지다 해나가던 일이 끝나다.

손모듬 출상出喪 전날 밤 빈 상여를 메고 마을을 돌아다니던 일. 상여꾼
    들 손발을 맞추기 위한 익힘이라는 구실이었으나, 참으로는 망자에
    게 생전 살던 곳 모습을 마지막으로 보여주려는 것이었음.

손바꿈 겨끔내기.

손방 할 줄 모르는 솜씨.

손사래 어떤 말을 잡아뗄 때나 조용하기를 바랄 때 손을 펴서 내젓는 일.

손에 붙은 밥풀 먹지 아니할까 제 손안에 있는 것을 쓰지않고 무엇하느
    냐는 뜻.

손에 붙은 밥풀 이미 제 것이 된 것을 가리키는 말.

손짓기 '손찌검' 그때 말.

손창방 몸채에서 떨어져 있는 사랑방.

손톱 여물을 썬다 일을 맞닥뜨려 아퀴를 못짓고 애태우는 꼴을 이름.

손티 살짝 곱게 얽은 얼굴 마마 자국.

손항(孫行) 손자뻘 되는 항렬行列.

솔 심어 정자라 1.솔씨를 심어 소나무가 자란 다음에 그것을 써서 정자
    를 짓는다 함이니, 앞날 성공이 까마득하다는 말. 2.먼 앞날을 봐서
    일을 한다는 뜻.

솔 나무·무명·베 따위로 사방 열 자가 되게 만든 과녁. 소포小布.

솟대장이 솟대 위에서 재주를 부리는 사람.

솟쯩 푸성귀만 먹어서 고기가 먹고 싶은 티.

송곳도 끝부터 들어간다 1.일에는 차례가 있는 법이니 무엇이나 제대로
    하려면 차례를 따라서 해야 한다는 말. 2.여러 사람이 모인 가운데서
    먹을 것을 나눌 때면 어린아이들부터 먼저 주게 된다는 뜻으로 이름.

송귀봉(宋龜峰) 선조 때 문장 송익필(宋翼弼, 1534~1599).

송금군(松禁軍) 소나무를 베지 못하게 말리던 관아사령官衙使令.

송낙[松羅] 소나무 겨우살이로 만든 여승 쓰개. '모자帽子'는 왜말임.

송만갑(宋萬甲) 1865~1939년까지 살았던 명창.

송모렴(宋牟廉) 송만갑宋萬甲·모흥갑牟興甲·염계달廉季達.

송병선(宋秉璿, 1836~1905) 송시열宋時烈 뒷자손으로 문과를 거치지 않
    은 음자제蔭子弟나 좨주祭酒 거쳐 대사헌大司憲을 지냈던 사람인데,

을사늑약을 만나자 음독자진飮毒自盡하였음.

송순주(松筍酒) 소나무 새 순을 넣고 빚은 술.

송신증 지루한 느낌으로 온몸이 쑤셔오는 것.

송이술 익은 술독에서 떠낸 물을 섞지 않은 술.

송흥록(宋興祿) 순헌철純憲哲 년간 명창.

솥 떼놓고 삼 년 채비는 다 해놓고도 해내지 못한다는 말.

솥 속의 콩도 쪄야 익지 무엇이나 정작 힘들이지 않으면 이루어지지 않
는다는 말.

쇄장이 옥을 지키던 사령인 옥쇄장이 준말.

쇠 자물통.

쇠고집 몹시 센 고집.

쇠귀 우이牛耳. 주도권主導權. 앞장서 이끎.

쇠꼴 소에게 먹이는 풀.

쇠도적놈 음충맞고 게염많은 사람. 게염: 시새워서 탐내는 마음.

쇠동거리 쇠물부리.

쇠동지 돈으로 벼슬을 산 사람.

쇠멱미레 소 턱밑에 붙은 고기로 매우 질기므로, 미련하고 답답하며 그
리고 고집 센 사람을 놀리는 말.

쇠배 전혀, 조금도.

쇠새 물총새.

쇠옹두리 소 정강이에 불퉁하게 나온 뼈.

쇠점일꾼 쇠붙이로 된 연장을 만들던 성냥간, 곧 대장간 일꾼으로 거의
사내종이나 가난한 농군들이 하였음.

쇠지 소지所志 이두. 소장訴狀.

쇠천 셀 닢도 없다 주머니 속에 한푼도 없다는 말. 쇠천: 소전小錢.

쇠코잠방이 농군農軍이 여름에 입던 무릎까지 오는 짧은 잠방이로 가랑
이가 잠방이보다 길고 사발고의보다 짧았음.

쇠털벙거지 청창옷 사령군노들 쓰개와 옷차림.

쇤네 소인小人네. 상전上典을 마주하여 하인下人이나 하녀下女가 저 스스
로를 낮추어 일컫던 말. 농민대중 아래 사람들이 양반들에게 쓰던

말이었고, 양반계급끼리는 저보다 높은 자리에 있거나 스스로를 낮추어 '소인小人'이라고 하였음.

쉰놈 소인놈.

쉿기 쇠붙이가 부딪칠 때 나는 것 같은 날카로운 기운.

쉿날 창칼 같은 쇠붙이 날.

쉿자 돌림 '마당쇠' '갯똥쇠'처럼 '아랫것'이라는 뜻.

수 길. 꾀. 솜씨. '방법方法'은 왜말임.

수건머리 무명이나 베를 끊어서 손발도 씻고 몸도 씻는 데 쓰던 수건으로 이마 동인 농군들을 말함.

수결(手決) 예전 도장 대신으로 모든 벼슬이나 구실 이름 아래 쓰던 매긴 글자꼴. 수례手例. 수압手押. 요즈막 양말로 '싸인'.

수교(首校) 각 고을 관아에서 순사巡査에 관한 사무를 맡던 장교將校들 우두머리.

수구(水口) 풍수지리에서 '득得'이 흘러간 곳.

수구매기 수구막이. 풍수지리에서 쓰는 말로 골짜기에서 흐르는 물이 멀리 돌아 흘러서, 하류下流가 보이지 않게 된 땅 흐름새. 수구장문水口藏門.

수규(首揆) 영의정.

수당(樹黨)하다 정당政黨 등 정파政派를 세우다.

수돌이 영변(寧邊)에 다녀오듯 멋도 모르고 휙하니 다녀옴을 이름.

수령칠사(守令七事) 조선왕조 때 수령이 제 고을을 다스리는 데 힘써야 할 일곱 가지 일. 1.농사를 잘 돌봤는가[農桑興]. 2.호구를 증가시켰는가[戶口增]. 3.학교를 일으켰는가[學校興]. 4.군정을 잘 다스렸는가[軍政修]. 5.부역을 공평히 부과했는가[賦役均]. 6.송사를 줄였는가[詞訟簡]. 7.간활한 풍속을 줄였는가[姦猾息].

수리목 목청이 곰삭아서 조금 쉰듯하게 나는 목소리.

수리목진 목쉰. 목청이 곰삭아서 조금 쉰듯해진.

수리성 곰삭은 목청으로 조금 쉰 듯하게 나는 소리.

수릿날 단오날.

수막새 수키와.

수빠지는 짓 본데에 벗어나는 짓.

수선(首善) '모범이 되는 것'이라는 뜻으로 '서울'을 일컫던 말.

수수미틀 김맬 때 흙덩이를 폭폭 파서 넘기는 것.

수알치 수리부엉이.

수양산 그늘이 강동 팔십 리를 간다 수양산首陽山 그늘이 진 곳에 강동江東 아름다운 땅이 이루어진다 함이니, 덕망 있고 훌륭한 사람 밑에서 지내면 그 덕이 미치고 도움을 받게 된다는 말.

수어(數語)**수작** 두어 마디 말로 하는 짓거리.

수염에 불끄듯 조금도 끌지 못하고 성마르게 후다닥 서둘러 함을 이름.

수원불겡이 수원불경이. 수원에서 나오던 옷길 살담배.

수이 쉬. 쉽게.

수자리 나라 살피를 지키는 일. 또는 그 민병民兵. 위수衛戍.

수재(守宰) 수령방백守令方伯.

수종꾼(隨從-) 따라다니며 심부름 하던 하인.

수주(輸籌) 패국敗局.

수지 밑씻개.

수천정(修天庭) 이마.

수클 예전에 '진서眞書'를 사내글이라는 뜻에서 일컫던 말. 배워서 잘 써먹는 글이라는 뜻. 훈민정음訓民正音은 '뒷글'이나 '중클' 또는 '암클'이라고 하였음.

수탐(搜探) 찾아내고 캐어냄.

수통인(首通引) 관장 잔심부름을 하던 이속 가운데 우두머리.

수파련(水波蓮)**에 밀동자** 생김새가 곱고 여리며 얼굴이 맑은 사람을 가리키는 말. 수파련: 잔치에 꾸밈으로 쓰는 종이연꽃. 밀동자: 밀로 손가락 두어 마디만 하게 만든 동자童子꼴.

수펑이 숲.

수할치 매사냥꾼.

수향(首鄕) 수령이 가르침을 받는다는 곳이던 유향소留鄕所 우두머리인 좌수座首.

수혜자(水鞋子) 비 올 때 신던 무관 장화.

숙양(熟羊) 좋은 양털로 맨 붓.

숙지근해지다 불꽃처럼 세차던 판세가 죽어져 가다.

숙지다 어떤 바깥 꼴이나 서슬이 차츰 죽어가다.

숙지어지다 숙지근하다. 불꽃처럼 사납던 흐름새가 죽어져 가다.

순라골(巡羅洞) 까마종이라 무엇이나 다 알고 있어 모르는 것이 없는 사람을 이름.

순령수(巡令手) 고을 원 급한 전갈을 전해주러 온 군사.

순망치한(脣亡齒寒) 입술이 없어지면 이가 시리다는 말이니 서로 주먹셈이 맞닿아 하나가 망하면 다른 하나도 망하고, 하나가 잘되면 다른 하나도 잘되는 그런 사이를 이름. 주먹셈: 속셈. 암산暗算.

순사또(巡使道) 감사監使.

순조대왕 8년 1808년.

순지(純紙) 부드러운 한지.

순하인여하인(舜何人汝何人) "순임금은 누구이고 너는 누구냐"는 말로, 너도 힘써 애쓰면 훌륭한 사람이 될 수 있다는 뜻에서 쓰던 말임.

순흑 수눅. 버선등 꿰맨 솔기.

술구기 술국자.

술깃대 예전 주막집에서 문간에 '술 주酒'자를 쓴 등을 걸어두었던 것.

술대 거문고를 타는 단단한 대로 만든 채.

술두루미 술병.

술띠 두 끝에 술을 단 세조細條띠. 술: 가마·띠·끈·여자옷 같은 것에 치레로 다는 여러 가닥 실.

술시(戌時) 밤 7~9시.

술어미 주막에서 술 파는 여자. 주모酒母.

술지게미 재강에서 모주母酒를 짜낸 찌꺼기.

술탁객 술주정꾼.

숨탄것 하늘과 땅한데서 숨이 불어 넣어졌다고 해서 '동물'을 가리킴.

숫간 몸채 뒤에 나지막하게 지은 광. 또는 객실客室. 거의 시골집에 많음.

숫반 숫고집 양반.

숫지다 약삭빠르지 않고 인정이 후하다.

숯막 숯 굽는 곳에 지은 움막.

숯무지 참나무가 많은 깊은 산속에서 숯굽는 일을 하던 사람.

쉑장 색장色掌. 마을 일을 맡은 이. 구실. 소임所任.

쉴청 쉬는 곳.

슈벽 삼한시대부터 내려오던 조선만이 지니고 있는 손으로 하는 무예 인 수박희手搏戲.

스님 눈물 같다 어둠침침하다는 말.

슨성 선성先聲. 전부터 알려진 이름.

슬 쇤 무수 설 쇤 무우. 가을에 뽑아둔 무우가 해를 넘기고 나면 속이 비 고 맛이 없어지므로, 때가 지나 볼 것 없이 된 것을 이르는 말. 삼십 넘은 계집.

슬갑(膝甲)도적(질) 남 시문詩文 글귀를 몰래 훔쳐서 그것을 그릇 쓰는 사람을 웃는 말. 슬갑: 겨울에 추위를 막기 위하여 바지 위로 무릎에 껴입던 옷.

슬기샘 지혜智慧 밑바탕.

슬슬동풍 봄바람.

슬인(瑟人) 춤에 지게 지고 엉덩춤 춘다 1.돈 많은 자가 즐거움을 누리 는데 가난한 자가 부러워하여 마지않는다는 뜻. 2.남이 무슨 일을 한 다고 무턱대고 좇아 함을 이름.

슴벅슴벅하다 1.눈이나 살 속이 자꾸 찌르는 듯이 시근시근하다. 2.눈을 감았다 떴다 하다.

슴벅한 껌벅거리는.

습습하다 사내답게 거쿨지다(말투가 씩씩하다).

습첩(拾妾) 소박맞은 여자가 서낭당 아래 서 있으면 처음 만난 남자가 데려다 첩으로 삼던 것.

승앗대 여귀과에 딸린 풀로 들에 저절로 나며 맛이 시큼한 '승아' 줄기.

승인이라야 능지 승인 된사람(성인)이 된사람을 알아본다는 말.

승천초 성천초成川草. 평안남도 성천에서 나오던 담배.

승청보(僧淸甫) 옛날 청보라는 중이 계집종을 데리고 가다가 다른 사람 눈에 띄어 훗날 이것을 돌이켜 물은즉 아주 모른 체하더라 하여 나온 말이니, 제가 한 일에 대하여 시치미를 떼고 모르는 체하는 사람을 보고 하는 말.

승체(昇遞) 승진昇進.

시거든 뗍지나 말고 얽거든 검지나 말지 사람 본바탕이 아름답지 못하면 미덥고 참되거나 재주가 없으면 숫되기나 했으면 얻을 바가 있을 것인데 그렇지 못하여 이모로도 저모로도 쓸모가 없는 사람을 이름.

시골 깍정이 서울 곰만 못하다 서울사람이 손 맑고 모질며 남을 잘 속인다는 말.

시굴고라리 어리석은 촌놈.

시기전(時起田) 가꿔지고 있는 땅으로서 구실이 매겨지는 곳.

시나브로 모르는 틈에 조금씩 조금씩. 다른 일을 하는 사이에. 틈틈이.

시나위 '육자배기토리'로 된 허튼가락 기악곡. '심방곡心方曲'이라고도 함.

시드러웁다 고달프다.

시들꾀 불켜는 잡역군雜役軍.

시러금 능히. 넉넉히. 잘.

시러베자식 실없는 이를 낮추어 일컫는 말.

시룽새룽하다 실없이 조금 싱숭생숭하다. 야릇하다. 싱숭생숭: 마음이 들떠서 갈팡질팡하는 꼴.

시르죽다 1.기운을 못차리다. 2.기를 펴지 못하다. 설죽다.

시르죽은 이 몰골이 해쓱하고 초라한 꼴을 놀려 이르는 말.

시모(時毛) 세상 소식.

시부표책(詩賦表策) 과거시험에 나오던 것으로 보고 느낀 것을 읊는 여러 가지 체 '귀글', 있은 일을 풀어 이야기하며 그려내는 '부', 정치문제에 대하여 임금께 올리는 글인 '표', 어떤 문제에 대한 계책이나 방책을 가리새 있게 풀어내는 '책'을 말함.

시쁘다 마음에 들지 않아 시들하다. 대수롭지 않다.

시어머니 끝도 잡은 김에 뜯더라고 1.어떠한 생각도 늘 숨길 수는 없고 때가 되면 나타낸다는 말. 2.어려운 맞수에게 제 여느 때 생각을 어떤 움직임으로 나타냄을 이름.

시예(時藝) 쓸모 있는 솜씨. 왜말로 '실용 기술'.

시재(時在) 현실. 있는 것.

시전(詩箋) 시나 편지를 쓰던 종이, 시전지.

시진종표(時辰鐘表) 시계時計.

시참(詩讖) 지은 시 말이 우연히 뒷날 일어난 일 낌새가 되는 것.

시치다 바느질 할 때 여러겹을 맞대어 임시로 호다.

시치미 떼다 알고도 짐짓 모른 체하다.

시쾌(市儈) 장에서 흥정붙이는 것이 업인 사람. 장주릅.

시틋이 무슨 일에 물려서 싫증이 나는. 시틋하게.

시폭짜리 세폭짜리. 세폭으로 갈라진 웃옷인 '더그레'를 입은 사람, 곧 사령군노를 가볍게 이르던 말.

시해(尸解) 몸은 남기고 영혼은 신선神仙이 된다는 도가道家 말.

식무구포(食無求飽) 먹음에 배부름을 구하지 말라는 뜻으로,『논어論語』에 나옴.

식시(食時) 진시辰時. 상오 7~9시.

식재구즉(食在口卽) **토지**(吐之) 어른이 찾으면 입속에 든 밥을 뱉고 대꾸한다는 말.

식채(食債) 외상으로 음식을 먹고 갚지 못한 빚.

신 속에 똥을 담고 다니냐, 키도 잘 자란다 키 큰 사람을 놀리는 말.

신기전(新起田) 새로이 일군 땅.

신날 짚신이나 미투리 바닥에 세로 놓은 날.

신둥부러지다 푼수에 지나치게 주제넘다.

신들메 1.먼 길을 걸을 때 신발이 벗겨지지 않게끔 동여매는 일. 또는 그 끈. 2.어떤 일을 비롯하기 위해서 다짐과 채비를 빈틈없이 하는 것.(평양)

신래(新來) 과거에 새로 급제한 사람을 전배들이 청하여 기리는 뜻에서 그 얼굴에 먹으로 암쾡이를 그리고 "이리워 저리워" 하며 앞뒤로 오랬다 가랬다 하고 장난하던 것.

신명떨음 신이 올라 추는 칼춤.

신발차 관차들에게 일을 잘 봐달라고 주던 돈. 심부름 하는 이한테 노자路資나 고맙다는 뜻에서 주던 돈.

신사년(辛巳年) 1881년.

신설(新舌)**짜리** 역과譯科에 갓 오른 사람.

신신하다 새로운 힘이 넘치다.

신오위장(申五衛將) 신재효(申在孝, 1812~1884).

신유식년(辛酉式年) 철종哲宗 12년(1861).

신입구출(新入舊出) 새로 온 사람이 들어오면 먼저 왔던 사람은 나간다
　　는 기생집 말.

신지무의(信之無疑) 꼭 믿어 의심하지 않는 것.

신첨지(申僉知) **신꼴을 보겠다** 하는 짓이 아니꼬와 차마 볼 수 없다는 말.

신획(身劃) 몸뚱이 꼴. 생김생김.

실그럭설그럭 자꾸 이쪽저쪽으로 비뚤어지거나 기울어지다.

실까스르다 트집을 잡다. 불가불을 거는. 불가불不可不: '시비是非' 우리말.

실인(實因) 죽임당한 사람 죽은 까닭.

실쭉하다 싫어서 한쪽으로 비켜나서려는 낌새가 있다. 싫은 티로 고개·
　　얼굴·입을 한쪽으로 실그러지게 움직이다.

실쩍하다 싫다는 기분이 들다.

실토정(實吐情) 참 그대로 말함.

실함(實銜) 정작 일하는 벼슬.

심 '셈' 충청도 내폿말.

심모원려(深謀遠慮) 깊이 생각하고 멀리 내다보는 것.

심설 '심하게는'·'심지어' 그때 내폿말.

심화(心火) **겨운** 골을 누르기 어려운.

십년대한(十年大旱) 십년 가뭄.

십년적공(十年積功) 십년간 공을 들임.

10관 1백냥.

십만꿰미 백만냥.

십민(十緡) 백냥.

십상아전 어쩔 수 없는 아전.

십실구공(十室九空) 열 집 가운데 아홉 집이 빈집이라는 말로 백성들이
　　학정虐政에 못이겨 집을 버리고 유리걸식流離乞食한다는 뜻으로 쓰

던 말임.

십이제국(十二諸國) 세계만방世界萬邦.

십인계(十人計) 야바위노름 한 가지.

싸게 얼른. 빨리. 머뭇거리지 말고. '이내' 뜻으로 쓰는 내폿말.

싸게싸게 '빨리빨리' 내폿말.

싸다 흔하고 약함.

싸라기밥을 먹어도 말 잘하는 판수다 겉 꼴은 초라하나 말을 잘하는 사람을 두고 하는 말. 판수: 장님. 점장이.

싸라기밥을 먹었나 맞선이가 반말투로 나올 때 되받는 말.

싸전에 가시 밥 달라 한다 싱미가 매우 급한 사람 행동을 이르는 말. 늑우물에 가 숭늉을 찾는다. 콩밭에 가서 두부 찾는다.

쌀골집 순대. 도야지 창자 속에 두부·숙주나물·파·표고버섯 따위를 이겨서 양념을 넣고 양쪽 끝을 동여매어 삶아 익힌 음식.

쌀책박 싸리로 엮어 만든 쌀그릇.

쌍글하다 1.보기에 매우 산뜻하다. 2.봄바람 불 때에 베옷 같은 것을 입은 꼴이 보기에 매우 쓸쓸하다. 3.매우 못마땅하여 성난 느낌이 있다.

쌍륙(雙六) 주사위 노름 하나.

쌍지팡이 짚고 나선다 기를 쓰고 못하게 말린다는 뜻.

써레질 써레로 논바닥을 고르거나 흙덩이를 깨는 일.

썩어도 준치 1.값어치가 있는 몬은 썩거나 헐어도 어느만큼의 본디 값어치를 지니고 있다는 말. 2.말장난에 쓰임. 늑노닥노닥 기워도 마누라 장옷.

썩썩하다 마음씀이 부드럽고 시원시원하다.

쏠 물떠러지. '폭포'는 왜말임.

쏠락쏠락 쥐처럼 조금씩 조금씩 파먹는다는 뜻 내폿말.

쏠쏠하다 바대, 대중, 템 따위가 어지간하여 쓸만하다.

쑤석이질 가만히 있는 사람을 추기거나 꾀어 부추기는 것.

쑥국새 뻐꾸기.

쑥대머리 머리털이 마구 흐트러져 어지럽게 된 머리. 쑥대강이.

쑥대살 쑥줄기로 만든 어린아이용 장난감 화살.

쓰개 쓸것. 모자帽子.

쓰개치마 왕조시대 여자들이 나들이할 때 머리로부터 몸 윗 어섯을 가리어 쓰던 치마.

쓰다달다 말없다 아주 상관을 아니하고 생각을 말하지 않는다는 뜻.

쓸개자루 '쓸개'를 힘주어 말한 것.

씨 바른 고양이 같다 눈치 빠르게 잇속을 잘 차린다는 뜻.

씨가 지다 씨앗이 없어지다.

씨근덕거리다 들떠서 숨을 잇달아 가쁘게 쉬다.

씨녀(氏女) 예전 평민平民 여자에게는 거의 이름이 없어 성 밑에 그냥 씨만 붙여 'ㅇ씨녀'라고 부르고 적었음.

씨다리 사금沙金 낱알.

씨다리좁쌀 좁쌀처럼 작은 사금沙金 낱알갱이.

씨암탉걸음 아기작거리며 조용히 걷는 걸음.

씨올 가로 건 올.

씨종 대를 물려 내려가며 종노릇을 하는 사람.

썩둑깍둑 객쩍은 일로 꼴사납게 지껄이다. 부질없는 말을 수다스럽게 자꾸 지껄이다. 이런저런 티 잡는 소리. 티: 어떤 기색氣色이나 태도態度. 버릇.

썻은 듯 부신 듯 아무것도 남지 아니한 가난한 자리를 이름. 늑불고 쓴 듯하다.

썻은 배추 줄거리 같다 얼굴이 희고 키가 훤칠한 사람을 가리킴.

썻은 팥알 같다 겉꼴이 말쑥하고 똑똑한 사람을 두고 이르는 말. 늑깎은 밤 같다. 썻은 쌀알 같다. 깎은 서방님.

아갈잡이 소리를 못지르게 헝겊이나 솜 따위로 입을 틀어막는 것.

아객질(衙客-) 아는 원을 찾아다니며 외방外方 관아官衙에 묵는 일.

아그려쥐고 앉다 섰던 자리에 그대로 주저앉다. 아그려쥐다.

아금박스럽다 이악하고 탐탁한 데가 있다.

아금받다 1.알뜰하게 발받다. 때를 놓치지 않고 재빠르게 부릴 줄 안다. 2.악착같고 깐깐하다. 3.야무지고 다부지다.

아깃살 보통 화살 3분의 2 길이밖에 안 되는 짧은 활. 활을 억세게 잘 쏘는 사람은 양팔이 특별히 길어서 원비(猿臂: 원숭이 팔뚝)라 했는데, 이런 사람이 쏘는 화살은 거기 걸맞게 길었다. 거기 비해 이것은 길이가 두 뼘도 안 되는 살이라 쏘면 멀리도 가고, 화살을 보급하고 가지고 다니기에도 간편하였다. 이것을 쏠 때는 시위에 단면이 U형으로 된 덧살을 달아매어, 쏘았을 때 정작 살은 홈을 타고 빠져나가 멀리 날고, 덧살은 손앞으로 툭 늘어진다. 그래서 왜병들이 이것을 헛활질하는 것으로 여기고 멍청하니 쳐다보다가 맞아죽더라는 얘기도 있다. 그런 먼 거리에 살이 당도하리라곤 생각도 못했기 때문이다. 옛날 거란군에게 포위되었던 고려군이 그나마 화살도 떨어지게 되자, 시쳇말로 적군을 약을 올려서 그들이 쏘아대는 화살을 모아 서너 동강으로 내고, 성 안에 있던 엽전葉錢을 녹여 촉을 만들어 박아 되쏘아 싸운 데서 연유되었다고 한다.

아나서 정삼품正三品 아래 벼슬아치 첩妾을 하인下人들이 이르던 말.

아내씨님 벼슬아치 첩을 높여 부르던 말.

아니 때린 장구 북소리 날까 무슨 뒤끝에나 그 까닭은 반드시 있다는 말.

아니리 가락없이 하는 판소리 극劇말. 판소리에서 소리꾼이 창唱을 하면서 고빗사위마다 줄거리를 엮어나가는 이야기.

아닌 밤중에 홍두깨 별안간 불쑥 내놓는다는 뜻. 늦새벽 봉창 두들긴다. 어둔 밤중에 홍두깨 내밀 듯. 어둔 밤에 주먹질. 자다가 봉창 두들긴다.

아닌보살 알고도 모른 체하고 가만히 있는 사람을 가리키는 말. 내전보살.

아동방(我東方) **청구**(靑丘) '우리 동녘땅 조선'이라는 말로, 예전부터 '조선'은 '청구'라고 불러왔음.

아라마초초 말 모는 소리.

아라사(俄羅斯) 러시아.

아랑곳 남일에 나서서 알려고 들거나 타내는 것. 관계關係. 이음고리. 까닭.

아래대 서울 안에서 흥인지문興仁之門과 광희문光熙門 쪽을 이르던 말로, 수표교水標橋 얼안에 대개 역관譯官들이 모여 살았음.

아래품 여자 생식기.

아랫녘장수 화류계花柳界 여자를 낮추어 부르던 말.

아랫당줄 망건 편자 끝에 달던 당줄.

아랫도리사람 벼슬이나 근지根地가 낮은 사람.

아록(衙祿) 외방수령에 딸린 식구들한테 주던 녹祿을 말하나, 여기서는 알속·실살, 곧 '실속'.

아롱우 어롱우 진흙새 우는 소리 철요(凸凹) 계집 사내어르기를 빗댄 말.

아리삼삼 정신이 아릿거릴 만큼 눈에 어리는 꼴.

아미(蛾眉) 누에나방 눈썹처럼 아름다운 눈썹. 곧 일색一色 눈썹.

아병(牙兵) '아牙'는 대장기를 뜻하는 것으로 대장을 모시고 따라다니는 구실을 맡았으나, 영조 때부터 고을 원 호위병을 일컫는 말로 됨.

아비만 한 자식이 없다 자식이 아무리 훌륭하게 되었더라도 그 아버지만은 못하다는 뜻으로 하는 말.

아뿔사 망했구나.

아삼륙 서로 꼭 맞는 짝.

아수돈(阿須頓) 애스턴(1841~1911). 아일랜드 출신 외교관. 일본학학자·언어학자. 왜국 효오고·나가사키 주재 영사로 있다가 1894년 주차駐箚 조선총영사로 와, 같은 해 일어난 영국함대 거문도 차지를 놓고 한때에 그치는 것이라고 발뺌하다가 제 나라로 돌아갔는데, 조선과 왜국 두 나라 말이 같은 줄기라고 내대었음.

아슴아슴하다　또렷하지 않고 흐릿하고 희미하다.

아승　아성亞聖, 곧 맹자孟子를 말함.

아시　애초. 처음. 조금.

아아라히　아득하게. 까마득하게.

아이고땜　'아이고 아이고' 하고 소리치는 것. '통곡痛哭' 충청도 내폿말.

아이오　갑자기. 느닷없이. 문득. 몰록.

아이초라니　잔재주를 부리는 아이광대.

아전육방(衙前六房)　외방 관아에서 고을살림을 하던 육방관속인 이방吏房·호방戶房·예방禮房·병방兵房·형방刑房·공방工房을 말함.

아존(雅存)**한**　맑고 깨끗하게 살아온.

아주 뽕빠졌다　일이 크게 비꾸러졌다는 말. 비꾸러지다: 틀어지다.

아주먹이　솜 두어 지은 겹옷. 개털 껍데기로 만든 조끼.

아지못게라　알지 못하겠다.

아침놀 저녁 비요 저녁놀 아침 비라　아침에 놀이 지면 저녁 때 비가 오고 저녁에 놀이 지면 아침에 비가 온다는 말.

아카사니　무거운 몬을 들어올릴 때 하는 소리.

아퀴　어수선한 일을 갈피잡아 마무르는 끝매듭.

아퀴짓다　일을 마무르는 끝매듭 짓다.

아향(亞鄕)　좌수 밑에서 일보던 사람.

아홉 마리 소에 터럭 한 낱　구우일모九牛一毛. 썩 많은 가운데서 가장 적은 것을 일컫는 말.

악머구리 끓듯 한다　많은 사람이 무슨 소린지 알아들을 수 없이 시끄럽게 떠들어댄다는 말. 악머구리는 참개구리, 잘 우는 개구리를 말함.

악빙덜　악병惡病. 악질惡疾.

악소(惡少)**패거리**　못된 아이들. 성질과 행동이 나쁜 악소년惡少年들.

악지　잘 안될 일을 해내려고 하는 억지스런 고집.

악지세다　어지러운 떼를 쓰는 힘이 세다.

악판(惡板)　형벌을 무섭게 쓰던 수령.

안 본 용은 그려도 본 뱀은 못 그린다 있은 일을 있는 그대로 알아내기란 더없이 어렵다는 말.

안 침(安琛, 1444~1515) 중종반정 때 공조판서를 지내었고, 글씨를 잘 썼음.

안근류골(顔筋柳骨) 중국 당나라 때 명필 안진경顔眞卿 '근골筋骨'과 유공권柳公權 '뼈'를 갖추어야 제대로 된 글씨가 나온다는, 좋은 글씨를 가리킬 때 쓰던 말.

안남(安南) 베트남.

안는 암탉 잡아먹기 1.생각 없고 뻔뻔한 짓을 이름. 2.마음에 매우 안타깝지만 그것이라도 제삿고기 만들 수밖에 없을 때 이름.

안돈(安頓) 일몬을 잘 간추림.

안동 사람이나 몬을 따르게 하거나 지니고 감.

안뒷간에 똥 누고 안아기씨더러 밑 씻겨 달라겠다 우리나라 풍속이 본디 안팎이 엄하여 테 밖 사람은 아예 부인들이 있는 안에 들어갈 수 없는데, 하물며 거기 들어가 뒤를 보고 밑 씻어 달라는 것은 수꿈 꿀 수 없는 일이라, 매우 낯 두꺼운 사람을 이름. 수꿈: 상상.

안련(安連) 알렌(1858~1932). 개신교 선교사로 왔다가 갑신정변으로 다친 민영익을 낫게하여 주었던 미국인 의사. 민중전 마음을 끌어 서울 재동에 있는 홍영식 집터에 우리나라 처음 서양병원인 광혜원廣惠院을 세웠고, 1890년 주조미국공사관 서기관이 되어 1895년 운산광산 채굴권과 이듬해 경인철도 부설권을 미국인 모오스한테 뒤슬렀고, 1897년 주한미국공사 겸 서울주재 총영사가 되어 대한제국 안에서 전등·전차도로를 놓을 수 있는 권리를 미국에게 넘겨주었음. 뒤스르다: 알선斡旋하다.

안반짝 흰떡과 인절미를 칠 때에 쓰는 두텁고 넓은 떡판으로, 엉덩이 큰 여자를 놀릴 때 쓰던 말임.

안받음 자식에게 끼친 은혜를 안갚음 받는 것.

안받침 안에서 받쳐줌.

안방샌님 바깥출입을 거의 하지않고 늘 안방에만 처박혀 있는 사내를 웃자고 하는 말. 아낙군수.

안방지기 안주인. 마누라.

안벽 치고(붙이고) 밭벽 친다(붙인다) 이편에 가서는 이렇게 말을 하고 저편에 가서는 저렇게 말을 하여 둘 사이에 쐐기친다는 말. 쐐기 친다: 틈이 벌어지게 한다. 이쪽저쪽 왔다갔다 하면서 작간作奸한다는 뜻.

안빈과욕(安貧寡慾) 욕심을 적게 하여 편안한 마음으로 산다는 말.

안서(安徐) 용서.

안석(案席·案息) 벽에 붙여 세워놓고 편하게 기대앉을 수 있게 한 것으로 밑감은 보료와 같다.

안자(顏子) 공자 제자인 안회顏回 높임말.

안전(案前) '원' 높임말. 군수·현령·현감은 흔히 '안전'으로, 감사·목사·부사는 '사또'라고 불렀음. 안전주案前主. 안전쥐.

안정 '임금 눈'을 가리키던 궁중 말.

안질(眼疾)에 노랑수건 매우 종요롭게 쓰이는 몬을 이름.

안항(雁行) 기러기는 꼭 쌍으로 날아간다고 해서 동기간同期間을 말함. 동기同氣. '형제兄弟'는 왜식임.

안해 '안에 뜨는 해'라는 말로 '해방 8년사'가 끝나는 1953년 7월 27일까지 쓰였던 말임.

앉은걸음 앉아서 엉덩이와 무릎만 움직여 나가는 것.

앉은뱅이돌려차기 택견 솜씨 하나.

앉은뱅이술 한산韓山 소곡주燒穀酒. 맛이 좋고 부드러운 듯하여 한잔한잔 마시다 보면 일어날 수 없을 만큼 취한다고 해서 붙여진 이름임.

알관주(-貫珠) 한시漢詩를 끊을 때, 비점 위에 주는 관주로, 둥근 표를 하였음. 비점批點: 시문을 끊아매기는 점. 관주貫珠: 썩 잘 된 시문에 치는 붉은 동그라미.

알땀 이마나 가슴팍에 송골송골 맺히는 땀.

알랑방귀 발라맞추는 것.

알롱 외방관아에서 전령을 맡던 엄지머리총각.

알음알이 '지식知識'을 가리키는 선불교仙佛敎 문자.

알조 알 만한 일. 알괘.

앓느니 죽지 앓느라고 괴로움을 겪느니보다는 차라리 죽어서 모든 것을 잊는 쪽이 낫겠다 함이니, 제가 애를 좀 덜 쓰려고 남을 시켜서 시원치 않게 일을 하느니보다는 바로 힘이 들더라도 제가 몸소 해치우는 쪽이 낫겠다고 할 때 이르는 말.

암낙 머리를 끄덕여 들어주겠다는 뜻을 나타내는 것.

암막새 한 끝에 반달 모양 혀가 붙은 암키와.

암상 남을 시샘하는 잔망스러운 마음.

암성(暗聲) 답답하게 느껴지는 소리.

암팡지다 1.야무지고 다부지다. 2.당차고 담이 크다. 암팡스럽다.

압구정(狎鷗亭)대감 한명회(韓明澮, 1415~1487).

앙가바틈하다 조금 짤막하고 딱바라지다.

앙가슴 두 젖 사이 가슴.

앙구다 1.음식 따위를 식지 아니하게 불에 놓거나 따뜻한 데에 묻어두다. 2.한그릇에 여러 가지를 곁들여 놓다. 3.사람을 안동하여 보내다.

앙버티는 기를 쓰고 고집하여 끝까지 대항對抗하는.

앞날 두량 앞으로 살아갈 밑그림 그리다.

앞방석 권력자 밑 심부름꾼. 요즈막 비서마침.

앞소리 요령잡이가 부르는 소리.

앞엣거리 품밟기 첫머리에 하는 몸풀기.

애 말라 죽는 소리 애가 타서 죽을 것 같은 소리.

애가 에는 듯 창자가 끊어지는 듯.

애급국(埃及國) 이집트.

애기택견 스무 살이 못된 어린사람들이 겨루던 택견.

애매한 두꺼비 돌에 치었다 아무 까닭없이 벌을 받게 되었거나 미움받게 되었음을 이르는 말.

애물 애를 태우는 몬.

애물단지 1.몹시 애를 태우는 몬이나 사람. 2.어린 나이에 부모보다 먼저 죽은 자식.

애성교어(愛聲嬌語) 계집사내가 어우름질 할 때 주고받는 온갖 소리.

애옥살이 가난에 쪼들려 고생스럽게 사는 살림살이.

애옥하다 살림이 몹시 구차하다.

애잡잘한 가슴이 미어지도록 안타까운.

애장터 어린아이들 시신을 항아리나 단지에 담아 묻어놓은 곳. 거의 으 슥한 산자락이나 외진 들판 모서리였음.

애저녁 1.초저녁. 2.애초.

애흡다 슬프다.

액내(額內) 1.정원 또는 정수·정액定額 안. 2.한집안 사람. 3.한동아리에 든 사람.

앰한 소리 애꿎은 소리.

앰헌 애먼. 죄없는.

앵돌아지다 1.틀어져 홱 돌아가다. 2.마음이 노여워서 토라지다. 앵돌 아서다. 앵돌아앉다.

앵두를 따다 눈물을 흘리다.

앵두장수 잘못을 저지르고 어디론지 자취를 감춘 사람.

앵속 양귀비.

야로 남한테 숨기고 있는 우물쭈물한 속셈이나 짓.

야마리 부끄러움을 아는 마음.

야반(夜半) 자시子時. 밤 11~1시.

야비다리 대단하지 않은 사람이 제딴에 가장 흐뭇한 듯이 부리는 도도함.

야비다리질 보잘 것 없는 사람이 제딴에 가장 탐탁한 듯이 내는 젠체.

야소교(耶蘇敎) 예수교.

야주개 이제 서울 서소문 밖에 있던 민간시장.

약방기생(藥房妓生) 내의원內醫院에 딸린 의녀醫女로서 궁중에서 침술을 하던 궁녀.

약빠른 고양이 밤눈이 어둡다 매우 똘똘해서 삐끗이 없을 듯한 사람이 라도 또한 모자라고 어두움이 있다는 말.

약존약무(若存若無) 있는 듯 없는 듯 (살아가는 것).

약주릅 약초를 사고파는 데 흥정붙이고 구문 받는 것을 업으로 삼는 사람.

얄망궂다 얄궂다.

양 반인가 두냥 반인가 돝 팔아 한냥 개 팔아 닷 돈 하니 양반인가 양반 을 놀리는 말.

양귀비 외딴친다 여자 생김새가 매우 아름다움을 이름. 양귀비(楊貴妃, 719~756): 중국 당나라 현종玄宗 왕비.

양귀자(洋鬼子) 서양사람을 일컫던 말.

양물(洋物) 서양 돈.

양반 못된 것이 장에 가 호령만 한다 못된 사람이 만만한 데 가서 헛기운을 내며 잘난 체한다는 말.

양반의 새끼는 고양이새끼요 상놈의 새끼는 돼지새끼라 고양이새끼는 처음 낳았을 때는 앙상하고 보잘것없으나 차츰 매끈해지고 다 자라면 번지르르하나, 돼지새끼는 처음에 깨끗하고 반질반질하여도 차츰 거칠어지므로 양반은 좀 못생겼더라도 자랄수록 그 꼴이 다듬어지고 말쑥해지나 상놈은 자랄수록 차츰 더 억세고 더러워진다는 뜻으로 하는 말.

양색단(兩色緞) 씨와 날 빛이 다른 실로 짠 비단.

양성(養性) 제 성품을 닦아서 오롯하게 하는 것.

양송체(兩宋體) 숙종 때 문장 송시열宋時烈과 송준길宋浚吉 필체.

양수거지(兩手据地) 두 손을 마주잡고 서 있음.

양안(量案) 토지대장.

양전(兩殿) 왕과 왕비. 임금 내외內外.

양주(楊朱) 공자 뒤 맹자 앞인 중국 전국시대 먹물로, 노자老子가 내댄 무위독선설無爲獨善說을 좇아 즐거움을 파고드는 인생관을 세우고 매우 지나친 개인주의를 밀고나가 그 힘을 크게 떨치다가 주朱나라 끝무렵 사그라졌음. 양자楊子.

양지 마당에 씨암탉 걸음 맵시를 부려 아장거리며 걸음을 이름. ≒대명전 대들보에 명매기 걸음. 대명전大明殿: 고리 때 개경에 있던 궁궐 이름. 명매기: 새 하나.

양천(楊川) **원님 말 지키듯** 어떻게 손쓸지 모르고 오래도록 지켜보고 있을 때 이름. ≒죽은 말 바라보듯.

양태 갓양태. 갓 밑둘레 밖으로 넓게 바닥이 된 어섯. 갓양. 양.

양호(兩湖) 호서湖西와 호남湖南, 곧 금강錦江 서쪽인 충청도와 남쪽인 전라도.

어거하다　다스리다.

어글하다　얼굴 여러 구멍새가 널찍널찍해서 서글서글하다.

어글한　구멍새가 넓직한.

어금지금한　서로 비슷한.

어깃장　어긋나게 비틂.

어느 장단에 춤추랴　한가지 일에 여러 사람이 알음하여 말이 많고 시끄럽기만 해서 어떻게 해야 할 지 모를 때 이르는 말. 늑이 굿에는 춤추기 어렵다.

어늬　덜미. 어깻죽지.

어둑신하다　무엇을 똑똑히 가려볼 수 없을 만큼 조금 어둑하다.

어렴시수(魚鹽柴水)　서민 삶 소납인 생선·소금·땔나무·물을 말함. 소납: 생활필수품.

어루만져 주는 소리　보듬고 달래는 소리.

어루쇠　쇠붙이를 닦아서 만든 거울.

어르고 뺨 때리다　거짓으로 위하는 체하면서 마침내는 해롭게 한다는 뜻.

어른택견　스무 살 넘은 어른들이 겨루던 택견.

어름　두 몬 끝이 닿은 자리. 몬과 몬 한가운데.

어리　1.병아리를 가두어 기르거나 닭을 넣어 팔러 다니려고 싸리로 채를 엮어 만든 울. 2.새장.

어리중천　하늘 한가운데. 허공중盧空中.

어릿광대　정작광대가 나오기 전 우습고 재미있는 이야기나 짓을 하여 놀이판 흥을 돋우는 사람.

어릿어릿　씩씩하지 못하고 늘어진 꼴.

어마지두　무섭고 놀라와서 정신이 얼떨떨한 판.

어매스러운　똘똘한.

어상반(於相半)　서로 비슷함. 양편에 손익損益이 없을 만함. 어반於半. 어상於相.

어섯　몬 한 부분에 지나지 않는 만큼. 몬: 물건.

어성꾼　게으르고 한갓지게 지내는 사람.

어세겸(魚世謙, 1430~1500)　조선왕조 첫때 문장.

어안(魚雁) 편지.

어욱새 '억새' 옛말.

어육(魚肉) 생선과 고기. 어육이 되다: 짓밟히고 으깨어져 아주 결딴이
　　남을 빗댄 말.

어저귀 아욱과에 딸린 일년초.

어정잡이 겉모양만 꾸미며 일을 잘 맺지 못하는 사람.

어정칠월(--七月) **동동팔월**(--八月) 농가에서 칠월달은 어정어정 무엇
　　한지도 모르게 지나고 팔월달은 추수 때문에 동동거리며 바삐 지낸
　　다는 말.

어중이떠중이 멱진 놈 섬진 놈 저마다 다른 보잘것없는 수많은 사람을
　　이르는 말. 장삼이사張三李四.

어즈버 아!

어지간해야 생원님하고 벗하지 나이로나 지체로나 모든 점에서 도저히
　　맞설 사람이 못된다는 말.

어지빠르다 푼수에 넘고 처져서 어느 쪽에도 맞지 아니하다. 엇바르다.

어진혼이 나가다 몹시 놀라거나 번거롭고 시끄러워서 맑은 정신을 잃다.

어처구니 뜻밖으로 엄청나게 큰 사람이나 몬.

어허— 이루후어 장원급제한 사람이 사흘 동안 서울거리를 돌며 사람
　　들한테 기림을 받을 때 기생들이 불러주던 노래 후렴.

어홍어하 충남 예산고장 전래 상엿소리 후렴.

어화성 상여꾼들이 상여를 메고 가며 외치는 소리.

억매흥정 당찮은 값으로 억지로 사고팔려는 흥정.

억약부강(抑弱扶強) 힘없는 이를 억누르고 힘 있는 이에게 빌붙는 것으
　　로, 억강부약해야 된다는 사회정의에 맞서는 현실을 말함.

억조창생(億兆蒼生) 수많은 백성百姓.

억지춘향 갈피에 맞지 않아 될 듯 싶지 않은 것을 억지로 함을 이름.

언 발에 오줌 누기 앞을 내다보지 못하는 한때 눈가림을 웃는 말.

언 소반 받들 듯 조심하여 삼가는 몸가짐을 말함.

언 손 불기 부질없는 짓을 이름.

언걸 재앙. 동티. 지실. 언짢은 일. 나쁜 일.

언걸입다 남일로 큰 해코지 입다.

언년이 '어린년'이 줄어든 말로, 잔심부름을 하던 어린 계집아이를 가리키던 말임.

언참(言讖) 여느 때 한 말이 앞날 일에 꼭 들어맞는 것.

언청이 굴회 마시듯 빠져 떨어질까 봐 단숨에 후루룩 마시는 것을 이름.

언턱 1.몬 위에 턱처럼 층이 진 것. 2.언덕 턱.

언턱거리 사달머리, 사단事端. 사단事端거리. 남한테 말썽을 부릴 만한 핑계 턱거리. 실마리.

얻은 장 한번 더 떠먹는다 남 집 음식이 더 맛있어 보인다는 말.

얼간망둥이 말과 몸가짐이 주책없고, 아무 데에나 껑충거리기만 하는 사람 딴 이름. 얼간.

얼금뱅이 마마를 앓아 얼굴에 마마자국이 있는 사람.

얼럭광대 어릿광대 다음에 나오는 정작광대.

얼려 좆 먹이기 처음에는 슬슬 잘 해주었다가 뒤에는 골탕을 먹인다는 뜻. ≒어르고 뺨친다.

얼얼하다 얼떨떨하다.

얼요기 넉넉하지 못한 요기. 대강하는 요기.

얼음에 박 밀듯 거침없이 줄줄 내리 외거나 읽는 것을 이름.

얼음판에 자빠진 쇠눈깔 놀라서 눈을 크게 뜨고 껌벅거리는 것을 이름. 망울이 흐리멍텅한 눈을 크게 뜨고 껌벅거림을 이름. ≒얼음판에 미끄러진 황소눈.

엄뚱여 얼기설기 묶어.

엄발나다 제 마음대로 움직여 벗나가는 낌새가 있다.

엄벙덤벙 줏대 없이 함부로 움직이는 꼴.

엄엄(嚴嚴) 매우 엄한 꼴.

엄장(嚴壯) 풍채 있게 큰 허위대.

엄지굴대 목대잡이.

엄지락총각 떠꺼머리총각. 노총각.

엄지머리 노총각 또는 한뉘를 총각으로 지내는 사람.

엄찌 어음을 쓴 종이.

엄형납고(嚴刑納拷) 엄한 형벌을 받아 관청 다짐에 붙여짐. 다짐: 1.단단히 다져서 틀림없는 대답을 받음. 2.앞서 한 일이나 또는 앞으로 할 일이 틀림없음을 조건을 붙여 말함.

업무(業武) 양반첩 자식으로 무예를 닦아 '선달先達'과 같은 지체가 된 사람.

업세 '별꼴'과 같은 충청도 말. '얼라'와 같은 내폿말.

업어온 중 1.다시 업어다 줄 수도 없고 그렇다고 그냥 두어둘 수도 없는 것이니, 굽도젖도 할 수 없음을 이름. 2.싫으면서도 깔보기 어려운 사람 뜻.

업유(業儒) 양반첩 자식으로 문장을 닦아 '유학幼學'과 같은 지체가 된 사람.

업으나 지나 등에 업으나, 또한 등에 지나 같으니, 이러나 저러나 마찬가지라 할 때 쓰는 말. ≒지나 업으나. 나귀에 짐을 지고 타나 싣고 타나. 외로 지나 바로 지나. 가로 지나 세로 지나. 열고 보나 닫고 보나. 계란이나 달걀이나.

업은 아이 삼이웃 찾는다 가까운데 있음을 잊어버리고 다른 곳에 가 찾는다는 뜻. ≒업은 아이 삼간三間 찾는다.

업저지 어린아이를 업어주던 계집아이.

업혀가는 돼지 눈 잠이 와서 눈이 거슴츠레한 사람을 놀리는 말.

엇두름 힘쓰는 품.

엉그름 차지게 갠 흙바닥이 말라터져서 넓게 벌어진 틈.

엉그름지다 쩍쩍 갈라지다.

엉너릿손 남 마음을 끌기 위하여 어벌쩡하게 서두르는 솜씨. 얼레발.

엎더지며 곱더지다 연해 엎드러지면서 달아나는 꼴을 이름.

엎어지면 궁둥이며 자빠지면 보지뿐이다 몸뚱이 하나만 오직 지니고 있다는 말.

엎어진 김에 쉬어간다 뜻하지 않던 틈을 타서 제가 하려고 하던 일을 이룬다는 뜻. ≒떡 본 김에 제사 지낸다. 활을 당기어 콧물 씻는다. 소매 긴 김에 춤춘다.

엎질러진 물 한번 엎지른 물은 다시 주워담지 못한다.

엎친 데 덮치고 눈 위에 서리친다 어렵고 불행한 일에 다른 불행이 닥친
다는 말. 늑얼어 죽고 데어 죽는다. 눈 위에 서리 친다.

에 헤 다르구 애 헤 다르다 같은 뜻 말이라도 말하기에 따라, 말씨에 따
라 야릇한 다름이 있음을 가리킨 말.

에끼다 서로 주고받은 몬이나 일을 비겨 없애다.

에누리 값을 더 얹어서 부르는 일.

에두르다 둘러막다. 바로 말하지 않고 둘러서 말을 해서 짐작하게 하다.

에멜무지로 1.뒤끝을 바라지 않고 헛일하는 셈으로 해보아. 2.몬을 단
단히 묶지 않은 채로.

에여가다 피해가다. 돌아가다.

에워가다 다른 길로 돌아가다.

여간내기 풋내기.

여뀌 축축한 땅이나 시냇가에서 자라는 한해살이 풀.

여덟 달 반 사람이 어리석고 모자란다는 뜻.

여동대 승려가 귀신에게 주기 위하여 공양 전에 떠놓는 조그마한 밥그릇.

여드레 삶은 호박에 도래송곳 안 들어갈 말 그 말하는 것이 조금도 동이
닿지 않는다는 말.

여리질 손님을 끌어들이는 짓.

여릿군 이지가지 몬을 파는 점방 앞에 섰다가 지나가는 손님을 이끌어
들여 몬을 사게 하고 주인한테서 품삯을 받던 사람. 여리꾼. 열립군
列立軍. 여리꾼이 육의전 네거리에서 사람들에게 "망건 사려우" "풍
잠 사려우" "신이나 초립 사려우"하고 소리쳤음.

여반장(如反掌) 손바닥 뒤집듯이 손쉽다는 말.

여북하여 눈이 머나 괴로움과 쓰라림이 멱에 차서 죽을 자리에 이르렀
음을 뜻함.

여섯때 승려들이 하루를 여섯으로 나누어 염불독경하는 것.

여수비 여우비. 볕이 나 있는 날 잠깐 오다가 그치는 비.

여알(女謁) 대궐 안 정사政事를 어지럽히는 여자.

여원잠 넉넉하지 못한 잠.

여의다 자식이다 동생을 시집장가 보내다.

여제(厲祭) 몹쓸 돌림병에 죽은 귀신에게 드리는 제사.

여창(臚唱) 의식儀式 차례를 적은 것을 소리 높이 읽는 것.

여편네 창구멍을 틀어막듯 1.위험한 일을 맞아 몹시 허둥거리며 곁꾸밈으로 그것을 피하려는 움직임을 이름. 2.급히 밥을 퍼먹는 꼴을 이름. 늑호랑이 보고 창구멍 막기.

여포(呂布) **창날 같다** 매우 날카롭다는 뜻. 여포:『삼국지』에 나오는 맹장.

여필종부(女必從夫) 안해는 반드시 그 지아비를 따라야 한다는 봉건시대 윤리.

역가죄(逆家罪) 집안에서 지켜야 할 사람답게 사는 길을 거슬리는 몹쓸 짓으로, 더구나 양반 사대부가에서 지키는 불문률이었음.

역려지과객(逆旅之過客) 마치 여관 같은 이 세상에 잠깐 머무는 나그네와 같다는 말.

역마살(驛馬煞) 바쁘게 돌아치는 사람한테 끼었다는 나쁜 기운.

역마직성(驛馬直星) 늘 바쁘게 떠돌아다니는 사람을 이름.

역말 역마을. 역참驛站이 있던 마을. 역촌驛村.

〈엮음 수심가〉 1840년대에 기운차게 움직였던 잡가일수雜歌一手 박춘경朴春景 사설. 독수공방이 심란허기루/님을 따러서 갈까보구나/오늘 가구 니얄 가구/모레 가구 글피 가며/나홀을 곱집어 여드레 팔십리(하략)

역쥐다리 약은 꾀를 잘 쓰는 사람. 꾀보.

엮는목 사푼사푼 아주 멋지게 엮어내는 목소리.

연계(軟鷄) 부드러운 닭고기.

연모 무슨 일을 할 때에, 쓰이는 연장이나 재료를 통틀어 연모라고 하나니, 이는 예부터 널리 써 오는 우리말이다. —단기 4281년 2월 15일 문교부에서 펴낸『우리말 도로찾기』에서.

연반군(延燔軍) 장사지내러 갈 때 등을 들고 가는 사람.

연방(蓮榜) 생진과生進科.

연사간(連查間) 사돈끼리 사이.

연상(硯床)·**서판**(書板) 벼루와 붓·먹 등을 넣고 아래칸에 종이를 두게 한 상이다. 뚜껑을 들어서 무릎에 놓고 종이를 얹어 감아쥐고 글씨를 쓰는 받침을 삼기 때문에 '서판'이라고도 한다.

연생이 애틋하고 애처로와 보잘것없는 사람이나 돈.

연시(燕市) 중국 북경 저자.

연재(鍊才) 무예습련武藝習鍊.

연전동이(揀箭童-) 떨어진 화살을 주워 나르던 아이.

연치(年齒) '나이' 높임말. 연세年歲.

연탕 제비알로 끓인 찌개.

연풍대(燕風臺) 보검寶劍 하나.

연호수(烟戶數) 일반민호수. 자연호수.

열 길 물속은 알아도 한 길 사람 속은 모른다 사람 마음은 알아내기 어렵다는 말.

열매 될 곳은 첫삼월버텀 알구 용 될 괴기는 모이철버텀 안다 자라서 크게 될 사람은 어릴 적부터 다르다는 말.

열없다 1.조금 부끄럽다. 2.성질이 묽고 째지 못하다. 3.겁이 많다.

열읍(列邑) 여러 고을.

열이 어울려 밥 한 그릇 열 사람이 조금씩 내어 밥 한 그릇을 이루었다 함이니, 여러 사람이 힘을 조금씩만 내어 모으면 쉽게 없는 사람을 건질 수 있다는 뜻. ≒열의 밥 한 술. 열의 한 술 양이 한 고을 푼푼하다.

열장노불(列莊老佛) 열자·장자·노자·부처.

열적다 열없다. 조금 부끄럽다.

열적은 조금 부끄러운.

열쭝이 아직 날지 못하는 어린 새 새끼.

염객(廉客) 셈평 염알이질 구실을 띤 사람.

염기(廉記) 염찰한 일을 적은 적바림. 염찰廉察: 수령 치적을 살펴보는 것.

염량세태(炎凉世態) 세력이 있을 때는 알랑대며 붙좇고 세력이 없어지면 푸대접하는 세속 인심을 말함.

염소 물똥 누는 것 보았나 있을 리 없는 일을 말할 때 이르는 말.

염찰(廉察) 감사가 관내 고을을 돌며 백성들 살림살이와 고을 수령들이 다스리는 것을 살펴보던 것.

염참것 남녀가 서로 몸을 섞는 것.

엽렵하다 썩 슬기롭고 날렵하다.

엿죽방망이 1.엿을 골 때에 젓는 막대기. 2.하기 쉬운 일을 농으로 하는 말. 엿방망이. 엿죽.

영각 암소를 찾는 황소가 길게 뽑아 우는 소리.

영각(鈴閣) 원.

영감 상투 굵어서는 무얼하나 당줄만 동이면 그만이지 알맞으면 그만 이지 쓸데없이 클 일 없다는 뜻.

영거(領去) 함께 데리고 감.

영계 병아리보다 조금 큰 닭.

영국(贏局) 승국勝局.

영길리(英吉利) 영국.

영묘(英廟) 영조英祖.

영문(榮問) 기림. 치하致賀.

영손(令孫) 남 손자에 대한 경칭. 영포令抱.

영어(穎漁) 쇄국정치를 고집하였던 고종 때 상신 김병국(金炳國, 1825~ 1904) 호.

영옥(營獄) 조선왕조 때 팔도에 하나씩 있던 감영監營 옥.

영외(檻外) 장지로 아래웃칸을 나눴을 때 아랫칸 아랫목에 주인이 앉고 웃칸으로 들어온 손님은 영외서 인사하고 대화하며 허락을 받아야 영내檻內인 아랫칸으로 옮겨갈 수 있었다. ―이훈종『민족생활어 사전』에서.

영저리(營邸吏) 각 감영에 딸려 각 고을과 소식 주고받던 이속. 영주인.

영조대왕 8년 1732년.

영포(令抱) 남의집 손자를 높여 부르는 말. '영손令孫'과 같은 말.

예수(禮數) 1.주객主客이 서로 만나보는 예절. 2.지체에 알맞은 바른 몸 가짐.

예전(禮錢) 인구를 살필 때 받던 급행료.

예포(禮包) 예산 얼안 모두 동학 모임.

옛사람 리말삼은麗末三隱 한 이인 이 색(李穡, 1328~1396).

옛살라비 고향故鄕 태어나서 자란 곳.

오간수(五間水)다리 동대문에서 을지로6가로 가는 성벽 아래에 있던 조
선시대 다리로 5개 수문水門으로 이루어짐.

오군문(五軍門) 조선왕조 뒷녘에 세워졌던 훈련도감·어영청·금위영·
총융청·수어청 5영문.

오그랑망태 아가리에 돌려 꿴 줄로 오그리고 벌리게 된 망태기. 망태기:
가는 새끼나 노로 엮어 만든 그릇. 몬을 담아 들고다니는 데 씀. 망탁
網橐. 망태.

오그랑장사 제게 도리어 밑지는 흥정을 하였다는 뜻으로 쓰이는 말.

오금 팔이나 무릎 구부리는 안쪽. 여느 때 큰소리 하던 사람이 그것과
두동지게 말하는 것을 빌미잡아 살박다. 오금박다. 두동지게: 모순
되게.

오금질·제기차기 택견에서 몸풀기.

오뉴월 겻불도 쬐다 나면 서운하다 그 자리에서는 변변치 않게 생각되
던 것도 없어진 뒤에는 아쉽다는 뜻.

오뉴월 병아리 하루 볕이 무섭다(새롭다) 정이월正二月에 깬 병아리가
자라 오뉴월이 되면 매우 잘 자란다 함이니, 짧은 동안에 자라는 것
다름이 뚜렷하다는 말.

오뉴월 볕은 소리개만 지나도 낫다 볕이 뜨거운 날에는 작으나마 햇빛
을 좀 가려주면 낫다는 말.

오뉴월 자주감투도 팔아먹는다 1.몬을 가리지 않고 모든 것을 다 팔아먹
는다는 뜻. 2.집안 살림이 딱하여 아무것도 팔아먹을 게 없다는 말.

오뉴월 품앗이도 진작 갚으랬다 날짜가 넉넉하다고 해서 오래 끌어갈
것이 아니라 남에게 갚을 것은 미리 갚아야 한다는 말.

오뉴월 하루 볕도 무섭다 잠깐 동안에 생긴 다름이 뚜렷이 보일 때 이르
는 말. ≒오뉴월 병아리 하루 볕이 새롭다.

오는 정이 있어야 가는 정이 있다 1.누구나 잘해주면 그쪽에서도 그만
큼 잘한다는 뜻. 2.남이 저를 생각해 주어야 저도 남을 생각하게 된
다는 말. ≒오는 말이 고와야 가는 말이 곱다. 인정도 품앗이다.

오두방정 호들갑스런 말과 몸짓.

오등친(五等親) 오촌 안쪽.

오디새 개똥지빠귀 비슷한 새.

오라 도둑이나 죄인 두 손을 뒷짐지워 묶는 데 쓰이던 붉고 굵은 줄. 홍줄. 홍사紅絲.

오래 앉으면 새도 살을 맞는다 새가 있기 좋다고 한곳에 너무 오래 있으면 마침내는 살을 맞는다 함이니, 걱정없고 잇속 있는 곳에 너무 오래 있으면 마침내 탈을 잡힌다는 뜻.

오려송편 올벼로 빚은 송편. 오려: 올벼.

오려잡다 올벼를 베다. 일찍 갈걷이 하다.

오롯이 고요하게. 쓸쓸하게. 호젓하게.

오류선생(五柳先生) 중국 진晋나라 때 시인이었던 도연명(陶淵明, 365~427)이 집 울타리에 버드나무 다섯 그루를 심어놓고 스스로 일컬었던 호로, 사람들이 높여 불렀음.

오리문자 문귀文句가 겹치는 것을 나타내는 '乙乙' 따위 글자.

오리정(五里亭) 읍성 밖 5리쯤 되는 곳에 손님을 배웅하기 위하여 세워 두었던 정자.

오리쥐둥이 오리주둥이. 곤방 끝에 달렸던 날카로운 쇠붙이.

오만상 몹시 얼굴을 찌푸린 꼴.

오망종지 볼품없이 작고 못생긴 그릇. '덫' 뜻.

오목조목 군데군데 오목한 꼴. 오목오목. 조금 큰 것과 조금 잔 것이 오목오목하게 섞이어 있는 꼴.

오방장(五方丈) 연두색 길, 색동 소매, 자주색 무, 색동노랑 섶, 분홍색 안섶에 남색 깃과 고름을 단 양반댁 어린이용 웃옷.

오변전(五邊錢) 한 달에 닷 푼 변리.

오보록하다 작은 몬(짧은 풀, 수염, 머리카락, 작은 나무 따위)들이 한데 많이 모여 소복하다. 오복하다. 다보록하다.

오복전조르듯 몹시 지나치게 조르는 꼴.

오사리잡것 이른철 사리에 잡힌 여러 해산물처럼 이놈저놈.

오사바사 성깔이 부드럽고 사근사근한 것.

오성(五星) 목·화·토·금·수성水星.

오수경(烏水鏡) 검정 수정알을 박은 옛 안경.

오언율(五言律) 한 귀마다 다섯자로 된 한시漢詩. 오율五律.

오여발 왼발.

오엽선(梧葉扇) 둘레를 오동나무잎처럼 곡선을 내어 오려내고 꾸민 부채.

오오(嗷嗷)**한 소리** 슬픔에 젖은 뭇사람 소리.

오입쟁이 헌 갓 쓰고 똥누기는 예사라 난봉부리는 오입쟁이라 그가 본 데없는 말을 하는 것은 이상할 것 없다는 말이니, 되지못한 자가 못된 짓을 해도 놀랄 것은 아니라는 말.

오자(吾子) '내 자식'이라는 말이니, 아주 친한 친구를 부를 때 우스개로 쓰는 말.

오자탈주(惡紫奪朱) 자색紫色이 붉은 주색朱色을 망쳐놓음을 미워한다는 말이니, 1.거짓것이 참된 것을 욕보인다는 뜻. 2.소인小人이 현자賢者를 욕보인다는 뜻.

오쟁이 지다 제 안해가 집밖 사내와 몰래 정을 통하다.

오종종하다 얼굴이 작고 옹졸스럽다.

오피리 검정 가죽신.

오형제 부역 용두질. 사내 자위행위.

옥공다리 옥리獄吏.

옥당(玉堂) 홍문관.

옥문(玉門) 여자 생식기.

옥물다 야무지게 꼭 물다.

옥반(玉盤)**에 진주 굴 듯** 깔밋한 목소리를 비긴 말.

옥사장이 옥쇄장匠獄鎖匠. 옥에 갇힌 사람을 지키는 하례下隷. 옥졸. 사장이.

옥새 잘못 구워서 안으로 옥은 기와.

옥성(玉成) 오롯한 인물이 되게 하는 것.

옥정(獄情) 감옥에 들어오게 된 까닭.

옥죄이다 몸 한군데가 아프도록 옥여 죄이다.

옥집 안으로 오그라든 가짜집.

옥천(玉泉) 침.

온바탕 1.그 소리 모두. 2.판소리 열두 마당.

온새미 죄. 모두.

온정(溫井) 땅 속에서 더운물이 솟는 것이나 솟는 데를 이르는 말로, 이제 쓰는 '온천溫泉'은 왜말임.

올 봄 1889년.

올가미 없는 개장사 밑천 없이 하는 장사에 빗대는 말.

올게심니 가장 잘 익은 오곡五穀 목을 골라 뽑아다가 기둥이나 방문 위 또는 벽에 걸어두고 풍년을 빌던 것.

올골질 진저리나게 을러메는 것.

올깎이 신중 일찍 머리를 깎은 여승女僧 통속적인 말.

올림대 놓다 밥숟가락 놓다. 곧 죽다. 올림대: 시상판屍床板.

올림대 숟가락.

올림대 시상판屍床板. 입관入棺하기 전에 시체를 얹어놓는 긴 널.

올망졸망 귀엽게 생긴 작고 또렷한 여러 덩어리가 고르지 않게 벌려 있는 꼴.

올방자 양반다리. 책상다리.

올보리 일찍 익는 벼.

올올(兀兀)히 꼼짝도 하지 않고 똑바로 앉아 있는 꼴.

옴나위 1.몸을 어떻게 놀리는 것. 2.꼼짝할 틈.

옴두꺼비 두꺼비 생김새를 아주 흉하게 일컫는 말. 두꺼비 몸뚱이가 옴딱지 붙은 것같이 보이므로 일컫게 된 말임.

옴뚝가지 1.흉하게 생긴 '옴두꺼비'를 가리키는 충청도 내폿말. 2.옴딱지와 같이 쓸모없고 보잘것없는 것.

옴파리 같다 오목하고 탄탄하고 예쁘다는 말.

옴파리 사기로 만든 아가리가 작고 오목한 그릇.

옴팡간 아주 작은 초가집. 오목하게 들어간 방이라는 말로, 아주 작은 집을 말함.

옹반 옹고집 양반.

옹송그리다 무섭거나 추워서 몸을 청승맞게 옹그리다.

옹송망송하다 정신이 흐려 생각이 잘 떠오르지 않고 흐리멍덩하다.

옹치다 옭히다.

와언(訛言) 1.잘못 옮겨진 말. 2.거짓 떠도는 말. 와설訛說.

완백(完伯) 전라도 관찰사. 전라감사.

완영(完營) 전주감영全州監營.

완월동취(玩月同醉) 달을 벗삼아 같이 취한다.

완자걸이 엇붙임 박자 맺는 솜씨.

완정(完定) 틀림없이 아퀴지어짐.

왈짜(曰子) 1.말투가 얌전하지 못하고 수선스러운 사람. 왈패曰牌. 2.미끈하게 잘생기고 여자를 잘 다루는 못된 무리. 왈짜자식.

왈짜가 망해도 왼다리질 하나는 남고 1.오래 버릇된 것은 좀처럼 떼어버릴 수 없다는 뜻. 2.어떤 것이 망해버리더라도 깡그리 죄다 없어지는 법은 없고 무언가 남는 것이 있다는 말.

왕골미투리 굵게 쪼갠 왕골로 삼은 미투리.

왕둥발가락 올이 굵은 피륙을 가리키던 말.

왕발(王勃, 647~674) 당나라 첫때 시인.

왕방울로 솥 가시듯 왁자지껄하게 떠든다는 말.

왕사(往事) 지나간 일.

왕유(王維, 699~759) 중국 당나라 때 시인·화가.

왕통(王通) 중국 수나라 때 사상가.

왕후장상(王侯將相)**이 씨가 있나** 공들이면 지체가 낮은 사람도 그렇게 될 수 있다는 말.

왜가리새 여울목 넘어다보듯 1.무엇 먹을 것이 없나 하고 넘겨다본다는 말. 2.남에게 보이지 않게 숨어가면서 제 잇속만을 찾는다는 뜻. 왜가리: 해오라기과 새로 개구리·뱀·풀벌레 물고기를 잡아먹음.

왜골 1.허우대가 큰 사람. 2.말투가 얌전하지 못한 사람. ~뼈: 허우대가 크고 말투가 막되어먹은 고집이 센 사람.

왜면 우동.

왜목(倭木) 광목廣木.

왜물(倭物) 왜국 몬.

왜실 왜국에서 들여온 실.

왜장녀 같다 옷매무새가 꼭 짜이지 못하고 깔끔하지 못함을 이르는 말.

왜장녀: 우리나라 가면극인 산대극山臺劇에 나오는 여자.

왜쟁개비 철판으로 된 구이판.

왜증(倭繪) 바탕이 얇은 주사니것 한가지. 주사니것: 명주明紬붙이.

왜청 당청唐靑보다 검은빛을 띤 푸른빛 물감.

왜학(倭學) 왜국어.

외갓집 들어가듯 제집에 들어가듯 거리낌없이 쉽게 들어감을 뜻함.

외기러기 짝사랑 짝사랑하는 사람을 놀리는 말.

외눈박이 남자 생식기. 자지. 좆.

외대머리 제대로 혼례를 하지 아니하고 머리를 쪽찐 기생·갈보 따위.

외로지나 바로지나 이렇게 하나 저렇게 하나 마찬가지라는 뜻.

외마치장단 북이나 장구를 높낮이나 박자가 바뀜없이 지루하게 치는
  장단.

외목장사 혼자만 도차지하여 파는 장사.

외밀이 흔히 창바라지 안쪽에 달아 하나의 홈을 써서 외쪽으로 두껍집
  속으로 밀어넣어 열었다 끌어내어 닫게 된 것이 '외쪽미닫이', 곧 외
  밀이임.

외상 한사람 몫으로 차린 음식상. 독상獨床.

외손 한쪽 손.

외손뼉이 못 울고 한 다리로 가지 못한다 손뼉은 둘이 맞아야 울리고 다
  리는 둘이 있어야 갈 수 있다 함이니, 서로 호상하여서 할 것은 혼자
  서는 못한다는 말.

외손뼉이 혼자서 울랴 1.맞선이 없는 다툼이 없다는 뜻. 2.일은 혼자서
  만 하여 잘되는 것이 아니라는 뜻.

외손잡이 1.손으로 하는 일에 한쪽 손이 익은 사람. 2.씨름할 때 힘이 세
  거나 재주가 많은 사람이 한손은 뒤로 접고 한손으로만 하는 일.

외손질 한쪽 손만 쓰는 것.

외오 나쁘게 여김. 나쁘게 생각함.

외올뜨기 여러 겹으로 겹치지 아니한 단 하나만 올로 뜬 것.

외자 가짜. 정혼한 데도 없이 상투만 짜 올린 것. 외자상투.

외자욱길 사람 한이가 겨우 지나갈만 하게 좁은 길.

외착(外着)나다 셈이 틀려지다.

외코 아무 꾸밈이 없는 민짜로 첩妾이나 기생妓生들이 신던 신.

외톨밤이 벌레가 먹다 마땅히 똑똑하고 틀림없어야 할 것이 그렇지 못하고 허술할 때에 이르는 말.

왼고개를 치는 1.퇴짜놓는. 2.거절拒絶하는.

왼구비 쏜 화살이 높이 떠가는 꼴.

왼발 구르고 침 뱉는다 무슨 일에나 처음에는 앞장섰다가 곧 꽁무니를 빼는 사람을 두고 이름.

왼새끼를 꼬다 비비 꼬아서 말하거나 비아냥거리다. 매우 걱정하거나 조심해서 말짓함을 이름.

왼손으로 사양하고 오른손으로 받다 채변하는 체하면서 덥썩 받는 것.

욀총 잘 외워 새겨두는 총기聰氣. 욀 재주.

요(徭) 부역 · 진상물 · 잡세 따위.

요강 뚜껑으로 물 떠먹은 셈 별일은 없으리라고 생각하면서도 꺼림칙할 때 이르는 말.

요강(溺繲) · 타구(唾口) 타구는 가래를 뱉아 받는 그릇이고, 요강엔 오줌을 누는데, 바지 가랑이에 넣고 누어서 내놓으면, 상노床奴가 즉시 들어다 닦아서 들여놓기 때문에, 일반용보다 아주 작게 만든다.

요령(搖鈴) 도둑놈 생김새가 흉악스럽고 눈알이 커서 늘 눈을 부라리고 있는 사람을 이름.

요로시이 '좋다'라는 왜말임.

요번 식년(式年) 인신사해寅申巳亥가 든 해 7월 초하룻날 각 고을에서는 호적청을 설치하고 인구 조사를 하였는데, 1893년인 계사년癸巳年이 이에 당해됨.

요분질 몸을 섞을 때 여자가 남자한테 좋은 느낌을 주려고 몸을 요리조리 움직여 놀리는 일.

요조숙녀(窈窕淑女) 성질이 조용하고 얌전한 여자.

욕창 곤장 따위로 매맞은 자리가 아물지 않고 생채기가 생기는 것.

용고뚜리 담배를 지나치게 많이 피우는 사람. 골초.

용고뚜리질 줄담배질.

용대기(龍大旗) 임금 거둥 때 앞장서던 큰 기. 거둥: 임금 나들이.

용도(龍韜) 『육도六韜』제삼편 이름.

용두(龍頭) 문과장원文科壯元.

용두질 사내 자위행위

용둔한 미련한.

용모파기(容貌疤記) 어떠한 사람을 잡고자 그 사람 생김새와 남다른 티를 적발이 함. 또는 그 적발이.

용미(龍尾)**에 범 앉은 것 같다** 드레가 일어남을 억누르는 듯한 모습 사람을 두고 하는 말. 드레: 위엄威嚴.

용방(龍榜) 문과文科.

용사비등(龍蛇飛騰) 용이 날아오르듯 살아 움직이는 것처럼 매우 잘 쓴 힘찬 글씨.

용수 술이나 장을 거르는 데 쓰던 싸리 또는 대로 만든 둥글고 긴 통.

용수뒤 용수를 박아 맑은술을 떠낸 뒤 찌기 술.

용자창(用字窓) 가로살 두 개와 세로살 한 개를 '用'자 꼴로 창살을 성기게 대어 짠 창.

용천병 문둥병. 나병.

용춤 추이다 남을 추어 올려서 시키는 대로 움직이게 만들다.

용코없다 하릴없다. 어떻게 할 수가 없다.

용혹무괴(容或無怪) 어쩌다가 그럴 수도 있으므로 야릇할 것이 없는 것.

우각(牛角)**테 꺾기다리 안경** 쇠뿔로 만들어 반으로 접을 수 있게 된 것을 말함. 쇠뿔 하나로는 흔히 안경테 한 벌을 만들 수 있었는데, 밤빛깔이 고르게 퍼져 있는 암소뿔로 거의 만들어졌음.

우굿우굿하게 여러 군데가 안쪽으로 욱어 있는. 욱다: 안으로 우그러져 있다.

우굿하다 다옥하게 우거져 있다. 다옥: 무성茂盛.

우대 서울 돌구멍 안 서북쪽에 자리한 동네로 인왕산仁王山 언저리 곳임.

우두망찰 갑자기 닥친 일에 정신이 얼떨떨하여 할 바를 모름.

우둔우둔 두렵거나 무서워 가슴이 두근거리는 꼴.

우량하이 '순록馴鹿 치기'라는 말로, '오랑캐' 본딧말.

우렁우렁 소리가 아주 크게 울리는 꼴.

우렁잇속 속이 까다로와 헤아리기 어려운 일을 빗대는 말.

우레 꿩 사냥할 때 입에 넣고 불어서 수컷이 암컷을 부르는 소리처럼 낼 수 있게 된 몬으로, 거의 살구씨나 복숭아씨에 구멍을 뚫어 만들었음.

우멍거지 포경包莖.

우멍낫 두메산골에서 나뭇가지도 아울러 깎는 묵직한 조선낫으로, 굵지 않은 나무를 치기에는 도끼보다도 손쉬웠음.

우물에 가 숭늉을 찾는다 일 차례도 모르고 성급히 덤빈다는 뜻.

우미인(虞美人) 항우 정인. 항우(項羽, BC 232~BC 202)가 중국 안휘성 해하垓下에서 유방劉邦 군사한테 둘러싸였을 때, 항우가 읊는 시에 맞추어 춤을 추어 정인을 북돋워 준 다음, 오강烏江에 몸을 던진 빼어난 일색一色이었다고 함.

우바이(優婆夷) 불교佛敎를 믿는 여자.

우세 남한테 비웃음을 받는 것.

우수리 몬 값을 제하고 거슬러 받는 잔돈.

우조(羽調) 판소리나 산조에 쓰이는 음악 꼴 하나로 웅건하면서도 따뜻한 소리.

우족(右族) 사대부士大夫 가문家門.

우중(禺中) 사시巳時. 상오 9~11시.

우집다 나지리보다. 얕잡다.

우춘대(禹春大)·**하한담**(河漢譚)·**최선달·권생원** 영말정초英末正初 명창.

우행길(禹行吉) 한길에서 낳았대서 지어진 이름임.

우황(牛黃) 쇠쓸개에 병으로 생기는 뭉친 몬.

욱기 욱하고 치솟는 성깔. 사납고 팔팔한 성깔.

욱대기다 1.몹시 딱딱거리다. 2.우락부락하게 을러대다. 3.억지를 부려 멋대로 해내다.

욱동이 앞뒤를 재지 못하는 성미 급한 사람.

운권천청(雲捲天晴) 구름이 걷히고 하늘이 맑게 갠다는 뜻으로, 병이나 근심걱정이 씻은 듯 없어진다는 뜻.

운남(雲南) 바둑 알쏭달쏭하여 갈피잡기 어렵다는 뜻.

운대(雲臺) 중국 후한 명제 때 공신 28인 초상을 걸어두던 곳.

운두 그릇이나 신발 같은 몬 둘레 높이.

운봉이 (어디 있어) 내 마음을 알지 누가 제 속마음을 알아준다는 뜻으로 이름.

『운부군옥(韻府群玉)』 한시漢詩를 짓는 데 쓰여지던 도움책.

운빈화안(雲鬢花顔) 탐스러운 귀밑머리와 얼굴이 아름다움.

운수가 사나우면 짖던 개도 안 짖는다 운수가 나빠 일이 잘 안되려면 잘되던 일도 제대로 되지 않는다는 말.

운자(韻字) 한시를 지을 때 운으로 다는 글자. 한시 첫머리 글자.

운종가(雲從街) 조선왕조 때 서울 거리 이름으로 이제 종각鐘閣에서 종로鐘路4가까지 한바닥이었음.

울고 싶자 때려주는 무슨 일을 하고 싶으나 마땅한 구실이 없어 못하다가 때마침 좋은 핑곗거리가 생긴다는 말.

울골질 지긋지긋하게 으르며 덤비는 일.

울근불근 서로 으르대며 감정 사납게 맞서서 지내는 꼴.

울근불근하다 으르대며 감정 사납게 맞서다.

울대뼈 앞 목에 두드러져 나온 뼈.

울뚝 성미가 급해 참지 못하고 말과 행동을 마구 우악스럽게 하는 꼴. 뻴. 불뚝.

울력걸음에 봉충다리 여러 사람이 함께 걸을 때 절름발이도 덩달아 걸을 수 있다 함이니, 여럿이 함께하는 바람에 여느 때 못하던 사람도 얼추 할 수 있게 됨을 이름. 봉충다리: 사람이나 몬 한쪽 다리가 짧음을 이르는 말.

울며 겨자먹기 싫은 일을 좋은 척하고 억지로 하지 않을 수 없는 자리를 이름.

울바자 대·갈대·수수깡 따위로 발처럼 엮거나 결은 몬인 '바자'로 막은 울타리.

울바자가 흩어지면 이웃집 가이가 드나든다 제게 모자란 데가 있어 남이 그것을 알고 업신여긴다는 말.

움집 사람이 사는 움으로, 움막보다는 조금 큰 토막土幕. 움막: 우묵하게 땅을 파고 위를 덮은 것.

웃대님 무릎 바로 밑에 매는 대님. 중대님.

웃봉지 개짐 넣어둔 봉지 아가리.

웃비 걷힌 아직 빗기는 있으나 죽죽 내리다가 잠깐 비가 그친. 웃비: 한창 내리다가 잠깐 그친 비.

웃음가마리 남 웃음거리가 되는 사람.

웅글다 소리가 웅숭깊고 우렁우렁 울리는 힘이 크다.

웅긋쭝긋 굵고 잔 여럿이 군데군데 고르지 않게 머리가 쑥쑥 불거진 꼴.

웅주거목(雄州巨牧) 큰 고을.

워낭 마소 턱 아래 늘어뜨린 쇠고리. 또는 마소 귀에서 턱 밑으로 늘여단 방울.

원교(員嶠) 이광사(李匡師, 1705~1777). 조선서풍朝鮮書風을 세운 조선왕조 뒷녘 명필.

원님 덕에 나팔(나발)이라 훌륭한 사람을 따르다가 그 덕으로 분에 넘치는 영광을 입었다 함이니, 다른 사람이 좋은 대접을 받게 되어 저까지 따라 좋은 대접을 받게 되었다는 뜻으로 하는 말. 늑사또 덕분에 나팔(나발) 분다.

원범(原犯) 형률刑律에서 잘못을 저지른 사람.

원습(原隰) '원原'은 높고 마른땅이고, '습隰'은 낮고 축축한 땅.

원정(原情) 백성들이 관아에 사정을 말로 하소연하던 것. 산송山訟이 주를 이루었던 소지 하나.

원척(元隻) 원元은 원고原告, 척隻은 피고被告.

원총(原總) 각 고을 하나치로 호조에 올라 있던 법제호 총수.

원행(遠行) 나선 먼길 나선.

월품 살피. 경계境界.

월하노인(月下老人) 내외內外 인연을 맺어준다는 옛말 노인. 중매쟁이.

월헝축청 옆눈 팔지 않고 후다닥 닿듯이 걸어가는 꼴.

위경(危境) 아슬아슬한 경우. 바드러운 처지.

「위기십결(圍棋十訣)」 중국 당나라 때 문인 왕적신王積薪이 지은 바둑 격언. 바둑에 대한 글.

위초비위조(爲楚非爲趙) 겉으로는 위하는 체하고 속내평은 딴짓을 하는 것을 이름. 웃고 사람 친다.

윗수 상수上手. '고수高手'는 왜말임.

유개(流丐) 거지.

유건(儒巾) 공자맹자 가르침을 닦는 선비들이 헝겁 따위로 만들어 머리에 쓰던 것. 여늬 때는 접어두었는데 접을 때 흔히 집어넣는 데를 끌어내 굳혀서 귀가 뛰쳐나온 것이 색달랐음. 조심스러울 때 벗겨져 예에 어긋나게 될까봐 턱에 매는 끈을 달기도 하였음.

유경천위지재(唯驚天偉地才) 하늘과 땅을 놀라게 할 재주.

유대치(劉大致) 개화운동 길잡이였던 유홍기(劉鴻基·洪基, 1831~?). 중인계급인 의원醫員으로 친구인 역관 오경석(吳慶錫, 1831~1879)이 청나라에서 가져온 『해국도지海國圖誌』『영환지략瀛環誌略』 같은 책을 보며 신학문에 눈을 떠 김옥균金玉均·박영효朴泳孝·서광범徐光範 같은 젊은 정치인들에게 개화사상을 불어넣으며 갑신거의甲申擧義를 목대잡았다가 무너지자 자취를 감추었음. 한양유씨 집안에서는 참선수행을 한다며 지평砥平 용문산龍門山으로 갔다고 함.

유맹(流氓) 난세亂世 또는 관官에서 그악하게 빼앗아 가는 것에 견디지 못하여 옛살라비를 떠나 다른 고장에 떠도는 백성.

유명(有名)**짜하다** '유명하다'를 힘 있게 쓰는 말.

유불가도(有不可道) 이루 말할 수 없는 것.

유시부(有是父)**에 유시자**(有是子) 그 아비에 그 아들이라는 말.

유시장(有是將)**에 유시마**(有是馬) 이 장수에 이 말.

유시호(有時乎) 어떤 때에는, 더러 가다가는.

유식발명(有識發明) 유식한 티를 내는 것.

유엽갑(柳葉甲) 얼추 두 치 제곱 쇠로 만든 미늘에 검은칠을 하여 녹비로 얽어서 만든 갑옷. 미늘: 갑옷에 단 비늘잎 꼴 가죽조각이나 쇳조각.

유자광(柳子光, ?~1512) 예종·성종·연산군·중종 4대에 걸쳐 저보다 뛰어난 인물을 올가미 씌워 죽임으로써 부귀와 영화를 누렸던 조선왕조 최대 이른바 '간신'으로 꼽히는 사람인데, 그 비틀린 바탕에 또아리 튼 것은 '사점백이'라는 맺힌마음이었음. 이씨조선에 대한 이들 맺힌마음이 얼마나 깊었던가는 왜제시대 여진족 뒷자손들과 함께 가장 많은 친일파를 내는 것으로 드러났음.

유자오시(儒子午時) **불자사시**(佛子巳時) 유생儒生은 낮 12시에 점심을 먹지만 승려僧侶는 상오上午 11시에 먹는다는 말.

유적(儒籍) 조선왕조 때 유생들 가계·학통·종파 따위를 적어놓았던 문부. 문부文簿: 뒤에 살펴볼 문서나 장부. 문서文書. 문안文案. 문적文籍.

유정(酉正) 하오下午 6시.

유품(儒品) 선비.

유학(幼學) 벼슬하지 아니한 유생儒生.

육경(六經) 역경易經·서경書經·시경詩經·춘추春秋·예기禮記·악기樂記. '예기' 대신에 '주례周禮'를 넣기도 함.

육담(肉談) 살꽃이야기처럼 던지러운 말.

육모매질 팔과 머리를 뒤에서 엇갈리게 꽉 묶고 사금파리 위에 무릎을 꿇린 뒤 양쪽에서 다리를 두들겨 패던 것.

육모얼레 여섯모꼴 얼레. 나무설주로 네 기둥을 맞추고 가운데에 자루를 박아 실을 감아 연을 날리는 데 쓰는 연모.

육자배기 남녘땅에서 널리 불려지던 잡가 하나.

육자배기목 육자배기 창조같이 애련한 탄식조 목소리.

육장치다 한 달에 여섯 차례씩 열리는 장을 돌아다니며 보는 것. 항상恒常. 늘.

육적꼬지 제사나 잔치에 쓰려고 고기산적을 대꼬챙이에 꿰어두는 것.

육조시모(六曹時毛) 정가소식.

육혈포(六穴砲) 탄알을 재는 구멍이 여섯 개였던 구식 권총.

육환장(六環杖) 수행자修行者가 닦아야 할 육바라밀六波羅蜜을 나타내는 여섯 개 방울 단 지팡이.

윤척(倫脊)**없다** 이말저말 되는대로 지껄여 줄거리가 되는 요점이 없다.

윤행님(尹行恁, 1762~1801) 정조 6년인 1782년 문과에 올라 규장각奎章閣 직각直閣이 된 노론 시파時派로 정조 믿음이 두터웠음. 정순왕후貞

純王后가 시파를 내치고자 일으킨 신유박해辛酉迫害 때 목이 잘렸음.

으등그려붙이다 우그러뜨리고 비틀어지다. 잔뜩 찌푸리다.

으르딱딱거리다 잇달아서 을러대며 딱딱거리다.

으스름 멀리 있는 것들이 보일 듯 말 듯 할 만큼 어둠.

은결(隱結) 양안量案에 올리지 않고 사사로이 가꾸는 땅.

은동거리 은물부리.

은사죽음 마땅히 들어나서 보람이 있어야 할 일이 나타나지 않고 마는 일.

은산철벽(銀山鐵壁) 은으로 된 산과 쇠로 된 벽이라는 말로, 뚫고나갈 수 없는 셈평을 말함.

은연통(銀煙筒) 은으로 물부리를 만든 담뱃대.

은일(隱逸) 1.세상을 멀리하고 숨음. 또는 그런 사람. 2.숨은 문장文章으로 임금이 더구나 벼슬을 준 사람.

은짬 그윽한 대목.

을[孼] 얼. 1.밖으로 드러난 흠. 2.탈. 3.언걸.

을야(乙夜) 오야五夜 둘째. 곧 하오下午 9시부터 11시까지. 이경二更.

음도(蔭塗) 공신功臣자손으로 과거를 거치지 않고 벼슬자리에 나가는 것. 남행南行.

음양술수(陰陽術數) 음양오행으로 천지만물 갈피를 헤아려보는 것.

음양지리(陰陽之理) 음양에 대한 이치, 곧 암컷과 수컷 사이 갈피.

음전하다 말이나 몸짓이 곱고 점잖다.

음지(陰地)가 양지(陽地)되고 양지가 음지 된다 운이 나쁜 사람도 좋은 수를 만날 수 있고, 운 좋은 사람도 늘 좋기만 하는 것이 아니라 어려운 때가 있다는 말이니, 세상일은 늘 돌고 돈다는 뜻. 늑부귀변천富貴變遷이 물레바퀴 돌듯 한다. 귀천궁달貴賤窮達이 수레바퀴다.

음창벌레 아낙네 살꽃에 나는 부스럼벌레라는 말로, 가장 끔찍한 욕임.

음특(淫慝) 음충맞고 잔꾀 많음.

읍에서 매맞고 장거리에서 눈흘긴다 욕을 당한 그 자리에서는 말 한마디 못하고 다른 곳에 가서 엉뚱하게 화풀이하는 짓을 두고 하는 말.

읍재(邑宰) 군수.

『읍총기(邑摠記)』 그 고을 이제 꼴을 적어놓은 책.

응교(應教) 1.홍문관 정사품 버슬. 2.홍문관 직제학直提學 아래 교리校理 가운데서 아울러 맡던 예문관藝文館 한 버슬.

응달에 승앗대 그늘에서 자란 승아 줄기라 함이니, 몸이 가늘고 키만 크며 실없이 멀쑥하기만 한 사람을 이름. 승아: 여뀌과에 딸린 풀로 들에 절로 나며 맛이 시큼함.

의걸이장 위는 웃옷을 걸어두고 아래는 미닫이 꼴로 옷을 개어 넣게 된 장.

의대용(衣襨用) **토주**(吐紬) 임금 옷을 만들 옷길 주사니것.

의뜻 같은 말인 의意와 뜻을 겹쳐 쓰고 있으니, '마음' 또는 '생각'을 그루박을 때 씀. 그루박다: 강조强調하다.

의뭉하기는 음창벌레라 겉으로는 아주 어리석은 체하면서도 속셈은 깐깐함을 이름.

의뭉한 두꺼비 옛말한다 의뭉한 사람이 남말이나 옛말을 끌어다가 제 속말을 한다는 뜻.

의송(議送) 인민이 원한테 패소敗訴하여 다시 관찰사觀察使에게 발괄하던 일.

의주파발도 똥눌 새는 있다 아무리 바쁠 때라도 잠깐 쉴 틈은 있다는 말.

의지가지없다 조금도 기댈 곳이 없다.

의호(宜乎) 마땅히. 마땅한 꼴.

이건창(李建昌, 1852~1898) 고종 때 문신으로 대문장가. 15살인 1866년 별시문과에 병과로 급제한 천재로 29살 때 암행어사가 되어 썩고 병든 공다리들 간을 졸이게 하였으나, 갑오왜란을 겪으며 버슬길에 나가지 않았음. 병인양요 때 77살로 자진自盡한 할아버지 시원是遠 뜻을 받들어 빈틈없는 척왜척양주의자로 살며, 당쟁 실마리와 펼쳐나간 길을 줄밑걷어간 『당의통략黨議通略』을 남겼음. 호 영재寧齋. 명미당明美堂.

이구 열여덟.

이궁안 거리 서울 종로 2가에서 수표교 사이.

이날치(李捺致) 1820~1892년 사이 명창.

이내 해질 무렵에 멀리 보이는 푸르스름하고 흐릿한 낌새.

이냥 이대로 내처. 보이는 꼴 그대로.

이녁 하오할 사람을 마주 대하여 낮게 일컫던 말.

이뉘 이승. 이 세상.

이니 '이 사람' 내폿말.

이동백(李東伯) 1865~1950년 사이 명창.

이두(李杜) 중국 당 시인 이백李白과 두보杜甫.

이랑이 고랑 되고 고랑이 이랑 되기 잘살던 사람이 못살게도 되고 못 살던 사람이 잘살게도 된다는 말. 늘음지가 양지 되고 양지가 음지 된다.

이륙(二六) 열두 살.

이름 좋은 하눌타리 이름만은 매우 좋으나 진짜는 아무것도 없다는 말.

이리 해라 저리 해라 종잡을 수 없는 명령을 말함.

이마에 송곳을 박아도 진물 한점 안 난다 매우 다라운 사람을 두고 하는 말.

이맛전 이마 넓은 어섯. 또는 이마 언저리.

이맹상(李孟常) 1413년 강릉대도호부 판관判官이었음.

이문(移文) 같은 자리에 있는 관청끼리 주고받던 공문서. 이移. 때로는 격檄과 더불어 포고문布告文 성격을 띠기도 했는데, 중국 한대漢代부 터 내려와 전해진 공문서 가운데 한가지.

이문원(李文源, 1740~1794) 영조 47년인 1771년 문과에 올라 정조 끝무 렵까지 공·이·병·예조 판서를 지내었음.

이미 엎질러진 물 저질러진 사달.

이부(耳部) '임금 귀'를 가리키는 궁중 말.

이부지자(二父之子) 두 아비 자식이라는 뜻으로, 맹서치는 다짐말.

이쁘동이 귀엽게 생긴 어린아이. 손자를 귀여워해서 부르던 말.

이산해(李山海, 1539~1609) 선조宣祖 때 정승.

이상가리(利上加利) 변리 위에 변리를 더하고 변리 속에서 변리가 생긴 다는 뜻으로, '복리複利'를 말함. 이중생리. 이중지리.

이 성(李祘) '祘'자는 '살필 성'으로 읽고 써야 하며, '산가지 산'으로 읽 고 써서는 안 됨. 영조英祖 35년인 1759년 기묘己卯에 세자시강원인 춘방장春坊藏에서 펴낸『전운옥편全韻玉篇』에 나옴.

이세춘(李世春)·**김철석**(金哲石)·**유우춘**(柳遇春)·**호궁기**(扈宮其) 영정

英正시대 유명한 풍류객風流客.

이실(貳室)　두 번째 장가들어 맞은 안해. 후취後娶.

이야지야하다　'이것이야 저것이야' 하다.

이엉　지붕이나 담을 이는 데 쓰려고 엮은 짚.

이에　살피. 어름. 이에짬. 잇짬. 설미. 경계境界.

이에짬　두 몬을 맞붙여 잇는 짬. 몬: 물건. 짬: 틈.

이영재(李寧齋) **이부호군**(李副護軍)　이건창(李建昌, 1852~1898). 열다섯 살에 문과에 오른 천재로 글씨와 고문古文에 막힘없었던 문장이었음. 암행어사로 이름을 떨치기도 하였으나 정치보다는 학문에 힘을 쏟아 우리나라 당쟁 역사를 밝힌『당의통략黨議通略』을 지었고, 병인양요를 맞아 강화에서 자진한 할아버지 정헌대부正憲大夫 이시원李是遠 뜻을 받들었던 빈틈없는 척양주의자斥洋主義者였음.

이오(二五)　열 살.

이우명(二牛鳴)　두 마리 소가 잇따라서 우는 소리가 들릴 만한 거리. 2킬로쯤.

이옥하다　느낌이 은근하다. 또는 뜻이나 생각이 깊다.

이제　1893년.

이죽거리다　지저분한 말을 능청스럽게 지껄이다.

이중당(李中堂)　원세개(遠世凱, 1859~1916).

이중생리(利中生利)　복리複利. 겹변. 겹길미.

이지가지　일몬 수가 많은 종내기. 이것저것. 여러 가지. 일몬: 사물事物.

이징가미　질그릇 깨어진 것.

이징옥(李澄玉, ?~1453)　세조世祖 때 장군.

이칠(二七)　열네 살.

이틀거리　이틀 걸려서 갑자기 일어나 좀처럼 낫지 아니하는 학질 한가지. 당고금. 이일학二日瘧. 노학老瘧. 당학唐瘧. 해학痎瘧.

이틀거리　이틀만큼씩 걸려 앓는 학질.

이판사판(理判事判)　본디는 수도승修道僧과 살림중을 가리키는 말이나, '죽기 아니면 살기'라는 식으로 어떤 굳은 다짐을 할 때 쓰는 말임.

이팔　열여섯 살.

이하부정관(李下不整冠) 오얏나무 아래서는 갓끈을 고쳐매지 말라.

이현령비현령 귀에 걸면 귀고리 코에 걸면 코걸이.

이화상(李和尙) 개화승開化僧 이동인李東仁. 범어사梵魚寺 중으로 서울 봉원사奉元寺에서 개화선비들과 어울리며 1879년쯤 김옥균金玉均 도움으로 왜국에 밀항, 후쿠자와 유키치福澤諭吉들과 사귀며 신문물을 들여왔는데, 1881년 신사유람단 꾀꾼으로 왜국에 가 군함을 들여오려다 그르친 다음 사라졌으니, 수구파守舊派에서 없애버린 것으로 보임.

이회(理會) 갈피를 알게됨. 찾아내서 밝힘.

익임벌 연습. 연습조.

익주자사(益州刺史) **원을 하여 삼도몽**(三刀夢)**을 꾸려니** 출세를 게염내다.

인궤(印櫃) 관아에서 쓰던 도장을 넣어두던 궤. 인뒤웅이. 수령이 움직일 때면 통인通引이 꼭 인뒤웅이를 들고 뒤따랐음.

인내장에 콩 팔러 갔다 죽었다는 말.

인두겁 사람 탈. 사람 겉 꼴.

인뒤웅이 관아에서 쓰는 도장을 넣어두는 궤. 인뚱이.

인물치레 판소리 광대 첫째 감목 조건으로 잘생겨야 하는 것을 꼽은 신재효申在孝 판소리 광대론廣大論.

인불 으슥한 산소나 진펄 같은 데서 스스로 일어나는 불빛으로, 떠돌던 인燐이 겉불꽃이 되면서 푸른빛을 띠어 보임. 도개비불.

인성붓재 이제 서울 중구 인현동 1가와 2가에 걸쳐 있던 고개.

인의(引儀) 조정 의례儀禮를 치러나가던 통례원通禮院 종육품 문관.

인정(人定) 밤 10시에 종루에서 쇠북을 28번 쳐 통행을 금지시키던 것.

인정(人情)**도 품앗이라** 사람을 생각해 주는 것도 서로 번갈아 가면서 해야 한다 함이니, 남도 나를 생각해야 나도 그를 생각하게 된다는 말. 늑오는 정이 있어야 가는 정이 있다.

인정전(人情錢) 고맙다는 뜻으로 주던 많지 않은 돈.

인지(人質) '인지'라고 읽어야 하며, '볼모'라는 뜻. 質: 전당잡는집 지.

인짐승 못된 인간.

인촌(燐寸) 범어사梵魚寺 출신 개화승이었던 이동인李東仁 스님이 김옥균金玉均 도움으로 왜국에 몰래 들어가 가져왔다는 성냥이라고 함.

일(溢) 무승부無勝負.

일가달영야(一歌達永夜) '한 노래로 긴 밤 새울까'라는 뜻 사대부계급 문자.

일구월심(日久月深) 날이 오래고 달이 깊어짐.

1백관 1천냥.

일매지다 모두 다 고르고 가지런하다.

일부당관(一夫當關) **만부막개**(萬夫莫開) 한사람이 지키면 만사람이 열 수 없다 함은 지나가기 매우 감사납다는 뜻.

일분부시행(一吩咐施行) 한 번 이르는 대로 곧 들어 행함. 일분부거행─吩咐擧行.

일색(一色) 뛰어나게 아름다운 여인. '미인美人'은 왜말임.

일송삼백(日誦三百) 하루에 삼백자를 외우는 것. 예전에 일송삼천日誦三千하는 대천재도 있었다지만, 일송삼백이면 뛰어난 천재였음.

일식(一息) 한 차례 음식을 먹을 만한 동안으로, 30리.

일우명(一牛鳴) 소 한 번 울음소리가 들릴 만한 거리. 천보千步, 곧 1.8킬로쯤.

일우명(一牛鳴) 소 한울음 소리가 들리는 거리. 곧 천보千步쯤.

일이관지(一以貫之) 한 갈피로써 모든 일을 꿰뚫음.

일일삼성(一日三省) 하루에도 세 번씩 되돌아 살펴본다는 뜻.

일일시호일(日日是好日) 날마다 좋은 날이라는 말.

일입(日入) 유시酉時. 하오 5~7시.

일정지심(一貞之心) 한가지만을 생각하는 곧은 마음.

일중(日中) 오시午時. 상오 11~하오 2시.

일직사자(日直使者) 하룻만에 잡아간다는 염라대왕 심부름꾼.

일질(日昳) 미시未時. 하오 1~3시.

일출(日出) 묘시卯時. 상오 5~7시.

일패기생 예술적 재주가 뛰어났던 일류기생.

일포(日哺) 신시申時. 하오 3~5시.

일해대사(一海大師) 서장옥(徐璋玉, 1852~1900) 동학 2세 교주인 최해월崔海月보다 먼저 일떠섰던 서포徐布 서장옥은 혁명승려 동아리인

'당취' 이끌고 동학 그늘대 속으로 들어가 거세차게 왜제와 싸웠으나 우금고개 싸움에서 무너진 다음 자취를 감추었음. 그리고 6년 뒤 충청도 속리산에서 다시 일떠서려다 잡혀 자리개미 당하니, 이른바 역사에 적바림된 마지막 미륵당취였음.

일호차착(一毫差錯) 아주 작은 잘못. 또는 어긋남.

임금 한갓되이 선한 것은 악보다도 못하다 함이니, 너무 착하기만 하고 두름성이 조금도 없는 것을 비웃을 말. '도선徒善이 불여악不如惡'이라는 문자가 생겼다는 고종高宗을 이름.

임꺽정 조선왕조 명종明宗 때 의적 임거질정(林巨叱正, ?~1562).

임백호(林白湖) 선조 때 시인 임 제(林悌, 1549~1587).

임존(任存) **옛성** '임존'은 '님이 계신 곳'이라는 말이니, 백제 장수들이 의자왕 아들 가운데 하나인 풍豊 왕자를 왜국에서 데려와 백제 광복 깃발을 올렸던 것임. 후백제군이 차지했던 멧잣으로 충남 예산군 대흥면 봉수산에 있음.

임헌회(任憲晦, 1811~1876) 이기이원론理氣二元論을 내치고 기氣가 낫다는 것을 내대는 주기론자主氣論者로 천주학天主學을 힘껏 내쳤던 성리학자였음.

임형수(林亨秀, 1504~1547) 중종中宗 30년인 1535년 문과급제하여 뛰어난 학문과 문장으로 부제학副提學을 지냈고, 1545년 명종明宗이 왕이 되면서 왕 삼촌인 윤원형尹元衡이 일으킨 을사사화乙巳士禍에 제주목사로 쫓겨갔다가 파면되었으며, 1547년 대윤大尹 남은 무리로 몰려 죽임당하였음.

입내 소리나 말로써 내는 흉내.

입농사 아는 집에서 밥을 먹는 것.

입매 음식을 조금 먹어 시장기나 겨우 면하는 것.

입맷상 큰상을 내오기 전에 먼저 간동히 차리어 내오는 음식상.

입성 '옷' 저잣바닥 말.

입성치레 옷차림.

입에 맞는 떡 마음에 꼭 드는 몬이나 일을 가리킴.

입이 여럿이면 금도 녹인다·천인이 찢으면 천금이 녹구 만인이 찢으면

194

만금이 녹는다 많은 사람이 말을 하면 무슨 일이나 다 할 수 있다는 뜻.

입장(入丈) 장가드는 것. 장가를 들어야 비로소 '어른'이 되는 것이므로, '어른 장丈'자를 썼음.

입종(入種) 씨앗이 잘 들었음.

입주(立酒) 선자리에서 마시는 술.

입찬 소리는 모이마당 앞에 가서 하라 사람이 살아가는 동안은 죽는 날까지 저를 자랑하고 흰소리하지 말라는 뜻.

입찬 소리는 산소 앞에 가서 하라 남이 알아듣지도 못할 잔소리·군소리를 늘어놓는다는 뜻.

입치무언(立齒無言) 덧니가 난 여자는 잠자리맛이 말할 수 없이 좋다는 오입쟁이 문자.

입후(立後) 양자養子.

잇빠이 시로요 조금 분부하듯 '술 한잔합시다'라는 왜말임.

잉아올 날실.

자가사리 끓듯 한다 지저분한 것들이 여럿 한데 모여 바글바글 시끄럽
  게 떠들어댐을 이름.

자가사리 용 건드리듯 가장 작고 천한 것이 가장 크고 귀한 것을 건드린
  다는 말이니, 제 힘에 겨운 것을 생각하지 않고 함부로 남을 건드린
  다는 뜻. ≒하룻강아지 범 무서운 줄 모른다. 금두金頭 물고기가 용에
  게 덤벼든다.

자개바람 1.양쪽으로 빳빳하게 날이 선 바짓가랑이가 스치며 내는 바
  람. 2.잰바람.

자귀 나무를 깎아 다듬는 연장 한 가지.

자냥스럽다 재잘거리는 소리가 듣기에 똑똑하다.

자는 붐 콧침 주기 그대로 가만 두었으면 아무 일도 없었을 것을 공연히
  건드려서 일을 저질러 위험을 산다는 말. 붐: 범.

자다가 벼락을 맞는다 느닷없이 뜻하지 않은 일을 맞아 어쩔 줄 모를 때
  하는 말.

자다가 봉창 두드린다 전연 아랑곳없는 딴 소리를 느닷없이 불쑥 내놓
  을 때 이름.

자드락논 나지막한 산기슭 비스듬히 기울어진 땅에 있는 논.

자드락밭 나지막한 산기슭 비탈진 땅에 일군 밭.

자드락지기 나즈막한 산기슭 비탈진 곳에 있는 논배미.

자라 보고 놀란 가슴 소댕 보고 놀란다 무엇에 한번 몹시 놀란 사람이
  그와 비슷한 것만 보아도 겁을 낸다는 말. ≒자라한테 놀란 놈이 솥
  뚜껑 보고 놀란다. 국에 덴 것이 냉수를 불고 먹는다. 국에 덴 놈 물
  보고도 분다. 불에 놀란 놈이 부지깽이만 보아도 놀란다. 더위 먹은

소 달만 보아도 허덕인다. 몹시 데면 회膾도 불어 먹는다. 오우천월吳
牛喘月.

자라병 자라꼴로 만든 병. 물이나 술을 넣어가지고 다녔음. 편제扁提.

자리개미 목을 졸라 죽이던 것.

자리끼 밤에 마시려고 잠자리 머리맡에 두는 물.

자리보전 병이 들어서 자리를 깔고 누워서 지냄.

자미원국(紫微垣局) 예전 중국 천문학에서 하늘을 삼원 이십팔수三垣
二十八宿로 나눈 가운데, 태미원太微垣·천시원天市垣과 더불어 삼원
하나인 성좌星座. 북극北極에 있어 소웅좌小熊座를 중심으로 한 170
여 개 별로 이루어졌는데, 천제天帝가 거처하는 곳이라고 알려져 내
려옴. 자미궁紫微宮.

자반뒤집기 괴로움을 이기지 못하여 엎치락뒤치락하는 짓.

자반토막 소금에 절인 생선토막.

자발맞다 움직임이 가볍고 참을성이 없다.

자벌레 나뭇잎을 갉아먹고 사는 벌레.

자빡 퇴짜. 내침. 거부.

자빡놓다 못박아 딱지놓다.

자시(子時) 십이시十二時 첫째 시. 곧 밤 열한시부터 상오 한시까지 동안.

자식 둔 골에는 호랑이도 두남을 둔다 사납기만 한 범도 제 새끼 둔 곳
은 힘써 도와주고 끔찍이 여긴다 함이니, 1.사람은 제 자식 일은 늘
마음에 두고 생각하며 잘해준다는 뜻. 2.누구나 사정私情이 없을 수
없다는 뜻.

자식도 품안에 들 때 내 자식이지 자식도 품 안에 안을 수 있는 어릴 때
나 부모를 따르지 조금 자라면 부모 뜻도 잘 받들지 않고 지어는 부
모를 배반하기조차 한다는 뜻으로 이르는 말.

자위돌다 먹은 음식이 삭기 비롯하다.

자인장 바소쿠리 경상북도 경산군 자인면慈仁面 자인장에서 파는 바소
쿠리는 매우 크다고 해서 1.입이 큰 사람을 놀리거나 2.큰 몬을 두고
하는 말임. 바소쿠리: 발채. 지게에 얹어 몬을 싣는 큰 싸리삼태기.

자작구비(自作仇非) 평북 후창군에 두었던 진.

자작지얼(自作之孼) 제가 스스로 지어낸 언걸. 같은 뜻이라도 양반계급은 '자작지얼' '자업자박自業自縛' 같은 어려운 말을 썼고, 평민대중은 '자업자득自業自得' '자작자수自作自受' 같은 조금 쉬운 말을 썼으니 또한 말이 지니고 있는 계급성임.

자정수(子正水) 자정에 길어서 먹는 물로 매일 먹으면 몸이 튼튼해진다고 함.

자주꼴뚜기를 진장 발라 구운 듯하다 살갗 검은 사람을 놀리는 말. 늑오동烏銅 숟가락에 가물치국을 먹었다.

자주와리 말을 자주 재잘거리는 사람.

자지갓나희 솜씨있게 노는계집.

자진모리 빠른 박자.

자축자축 다리에 힘이 없어 절룩거리는 것.

자치동갑 나이가 한 살 틀리는 동갑同甲. 어깨동갑.

자투리 팔거나 쓰다가 남은 피륙이나 종이조각.

자하동(紫霞洞) 이제 서울 청운동.

자화즐발(紫花叱撥) 털빛깔이 밤빛인 말.

작사청(作事廳) 아전들이 일하던 곳인 '질청'을 아전들이 드레를 세우고자 진서眞書를 써서 말한 것. 드레: 틀. 무게. 위엄威嚴.

작신 꼼짝못하게 한번에. '한목' 충청도 내폿말.

작아도 고추알 고추는 작아도 맵다.

작인 병작인幷作人. 지팡사리.

작전(作錢) 예전 논밭에 처매는 결전結錢인 전세田稅를 받을 때 쌀·콩·무명 대신에 값을 쳐서 돈으로 바치게 하던 일. 정한 돈머릿수대로 받던 '원작전元作錢'과, 정한 돈머릿수보다 달리하여 따로 받던 '별작전別作錢'이 있었음.

잔 잡은 팔이 안으로 굽는다 저와 더 가까운 사람한테 정이 쏠리는 것이 인정 갈피라는 뜻.

잔도드리 정악正樂과 민속악民俗樂에서 두루 쓰이는 장단 하나로 빠른 도드리임.

잔말쟁이 잔말을 잘하는 버릇이 있는 사람.

잔물잔물 눈 가생이가 짓무른 듯 잔주름이 잡히는 것.

잔반(殘班) 터수가 이운 양반. 터수: 살림 셈평이나 만큼. 이운: 기운. 이울다: 1.꽃이나 잎이 시들다. 2.차츰 기울다.

잔속 시시콜콜한 속내.

잔자부레하다 자그마한 이것저것.

잔풀나기 1.작은 보람이나 출세를 자랑하여 꺼떡거리는 사람. 2.풀쌕이 나는 봄철.

잔풀내기 공다리쳇것 조그맣게 출세하여 거들먹거리는 하급 관리명색.

잗달다 하는 짓이 잘고 다랍다.

잘근거리다 조금씩 잇달아서 씹다.

잘래잘래 머리를 옆으로 가볍게 자꾸 흔드는 꼴. 절레절레.

잘배자(-褙子) 상등上等인 검은 담비 털가죽으로 만들어 저고리 위에 덧입던 조끼 꼴 옷.

잘코사니 남 불행不幸이 마음에 고소할 때 하는 말. 미운 사람이 잘못되는 것을 고소하게 여길 때 쓰는 말.

잠개 싸움이나 전쟁에 쓰여지는 연장. 병장기兵仗器. '무기武器'는 왜말임.

잠방이 가랑이가 무릎까지 오는 홑바지. 농군農軍들이 여름에 많이 입었음.

잠부(潛夫) 숨어살며 잘못된 정사政事를 따지는 선비.

잠삼질(潛蔘-) 인삼 밀무역.

잠쫑비적(潛蹤秘跡) 잠종비적. 자취를 아주 감춤. 장종비적藏蹤秘跡.

잠충이 잠벌레.

잡도리 1.잘못되지 않게끔 단단히 잡죄는 일. 2.어떤 일에 대해 미리 잘 맞설 꾀를 갖추는 일. '단도리'는 왜말임.

잡술상 1.손님이 잠수실 조촐한 다과상. 2.어른이나 어려운 이에게 대접하는 상.

잡채판서(雜菜判書) 김치정승[沈菜政丞] 그때 썩고 재주 없는 고관대작高官大爵들을 음식에 빗대어 비웃던 말.

잡히라고 열라고.

잣 성城.

잣구리 찹쌀가루를 반죽해서 유다른 꼴을 만들고 밤 고물을 꿀에 재어 소를 박은 뒤 물에 삶아 동동 뜨면 건져서 잣가루를 묻힌 떡.

잣단 얘기 의젓지 않은 얘기. 점잖지 못한 얘기.

장 늘, 언제나.

장(臧) 시문詩文을 끊을 때 잘했다는 표시.

장가들러 가는 놈이 불알 떼어놓고 간다 아둔하여 가장 종요로운 것을 잊거나 잃거나 할 때 이름. ≒장사葬事 지내려 가는 놈이 시체 두고 간다. 혼인집에서 신랑 잃어버렸다. 사냥가는 데 총을 안가지고 가는 것 같다.

장감(長感) 고뿔이 오래되어서 생기는 병으로 기침이 나고 오한이 심하여 폐렴이 되기 쉬움, 장질부사.

장강대필(長杠大筆) 길고도 힘 있는 글씨를 가리키는 말. 장강: 길고 굵은 멜대. 몬을 가운데 올려놓거나 매어달고 앞뒤로 사람이 들어서 메게 됨. 장강목長杠木.

장골(壯骨) 힘 좋고 큼직하게 생긴 뼈대. 또는 그런 사람.

장교(將校) 포졸을 거느리고 치안을 맡던 외방관아 군관. 포교.

장구배미 장구처럼 가운데가 잘록한 논배미.

장국밥 1.장국에 만 밥. 2.장국을 붓고 산적散炙과 흑삼黑參을 넣어서 파는 밥. 온반溫飯. 장탕반醬湯飯. 탕반.

장군서(張君瑞) 중국 원대元代 희곡「서상기西廂記」주인공.

장군전(將軍箭) 순전히 쇠로 만드니 그 무게가 세 근에서 닷 근이요, 포砲와 노弩로 쏘아서 적선敵船을 부수는 데 쓴다.

장근(將近) 때가 가깝게 됨을 나타내는 말.

장꾼은 하나인데 풍각(風角)쟁이는 열둘이라 장꾼보다 엿장수가 많다는 말.

장끼 수퀑.

장나무에 낫걸이 큰 힘에 대하여 턱없게 쓸데없이 맞서 헛수고만 한다는 뜻. 장나무: 몬을 받치려고 세운 굵고 큰 나무. ≒대부동에 곁낫질이라.

장님 손 보듯 한다 도무지 다정한 맛이 없다는 뜻.

장달음 놓다 뺑소니 치다.

장대비 굵고 긴 막대기처럼 쏟아지는 비.

장돌림 각곳 장시場市로 돌아다니며 몬을 팔던 장돌뱅이.

장두(狀頭) '등장等狀' 첫머리에 적힌 사람.

장떡 간장을 쳐서 만든 흰무리로 먼길 갈 때 건량乾糧으로 썼음.

장떡 된장떡. 된장을 섞어서 만든 떡. 된장에 깻묵을 삼분의 일쯤 섞고, 파·마늘·새앙·고추가루를 한데 버무려서, 된장 삼분의 일쯤 되는 찹쌀가루와 함께 넣은 뒤에 납작납작하게 반대기를 지어 바싹 말린 것. 기름을 발라가며 구워서 먹음. 시병豉餅.

장령(掌令) 사헌부 정사품 문관.

장령(將令) 장수가 내린 명령.

장리(長利) 봄에 쌀이나 돈을 빌려주고 가을에 5할 이자를 덧붙여 150 퍼센트 받던 것.

장마도깨비 여울 건너가는 소리 누구를 탓하되 입속으로 중얼거리는 말. 또렷하지 않음을 이름. 늑귀신 씨나락 까먹는 소리. 봉사 씨나락 까먹듯. 낙지 판다. 비맞은 중놈.

장문(長文) 긴글.

장물(贓物) 범죄犯罪 행위로써 얻은 재물.

장변(場邊) 장에서 꾸는 돈 비싼 길미. 한 파수波收 곧 닷새 동안 두 푼씩 변리가 붙으므로, 한 달을 여섯 파수로 보면 한 돈 두 푼이 변리로 붙는 높은 변돈.

장비더러 풀벌레 그리라고 할까 말을 잘 타고 창을 잘 쓰는 이한테 당치도 않게 풀벌레를 그리라고 한다는 말이니, 큰일을 하는 사람한테 자자분한 일을 해달라고 바라는 것이 맞지 않는다는 말.

장사 웃덮기 장사꾼들이 손님을 끌기 위해 눈에 보이는 데만 좋은 것을 걸어 놓듯이 겉보기만 좋게 꾸미는 것을 이름.

장사나면 용마(龍馬)**난다** 무슨 일이거나 잘되려면 좋은 때가 저절로 따른다는 말.

장사자루 상권商權.

장사해자 장사밑천.

장서두리 장날이면 뒤에서 일을 보아주는 것.

장설간(張設間)이 비었다 배가 고프다는 말. 장설간: 잔치음식 차리는 곳.

장소(莊騷) 『장자莊子』와 『이소離騷』.

장수 이 죽이듯 한다 힘 안들이고 쉽게 한다는 뜻.

장시(場市) '시장' 본딧말.

장옷 평민 부녀들이 출입할 때 머리에서부터 내려쓰던 풀빛 옷.

장옷짜리 평민 부녀.

장원랑(壯元郞) 문과 첫째.

장자방(張子房) 중국 전국시대 유방劉邦을 도와 한漢나라를 세운 장량張良.

장자백(張子伯) 1852~?년 사이 명창.

장재(將才) 장수감.

장주릅 장터에서 흥정 붙이는 것을 업으로 하는 사람.

장죽꽂이 '설대'가 아주 긴 담뱃통을 아래로 가게 여러 개 세울 수 있도
   록 만든 연모. 통에 세우면 꺼내기가 거창해서 줏대에 붙은 꼬부라
   진 가지에 걸치도록 된 것도 있다.

장체계(場遞計) 장에서 돈을 비싼 길미로 꾸어주고 장날마다 본밑에 얼
   마와 길미를 받아들이던 일. 요즈막 일수日收와 같은 것.

장침(長枕) 나무로 판 위를 솜을 받쳐 보료와 같은 밑감으로 싸, 팔을 얹
   고 옆으로 기댈 수도 있게 해놓은 것으로 길게 된 것.

장폐(杖斃) 장형杖刑으로 인하여 죽음. 장사杖死.

장획(臧獲) 종. '장臧'은 사내종, '획獲'은 계집종을 뜻함.

잦힌 밥이 멀랴 말탄 서방이 멀랴 일은 다된 셈이요 머지않았으나 그래
   도 애타게 기다릴 때 이르는 말.

재 사람이 넘어다니도록 길이 나 있는 높은 산 고개. 영嶺. 티[古].

재갈 먹인 말 같다 말문이 막혀 아무 소리도 없음을 이름. 재갈: 말을 어
   거하고자 아가리에 가로 물리는 가느스름한 쇠토막.

재강 술을 거르고 남은 찌끼.

재넘이 산에서 내려부는 바람. 산바람.

재는 넘을수록 높고 내는 건널수록 깊다 나갈수록 차츰 더 어려워짐을
   가리키는 말. 늑산은 오를수록 높고 물은 건널수록 깊다. 산 넘어 산

이다. 갈수록 태산이다. 갈수록 수미산須彌山이다. 가도록 심산深山
이다.

재다　움직임이 재빠르고 날쌔다.

재담이 나는 판　광대들 남다른 재주 자랑이 벌어지는 판.

재묻은 떡　무당이 굿을 할 때 쓰고 남은 떡.

재미나는 골에 범 난다　1.재미있다고 나쁜 일을 잇달아 하면 나중에는
　　큰코다친다는 말. 2.지나치게 재미가 나면 그 끝에 가서는 재미롭지
　　못한 일이 생긴다는 말. 늑고삐가 길면 밟힌다. 오래 앉으면 새도 살
　　을 맞는다. 꼬리가 길면 밟힌다.

재상분명(財上分明) **대장부**(大丈夫)　돈을 주고받는 데에 아주 또렷하게
　　하는 것이 대장부라는 말.

재수없는 포수(砲手)**는 곰을 잡아도 웅담**(熊膽)**이 없고 칠십에 능참봉**(陵
參奉)을 하니 하루에 거둥이 열아홉번씩이다
　　떠꿰가 나쁜 사람은 무슨 짓을 하더라도 다 잘 안된다는 말. 떠꿰: 운
　　수運數.

재여리　주릅. 흥정꾼. 중개인仲介人. 뚜쟁이. 중신어미. 매파媒婆.

재전(在前)　기왕旣往. 앞서. 지난날. 일찍이.

재종간(再從間)　육촌사이. 육촌 형제자매를 두루 일컫는 말.

잽이수　윗수. 상수上手.

쟁여놓다　어떤 몬을 차곡차곡 쌓아두다. 재다.

저　젓가락.

저냐　물고기나 쇠고기를 얇게 저민 다음 밀가루를 바르고 달걀을 씌워
　　서 지진 음식.

저녁 두 번 먹구　무슨 일을 저지르고 아무도 모르게 밤중에 달아났다는 말.

저니덜　'저이들' 내폿말.

저대　기생.

저대짜리　'기생' 낮춤말.

저쑵다　신불神佛 이나 조상에게 메를 올리거나 절하다.

저저금　저마다. 제각기.

저저이　낱낱이 모두.

적(積) 뱃덧이 오래되어 뱃속에 덩어리지는 병인 적취積聚. 적병.

적당(賊黨) 도적무리.

적몰(籍沒) 중죄인重罪人 가산家産을 모조리 빼앗던 것.

적바림 기록記錄. 글로 간동하게 적어두는 일. 적발. 자국.

적반하장(賊反荷杖) 도둑이 도리어 몽둥이를 든다는 말. 잘못한 사람이 도리어 잘한 사람을 나무랄 때 쓰는 말. 주객전도主客顚倒.

적벽강(赤壁江) 중국 장강長江 언저리를 흐르는 강으로, 유명한 적벽대전이 있었음. 호북성湖北省 황강현黃岡縣 성 밖에 있음.

「적벽부(赤壁賦)」 중국 송宋나라 때 문장가 소식(蘇軾, 1036~1101)이 지은 글.

적변(賊變) 도적을 만나 큰코다치는 것.

적색(籍色) 호적 다루는 일을 맡아 갈망하던 이속.

적수(敵手) 맞수. 맞잡이. 왜바둑에서 '호선互先'.

적수(赤手) 맨손.

적연(的然)한 천수(天數) 뚜렷이 그러하게 하늘이 정한 운수.

적연(的然)한가 분명히 그러한가. 분명한가. 틀림없나.

적자지심(赤子之心) 난대로인 티없이 맑고 거짓이 없는 마음이라는 뜻.

적토마(赤兎馬) 중국 삼국시대 관운장關雲長이 탔었다는 준마駿馬 이름, 그 주인이 죽자 굶어 죽었다 함.

전(傳) 현인賢人이 지은 책 밑에 붙어 그 글을 새긴 책을 나타내는 말.

전내기 물을 조금도 타지 않은 제국인 술.

전대(纏帶) 허리에 찬 돈띠.

전례수(前例手) 정석定石.

전반 미역줄기.

전배 선배.

전수이 순전히. 온통. 모두.

전수자(錢樹子) 돈나무 열매.

전은자모가(錢銀子母家) 고리대금업체.

전정(前定) 태어날 때 이미 정하여져 있는 것.

전조(銓曹) 문무관을 인물 됨됨이나 재주를 겨뤄보아 뽑던 이조吏曹와 병조兵曹를 두루 일컫던 말.

전주(全州) 이성계李成桂 옛살라비이니, 곧 이씨왕조李氏王朝를 말함.

전최(殿最) 외방 벼슬아치 가운데 가장 윗자리인 감사監使가 각 고을 수령守令이 쌓아온 일을 끊어서 조정朝廷에 알리는 나음과 못함. 가장 위를 '최最', 가장 밑을 '전殿'이라 하며, 음력 유월과 섣달 두 번 치르었음. 포폄褒貶.

전패(殿牌) 각 고을 객사客舍에 '殿'자를 새겨 세웠던 나무패. 임금시늉으로 출장 간 관원과 그 고을 원들이 절하였음.

절간(折簡) 청탁하는 편지나 뇌물.

절골 이제 서울 인사동. 세조 때 이제 탑골공원 자리에 원각사圓覺寺가 세워지면서 생긴 이름이었음. '인사동'은 왜제가 1914년 붙인 이름임.

절따마 털빛이 붉은 말.

점직하다 조금 부끄럽고 미안한 느낌이 있다.

접때 며칠된 지난 때를 그저 이르는 말.

접시밥도 담을 탓 그릇은 아무리 작을지라도 담는 솜씨에 따라 많을 수도 있으니, 무슨 일이나 머리를 써서 솜씨 있게 하기 탓이라는 말.

젓꾼 '어부'는 거의 왜말임.

정강말 정강이 힘으로 걷는 말이라는 뜻으로 무엇을 타지 않고 제발로 걷는 것.

정경부인(貞敬夫人) 정종이품 안해 품계. 품계品階: 옛 벼슬아치 직품職品과 관계官階.

정과(正果) 온갖 실과·새앙·연근蓮根·인삼 등을 꿀이나 설탕물에 졸여 만든 과자. 전과煎果.

정관재(靜觀齋) 현종顯宗 때 부제학을 지낸 이단상(李端相, 1628~1669).

정구죽천(丁口竹天) '可笑' 파자로, '같잖다'는 뜻.

정군(正軍) 군역軍役을 치르던 장정壯丁으로, 정식군인.

정량(正兩) 큰 활.

정려표창(旌閭表彰) 충신·효자·열녀들을 그 마을에 정문旌門을 세워 상 주던 것.

정만운(鄭晩雲)　인조 때 장군 정충신(鄭忠信, 1576~1636).

정만인(鄭萬人)　대원군 때 명풍名風으로 남연군 산소를 잡아주었다고 함.

정망(停望)　후보감에 오르지 못하는 것.

정묘년(丁卯年) 변　인조 5년인 1627년 후금後金 아민阿敏이 쳐들어 와
　　왕이 강화江華로 피란해서 후금과 평화조약을 맺어 형제국이 되었
　　던 정묘노란丁卯虜亂을 말함.

정묘년(丁卯年)　1867년.

정밤중　한밤중.

정범조(鄭範朝, 1833~1898)　1859년 문과에 올라 공조·이조·병조·호조
　　판서를 거쳐 우의정을 지내었음.

정봉수(鄭鳳壽, 1572~1645)　선조宣祖 25년인 1592년 무과급제 하여 임진
　　왜란을 맞아 선전관宣傳官으로 왕을 모셨고, 인조仁祖 5년인 1627년
　　일어난 정묘노란에 철산鐵山 의병장으로 용골산성龍骨山城에서 후금
　　병정 반수 위를 죽이고 포로된 백성 수천명을 구출, 철산 충무사忠武
　　詞에 제향祭享되었음. 시호는 양무襄武.

정성(定省)　조석으로 부모 안부를 물어서 살피는 것. 혼정신성昏定晨省.

정심(淨心)　묘청妙淸.
　　묘청이 서경西京을 바탕자리로 일떠선 것은 인종 13년(1135년) 정
　　월이었음. 나라 이름을 '대위大爲'라 하고, 황제나라임을 알리는 연
　　호를 '천개天開'라 하였으며, 나라를 지키는 병대 이름을 '천견충의
　　군天遣忠義軍'이라 하였음. '큰일을 할 나라를 하늘이 열어주니, 하늘
　　이 보낸 충성스럽고 정의로운 군대'가 나라를 지켜줄 것을 굳게 믿
　　었던 것임.
　　우리 겨레 역사에 적바림된 반란사건 가운데 가장 오래 끌었던 것이
　　'서경전역西京戰役'임. 열석 달 동안 이어졌으니 서경 인민들 앙버티
　　는 힘이 얼마나 거세찼던 것인지 알 수 있는 일임. 김문열金文烈이가
　　사로잡아 죽인 서경 사람이 1천2백여 명이라고 하는데, '비공식'으
　　로 죽인 사람은 적어도 그 세 곱은 넘을 것임. '진실화해위원회'라는
　　데서 "군경에 학살된 보도연맹원이 4천934명"이라고 널리 알렸지만
　　참으로는 그 오륙십 배 위인 것을 보면 알 수 있는 일임.

끝까지 앙버티던 서경 인민 가운데 일급자는 낯가죽에 '서경역적西
京逆賊'이라는 글자를 먹으로 떠넣어 멀고 사막한 섬으로 귀양 보내
고, 이급자는 '서경西京'이라고 떠넣어 깊고 외진 산골고 보냈음. 그
리고 목대잡이들 처자식과 식구들은 죄 노비로 만들어 함경도 쪽 여
러 마을(관청)로 보냈음. 묘청을 배신 때린 조광趙匡은 토벌대한테
사로잡히게 되자 제 식구들과 함께 불타는 집들 속으로 뛰어들어 이
뉘를 떠났음.

김문열 아들 김돈중金敦中은 과거에서 2등이었으나 인종仁宗이 아비
낯을 보아 장원으로 뽑아주었음. 인종 아들 의종毅宗 밑에서 벼슬살
이 하던 그는 궁궐 모꼬지 자리에서 무장 정중부鄭仲夫 수염을 촛불
로 끄슬리는 사나운 짓을 하였고, 그것이 무신란을 불러오게 된 한
실마리가 되었음.

정에서 노염이 난다   정답게 지내는 사이일수록 본데는 지켜야 한다는
말. 본데: 보아서 배운 예의범절이나 솜씨 또는 지식知識.

정원(政院)   승정원.

정원용(鄭元容, 1783~1873)   조선왕조 끝무렵 문신文臣.

정이월(正二月)에 대독 터진다   음력 정월 이월쯤에 더 추운 날이 있다는 뜻.

정주(程朱)   중국 북송시대 거유巨儒인 정호程顥·정이程頤 동기와 남송
대유학자 주희朱熹.

정창업(丁昌業)   1847~1919년 사이 명창.

정축년(丁丑年)   1877년.

정충무공(鄭忠武公)   인조仁祖 때 명장 정충신(鄭忠信, 1576~1636). 광주
光州사람. 통인通引 출신으로 명장名將이 되었음.

정충신(鄭忠信, 1576~1636)   임진왜란 때 광주목사光州牧使 권 율權慄 밑에
통인通引으로 있으며 무예를 닦아 무과급제, 만포첨사滿浦僉使와 안
주목사安州牧使로 국경을 지켰음.
이 괄李适이 한양을 두려뺏던 인조仁祖 원년인 1623년 질마재에서
이 괄 반란군을 막아낸 공으로 평안도 병마절도사에 올라 영변대도
호부사寧邊大都護府使를 지냈음. 정묘노란 때는 부원수로 있었고, 후
금後金과 척을 져서는 안된다고 하다가 유배流配되기도 하였던 명장

임. 광주 경렬사景烈詞에 제향되었고, 시호는 충무忠武.

정해년(丁亥年) 1887년.

정형(正刑) 사형死刑.

제 방귀에 놀란다 제가 한 일에 제가 뜻밖으로 여긴다는 뜻.

제 버릇 개 줄까 한번 든 나쁜 버릇은 여간해서 고치기 어렵다는 말.

제고물 반자를 들이지 아니하고 서까래에 흙을 붙여서 만든 천장.

제날 짚신이나 미투리 같은 것에 삼는 밑감과 같은 밑감으로 댄 날. 날: 피륙·자리·섬 같은 것을 짜거나 짚신·미투리 같은 것을 삼거나 할 때 세로 놓인 실·노끈·새끼들.

제명오리 행실이 얌전하지 못한 여자.

제바닥 몬 자체. 본 바닥.

제번군(除番軍) 제대군인.

제비댕기 한끝을 머리카락에 넣어 땋다가 a 자처럼 고를 내고 다시 모아서 땋아 마무리 지은 것. '꽃두레'는 빨강빛 화려한 것을 쓰고, '꽃두루'들은 검정끈으로 수수하게 차렸음.

제비턱 두툼하고 넓적한 턱. 밑이 두툼하고 넓적하게 살이 찐 턱.

제육방지 날돼지 고기를 얇게 썰어 소금을 쳐 구운 음식.

제진 한 동네나 한 단체에서 관원이나 유력한 개인에게 무슨 중대한 요구를 하거나 또는 거기에 반항하고자 할 때에 그 마을이나 그 단체에 소속된 사람 모두가 그 관청이나 그 개인 집으로 가서, 문간에 늘어앉아서, 자기네 목적이 이루어질 때까지 물러나지 아니하던 것. 연좌농성.

제질(祭秩) 제사祭祀 예전禮典.

제호탕(醍醐湯) 오매육烏梅肉·사인砂仁·백단향白檀香·초과草果 따위를 곱게 가루로 빻아 꿀에 재워 끓였다가 냉수에 타서 마시던 음료.

조 비비듯 하다 마음을 몹시 졸이거나 조바심을 내다.

조(操)**빼다** 상스럽게 굴지 않고 짐짓 점잖은 티를 내다.

조간범(刁姦犯) 여자를 꾀어내서 간음한 죄인.

조개볼 조가비처럼 가운데가 폭 들어간 볼. 보조개.

조개젓 단지에 괭이 발 드나들 듯 한번 맛을 들여 잊지 못하고 자주 드

208

나듬을 말함.

조곤조곤　꼼꼼하고 차근차근한 꼴.

조금　1.'만큼'이나 부피가 적게. 2.시간으로 짧게.

조남명(曹南溟)　명종明宗 때 학자 조 식(曹植, 1501~1572).
조선왕조 5백 년을 지탱시켰던 고갱이는 '선비정신'이었던바, 이 선
비정신을 올곧게 지켜냄으로써 조선왕조 사상철학계에서 우뚝 솟
는 봉우리 가운데 하나가 남명 조 식이었음. 무릇 선비정신 고갱이
는 절의節義를 숭상하고 불의不義에 앙버티는 데 있으니― 남명은
말하기를 "배운 것을 실천하지 않으면 이는 배우지 않음만 같지 못
하고 오히려 죄를 저지르는 것이 된다."고 하였음. 그때에 윤원형尹
元珩 한 동아리 척족세력들이 권세자루를 독판치는 것을 보고 어쩔
수 없이 행도를 버리고 수도를 택하였던 것이지, 현실도피를 내대었
던 것이 아니었음. 율곡栗谷 이 이李珥가 말하였으니― "근래 선비 가
운데서 끝까지 지조를 지키고 벽립천인한 기상으로 한 세상을 굽어
본 이로는 남명만 한 분이 없다." 임진왜란 때 남명 제자 가운데서 의
병자이 많이 나왔던 것은 결코 우연한 일이 아니었음. 행도行道: 정
치 참여. 수도守道: 제이룸. 벽립천인壁立千仞: 천 길 낭떠러지 끝에
우뚝 섬.

조대　대나 진흙 같은 것으로 담배통을 만든 담뱃대.

조동모서(朝東暮西)　매긴 곳 없이 자주 이리저리 옮겨 다님을 이름.

조락신　노끈으로 삼았던 고급 신. 삼껍질 부스러진 오라기로 만든 것.

조롱목　1.조롱박처럼 생긴 몬 잘록한 어섯. 2.조롱박 꼴로 된 길목.

조롱박　호리병박으로 만든 바가지.

조리돌림　죄인을 벌주려고 행길로 끌고다니며 우세를 주는 것. 우세: 남
한테 받는 비웃음.

조리에 옻칠한다　1.쓸데없는 일에 손재損財, 곧 재물을 허비한다는 뜻.
2.격에 맞지않는 떠름한 치레를 해서 도리어 볼꼴사납다는 뜻. 늑
가게 기둥에 입춘入春. 개발에 놋대갈. 거적문에 돌쩌귀. 석새짚신
에 구슬감기. 개한테 호패號牌. 삿갓에 쇄자질. 사모紗帽에 영자纓子.
짚신에 국화 그리기. 개발에 주석편자. 돼지우리에 주석자물쇠. 짚

신에 정분 칠하기. 사모에 갓끈이다. 홑중의에 겹말. 방립方笠에 쇄
자질.

조릿조릿 조바심이 나서 마음을 놓지 못하고 애타는 꼴.

조마조마 두려운 조바심.

조바위·남바위·풍채·만선두리 아름다운 모피로 안팎을 꾸미는 사치가
그악하였던 부녀들 쓰개. 방한구防寒具.

조반석죽(朝飯夕粥) 아침에는 밥을, 저녁에는 죽을 먹을 만큼 구차한 삶.

조병호(趙秉鎬, 1847~?) 고종 3년인 1866년 별시문과別試文科에 병과丙科
로 급제, 1884년 갑신정변이 무너진 다음 사대당事大黨 긴한이로 공
조工曹·예조판서禮曹判書와 충청(1893년 3월 19일 도임)·경상도 관
찰사를 하였음. 본관 임천林川.

조비비다 마음을 몹시 졸이거나 조바심을 내다.

조(操)빼다 지저분하게 굴지 않고 짐짓 조촐한 티를 나타내다.

조선 바늘에 되놈 실 꿰듯 되지도 않을 일을 애써 하고 있음을 빗대는 말.

조의 종이.

조이 '죄' 충청도 내폿말.

조이(召史, 이두) 양민 안해. 아래치 사람 과부.

조이목 '죄목' 내폿말.

조인 '죄인' 충청도 내폿말.

조정(朝庭) 막여작(莫如爵) 향당(鄕黨) 막여치(莫如齒) 조정에서는 벼슬
등급을 중히 여기나 향당에서는 나이 차례를 중히 여긴다는 뜻.

조진모초(朝秦暮楚) 사는 곳을 이곳저곳으로 옮기어 자리 잡지 못함을
이르는 말.

조치 국물을 바특하게 만든 찌개나 찜.

조흘첩(照訖帖) 과거보기 전에 성균관成均館에서 행하는 조흘강照訖講에
합격한 사람에게 주던 증서. 이것이 있는 사람만이 과거를 볼 자격
이 있었음.

족대기질 고문拷問.

족두리하님 혼행 때 신부를 따라가던 계집종 높임말. 교전비轎前婢.

족심(足心) 발바닥 한가운데.

족제비 잡아 꼬리는 남 주었다 애써 이룬 것에서 고갱이를 빼앗겼다는 말.

족제비 잡으니까 꼬리를 달란다 애써 일을 했는데 그중 종요로운 어섯을 빼앗으려는 뻔뻔한 짓을 두고 이름.

족제비도 낯짝이 있다 족제비도 낯짝은 있는데 왜 너는 낯가죽도 없느냐고 반문하는 것이니, 염치없는 사람을 핀잔하는 말.

족탈불급(足脫不及) 신을 벗고 뛰어도 못 따라간다는 말.

존문(存問) 수령방백이 도임하여 그 고을 힘 있는 이를 찾아가 인사하던 것.

존문편지(存問便紙) 수령이 그 땅에 사는 백성에게 안부편지를 하던 것인데, 참으로는 즈런즈런한 이들에게 가만가만히 돈을 울궈내는 꾀로 쓰였음. 즈런즈런하다: 살림살이가 넉넉하다. 가멸다. 부유富裕하다.

존심양성(存心養性) '올바른 마음으로 길러나가자'는 이 말은 『맹자孟子』에 그 뿌리를 두고 있으니, 유가儒家라면 마땅히 지켜나가야 하는 실천덕목으로 됨.

존위(尊位) 한 면面이나 리里에서 동네일을 맡아보던 어른 되는 이를 일컫던 말.

졸랑졸랑 가볍게 졸래졸래 움직이는 꼴.

졸밋거린다 옴찔거린다.

좀것 좀스러운 것.

좀도리쌀 동학을 믿는 집에서 밥을 지으려고 독에서 퍼온 쌀 가운데 한 식구에 한 숟갈씩 떼서 모은 것으로 동학도가 지켜야 할 종요로운 신행信行인 성미誠米.

좀방술 하찮은 방술方術.

좀사내 성질이 잘고 그릇이 작은 사내.

좁쌀과녁 얼굴이 몹시 넓은 사람.

좁쌀여우 말짓이 좀스럽고 간살떠는 사람.

좁좁하다 아주 좁다랗다. 꽤 좁다.

종 자식을 귀애(貴愛)**하니까 생원**(生員)**님 나룻에 꼬꼬마를 단다** 1.상스러운 것을 가까이 하면 낯이 깎이기 일쑤라는 말. 2.상스럽고 버릇

없는 사람은 조금만 남달리 대해주면 도리어 건방져져서 함부로 군
다는 말. 꼬꼬마: 예전 병졸들 벙거지 위에 늘인 붉은 말총으로 만든
길고 부풀한 삭모槊毛.

종가가 망해도 신주보와 향로 향합은 남고 1.문벌 있는 집안은 아무리
망해서 없어지더라도 그 집안 규율과 품격과 지조는 남는다는 말.
2.무엇이나 다 없어진다 해도 남는 것 하나둘은 있다는 말.

종구라기 조그마한 바가지.

종구잡이 요령잡이.

종기(鍾氣) 정기가 한데 뭉침.

종날 하인들을 하루 놀리던 2월 초하루.

종내기 종류種類. 갈래. 가지.

종애골리다 남을 속이 상하게 하여 약이 오르게 하다.

종종걸음 발을 자주 가까이 떼며 급히 걷는 걸음.

종종머리 바둑판머리 다팔머리 쉼직밖에 안 되는 머리를 하루 빨리 댕
기를 드려 땋아주고 싶은 욕심에 이마에서 정수리까지는 용用자 꼴
로 갈라 납작못 머리만 한 빨강천이 달린 끈을 내어 땋아 머리카락
보다는 오히려 그 끈을 모아 뒷통수에 닿게 하고 커다란 댕기를 드
리웠던 꼴을 말함.

종주먹 대다 주먹으로 쥐어지르며 올러대다.

종지리새 열씨 까듯 1.잔소리가 지나침을 이름. 2.하나도 빠짐없이 일
러바치는 것을 이름. 열씨: 삼씨.

종짓굽 1.종지뼈가 있는 언저리. 2.종지뼈.

종짓굽이 떨어지다 젖먹이가 무릎 관절이 돌아서 비로소 걷게 되다.

종짓불 간장·고추장을 담아 상에 놓는 작은 그릇(깍정이)에 담긴 불.

종콩 빛이 희고 알이 잔 늦종콩.

종하종인(ㅆ下ㅆ人) 아래에서 남에게 붙좇는 것으로, ㅆ은 從 본딧글자임.

좋의 좋네.

좌도난정률(左道亂政律) 유학儒學 밖 가르침을 잘못된 것으로 몰아 다스
리던 법률.

좌뜨다 생각이 남보다 두드러지게 뛰어나다.

좌상우사(左想右思) 이것저것을 요리조리 생각해 보는 것.

좌수(座首) 조선왕조 때 주·부·군·현에 두었던 향청 우두머리. 수향首鄕.

좌수상사(座首喪事) 좌수 집안 누가 세상을 떠났다고 할 때는 후厚한 인
사를 치러 가 보고 정작 좌수 자신이 돌아갔을 때는 그렇게 하지 않
는다는 말이니, 세상인심이 이利 속에 밝아 체면과 이끗을 저울질하
여 이利가 무거운 쪽으로 기울어진다는 뜻. 늑호장戶長 댁네 죽은 데
는 가도 호장 죽은 데는 가지 않는다. 대감大監 죽은 데는 안 가도 대
감 말 죽은 데는 간다.

좌장(坐杖) 'T'꼴로 된 짧은 지팡이로, 늙은이나 아픈이가 겨드랑이를
괴어 기대는 데 쓰였음.

좨치다 '죄어치다'를 그루박은 말. 1.죄어서 몰아치다. 2.재촉해서 몰아
대다.

죈문 존문存問. 원이 고을 백성 가운데 힘있는 이를 찾아 인사하던 것.

주리 참듯 한다 못견딜 것을 억지로 참는다는 뜻. 주리: 죄인 두 다리를
묶고 그 틈에 주릿대를 끼워 비트는 형벌.

주릿대 주리를 트는 데 쓰던 두 개 붉은 막대.

주릿대를 안기다 모진 벌을 주다.

주릿대치마 평민 부녀들이 일하는 데 편하게 허릿바로 허리를 질끈 동
였음.

주머니 돈이 쌈짓돈 한집안 식구食口 것은 다른 듯하더라도 그 집안 것
이므로 이러나 저러나 맴돌아 마찬가지라는 말. 늑쌈지돈이 주머
니돈.

주머니에 들어간 송곳이라 송곳을 주머니에 넣어 아무리 감추려 해도
뚫고 나오듯이 아무리 감추려고 하나 숨겨지지 아니하고 저절로 드
러나 선악善惡을 가리게 된다는 뜻.

주먹다짐 주먹으로 서로 때리는 짓으로, 이제 권투 같은 것인데, 무과시
험武科試驗 하나였음.

주먹땅지르기·상투꼬이고 턱올리기·다리오금치기·되돌아치기 택견
에서 쓰는 솜씨들.

주사니것 명주로 만든 옷.

주쉬(主倅) 내 고을 원.

주억이다 끄덕이다.

주장(朱杖)매 주릿대 같은 잠개로 쓰이던 붉은 칠을 한 몽둥이로 때리
는 것.

주주객반(主酒客飯) 주인은 손에게 술을 권하고 손은 주인에게 밥을 권
한다는 말. 술에 독을 타지 않았다는 증명으로 주인이 먼저 한 잔 들
고 손에게 권한다는 풀이도 있음.『송남잡지松南雜識』.

주주물러앉는 섰던 자리에 그냥 내려앉는.

죽 떠먹은 자리 1.많은 몬 가운데서 조금 떠내도 자취가 안난다는 말.
2.무슨 일을 저질러 놓고 감쪽같이 자취를 남기지 아니한다는 말.

죽 떠먹은 자리요 한강에 배 지나간 흔적 없다 1.많은 몬 가운데서 조금
떠내도 자취가 안난다는 말. 2.무슨 일을 저질러 놓고 감쪽같이 자취
를 남기지 아니한다는 말.

죽 쑤어 개 바라지 한다 애써 한 일이 저보다 남한테 좋은 일을 한 뒤끝
이 되었다는 말.

죽동궁(竹洞宮) 고종 때 문신이며 서화가로 이름 높던 운미芸楣 민영익
(閔泳翊, 1860~1911) 집.

죽보(竹保)·칠보(漆保)·지보(紙保) 외방관아 바치에 딸렸던 하인.

죽살이 생사生死.

죽어대령(待令) 죽은 체하고 분부를 기다린다 함이니, 조금도 앙버티
지 않고 가장 얌전하게 또는 줏대없이 맞선이 처분만을 바라고 있다
는 뜻.

죽은 자식 불알 만지는 격 아주 틀어진 일을 아무리 하여도 쓸데없다는 뜻.

죽은 정승이 산 개만 못하다 1.한번 죽어지면 권력도 금력도 소용없다
는 말. 2.아무리 어렵게 살더라도 죽는 것보다는 사는 것이 낫다는
말. 늑죽은 석숭石崇보다 산 돼지가 낫다. 소여小輿 대여大輿에 죽어
가는 것이 헌옷 입고 볕에 앉았는 것만 못하다. 산 개가 죽은 정승보
다 낫다. 거꾸로 매달아도 사는 세상이 낫다. 개똥밭에 굴러도 이승
이 좋다. 말똥에 굴러도 이승이 좋다.

죽은 중 매질하기 공연히 심한 짓을 한다는 말.

죽은 중에 곤장(棍杖) 익히기 죽은 중을 만나서 곤장 쓰는 법을 익힌다는 말이니, 세력 없고 외로운 사람을 객쩍게 괴롭힌다는 뜻.

죽을 땅에 빠진 후에 산다 매우 아슬아슬한 경우를 당하여도 살아날 길이 생긴다는 말. ≒궁窮하면 통한다. 죽을 수가 닥치면 살 수가 생긴다.

죽을고 죽을 고비.

죽을병에도 살 길(약)이 있다 아무리 쪼들리더라도 피어날 길은 있으니 넋 놓지 말라는 뜻.

죽장 죽이 엉겨붙은 껍데기.

죽젓개질 죽젓개는 죽 쑬 때 젓는 나무토막을 말하니, 죽이 끓어 넘으려고 할 때 죽젓개로 넘지 못하도록 젓는 것과 같이 무슨 일이 되어가는 동안 헤살놓는 것을 말함. 남 하는 일을 휘저어 훼방하는 것. 지저귀.

준신(準信) 어떤 것을 따라 그것을 믿음.

줄광대 외줄타기를 하는 광대.

줄글 산문散文. 회갑回甲을 기려 쓴 긴글.

줄남생이 크고작은 것이 줄대어 있는 것을 가리키는 말.

줄먹줄먹 여러 개 크고 작은 몬이 뒤섞여 그 다름이 두드러진 꼴. 졸막졸막.

줄방귀 잇달아서 뀌는 방귀.

줄뿌림 줄에 맞게 밭에 씨를 뿌리는 것.

줄세 짐작이라 주면 줄수록 더 달라고 하게 되는 마음을 다잡는 맘. ≒줄수록 양양.

줄수록 양양 1.주면 줄수록 모자라게 여겨 더 달라고 한다는 말. 2.사람 욕심이 끝없다는 말. ≒줄 세 짐작이라.

줄주리 발목을 묶고 나무를 정강이 사이에 끼고 굵은 줄로 넓적다리를 엇갈리게 묶은 뒤 양쪽에서 줄을 당기던 것.

줄풍류 현악기絃樂器를 써서 하는 풍류風流.

줄풍류꾼 거문고를 사북으로 하는 줄악기 켜는 이. 대풍류꾼.

줌 줌통. 활 한가운데에 손으로 쥐는 어섯.

줌손　활 줌통을 잡은 손.

줌치　주머니. 염낭.

중고제(中高制)　충청·경기 고장에 전승되어 오는 소리제로 동편제東便制에 가까우며 고박古朴한 시김새로 짜여 있음.

중군(中軍)　각 군영 우두머리나 그에 버금가는 지휘관.

중기(重紀)　사무를 인계할 때 전하는 문서.

중난(重難)한　매우 어려운.

중년　근래. 요즈음.

중노미　음식점이나 주막에서 허드렛일을 하던 사내.

중다버지　길게 자라 더펄더펄한 아이들 머리. 또는 그런 아이.

중단(重斷)　개작改作. 글자를 고쳐 쓰는 것.

중동　가운데 도막.

중동무이(다)　1.하던 말이나 일을 가운데서 끊어 무지르다. 2.몬 가운데를 끊어 두 동강을 내다. 3.하던 말이나 일을 끝마치지 못하고 사이에 흐지부지 그만둠. 무지르다: 몬 한 어섯을 잘라버리다.

중두리　독보다 조금 작고 배가 부른 오지그릇.

중마름　마름한테서 땅을 빌려 병작시키던 얼치기 마름.

중모리　판소리에서 빠른 박자를 말함.

중배걸이·배재기·안오장치기·칼잽이　택견에서 쓰는 솜씨들.

중변급채(重邊給債)　여느 변리보다 더 받는 것. 후리厚利. 요즘 말로 '고리대부'.

중연(中椽)　그리 굵지 않은 서까래.

중중모리　좀 느린 박자.

중치막　소매가 넓고 길이가 길며, 앞은 두 자락, 뒤는 한 자락으로 된, 무가 없이 옆이 터진 네 폭으로 된 웃옷. 옛날 벼슬이 없는 선비가 입었음.

중화(中火)　길 가다가 먹는 점심.

쥐 밑구녕 같은 소리　말도 안되는 소리, 어림없는 소리라는 말.

쥐 밑살같다　1.몹시 작다는 말. 2.보잘것없고 대단치 않다는 말.

쥐락펴락　쥐었다 폈다 하는 꼴. 곧 번듯한 힘으로 남을 마음대로 부리는 꼴.

쥐새끼 그때 '아전'을 빗대어 부르던 말.

쥐알봉수 약은꾀가 많고 좀스러운 사람을 비웃는 말.

쥐코맞상 두 사람이 마주앉아 먹게 차린 간동한 술상.

쥐통 콜레라.

즈런즈런 살림살이가 넉넉한 꼴.

즈믄 천.

즌패殿牌. 객관에 임금을 상징하는 '殿'자를 새겨 세운 나무패로, 그 고을 원과 출장 간 관원이 배례拜禮하였음.

증 화증火症. 걸핏하면 왈칵 내는 성.

증아 정아正衙. 임금을 상징하는 전패를 모신 곳으로 그 고을에서 가장 으뜸되는 건물이라는 뜻에서 쓰던 말.

증이파의(甑已破矣) **고지하익**(顧之何益) 시루가 이미 깨어졌으니 돌아본들 무슨 쓸데가 있겠느냐,는 말로 지나간 일에 매달리지 말라는 뜻.

증질(證質) 도움거리가 될 만한 증언.

지감(知鑑) 지인지감知人之鑑. 사람을 잘 알아보는 것.

지게문 1.마루에서 방으로 드나드는 곳에 안팎을 두꺼운 종이로 바른 외짝문. 지게. 2.여닫이문. '지게'는 '여닫이' 그때 말.

지다위 1.남한테 기대거나 떼를 쓰는 짓. 2.제 허물을 남한테 덮어씌우는 짓.

지동(地動) '지진地震' 우리말.

지등(紙燈)·**좌등**(坐燈) 나무로 울거미를 하고 곱게 발라 방안에 놓고 쓰는 등집이다. 사紗로 만든 것을 사등紗燈, 종이로 바른 것을 지등이라 하는데 새 종이를 바른 것은 되비쳐서 밝기가 이를 데 없다. 밑에는 대개 서랍을 달아 잔소용을 넣게 되어 있어서, 등잔걸이처럼 바탕에 너절하게 늘어놓는 것이 없어 더욱 조촐하다. ―이훈종 『민족생활어 사전』에서.

지레 짐작 매꾸러기 너무 지나치게 미리 짐작하다가는 비꾸러지기 쉽다는 말. 비꾸러지다: 1.조금 비뚤어지다. 2.마음이 그릇된 쪽으로 빗나가다. 3.일이 틀어지다.

지레목　산줄기가 끊어진 곳.

지레짐작　미리 넘겨짚는 짐작.

지려감다　슬쩍 감다.

지릅뜨다(지릅떠보다)　1.고개를 수그리고 눈을 치올려 뜨다. 2.눈을 크
　　게 부릅뜨다.

지리다　똥이나 오줌을 참지 못하고 조금 싸다.

지망지망(하다)　1.조심성 없고 가볍게 나부대는 꼴. 2.투미하여 무슨 일
　　에나 가벼운 꼴.

지무리다　저보다 약한 사람을 괴롭게 윽박지르는 것. 왜말 '이지메'.

지분거리다　짓궂게 자꾸 남을 건드리어 귀찮게 하다.

지서밍　집안 여러 가지 일을 실쌈스럽게 다스리는 안해. 실쌈스럽다:
　　1.마음이 무던하고 정성스럽다. 2.말투가 보기에 착실하다. 3.뒤스
　　럭스럽다. 충실하다.

지악스럽다　무슨 일을 하는 것이 모질고 악착스러운 데가 있다.

지어　'심지어' 그때 말.

지우(知遇)　학문이나 재능을 알아주어 좋은 모심을 받음.

지질증　지루함을 견딜 수 없는 마음.

지짐거리다　조금씩 오는 비가 자꾸 그쳤다 내렸다 하다.

지차(之次)　둘째아들.

지청구　까닭 없이 남을 탓하고 미워하는 것.

지친것　퇴직자退職者.

지평(持平)　사헌부司憲府 정오품 문관文官.

직　학질 같은 병이 갑자기 일어나는 차례.

직수굿하다　거스를 뜻이 없이 풀기가 죽어 수그러져 있다. 시키는 대로
　　순순히 따르는 데가 있다.

직신직신　몸을 슬슬 건드리며 치근치근 조름.

직초난행(直草亂行)　곧게 쓴 초서草書와 난하게(어지럽게) 쓴 행서行
　　書.(반쯤 초서로 쓴 것)

진 밥 썹듯　하찮은 일로 잔소리를 되풀이하다.

진고(陳告)　진술발고陳述發告.

진골 이제 서울 종로구 운니동.

진골대감 박영효(朴泳孝, 1861~1939).

진구리 허리 좌우 갈빗대 아래 잘록하게 들어간 곳. 잔허리.

진국명산(鎭國名山) 나라 운수가 매였다는 서울 뒤쪽 산을 가리키는 말로, 단가 하나.

진대붙다 괴롭도록 떼를 쓰며 달라붙다.

진더운 진실하고 따뜻한.

진동 소매.

진둥한둥 매우 바빠서 겨를없이 지내는 모습. 진동한동.

진득찰도깨비 끈끈하게 늘어붙어서 떨어지지 않는 사람을 빗댄 말.

진득하다 1.몸가짐이 의젓하고 참을성이 있다. 2.잘 들어붙도록 눅진하고 차지다.

진령군(眞靈君) 이씨(李氏) 고종 때 무당. 고종 19년인 1882년 임오군변壬午軍變으로 고종 중전 민씨가 충주 장호원長湖院에 몸을 숨겼을 때 궁궐로 돌아가게 될 것을 점쳐줌으로써 믿음을 얻어, 궁궐에 드나들며 권세를 부렸음. 중국 삼국시대 장수 관우關羽 혼령이 내렸다며 이제 흥인지문興仁之門 밖 숭인동에 관왕묘關王廟를 지어 살면서 벼슬자리와 복을 구하는 무리들 우러름을 받아 큰 힘부림을 하였음. 고종 30년인 1893년 전 정언正言 안효제安孝濟가 그를 정형正刑하라는 상소까지 있었을 만큼 나라를 뒤흔들었던 무녀였음.

진묵존자(震黙尊者) 조선왕조 첫때 명승名僧 일옥(一玉, 1562~1633).

진배(進拜) 자주 만나지 않는 17세 앞 윗사람한테 처음 볼 때 하던 절.

진솔 한번도 빨지 않은 새옷. 짓것.

진솔버선 한번도 빨지 아니한 새 버선.

진양 진양 판소리에서 늦은 장단.

진양조 늦은 중모리(박자)에 한 각을 더 넣은 것.

진이(眞伊) 조선왕조 첫때 기운차게 움직였던 명기名妓 황진이黃眞伊.

진전(陳田) 묵은 땅.

진주가 열 그릇이나 꿰어야 구슬 어떤 것이라도 좋은 솜씨를 가지고 끝까지 잘 꾸미어야 비로소 그 쓸모가 나타난다는 말.

진쪼실 수라 '임금님이 잡수실 진지'라는 뜻 궁중 말.

진채봉(秦彩鳳) 『구운몽』에 나오는 팔선녀 가운데 한 명.

진채선(陳彩仙) 여류광대 첫머리. 전라도 고창高敞 출신 해어화解語花로 판소리 이론을 세웠던 같은 고을 신재효申在孝 정인情人이었음.

진초(眞草) 왕희지 초서.

진티 일 실마리가 된 까닭. 일이 잘못되어 가는 빌미.

진피 검질긴 성미로 끈질기게 달라붙는 것.

질기군어 질기고 굳세. 굳세고 끄덕없어.

질병 질로 만든 병. 질: 질그릇 만드는 흙.

질빵 몬을 묶고 같은 끈으로 양쪽 어깨에 걸치는 것.

질서(疾書) 틈이 없어 재빠르게 글을 쓰는 것. 양말로 '메모'.

질솥 질로 만든 솥. 토정土鼎.

질옹두루미 질흙으로 된 조그마한 술병.

질청 아전 일하는 방.

질항(姪行) 조카뻘.

짐돈 열 뭇 돈 백관을 말하니, 천냥돈.

집게뼘 엄지손가락과 집게손가락을 편 거리.

집도 절도 없다 아무 데도 몸 붙일 곳이 없고 기댈 데도 없다는 말.

집손 때없이 들락날락하는 식구食口 같은 마을사람.

집에서 새는 쪽박 들에서도 샌다 바탕이 좋지 않은 자는 어디를 간다고 해서 좋아지지 않는다는 말.

집장사령(執杖使令) 주장매로 죄인을 때리는 사령.

집주름 집 흥정붙이는 일로 업業을 삼던 사람. 가쾌家儈. 이제 '복덕방'. '부동산중개인'.

징거미 충청우도 대흥에서 잡히던 앞다리가 거미같이 길게 생긴 명물 새우 하나.

짚둥우리 태우다 탐학한 고을 원을 짚으로 만든 둥우리에 태워 그 고을 살피 밖으로 쫓아내다.

짚신에 국화 그리기 1.격에 맞지 않는 짓을 한다는 말. 2.주되는 것이 천한 것인데 화려하게 꾸밈은 당치 않다는 말.

짚주저리 볏짚으로 우산처럼 만들어 그릇을 덮어 싸던 것.

짚토매 짚토막. 짚뭇.

짜개발리자 '찢어발기자' 충청도 내풋말.

짜른대 곰방대. 단죽短竹.

짜장 과연果然. 정말로. 참. 참말로. 그야말로.

짜하다 퍼진 소문이 왁자하다.

짝돈 백냥쯤 되는 돈.

짠지패 날탕패 대여섯 또는 예닐곱 사람이 떼를 지어서 작은 북을 두드 리고 상스러운 노래를 부르며 뛰놀던 패.

짠짓국 1.누더기옷. 2.짠지 국물.

짠하다 안타깝게 뉘우쳐서 속이 좀 아프고 언짢다.

짬짜미 남모르게 저희들끼리만 짜고 하는 언약言約. 뒷흥정. 묵계黙契.

짬짬이 만날 때마다 틈틈이. 간간이.

짬짬한 낯빛 무엇이 조금 모자라 아쉬워하는 눈치.

짯짯이 빈틈없이 꼼꼼하게.

째이다 쩨다. 살림이 어렵다.

쪼간 조간. 건件. 일. 수가 일에 붙어서 몇 번이나 몇 가지 뜻을 나타내는 말.

쪽골 한쪽머리통. 편두통偏頭痛.

쪽박 쓰고 비 피하기 떳떳하지 못하게 피하려 해도 피하지 못하고 당하 고 만다는 뜻.

쪽소반 한손으로 들 수 있을 만큼 작은 소반小盤.

쪽잠 짧은 틈을 타서 잠깐 자는 것.

쪽지게 젓장수나 등짐장수가 지던 작은 지게. 여느 지게가 절로 이루어 진 복ㅏ자꼴 소나무로 튼튼하게 건 것인데 견줘 조각조각 나무를 모 아 건 가냘픈 지게를 말함.

쪽찌다 여자가 머리털을 뒤통수에 땋아 틀어올리고 비녀를 꽂다.

쭈르투름하다 타박을 받고 기분을 다쳐 밝지가 않다.

찌그락짜그락 하찮은 일로 자꾸 티격태격 다투는 것.

찌그르하니 입맛이요 건너다보니 절터 걸핏하면 무엇 먹을 것을 주지 나 않을까 하고 바라는 것을 비웃는 말.

찍쨉소리도 못한다 한마디도 못한 채 꼼짝 못하고 당함을 이름.

쩐붕어 '섰다'격.

쩐붕어가 되었다 서슬 꺾이고 풀이 죽어서 마련없이 된 꼴.

찔레꽃머리 모내기 철.

찡기다 찡그리다.

찡기어 팽팽하게 켕기지 못하고 구겨져서 찌글찌글하게 되어.

차꼬 손목발목을 옭아매던 쇠사슬.

차도살인(借刀殺人) 남 칼을 빌려 사람을 죽인다는 말이니, 다른 사람에게 죄를 넘겨버린다는 뜻.

차일(遮日) 햇빛을 가리고자 무엇으로 막는 것.

차일공사(此日公事) 이날 공사. 이날 공적公的 일을 함.

차첩(差帖) 구실아치 임명장.

차하 예전 시문詩文을 놓고 나음과 못함을 끊을 때 가장 좋은 것이 상상上上, 상중上中, 상하上下요, 그 다음은 이상二上, 이중二中, 이하二下요, 또 그 다음은 삼상三上, 삼중三中, 삼하三下이며, 품品에 들지 못하는 것은 차상次上, 차중次中, 차하次下요, 가장 떨어지는 것은 갱지갱更紙更임.

차함(借銜) 정작 일하지 아니하고 이름만 올리는 벼슬. 영직影職.

찬물도 위아래가 있다 무엇에나 차례가 있으니 그 차례를 따라 해야 한다는 말.

찬물에 돌 지조志操가 맑고도 굳셈을 이르는 말.

찰담장이 악성 매독.

찰배미논 물 걱정 없이 기름지고 거둠새 좋은 상등답上等畓.

찰베 찰벼. 찹쌀이 나는 벼.

찰쌈지 허리띠에 차게 된 주머니 꼴 담배 쌈지.

찰음(察音) 소리꾼 배냇솜씨가 있는지 목소리 됨됨이를 살펴보는 것.

찰찰하다 몸가짐이 꼼꼼하다.

참깨 들깨 노는데 아주까리 못 놀까 남도 다 하는데 나도 한몫 끼어 하자고 나설 때 이르는 말.

참상(參上) 육품 위 종삼품 아래.

참일 사실.('사실'은 왜말임)

참증(參証) 도움거리가 될 만한 본메본짱. 본메본짱: 증거물證據物.

참척(慘慽) 아들딸이나 손자손녀가 먼저 죽음.

참하(參下) 육품 아래. 참외參外.

찻종 찻잔.

창름(倉廩) 곳집.

창병(瘡病) 매독梅毒.

창암(蒼巖) 이삼만李三晩. 추사秋史 김정희金正喜와 같은 시대를 살았던 전주全州 출신 서예가로,「창암유수체蒼巖流水體」라는 땅불쑥한 글씨를 선보인 명필이었음. 아랫도리 계급인 구실아치 또는 노비 출신이었다는 말이 있음.

창옷 소창小氅옷. 중치막 밑에 입는 웃옷 하나. 두루마기와 같으나 소매가 좁고 무가 없는데, 벼슬 없는 선비나 평민들이 입었음.

창옷짜리 소창옷 입은 사람을 가볍게 일컫던 말. 소창옷: 중치막 밑에 입는 웃옷 하나로, 두루마기와 같은데 소매가 좁고 무가 없음. 무: 딴폭.

채근(採根) 뿌리를 캐내다. 캐어 밝히다.

채뜨리다 1.갑자기 앞으로 와락 잡아당기다. 2.날쌔게 채어 빼앗다.

채변하다 뿌리치다. 비쌔다. 떠죽거리다. 돌아내리다. 손사래치다. 사양辭讓하다.

채수염 숱은 적으나 퍽 긴 수염.

책방(冊房) 외방수령外方守令 비서일을 맡아보던 사람으로, 관제官制에 있는 것이 아니고 사사로이 들였음.

책사(策士) 책략策略, 곧 엄평소니를 잘 쓰는 사람. 엄평소니: 의뭉스럽게 남을 후리는 솜씨나 짓.

책상물림 글만 읽다가 사회에 처음 나서서 모든 물정에 어두운 사람. 책상퇴물冊床退物.

책실(冊室) 고을 원 자제나 손님들이 머물던 방.

처매는 들어가는.

척사(擲柶) 윷.

천둥지기 물 샘자리가 없고 물을 닿게 할 차림이 없이 오직 빗물에 기대어 부칠 수 있는 논. 봉천답奉天畓. 천수답天水畓. 천봉답天奉畓.

천라지망(天羅地網) 비키기 어려운 언걸을 말함. 언걸: 큰 고생.

천리행룡(千里行龍) 낮았다 솟았다 하며 멀리 뻗어 나간 멧줄기.

천리화광마(千里火光馬) 인조 때 무장 정충신(鄭忠信, 1576~1636)이 타던 명마. 하루에 천리길을 달렸다는 붉은털빛 말.

천보대(千步-) 영조英祖 5년(1729) 윤필은尹弼殷이 발명한 총으로 몸이 작고 가벼우며 총알이 천 걸음까지 갔다고 함.

천서이 '천세千歲' 충청도 내폿말.

천수성절(千壽聖節) 중전마마 태어난 날을 일컫던 말.

천아성(天鵝聲) 1.큰일이 있을 때에 군사를 모으는 데 부는 나발소리. 2.임금이 대궐을 나설 때 부는 태평소 소리. 태평소太平簫: 날나리.

천양지피(千羊之皮) **불여일호지액**(不如一狐之腋) '천 양 가죽이 한 여우 겨드랑이 털만 못하다'는 뜻으로, 어리석은 수많은 사람보다도 하나 현인이 더 값있다는 말임. 『사기史記』에 나옴.

천연(遷延) 1.날짜를 미루어 감. 늦어짐. 2.머뭇거림.

천주(天誅) 하늘이 베었다.

천지 배판(天地排判) 육도 배판陸島排判. 천지가 일정한 비례에 맞춰 여러 몫으로 만들어짐.

천질(賤質) 제 품성品性을 낮추어 일컫는 말. 천품賤品.

천참만륙(千斬萬戮) 수없이 베어 여러 동강을 내어 끔찍하게 죽임.

천축노인(天竺老人) 부처.

천출(賤出) 천첩賤妾한테서 난 자손子孫.

천하에 의지가지없게 아무데도 기댈 데 없게.

철각(鐵脚) 쇠같이 튼튼하고 굳센 다리.

철갑군(鐵甲軍) 쇠갑옷으로 무장된 강군强軍.

철록에미 쉬지 않고 담배를 피워대는 사람을 놀리는 말.

철릭 무관 공식 차림새.

철릭짜리 무관武官 공복公服인 '철릭'을 입은 사람.

철총이 몸에 검푸른 무늬가 박힌 말.

철환(鐵丸) 총알.

첨사(僉使) 각 진영에 두었던 종삼품 무관벼슬.

첨서낙점(添書落點) 벼슬아치를 앉힐 때 삼망三望에 든 사람 모두 마땅치 않을 때 다른 이들을 더 넣어서 점을 찍어 아뤼짓던 것.

첨지 첨지중추부사僉知中樞府事로 당상堂上 정삼품 무관벼슬이나, 벼슬은 없지만 점잖게 나이 든 이한테 성 끝에 붙여 불러주던 부름말.

첩데기질 첩질.

첫 고등 맨 처음 고비. 첫대목.

첫술에 배부르랴 무엇이나 자꾸 하여야 익숙하여져서 얻는 게 있지 처음부터 있는 것이 아니라는 뜻. ≒한 술 밥에 배부르랴.

첫한아비 맨첨한아비. 시조始祖.

청구성 목소리 구성진 맛. 목구성.

청노새 양반들이 거의 타고다니던 털 빛깔이 푸른 노새.

청두리 청둥오리.

청목댕이 기름에 결은 가죽신 한가지. 흰 바탕이나 붉은 바탕에 푸른 무늬를 놓았음. 양반댁 여자나 아이들이 신었음.

청법전역(淸法戰役) 청불전쟁淸佛戰爭.

청부루 털빛이 푸르고 흰 점이 박힌 말.

청삽사리 검고 긴 털이 곱슬곱슬하게 생겼던 그때 돍씨(토종) 개.

청실뢰 청실리. 푸른빛이 나는 배.

청올치 겉껍질을 벗겨낸 칡 속껍질로 삼은 윗길 짚신.

청원(淸源) 『동의보감』을 지은 조선왕조 선조 때 명의 허 준(許浚, 1546~1615) 자.

청출어람(靑出於藍) **이청어람**(而靑於藍) 푸른 물감은 쪽풀에서 뽑아낸 것이나 그보다 오히려 푸르다 함이니 스승보다 제자가 더 뛰어났을 때 이름.

청편지(請便紙) 청질을 하는 편지. 청질을 하여 맡아내는 편지. 청간請簡.

청화산인(淸華山人) 이중환(李重煥, 1690~1756). 숙종肅宗 39년인 1713년 증광문과增廣文科에 병과丙科로 급제, 30년간 전국을 돌아다니며 실사구시實事求是하는 실학사상에 빛나는 업적을 남겼음.

체(遞) 관원 인사 이동.

체냥 청양靑陽.

체머리 병적으로 저절로 흔들리는 머리.

체메꾼 남한테 휘둘리어 대신 돈을 쓰거나 땀흘리는 사람. 남에게 체메 잡히어 대신 돈을 쓰거나 힘을 내주는 사람. 체메: 체면體面을 모르는 사람.

체문(帖文) 고을 수령이 향교 유생에게 타일러 가르치던 글.

체수 맞춰 옷 마른다 무엇이나 그 분수와 격에 맞도록 일을 꾀하고 갈무리한다는 말.

쳇불관 말총으로 된 관.

초가리 서까래 끝에 붙이는 기와.

초간하다 조금 멀다. 초간稍間하다. 초원稍遠하다.

초금(草琴) 호드기. 풀잎피리. 갈잎피리.

초꼬슴 어떤 일 맨 처음.

초남태(初男胎) 같다 첫 번째 낳은 사내아이 태라는 뜻으로, 아주 어리석은 사람을 비웃는 말.

초다짐 끼닛밥이나 좋은 음식을 먹기 전에 먼저 배고픈 것을 벗어나려고 간동한 음식을 조금 먹는 것.

초달(楚撻) 잘못을 저질렀을 때 어버이나 스승이 징계하느라고 회초리로 볼기나 종아리를 때림. 달초.

초라니 대상 물리듯 언제든지 해야 할 일을 미루고 또 미룬다는 뜻.

초라니 수고채 메듯 몸가짐이 방정맞고 까불까불한 초라니가 수고手鼓채를 멘듯하다 함이니, 방정맞음을 이름. 초라니: 계집꼴 야릇한 탈을 쓰고 붉은저고리에 푸른치마를 입고 긴 대깃발을 든 나자儺者를 이름이니, 남도南道에서는 까불고 방정맞은 사람에 견줌.

초련 오종 곡식이나 풋바심 곡식으로 정규 가을걷이 때까지 대어 먹는 일.

초례청(醮禮廳) 혼인婚姻 지내는 예식인 '초례'를 치르는 곳.

초록은 한빛이요 가재는 게 편이며 축은 축대로 붙고 소리개는 매 편 1.서로 같은 무리끼리 어울린다는 뜻. 2.이름은 다르나 따져보면 한

國手事典 227

가지 것이라는 말.

초롱 촛불을 켜는 '등롱燈籠'을 일컫는 말.

초림(椒林)·**편반**(偏班)·**남반**(南班)·**신반**(新班)·**건각**(蹇脚)·**좌족**(左族)·
점족(點族)·**일명**(逸名) 양반 첩자식인 서얼庶孽을 두루 일컫던 말.

초석(草石) 순장巡丈바둑에서 미리 돌을 놓던 것. 포석布石.

초잡다 시문詩文이나 어떤 글을 초벌로 쓰다.

초장(哨長) 백 명쯤 거느리던 한 초 우두머리

초종(初終) 초종장사初終葬事. 초상이 난 뒤로부터 졸곡卒哭까지를 일컬
음. 초종장례初終葬禮.

초지렁 '초장' 충청도 내폿말.

초초하게 매우 간동하고 거칠게.

촉새 입이 가벼운 사람.

촉작대 부보상들이 지니고 다니던 물미장勿尾杖으로, 용을 새긴 끄트머
리에 쇠꼬챙이를 박아, 연장이 되기도 했음.

촌년이 아전서방을 하면 갓자(可字)**걸음을 걷고(중의 꼬리에 단추를 붙
이고) 육개장 아니면 밥을 안 먹는다**
되지 못한 사람이 어쩌다가 믿는 데가 있게 되면 거만하게 굴고 별
우스운 짓도 다한다는 뜻.

촌보리 촌놈.

총냥이 이리처럼 눈이 붉거지고 입이 뾰족하며 마른 얼굴을 한 사람.

총댕이 포수砲手. 불놓이. 총으로 짐승을 잡는 사냥꾼.

총재(冢宰) 이조판서吏曹判書.

총전 말총으로 짠 모직물. 양탄자.

총찰(總察) 모든 일이 돌아가는 것을 몰아서 살핌.

총찰두령(總察頭領) 도틀어 이끄는 모가비. 우두머리.

총창질(銃槍-) 총끝에 칼을 꽂아 싸우는 것.

최(崔)**보따리** 동학 2세 교주인 최시형(崔時亨, 1827~1898).

최도통(崔道統) 최 영(崔瑩, 1317~1389) 장군. 고리 우왕禑王 때 팔도도
통사가 되어 명明을 치고 고구리 옛땅을 되찾고자 했다가 이성계李
成桂 반역으로 죽임당한 명장.

최익현(崔益鉉, 1833~1906) 고종高宗 때 배일파排日派 우두머리로 을사늑약에 맞서 의병항쟁을 이끌다가 대마도로 끌려가 죽었음.

최제우(崔濟愚, 1824~1864) 호 수운水雲. 16살 때 태어난 경주를 나와 20여년 도道를 닦아 37살 때 동학東學을 세워 뜨거운 손뼉을 받다가 41살 때 목이 잘렸음.

추격(追擊)**붙이다** 습진習陣 하도록 시키다.

『추관지(秋官志)』 정조 때 형전刑典.

추라치 굵고 큰 송사리.

추로지향(鄒魯之鄕) 공자·맹자 고향이라는 뜻으로, 본데를 알고 학문이 기운찬 곳을 일컫는 말.

추쇄(推刷) 부역賦役이나 병역을 멀리한 사람 또는 제 상전上典에게 할 일을 다하지 않고, 다른 외방에 몸을 숨긴 노비들을 모조리 찾아내어 제바닥에 돌려보내던 일.

추월이(秋月-)·**매월이**(梅月-)·**계섬이**(桂蟾-) 영정英正시대 유명한 기생.

추임새 소리꾼이 아니리를 할 때 고수鼓手가 질러주는 소리.

추천목 산뜻하고 흥겨운 느낌을 주는 목소리.

춘본(春本) 남녀가 어우르는 판을 그린 글을 모은 것.

춘주(春紬) 봄에 잣은 주사니.

춘추사십팔법(春秋四十八法) 중국 옛책에 나오는 계집사내 잠자리 재주 마흔여덟가지.

춘화첩(春畫帖) 남녀가 어우르는 판을 담은 그림을 모은 것.

출륙(出六) 벼슬길에 나가는 것.

출륙(出六)**짜리** 육품자리에 오른 사람.

출몰꾼 앞장서는 사람.

출반주(出班奏) 1.여러 사람이 모인 자리에서 맨 먼저 말을 꺼냄. 2.여러 신하 가운데 썩 혼자 나아가서 임금께 아룀. 출반.

출사(出仕) 벼슬길에 나가는 것.

출신(出身) 무과급제武科及第.

출일두지(出一頭地) 머리높이만큼 빼어남. 남보다 한층 높고 뛰어난 것. 일두지一頭地.

출처(出處) 나아가고 물러가는 것. 어느 때 벼슬자리에 나아가고 물러날 것인가를 아는 것이 조선왕조 때 선비들이 갖춰야 할 으뜸본 철학이었음.

출호이자반호이(出乎爾者反乎爾) 화를 만나거나 복이 돌아오거나 간에 모든 것이 자기자신이 행한 바에 말미암는다는 뜻.

춤새 춤추는 꼴.

충남 예산고장 전래 민요 어린 애기는 젖 달라구/자란 애기는 밥 달라구/문을 열구 측 나스니/강아지두 밥 달란다/(하략)

충남 예산고장 전래 상엿소리 내 몸 하나 병들어지면/어— 홍어— 하/백사 만사가 허사로다/어— 홍어— 하/북망산천이 멀다더니/어— 홍어— 하/앞산이 바로 북망일세/어— 홍어— 하/(하략)

충목공(忠穆公) 무과급제하여 세종世宗·문종文宗 굄을 받았던 장군 유응부(兪應孚, ?~1456). 명나라 사신을 맞는 자리에서 별운검別雲劍이 되자 쿠데타로 왕이 된 세조世祖를 없애려고 했으나 한명회韓明澮 일꾸밈으로 운검을 닫게 되어 뒷날로 미루었다가 동지였던 김질金礩 등돌림으로 잡혀 끔찍한 족대기질을 받던 끝에 죽었음. 여러 서원에 제향되었으며, 충목은 시호임.

충빠지다 화살이 떨며 나가다.

취라치 군대에서 소라나발을 불던 사람.

취옹(醉翁) 당송팔대가 하나인 구양수歐陽修 호.

츨릭짜리 철릭짜리. 철릭을 입은 사람, 곧 장교將校를 가볍게 이르던 말.

츱츱하다 1.야마리 없이 다랍고 더럽다. 2.귀·눈·코·입 및 마음에 거슬릴 만큼 매우 더럽다. 3.몹시 바냐위다(인색하다). 야마리: 얌통머리.

치 '임금 상투'를 가리키던 궁중 말.

치궁굴 내리궁굴 몹시 뒹구는 꼴.

치도곤(治盜棍) 곤장棍杖 한 가지로 길이 다섯자 일곱치, 넓이 다섯치 서푼, 두께 한치임.

치롱 싸리가지를 결어 뚜껑 없이 만든 채롱 비슷한 그릇.

치롱구니 어리석어서 쓸모가 없는 사람.

치진(馳進) 고을 원이 감영에 달려가던 것.

친구는 옛 친구가 좋고 옷은 새 옷이 좋다 친구는 오래 사귄 친구일수록 띠앗이 두텁다는 말. 띠앗: 정의情誼. 띠앗머리.

친탁 생김새나 성질이 아버지나 할아버지를 닮음. 진탁.

칠궁(七窮) 음력 칠월이, 묵은 곡식은 다 없어지고 햇곡식은 아직 익지 아니하여 가장 곤궁한 때라는 뜻.

칠성판 시신屍身을 넣는 관 밑에 까는 얇은 널조각. 북두칠성을 본따서 일곱구멍을 뚫음.

칠언률(七言律) 일곱자로 된 글귀 넷. 곧 스물여덟자로 짜여진 한시 한 체. 칠률七律. 칠언절귀七言絕句.

칠월 더부살이가 주인 마누라 속곳 걱정한다 제게는 아무 아랑곳없는 일에 분수 넘는 걱정을 한다는 뜻.

칠월 열쭝이 모양 석 새에서 한 새 빠지는 소리 한다 말이 많고 빠른 사람이 실없는 소리를 한다는 뜻.

칠칠하다 일솜씨가 막힘이 없이 손싸고 빠르다.

칠패 이제 남대문시장 자리에 있던 민간시장.

칠흡송장 정신이 흐리멍텅하고 몸가짐이 반편과 같은 사람을 이름.

침 먹은 지네 가슴속에 품은 것을 말하지 못하는 사람을 보고 하는 말. 늦꿀 먹은 벙어리.

침선방적(針線紡績) 바느질과 길쌈.

침안주 안주 대신 침을 삼키는 것.

침어낙안(沈魚落雁) 아름다운 여자 고운 얼굴을 나타내는 말. 물고기는 물속으로 가라앉고 기러기는 떨어진다는 말.

침채(沈菜) '김치' 옛말.

칭념(稱念) 무엇을 잊지 말고 잘 생각하여달라고 부탁하는 것.

ㅊ

칼감 성질이 썩 독살스런 사람.

칼날 쥔 늠이 자루 쥔 늠을 당허것남 칼날을 잡은 사람이 칼자루를 잡은 사람을 이길수 없다 함이니, 뛰어나게 유리한 조건에 있는 자를 이겨내기는 어렵다는 말. 늑날 잡은 놈이 자루 잡은 놈을 당하랴.

코그루를 박다 잠을 자다.

코를 떼였다 무슨 잘못이 있어 매우 무안한 경우를 당하였다는 말.

코맹맹이 코가 막히어 소리를 제대로 내지 못하는 사람. 코맹녕이.

코머리 관아에 딸렸던 기생들 우두머리. 현수絃首.

콧벽쟁이 콧구멍이 너무 좁아서 숨을 잘 쉬지 못하는 사람.

콧중배기 '코'를 낮춰 부르는 말. 코머리.

콩 튀듯 팥 튀듯 몹시 달아올라 팔팔 뛰는 것을 일컫는 말.

콩마당에서 서슬 치랴 두부를 만들려면 콩을 간 뒤에야 간수물을 치게 되는 것이니 콩밭에 가 서슬을 치겠다 함은 사리와 차례를 돌아보지 않고 급히 서둘고 덤빈다는 뜻. 서슬: 간수.

콩소매 옷소매 밑으로 볼록한 어섯으로, 예전 사람들은 주머니 갈음으로 쳤음. 도포道袍자락 볼록한 소매.

콩켸팥켸 사물이 마구 뒤섞여서 뒤죽박죽이 된 것을 가리키는 말.

쾌자(快子) 등솔을 길게 째고 소매는 없는 옛 전복戰服 하나.

쾟돈 열냥돈. 관돈.

큰 벙거지 귀 짐작 무슨 일에나 짐작이 있어 얼추는 맞는다는 말.

큰머리 예식 때 부녀婦女 머리에 크게 틀어올린 가발假髮. 어여머리 위에 또 나무로 만든 큰 머리틀을 얹음.

큰문 잡다 높은 사람이 드나들 때에 큰문을 열다.

큰불놓이 총을 가지고 큰 짐승을 잡는 것.

클클하다 답답하고 못마땅해하다.

타내다 1.남의 잘못이나 모자란 점을 드러내어 탓하다. 2.남한테서 들
　　은 꾸중이나 창피를 탓하거나 부끄러워하다.

타목 쉰 것처럼 흐리터분한 목소리. 흐리터분하게 쉰 목소리.

타섬미(打苫米) 환곡이나 세곡을 거두어 섬으로 만들 때 축나는 것을 채
　　우기 위한 쌀이라는 이름으로 버릇되었던 속가름.

탁난치는 몸부림을 치는.

탁방(坼榜) 과거급제한 사람 성명을 내거는 것을 뜻하나 여기서는 일이
　　매듭지어짐을 말함.

탁배기 농주農酒. 막걸리.

탄지 담뱃대로 피우다가 조금 덜 타고 남은 담배.

탈망에 풀대님 망건을 벗고 바지에 대님을 치지 아니한 것.

탐진치(貪瞋痴) 욕심·노여움·어리석음.

탐탐(耽耽) 꿍꿍이속을 가지고 잔뜩 노려보는 꼴.

탐화(探花) 셋째.

탐화랑(探花郎) 문과 셋째.

탑손 보습을 쥐는 손.

탕개 몬 동일 줄을 죄는 기구. 동인 줄 중간에 비녀장을 질러서 비비틀
　　면 줄이 죄어들게 됨.

탕갯줄 몬을 묶은 노나 새끼를 느즈러지지 않게 하려고 노나 새끼 사이
　　에 나뭇조각을 끼어 비틀어서 단단히 조져묶던 줄.

탕기(湯器) 국이나 찌개 등을 담는 자그마한 그릇.

태(態) 맵시. 매무새. 모냥새. 모양새. 맨드리. 몸가짐. 땟물.

태깔 꼴.

태백산 갈가마귀 게발 물어던지듯   할 짓은 다하였다고 내어버려져 아주 외로운 자리가 된다는 뜻.

태사신·검정신·징신   남자용 신발.

태수 되자 턱 떨어져   오랫동안 공들여 해오던 일이 갑자기 헛일이 되어 아무 보람 없이 된 것을 이름.

『태시기(太始記)』   조선왕조 숙종 2년인 1676년 씌어진 북애자北崖子 『규원사화揆園史話』에 나오는 책 이름.

태항(太行)   중국 산서성山西省에 있는 험산.

터수   1.살림 셈평이나 만큼. 2.서로 사귀는 푼수. 터.

터지게 난 인물   뛰어나게 잘난 사람.

털메기   모숨을 굵게하여 몹시 거칠게 삼은 짚신.

텀벅질   탐욕스레 걸터듬질 하는 것. 탐박貪縛질.

텃논   집 가까운데 있는 논.

테 밖   울타리 바깥.

테안   테두리 안. 얼안. 일원一圓. 모든 곳.

템   얼추. 명수名數 다음에 쓰며 생각보다 많은 만큼을 나타내는 말. 두 달 템이나 걸린다.

토리   1.실을 둥글게 감은 뭉치. 또 그것을 세는 하나치. 2.연습용으로 쓰는 화살에서는 촉이 깊이 들어가는 것을 막기 위해 상사와 사이에 쇠로 된 고리를 끼우는데, 이것을 토리라고 한다. 상사: 정작 적을 쏘아 맞추는 쇠끝(촉)을 말한다. 살촉 슴베가 꽂힌 부분을 보호하기 위해 씌우는 쇠대롱을 상사라고 하며, 상사목이라는 이름도 예서 나온 말이다. —이훈종『민족생활어 사전』에서.

토막나무에 낫걸이   큰 세력에 대하여 제 힘에 겨운 버팀을 한다는 뜻. ≒대부동大不動에 곁낫질이라. 참나무에 곁낫걸이.

토막돌림   돌아가면서 소리하는 것.

토막먹   닳아서 짧은 먹.

토막소리   온바탕이 못 되는 판소리 어섯.

토설(吐說)   숨기었던 진짜를 비로소 밝히어 말함.

토심(吐心)   좋지 아니한 낌새로 남을 대할 때, 맞선이가 느끼는 언짢고 아니꼬운 마음.

토정(土亭) 선조 때 철인으로 민중사상가이자 민중운동가였으며 아산
　　현감牙山縣監을 지내었던 이지함(李之菡, 1517~1578) 호.

토족(土足) 흙발.

토평(討平) 쳐서 바로잡다.

톱질 줄로 다리를 돌려 감고 양쪽에서 톱을 켜듯 당겼다 놓았다 하여 살
　　을 찢던 것.

통간률(通姦律) 임자 있는 남녀가 정을 통하다 받게되는 법.

통개(筒箇) 활과 살을 넣어 메고 다니던 가죽부대.

통고리 '애꾸눈이'를 가리키는 곁말.

통국(通國) 온 나라. 전국.

통돌다 여러 사람 뜻이 모여 그렇게 하기로 서로 알리어지다.

통량갓 경상남도 통영에서 만든 갓으로, 가장 좋은 갓으로 쳤음.

통목 배에서 나온 통목소리.

통변(通辯) 통역.

통성(通聲) 배에서 나오는 통목소리.

통씨름 샅바 없이 허리와 바지를 잡고 하는 씨름.

통안대궐 동대문 안에 있던 동구안 대궐. 곧 창덕궁昌德宮을 말함.

통자(通刺) 명함을 들임.

통지기 서방질을 잘하는 계집종.

통짜다 여럿이 한 동아리가 되기를 다짐하다.

통터져 여럿이 한꺼번에 냅다 쏟아져 나와.

통팥 옹근 팥. 맷돌에 갈지 않고 통째로 밥에 섞은 팥.

퇴 싫증.

퇴 툇마루. 집채 원간살 밖에 딴 기둥을 세워붙여 지은 간살인 퇴간退間.

퇴기질 오락놀이 하나.

퇴내다 먹거나 가지거나 누리는 것을 실컷 물리도록 하다.

퇴등(退燈) 원이 잠잘 때 등불을 끄던 것.

퇴령(退令) 원이 이속과 사령들한테 퇴청을 들어주던 분부. 퇴청退廳.
　　'퇴근'은 왜말임.

퇴리(退吏) 물러난 아전.

퇴밀이 살 양옆과 등을 함께 밀어 동그랗게 한 창살로, '등밀이'보다 훨씬 찬찬한 멋을 나타내는 조선왕조 때 양반댁 사랑채에서 주로 썼던 창문 꼴임.

퇴방정 방정을 많이 떠는 것.

퇴침(退枕) 서랍이 있는 목침木枕으로, 빗과 단장구丹粧具를 넣음.

퇴하고 물리고.

툇부짜리 통부通符짜리. 도둑을 잡는 포교捕校가 범인을 잡는 증표로 차던 것. 통부通符. 의금부·병조·형조·한성부 입직관入直官이나 포도청 종사관從事官과 군관軍官이 차던 부찰符札.

투겁하다시피 덮어씌우다시피.

투그리며 짐승들이 서로 틀려 싸우려고 소리를 지르고 잔뜩 벼르며.

투레질 젖먹이 아이나 마소가 급히 내쉬는 숨으로 우아래입술을 떨며 '투루루'하는 소리를 내는 짓.

투전걸이 결판에 오른 장사들한테 돈을 걸고 이긴 편이 먹던 노름. 결판決判: 판가름. 판가리. 끝판.

투패(鬪牌) 투전.

투필(投筆) 문필文筆을 던져버리고 무예武藝에 몸붙임.

퉁딴 도둑 잡는 일을 거들던 사람. 절도죄인으로 출옥한 뒤 포도청 딴꾼이 된 이.

퉁어리 적다 옳은지 그른지도 모르고 아무 생각 없이 움직이다.

튀고·퍼고·식고 죽는다는 뜻.

튀는목 평성平聲으로 하다가 위로 튀어나오는 목소리.

튀하다 새나 짐승 털을 뽑으려고 끓는 물에 잠깐 담갔다가 꺼내다.

트레머리 가르마를 타지 않고 꼭뒤에다 틀어붙인 여자 머리. 꼭뒤에다가 틀어 올렸던 조선조 하층 여자 머리.

트릿하다 1.먹은 것이 잘 삭지 않아 가슴이 거북하다. 2.맺고 끊음이 뚜렷하지 않다.

특면 특별 면수面囚.

특명제수(特命除授) 여러 차례次例 없이 임금이 바로 벼슬을 시킴.

티끌 봐 태산이요 부지런 붓자넌 하늘두 못막넌다 아무리 적은 것이라
도 모이면 큰 것이 될 수 있고, 부지런 하면 반드시 부자가 될 수 있
다는 말.

파(波) 오른쪽에 비스듬히 끌어내리다가 펼쳐 맺는, 파 임 '﹀'.

파란양반 양반은 떨치는 힘이 서릿발 같다는 말.

파명당(破明堂) 명당인 무덤을 파서 다른 데로 옮김.

파사(波斯) 페르시아.

파수(派收) 장날에서 장날까지 동안.

파일(破日) 매달 5·14·23일로서 출입과 나그넷길을 기忌하는 날. 삼패일三敗日.

곽내 내외內外. 한솔. '부부夫婦'는 왜인들이 거의 쓰는 말임.

판가리 이기고 짐을 가림.

판도방(判道房) 절에 있는 큰방.

판막음 그 판에서 마지막 이김.

판막음장사 마지막 겨룸에 이겨 그 판을 거두어버리는 장사.

판무식쟁이 아주 무식한 사람.

판수 점치는 것을 업으로 삼는 소경.

판축 바둑에서 끝까지 외통수에 몰려 잡히게 된 꼴.

팔오금 팔꿈치 구부리는 안쪽. 오금.

팔자 도망은 독 안에 들어도 못한다 1.제가 본디 타고난 분에 맞는 대로 살 것이지 엉뚱한 생각을 아무리 하여도 쓸데없다는 말. 2.무슨 일이 제 맘대로 되지 않고 억지로 하려 해도 안 될 때 한숨짓는 말. 늑팔자는 독에 들어가서도 못 피한다.

팔좌(八座) 판서.

팔주리 발목을 엇갈리게 무릎 꿇리고 두 팔을 어깨가 닿도록 뒤로 묶은 다음 나무를 팔 속에 넣고 비틀던 것.

팔팔결 엄청나게 어긋나는 일이나 됨됨이. 팔결.

팥복색 무릎치기 조선왕조 끝 무렵 아래치 병정들이 입던 자줏빛 군복. 웃도리가 무릎까지만 내려왔으므로 생긴 말.

패(覇) 남을 몰래 속이는 꾀.

패군지장(敗軍之將)은 불가이언용(不可以言勇) 전쟁에 지고 돌아온 장수는 다시 군사를 이야기하지 못한다 함이니, 한번 크게 삐끗한 사람이 그 일에 대해 이러쿵저러쿵하지 못함을 이르는 말.

패대기질 땅바닥에 내팽개쳐진 꼴.

패대기치다 땅바닥에 내팽개치다.

패랭이 천한 사람이나 상제喪制가 쓰는 댓가지로 엮어 만든 갓 한가지.

패랭이짜리 댓개비로 엮은 막갓인 평량립平涼笠. 평량자平涼子. 폐양자蔽陽子를 썼던 종이나 상인喪人을 말함.

패악(悖惡) 1.참길에 어긋나 감사나움. 2.바탕이 거칠어 일하기 힘들다. 감사납다: 억세고 사나워 휘어잡기 어렵다.

패에 떨어졌다 속임수에 빠졌다는 말.

패쨌다 살림살이가 어렵다.

팽기다 달리다

팽패리 성질이 부드럽지 못하고 괴팍한 사람.

퍼대고 앉다 '퍼더버리고 앉다'내폿말.

퍼지르고 앉다 팔다리를 아무렇게나 벌리고 앉다.

편자 말굽에 대어붙인 쇳조각. 제철蹄鐵.

평교(平交) 나이가 서로 비슷한 벗.

평교자(平轎子) 종일품 위 기로소耆老所 당상관이 타던 남여藍輿.

평기둥 물림퇴를 받치는 기둥.

평미레 말에 곡식을 담고 그 위를 밀어서 고르게 하는데 쓰이던 방망이.

평양일초(平壤逸草) 평양에서 나오던 담배.

평작(平作) 길지도 짧지도 않은 화살.

평지낙상(平地落傷) 청천벽력(青天霹靂) 평평한 땅에서 넘어져 몸을 상하고, 마른하늘에 벼락이라 함이니, 뜻하지 않게 나쁜 일을 당함을 이름.

평치 평안도 사람을 낮게 일컫던 말.

포금(包金) 화적들에게 바치기 위하여 미리 마련해두었던 돈.

포달 암상이 나서 악을 쓰고 함부로 욕을 하며 대드는 품이 몹시 사납고 다라지다. 다라지다: 성깔이 간질기고 야무지다.

포대화상(布袋和尙) 7세기 말 8세기 초 중국 스님.

포도군사 은동곳 물어뽑는다 도둑이 잡혀 벌을 받고 하옥下獄 될 때에 그를 잡고 있는 포도군사捕盜軍士 상투에 꽂은 은비녀를 몰래 뽑는다 함이니, 좋지않은 제 버릇은 어디를 가서도 고치지 못한다는 말. ≒ 제 버릇 개줄까. 개고기는 언제나 제맛이다.

포도아(葡萄牙) 포르투갈.

포청 남간(南間) 사형수방死刑囚房.

포폄(褒貶) 도마다 있던 우두머리 관리인 감사監使가 한 해 두 번, 유월 과 섣달 각 고을을 돌며 수령들 치적을 심사하여 중앙에 보고하던 것으로 '전최'와 같은 말임. 초도순시.

포흠(逋欠) 관물官物을 사사로이 써버리는 것으로, 횡령橫領.

폭백(暴白) 성난 까닭을 들어 함부로 성을 내어 말로 발뺌함.

폭폭한 꽉꽉한. 답답한.

표(表) 시무時務에 얽힌 것으로 일정한 정식을 갖춰야 되는 사륙변려문 (四六騈儷文: 반운문)이었음.

표가라 털이 희고 갈기가 검은 말. 가리온.

표리백면포(表裏白綿布) 안팎이 다 하얗고 깨끗하게 짜여진 가장 웃길 무명.

푸는목 판소리에서 느슨하게 슬슬 푸는 목소리. 소리 음양陰陽에서 음에 들어맞는 것으로 한 매듭이 끝났을 때 소리맵시.

푸새 좋은 옷에 풀을 잘 먹이어 보기 좋은.

푸새머리 잡풀이 솟듯 다듬지 않은 머리.

푸장나무 생나무 곁가지.

푸지위 어떤 자리에 있는 사람이 아랫사람에게 무엇을 하라고 분부하 는 것을 '지위하다'라고 말하는데, 만일 한번 지위하였던 것을 다시 무르고 하지말라 함을 '푸지위하다'고 함.

푼거리   땔나무를 작게 묶어서 몇 푼 돈으로 사고파는 일.

푼관   여러 대 그곳에서 붙박이로 사는 양반. 토반土班. 향족鄕族.

푼주   큰 술대접. 왕발. 왕기. 화채·감주그릇. 자배기와 비슷한데 아구리가 넓고 바닥이 좁아 몬을 넣고 으깨어서 조금만 기울이면 흘러내리게 되어 있는 사기그릇.

푼푼하다   1.넉넉하다. 2.옹졸하지 않고 서글서글하다.

풀대님   바지나 고의袴衣를 입고 대님을 매지 아니한 것.

풀방구리 쥐 나들 듯   풀 담은 그릇에 풀을 먹으려고 쥐가 드나드는 것 같다는 말이니, 자주 드나드는 꼴을 두고 이르는 말.

풀어먹이다   음식이나 재물을 여러 사람에게 기쁘주다. 여기서는 몬을 팔아먹는다는 뜻임. 기쁘주다: 나누어주다. 분배分配하다.

풀쳐생각   맺혔던 마음을 풀어버리고 스스로 달램.

풀쳐주다   맺혔던 마음을 풀어주다.

풀치마   좌우쪽으로 선단이 있어 둘러입게 된 치마. 통치마.

품밟기   택견을 겨루기 앞서 바탕법식을 보여주는 것.

풋고추 절이김치   절이김치에는 풋고추가 가장 맞춤하다는 데서, 사이가 매우 가까워 언제나 잘 어울려 다니는 사람을 놀리는 말.

풋낯   조금 아는 만큼 낯.

풋담배   푸른 잎을 썰어 곧장 말린 담배.

풋바둑   아직 익지 않은 바둑. 어린 바둑.

풋바심   채 익기 전 벼나 보리를 지레 베어 떨거나 훑는 일.

풋술내기   맛도 모르고 술을 먹는 사람. 풋: 채 익지 않거나 여물지 않은. 익숙하거나 깊지 않은.

풋심   아직 익지 않은 아이들 힘.

풋잠   잠이 든 지 오래지 않아 깊이 들지 않은 잠. 여원잠. 수잠.

풋풍류   설익은 풍류.

풍각쟁이   남 집 문앞으로 돌아다니며 풍류소리를 내면서 돈을 얻어가던 사람.

풍물·두레   '농악'은 왜제가 우리 농촌고루살이 얽이였던 '두레'를 뜯어헤치며 붙였던 이름이고, 삼한시대부터 있어왔던 우리겨레만이 지닌 마을고루살이 얽이였던 '두레'는 마을 농삿일을 마을사람들이 함께하면서 마을 안녕과 듬을 지켰던 굳세고 힘찬 얽이로 마을 자치기관인 농촌소비에트였는데, 일과 놀이를 함께 아우르는 다리노릇을 하였던 것이 '풍물'이었음. 왜제가 가장 먼저 그리고 가장 속속들이 부숴버렸던 것이 '두레'요 '풍물'이었음. 따라서 본바탕은 없어지고 그 껍데기만 남은 것이 이른바 '농악'임. 농악은 왜제가 우리 조선 겨레 민족정기를 없애버리고자 '풍물'을 못하게 하면서 만들어낸 말임. 왜제는 농사를 북돋우기 위해서만 '풍물'을 들어주었으므로 풍물패들이 '농악'이라는 이름으로 놀이를 하게 해달라고 한 데서 비롯된 말이 '농악'임. 두레는 우리 겨레가 예로부터 써왔던 말이니, 온동네가 함께 쓰는 것을 '두레우물', 두 집에서 나누어 쓰는 것은 '반우물'이라고 하였음. 두레. 풍물. 풍장. 굿. 걸굿. 금고. 군몰.

풍아(風雅) 『시경』국풍國風과 대아大雅 소아小雅, 곧 시를 말함.

풍타낭타(風打浪打) 바람부는 대로 물결치는 대로.

피기(避氣) 딸국질.

피새 바탕이 급하고 날카로와 툭하면 성깔을 내는 사람.

피에 운다 몹시 슬프게 운다는 말.

필부(匹夫) 그저그런 사내.

필채 돈.

핍진(逼眞) 참모습과 아주 비슷함. 그림이나 글 또는 조각에서 어떤 일몬을 보여주는 것을 볼 때 쓰는 말로, 가장 잘된 것을 가리켜 하는 말임. 제아무리 잘된 솜씨라고 할지라도 그 일몬 제몸일 수는 없음으로에서임. 일몬: 사물事物.

핏종발 핏기. 곧 의기義氣.

ㅍ

하가마 기생들이 머리에 쓰던 '화관花冠'을 가리키는 말로, 눈이 움푹 파여 들어갔다는 뜻.

하게 벗이나 아랫사람한테 쓰는 여느 낮춤말. '하오'보다는 낮게, '해라'보다는 높여 말할 경우에 씀. 합쇼. 하오. 하게. 해라. 지체와 나이에 따라 쓰는 말이 다 달랐음.

하냥 '함께' 충청도 내폿말.

하냥다짐 일이 잘 되지 않으면 죽음이라도 받겠다고 두는 다짐.

하노리다 놀리다. 놀려먹다.

하늘 보고 주먹질 한다 아무 쓸데없는 엄청난 일을 한다는 뜻. 늑하늘 보고 손가락질 한다.

하늘에 방망이를 달지 그 일을 하면 하늘에 방망이라도 달 수 있겠다 함이니, 불가능한 일이라는 뜻.

하늘을 이고(쓰고) 도리질 한다 떨치는 힘이 드높아 그 힘을 믿고 두려운 것이 없는 듯 설치는 것을 이름.

하늘이 무너져도 솟아날 구멍이 있다 아무리 어려운 처지라도 그것을 벗어나서 다시 잘될 수 있는 방책方策이 서게 된다는 뜻. 늑죽을수가 닥치면 살수가 생긴다.

하늘 밑에 벌레 사람.

하늘하늘하다 너무 무르거나 성기어서 뭉그러질 듯하다.

하늬바람 북서풍北西風. 또는 북풍北風.

하님 계집종을 대접하여 부르거나 계집종끼리 서로 높이어 부르던 말. 하전下典.

하락(河洛) 옛날 중국 복희씨伏羲氏 때에 황하黃河에서 용마龍馬가 지니고 나왔다는 다섯 점 그림과, 우禹 임금 때 낙수洛水에서 나온 거북이 등에 있었다는 다섯 점 글씨. 여기서 세상이 돌아가는 갈피인 '홍범구주洪範九疇'와 '팔괘八卦'가 나왔다고 함. 하도낙서河圖洛書.

하릅강아지　난 지 한 해 되는 강아지.

하리아드렛날　음력 2월 초하룻날로 '종날'. 이날에 음력 정월 열사흘부터 보름까지 담과 지붕에 꽂아둔 가짜 무명과 낫가릿대들을 모두 헐어서 불때어 콩도 볶고 떡도 만들며, 더구나 이날 낫가릿대 속 곡식으로 만든 송편을 노비들에게 골고루 나눠주어서 그 나이 수대로 먹게 하였음.

하릴없다　어떻게 할 도리가 없다.

하마　벌써. 이미.

하무　예전 군중軍中에서 병정들이 떠드는 것을 막고자 입에 물리던 가는 나무막대기.

하문(下門)　밑. 밑구멍. 똥구멍. 아래. 보지. 씹.

하방궁무(遐方窮武)　서울에서 멀리 떨어진 외방外方에 사는 가난한 무인武人.

하삼도(下三道)　서울 아래 충청·전라·경상도.

하수(下手)　손을 댐. 손을 대서 사람을 죽임.

하오하다　맞선이를 흔히 하는 대로 높이어 말하다.

하옥(荷屋)**대감**　안동김씨安東金氏 세도정치 터를 닦은 김조순(金祖淳, 1765~1831).

하원갑(下元甲)　'하원갑자' 준말. 음양설에서 180년마다 시대가 크게 변하는 것으로 보고 한 시대가 차차 이우는 단계로 잡는 그 세번째 갑자년으로부터 60년. 말세.

하정(下情)　아랫사람들 셈판. 셈판: 사실의 형편 또는 까닭.

하정배(下庭拜)　지체가 낮은 사람이 웃사람을 뵐 때 뜰 아래서 절 함.

하증(何曾)　전설적인 고대 중국 부자.

하차묵지 않다　1.바대가 조금 좋다. 2.성깔이 조금 착하다.

하충불가(夏蟲不可) **이어우빙**(以語于氷)　'여름 벌레는 얼음을 말할 수 없다'는 뜻으로, 사람 식견 좁음을 이를 때 쓰던 말임.『장자莊子』

ㅎ

「춘추편」에 나옴.

하회(下回) 다음 차례.

학창의(鶴氅衣) 옷가장자리를 돌아가며 검정헝겊으로 넓게 꾸민 창옷
으로, 선비들이 입던 웃옷 한가지.

학행발천(學行發薦) 학문과 덕행이 높은 사람을 가려 조정에 초들여쓰
게 하던 것. 초들다: 밀어주다.

한 동 50필.

한 뭇 1.한 단. 2.열 사람.

한 살 더 먹고 똥 싼다 나이를 더 먹어가면서 철없는 짓을 한다는 뜻.

한겻 하루낮 사분의 일. 반¼나절.

한고함 큰 고함.

한뉘 평생. 한평생. 한세상.'뉘'는 세대世代나 향수享受의 뜻으로, 예부
터 써 내려오는 말이니, 이승을 이 뉘, 저승을 저 뉘, 혹은 뒷 뉘라고
하는데, 한뉘는 곧 한평생이라는 말로서, 어감과 품격이 좋게 된 말
이다. ─단기 4281년 2월 15일 문교부에서 펴낸『우리말 도로찾기』
에서.

한님 지금 시베리아 바이칼호 근처에서 처음 나라를 열었던 우리 밝겨
레 첫한아비, 하느님이 줄어 된 말이므로 '환인'으로 읽어서는 안 됨.

한대중 전과 다름없는 만큼.

한동자 끼니를 마친 뒤 다시 밥을 짓는 일.

한둔 한데서 밤을 지냄. 노숙露宿.

한량(閑良) 돈 잘 쓰고 만판 놀기만 하는 사람.

한무세월(限無歲月) 느리게 움직여 시각이 안좁혀지는 것.

한문성(韓文成)**의 엮음하듯** 같은 말을 끊임없이 되풀이하는 사람에게
이르는 말. 엮음: 재치있는 이야기에 찬 긴 이야기로 엮어진 노랫말.

한배 1.가락이 빠르고 느린 만큼. 2.살이 제 턱에 가는 것. 3.한 암컷이
낳거나 깐 새끼.

한소금 한숨.

한속(寒粟) 추울 때 몸에 이는 소름. 소름.

한양시모(漢陽時毛) 서울 소식.

한이 사람을 셀 때는 반드시 한이 둘이 서이 해야지, 하나, 둘, 셋하고 말하면 안됨.

한잡이꾼 한패인 풍물잡이.

한잡인(閑雜人) 일에 관련 없고 한가한 사람. 한인과 잡인.

한저녁 끼니때가 지난 뒤에 간동하게 차린 저녁.

한짐 한관. 열냥돈. 꿰돈.

한팔접이 한 팔을 쓰지 않아도 능히 상대할 수 있다는 말.

한풀 한창 올라서 좋은 풀기.

할경 남 떳떳하지 못한 지체를 드러내는 말.

할딱하다 호된 고생이나 병으로 얼굴이 파리해지고 핏기가 없다. 여위다. 야위다. 해쓱하다. 철골이 되다. 초췌하다.

할랑할랑 몹시 할가와서 자꾸 흔들리다.

할봉관(割封官) 과거시험 답안지를 모아 큰 봉투에 넣어 풀로 붙여둔 것을 뜯던 사람.

할쭉하다 야위다, 여위다. 파리하다. 마르다. 해쓱하다. 데꾼하다. 핏기 없다. 수척瘦瘠하다. 야위다.

함(緘) 서명. 수결手決. 양말로 '사인'.

함지땅 분지盆地. 평지平地보다 움푹 꺼져들어간 땅.

함함한 머리칼 따위가 보드랍고 반지르르한. 차분하게 가라앉아 반지르르한.

함흥차사(咸興差使) 심부름을 간 사람이 떠난 뒤 다시 돌아오지 않음을 뜻함.

합덕(合德) **방죽에 줄남생이 늘어앉듯** 여럿이 죽 늘어앉은 꼴을 비웃으며 하는 말. 합덕: 충청남도 당진군 합덕면에 있는 합덕지合德池를 이름.

합창(合瘡) 종기나 생채기에 새살이 차서 아무는 일.

핫빨 아랫도리 지체. 하천下賤한 것.

핫저고리 솜을 두어서 만든 저고리.

항것 종·머슴들이 모시는 주인. 상전上典.

항다반사(恒茶飯事) 늘 있는 여느 일.

항라(亢羅)　명주·모시·무명실로 짠 피륙 한가지. 씨를 세 올이나 다섯 올씩 걸러서 구멍이 숭숭 뚫어진 것으로 여름 옷감에 알맞음.

항라깨끼　호사바치가 초여름에 입던 주사니것.

항아님　선녀仙女.

항오발천(行伍發薦)　1.병졸에서 장관將官에 올라감. 2.낮은 벼슬에서 높은 자리로, 잔다리 밟아 올라감. 잔다리: 낮은 자리부터 차츰 올라가 높이 된 사람.

항전(巷戰)　시가전.

해가 서쪽에서 뜨다　너무나도 뜻밖에 일을 겪을 때 이르는 말. 늑서천에서 해가 뜨겠다.

해거(駭擧)　이상야릇한 짓.

해거름　해가 거의 넘어갈 무렵. 해넘이.

해귀당신　얼굴이 해바라지고 푼더분하지 못하게 생긴 사람.

해끔하다　빛깔이 조금 희고 깨끗한. 반반하게 생기고 빛깔이 해끔한 듯하다. 해끄무레하다.

해낙낙하다　마음이 흐뭇하여 기쁜 빛이 있다.

해동갑　해가 질 때까지 때. 일이나 길을 갈 때에 해가 질 때까지 금긋는다는 뜻.

해동청 별보라매　사람이 영악하고 날램을 보고 이르는 말. 해동청·별보라매: 매 이름들.

해뜩하다　보기에 해끔하고 훤한 데가 있다.

해를 거듭 밝게 한다　새로운 세상을 연다. 역성혁명易姓革命을 말함.

해반주그레하다　얼굴이 해말쑥하고 겉보기에 반반하다.

해소수　한 해가 조금 지나는 동안. 해포.

해어화(解語花)　'말을 알아듣는 꽃'이라는 뜻으로, 기생을 일컫던 말.

해우채　노는계집과 어르고 주는 돈. 옷을 벗기는 값이라는 말로, 해의解衣, 곧 해웃값. '화대花代'는 왜말임.

해자　부비. 비용. '경비'는 왜말임. 해자: 쓰다는 말로서, 속담에 "이웃집에서 말을 잡는데, 우리집에는 소금이 '해자'다"라는 말이 있고, 옛글에는 비용費用이란 말로 이 말을 많이 썼다. ―단기 4281년 2월 15

일 문교부에서 펴낸 『우리말 도로찾기』에서.

해자(垓字) 성 밖으로 둘러 판 못.

해찰 1.정나미가 없어 온갖 몬을 부질없이 마구 집적여 해치는 짓. 2.일에 마음을 두지 않고 쓸데없는 다른 짓을 함. ~부리다.

해토머리 해토解土: 얼었던 땅이 녹아서 풀리기 비롯할 때.

해행문자(蟹行文字) 가로로 쓴 문자. 옆으로 써나간 서양글자로, '영어'를 말함.

햇귀 해가 처음 솟을 때 빛. 햇빛.

행감치다 바짝 틀어치는 책상다리 비슷한 앉음새.

행리(行李) 나들이 때 쓰는 연모.

행수(行首) 우두머리 한량閑良.

행수(行首) 행수하고 짐 지우기 겉으로는 받드는 체하면서 일을 시켜 먹는다는 말. 늑아저씨 아저씨 하고 길 짐 지운다.

행실(行實) 내다 관계關係를 맺다.

행악(行惡) 못된 짓.

행악발긔(行惡發記) 나쁜짓 한 것을 속속들이 적어둔 것.

행연(行硯) 들손 벼루. 들손: 그릇 옆에 달린 손잡이. 휴대용携帶用.

행자(行資) 노수, 노자. 길삯.

행짜 심술을 부려 남을 해롭게 하는 짓.

행차(行次) 웃어른을 우러른다는 뜻에서 어른 또는 맞선이를 높이던 말.

행차(行次)칼 형구刑具 하나. 여느 칼보다 짧으나 폭은 넓으며, 죄인을 다른 곳으로 옮길 때 씌움.

행창(行娼) 떠돌아다니며 몸을 파는 여자. 들병이.

행하(行下) 품삯 밖으로 더 주거나, 경사가 있을 때 주인이 하인에게 내리어주던 금품. 양말로 '팁'.

향교재임(鄕校齋任) 각 고을에 있던 문묘文廟와 이에 딸린 서원書院에서 일을 맡아보던 사람.

향원(鄕愿) 향촌에 사는 엉터리 선비.

향화거사(向化居士) 중으로서 세속으로 돌아온 사람.

허당 땅바닥이 갑자기 움푹 패어 빠지기 쉬운 곳.

ㅎ

허두가(許頭歌) 본 소리 앞서 목풀이로 하는 소리.

허령불매(虛靈不昧) 유가儒家철학에서 말하는 본바탕 마음꼴 및 명덕明 德 본바탕. 마음이 거울같이 맑고 영묘靈妙하여 무엇이든 뚜렷이 비 추어 모든 마주하는 것을 밝게 살펴본다는 뜻. 유가철학에서 꼽는 가장 높은 마음자리.

허릅숭이 말투가 미덥지 못하여 믿기 어려운 사람.

허릿말기 치마나 바지 허리에 둘러서 댄 어섯.

허미수(許眉秀)**터** 미수眉秀 허 목(許穆, 1595~1682)이 살던 이제 서울 중구 인현동.

허방다리 바닥이 갑자기 움푹 패어 빠지기 쉬운 땅. 함정陷穽.

허술청 높은 벼슬아치 집 대문 안에 있는 방. 그 벼슬아치를 뵈러 온 사 람이 잠깐 들어 쉬게 되었음. 헐숙청歇宿廳. 허숙청.

허양벌지 기댈 곳 없이 너른 들판.

허영허제 헌칠하고 끼끗하고 열기 있고 시원스러워 엄청난 일을 할 듯 한 사람.

허위단심 갈 곳에 이르려고 허우적거리며 매우 애를 씀.

허위대 겉꼴이 좋고 큰 몸집. 볼품이 있는 키. 틀거지가 있는 몸피.

허청 헛간으로 된 집채. 덧집.

허청허청 병으로 힘이 빠져서 걸음이 잘 걸리지 않고, 몹시 비틀거리는 것. 비틀배틀.

허턱 1.아무 생각 없이 문득 나서거나 움직이는 모습. 2.이렇다 할 까닭 이나 터무니없이 함부로.

허텅지거리 매겨진 맞수가 없이 들떼놓고 하는 말

허펍하다 겉만 그럴듯하지 속은 텅 비었다.

허희탄식(歔欷歎息) 매우 한숨지음.

헌종대왕 14년 1847년.

헌칠민틋하다 키와 몸집이 크고 똑고르다.

헐수할수 이러지도 저러지도.

헐후(歇后)**하다** 대수롭지 않다.

헛고함 겁을 주려고 일부러 지르는 소리.

250

헛목 엉터리 소리.

헛방 허드렛 세간을 넣어두는 방.

헛심 쓸데없는 힘. 보람 없이 써지는 힘.

헛장 허풍을 치며 떠벌리는 큰소리.

헛헛하다 출출해서 무엇이 먹고 싶다. 몹시 출출해서 자꾸 먹고 싶다.

혀짜래기 혀짤배기.

혀짤배기 혀가 짧아서 'ㄹ' 받침소리를 잘 내지 못하여 말이 똑똑하지
　　　아니한 사람. 혀짜래기.

혁개(革改) 혁명革命.

혁심(革心) 과녁 한가운데.

「혁지(奕旨)」 중국 후한시대 문인 반고班固가 쓴 바둑에 대한 글.

현미(玄微) 허령불매한 마음자리로 가 닿을 수 있는 마지막 세계 모습을
　　　나타내는 말.

현황(玄黃) 병든 말.

혈혈(孑孑)한 의지가지없이 외로운. 우뚝하게 외로이 선.

형만 한 아우 없다 1.모든 일을 치르는 데 있어서 또한 형이 아우보다 낫
　　　다는 뜻. 2.아우가 아무리 형을 생각한다 하더라도 형이 아우를 생각
　　　하는 정에는 미치지 못한다는 뜻.

형증(形證) 겉으로 드러난 본메본짱.

혜혜(盻盻) 원망스러이 바라보는 꼴.

호가호위(狐假虎威) 여우가 범 힘을 빌어 겁을 준다 함이니, 남 힘을 등
　　　대고 힘부림 함을 뜻하는 말.

호걸제(豪傑制) 권삼득權三得 남다른 소리 모습을 이르는 말로 씩씩하고
　　　거드럭거리는 풍김새를 지님. '가중호걸에 권삼득'이라는 말에서
　　　말미암음.

호관(壺串) 중국 한나라 때 궁중에서 말을 기르던 곳.

호노한복(豪奴悍僕) 고분고분한 데가 없고 몹시 사나운 종.

호도까기·까치발도둠 택견솜씨 하나.

호드기 물오른 버들가지를 비틀어 뽑은 통껍질이나 보릿대 또는 밀대
　　　도막으로 만든 피리.

호라, 오네상 '어이, 색시'라는 왜말임.

호랑(胡囊) 병자호란丙子胡亂 때 병정과 인민들이 웃저고리에 주머니를 달아 돌멩이를 넣고 오랑캐와 싸웠던 데서 나온 말로, 주머니를 가리킴.

호랑이 굴에 가야 호랑이 새끼를 잡는다 뜻하는 열매를 얻으려면 반드시 그에 마땅한 일을 하고 기다려야 한다는 뜻.

호리병 가운데가 잘록한 호리병박 꼴로 만든 병. 흔히 먼 길 갈 때 약이나 술을 넣어가지고 다녔음.

호미 끝이 거름 호미로 김을 부지런히 매주어야 곡식이 잘 자라므로 호미 끝이 거름이 된다는 말이니, 무슨 일에나 부지런해야 한다는 뜻.

호박나물에 용쓴다 가벼운 호박나물 하나도 들지 못하고 무거워한다 함이니, 뼈대가 매우 약한 사람이 가벼운 것을 들고도 못 이겨 쩔쩔맨다는 말. ≒늙은이 호박나물에 용쓴다. 늙은이 호박국에 힘쓴다.

호생지덕(好生之德) 사형死刑에 처할 죄인罪人을 특사特赦하여 목숨을 살려주는 제왕帝王의 덕.

호수(戶首) 땅 8결을 낱자리로 하여 결전을 바치던 맡은이.

호우(湖右) 충청우도忠淸右道.

호자(虎子) 양반계급에서 썼던 말로, 궁중에서는 '매화틀'이라고 하였음. 뒷간통.

호전걸육(虎前乞肉) 호랑이한테 고기 달란다는 말.

호조(戶曹) 담을 뚫겠다 돈 게염(재물 욕심)이 큰 사람을 보고 하는 말.

호팔없다 고단하고 외롭다.

호호(晧晧)말 밝게 빛나는 백마白馬. 만주와 중국 북방에서 나던 호말胡馬을 힘주어 그루박을 때 쓰던 말.

혹 떼러 갔다가 혹 붙여 온다 도움을 얻으러 갔다가 도리어 해를 당하게 되었을 때 쓰는 말.

혹부리 얼굴에 혹이 달린 사람 딴이름.

혼당(溷襠) 월경대. 서답.

혼뜨검 혼이 나가게 꾸지람을 하거나 닦달하는 것.

홀아비 법사(法事) 끌 듯 일하기가 귀찮고 머리 무거워 자꾸 훗날로 밀어나간다는 말.

홀태질 벼·보리 같은 곡식을 훑어서 떨던 것으로, 탐학貪虐한 관원들 학정을 빗대어 '홀태질 한다'고 하였음.

홀홀히 가볍게. 대수롭지 않게.

홑으로 세기 쉬운 적은 낱수로.

홍경래(洪景來, 1780~1812) 조선왕조 순조純祖 때 혁명가로 서북쪽 농민들 힘으로 혁명을 하고자 평서대원수平西大元帥 깃발을 들었다가 꺾여짐으로써, 그 뒤 일어난 모든 혁명운동에서 목대잡이 푯대가 되었음.

평안도 농민군이 정주성定州城으로 쫓겨 들어갔을 때 평서대원수 홍경래 장군이 거느리는 농민군은 2천여 명이었고, 정주성을 에워싼 정부군은 1천 명 알짜 경군京軍을 넣은 8천여 명이었음. 멧갓 둘레는 13리 쯤인데 남쪽은 평지이고 산으로 둘러싸인 동서북 세 면은 성벽이 둘러쳐져 있었음. 성은 동서남북 네 문으로 바깥과 통하게 되었고 동쪽에는 달천강이 서쪽에는 방천이 흘러내리다가 남문 앞 들에서 합수쳐 황해바다로 흘러들어 감. 성 안에는 싸울아비 지휘소인 북장대北將臺·서장대西將臺와 아사衙舍·군기고軍器庫·서원書院·향교鄕校·객사客舍 같은 관청건물이 있었음.

홍경래 정군은 정부군이 성문에 다가들거나 성문을 불태우지 못하도록 성문 밖에는 마름쇠를 뿌리고 성문 안에는 목책木柵을 세운 다음— 정부군이 성 1백 보 밖에 다가서면 활로 쏘고, 1백 보 안으로 들어서면 화승총으로 쏘았으며, 성 밑까지 이르면 끓는 물을 끼얹고 돌과 이징가미를 던져 물리쳤음. 석 달 남짓 버티던 끝에 땅굴을 파고 묻은 1천7백여 근 화약으로 성을 무너뜨린 관군에게 무너졌으니, 봉건정권 타도를 전면에 내걸고 일떠선 지 4개월 만이었음.

싸움이 끝난 다음 정부군은 살아남은 2천9백83명 가운데 여자 8백42명과 열 살 아래 어린이 2백24명만 반박하고 나머지 1천9백13명은 모두 학살하였음. 그리고 성을 무너뜨린 다음 날인 순조 12년(1812) 4월 20일 여러 곳에서 잡아 온 농민군 6백여 명을 다시 학살하였음.

홍경우(洪儆禹) 중종中宗 14년인 1519년 식년문과式年文科에 을과乙科로 급제, 정주도회 교양관定州都會敎養官으로 관서 11읍 유생을 가르쳤으며, 연풍延豊·만경萬頃·태천泰川 현령을 지내며 선정善政을 베풀었음. 곽산郭山 월포사月浦詞에 제향. 호 월포月浦.

홍당지쪽 문과입격증文科入格證.

홍동지(洪同知) **주상시**(朱常侍) 사내 생식기 빗댄 말.

홍두깨 입혀 홍두깨질을 해서.

홍두깨생갈이 메마른 땅을 억지로 가는 일.

홍등(紅燈) 기생집임을 알리는 표시로 대문간 장대 끝에 붉은등을 내걸었음.

홍목댕이 푸른 바탕에 붉은 눈을 수놓은 가죽신 한가지. 양반댁 젊은 남자나 아이들이 신었음.

홍몽둥이 주장매. 붉은 칠을 한 몽둥이로 죄인을 때릴 때 쓰였음. 주장모.

홍문관(弘文館) 조선왕조 때 사헌부司憲府·사간원司諫院과 함께 경적經籍·문한文翰·경연經筵을 맡았던 관아. 문원文苑·옥당玉堂·옥서玉署.

홍살문 능·원·묘·궁전·관아 앞에 세우던 붉은 칠을 한 문. 붉은기둥 두 개를 세우고 지붕 없이 붉은살을 죽 박았음.

홍안다수(紅顏多水) 낯빛이 발그레한 여자는 샘물이 많다는 말.

홍중육(洪仲育) 홍영식(洪英植, 1855~1884).

홍지(紅紙) 문과회시文科會試 급제자가 받았던 입격증으로, 붉은바탕 종이로 되어 있었음.

홍패(紅牌) 문과급제자文科及第者에게 내어주던 본메글발 증서證書. 붉은 바탕 종이에 성적·등급 및 성명을 먹으로 적었음.

홍패짜리(紅牌--) 문과급제자.

화들짝 불에 덴 듯.

화등잔(火燈盞) 놀라거나 앓아서 휑해진 눈을 그려내는 말.

화불단행(禍不單行) **복무쌍지**(福無雙至) 언짢은 일은 혼자서 다니지 않는다 함이니, 사람한테 언짢은 일은 언제나 겹쳐서 닥치고, 좋은 일은 겹쳐서 오지 않는다는 말.

화상(和尙) 중을 높여 부르는 말이나, 귀하지 않은 사람을 가리킬 때 쓰는 말.

화승대 화승火繩불로 터지게 하여 쏘는 예전 총. 화승총. 꺾은대.

화승총(火繩銃) 화승(불이 붙게 하는 데 쓰는 노끈) 불로 터지게 만든 구식 총.

화용월태(花容月態) '꽃 같은 얼굴과 달 같은 모습'이라 함이니, 여자 뛰어난 아름다운 생김새를 말함.

화장걸음 새가 날개를 치는 것처럼 두 팔 곧 활갯짓을 하며 걷는 걸음. 화장을 벌리고 뚜벅뚜벅 걷는 걸음. 화장: 옷 겨드랑이부터 소매 끝까지 거리.

화적간자(間子) 화적들 흐름을 물어나르던 염알이꾼. 염알이꾼: 염탐꾼. 밀정密偵.

화초담(花草-) 여러 가지 빛깔로 글자나 무늬를 놓고 치레한 담.

화택(火宅) 불타고 있는 집. 번뇌와 고통이 가득한 이 세상.

화톳불 장작 따위를 한군데 수북하니 쌓아놓고 질러놓은 불.

화편(華扁) 중국 후한後漢 때 전설적 명의인 화타華陀와 또한 중국 전국시대 전설적 명의인 편작扁鵲.

환기전(還起田) 묵은 땅으로서 다시 가꿔지는 땅.

환롱질(幻弄-) 못된 꾀로 속여 몬을 바꿔치는 짓.

환자곡(還上穀) 각 고을 사창社倉에서 춘궁기春窮期에 백성들에게 꿔주었던 곡식을 가을에 받아들이던 것.

환체(換遞) 전직轉職.

활고재 고자.

활수(滑手) 몬을 아끼지 아니하고 시원스럽게 잘 쓰는 큰손.

활을 당겨 콧물을 씻는다 꼭 하고 싶던 일이 있던 때에 좋은 핑계가 생겨 그 때를 타서 그 일을 한다는 뜻.

활이야 살이야 큰 소리로 꾸짖어서 야단을 친다는 말. 본디는 활쏘기를 배울 때 잘못하여 남을 상할까 다잡기 위하여 늘 하는 말.

활줌통 내미듯 받으라고 팔을 뻗쳐서 내미는 꼴을 이름. 활줌통 줌통: 활 한가운데 손으로 쥐는 어섯.

활찌고 너른 들 등이 매우 시원스럽게 벌어진 모양.

황각(黃閣) 의정부議政府 딴말로, 재상을 말하기도 함. 영의정領議政을 말함.

황고라 털빛이 누런 말.

황기지술(黃岐之術) 의술.

황덕불 사냥꾼들이 산중이나 벌판에서 짐승을 막고 추위를 쫓고자 피우던 모닥불.

황삽사리 누르고 긴 털이 곱슬곱슬하게 생겼던 그때 똥씨개.

황새걸음 긴 다리로 성큼성큼 걷는 걸음.

황새머리 복판만 조금 남기고 둘레를 모두 밀어낸 머리 꼴.

황소바람 좁은 구멍으로 세게 들어오는 바람.

황실뢰 황실리. 누른빛이 나는 배.

황아전 온갖 잡살뱅이를 파는 가게. 황화방荒貨房.

황양목패(黃楊木牌) 사마시司馬試에 오른 이들이 차던 호패號牌.

황저포(黃紵布) 계추리. 경상북도에서 나던 삼베 한가지. 삼 껍질을 긁어버리고 만든 실로 짬.

황적(黃籍) '황'은 어린아이라는 뜻이니, 인구가 불어나는 것이 출산에서 비롯하므로 그때 식자층이나 관리들은 이런 말을 썼음.

황학정(黃鶴亭) 새문안 경희궁慶熙宮 안에 있던 활터로, 1922년 사직공원으로 옮겨졌음.

황해도 판수 가얏고 따르듯 멋도 모르고 무턱대고 허둥지둥 뒤따라가는 것을 말함.

황혼(黃昏) 술시戌時. 밤 7~9시.

황황(遑遑)한 마음이 급하여 허둥지둥함.

홰 나무묶음에 붙여 둘레를 밝히는 횃불. 흔히 싸리를 묶어서 썼는데, 어른이 밤길 갈 때 앞에 서든지, 밖에서 밤일을 할 때 썼다.

횃대 기둥 두 끝에 끈을 매어 벽에 매달아 두고 옷을 걸게 만든 몬.

회매하다 입은 옷매무시나 무엇을 싸서 묶은 꼴이 산드러지다. 산드러지다: 맵시 있고 말쑥하다.

회목 손목이나 발목 잘록한 곳.

회선포(回旋砲) 기관총.

회패 맨 끝 차례.

효주(爻周) 1.글을 '爻'자꼴 표를 잇달아 그어 지워버림. 2.장부 따위를 헤아릴 때 가새표와 동그라미표를 나타내어 지워버리는 것.

후꾸룸하다 무어라고 딱 집어 말할 수는 없지만, 어쩐지 영 무서운 느낌이 들다.

후끈하게 불이 타오를 때처럼 뜨겁게.

후미지다 1.물가나 산길이 휘어서 굽어진 곳이 매우 길다. 2.무서울 만큼 호젓하고 깊숙하다.

후생각(後生角)**이 우뚝하다** 뒷사람이 앞사람보다 나을 때 이르는 말.

후정(後庭) 뒤꼍을 말하니, 곧 똥구멍.

후지르다 '더럽히다' 내폿말.

후탈(後頉) 1.후더침. 2.일이 지나간 뒤에 생기는 탈.

훈련도감(訓鍊都監) 임진왜란 뒤 오위병제五衛兵制가 무너지고 생긴 군영軍營 하나. 선조宣祖 27년에 베풀어서 고종高宗 19년에 폐함.

훌림목 아양 띤 목소리.

훗장 떡이 클지 작을지 누가 아나 앞날 일은 어림잡기 어렵다는 말.

훙뚱항뚱 어떤 일에 정신을 오롯이 쓰지 않고 꾀를 부리며 들떠 있는 꼴.

훑닦다 남 흠집이나 허물을 들어 몹시 나무람.

훼술레 1.사람을 함부로 끌고 돌아다니며 우세를 주는 일. 2.남 비밀을 들추어 널리 퍼뜨리는 일을 가리켜 '회回술레'라고 하는데, 여기서 '훼술레'는 사람 몸뚱이를 잡아 공중으로 빙빙 돌리는 것을 말함.

횡뎅그렁하다 속이 비고 넓기만 하여 몹시 허전하다.

휘모리 매우 빠른 박자.

휘적휘적 걸을 때 팔을 몹시 휘젓는 꼴.

휜두루쳐 재빨리 휘갈겨서.

휫손 1.남을 휘어잡아 잘 부리는 솜씨. 2.일을 맡아서 잘 갈망하는 솜씨. 휘손.

흉년에 윤달 궂은일을 당한 위에 다시 궂은일이 겹침을 이름.

흉서부착죄인(兇書附着罪人) 흉악한 글을 적어 내건 죄인.

흑달(黑疸) 오한이 들어 열이 심하고 오줌이 잦으며 이마가 검숭하여지는 병.

흑당피결화온혜(黑唐皮結花韗鞋) 여자들이 신는 가죽신에 꽃무늬를 놓아 만든 것을 '결화온혜'라고 함.

흑당피삽혜(黑唐皮靸鞋) 중국에서 들여오는 흑색 피물을 '흑당피'라 하고 이 흑당피로써 만든 어린아이 신 또는 제사지낼 때 신는 신을 '흑당피삽혜'라고 함.

흑록자피혜(黑鹿子皮鞋) 검정색 사슴가죽으로 만든 신.

흑우생백독(黑牛生白犢) 검은소가 흰송아지를 낳는다는 말이니, 길吉한 것도 반드시 길한 것이 아니고 흉兇한 것도 반드시 흉한 것만이 아님을 이르는 말임. '새옹지마塞翁之馬'와 같은 말임.

흔 줄 마흔 살.

흔들비쭉이 변덕스럽고 걸핏하면 성을 내거나 심술을 잘 부리는 사람.

흙내음이 고소하다 죽고 싶다는 뜻.

흙비 바람결에 날아 떨어지는 보드라운 모래흙으로, 흔히 바람이 센 봄날에 일어난다. 토우土雨.

흙주접 한 가지 농작물만 줄대어 심은 탓에 땅이 메말라지는 일.

흥감 넌덕스러운 말과 몸가짐으로 정작보다 지나치게 떠벌리는 꼴.

흥뚱항뚱 어떤 일에 정신을 제대로 쓰지 않고 꾀를 부리며 들떠있는 꼴.

흥야(興也)**라 부야**(賦也)**라** 아랑곳없는 남 일에 쓸데없이 끼어들어 이래라저래라 하는 꼴. 이래도 좋고 저래도 좋으니, 놀고나 보자는 말. 흥야부야. 흥이야 항이야.

흥인지문(興仁之門) '동대문東大門' 본디 이름.

흥정바지 장사꾼. 장사아치.

희떱다 희다. 1.알속은 없어도 마음이 넓고 손이 크다. 2.속은 비었어도 겉으로는 눈부시다. 3.짓이나 말을 거들거리며 배때벗다. 배때벗다: 천한 사람 언행이 거만하고 반지빠르다.

희뜩거리다 흰 빛깔이 여기저기 뒤섞이어 얼비치는 꼴. 희뜩희뜩.

희영수 남과 실없는 말이나 짓을 함.

희지 중국 진대 명필 왕희지(王羲之, 307~365).

희치희치 1.몬 바탕이 드문드문 치이거나 미어진 꼴. 2.몬 반드라운 데가 스쳐서 군데군데 벗어진 꼴. 희칠희칠.

희학질(戲謔-) 실없는 말로 하는 농지거리.

흰골무떡 멥찰가루만을 켜 없이 안쳐서 찐 시루떡.

흰데기 나락을 훑을 때 알곡은 먼저 털어서 담고 나머지를 묶어서 한쪽에 모아두었다가 다시 치는데 그때 나오는 것을 '흰데기'라고 함.

흰돌개 당진唐津 아산牙山 사이 나루터.

흰목 잦히다 터무니없이 제 힘을 뽐내다. 흰목 재끼다.

흰물결을 날리다 '술장사'라는 뜻.

흰소리 터무니없이 자랑으로 떠벌리는 말. 희떱게 하는 말.

히물히물 입술을 좀 실그러뜨리며 소리없이 자꾸 웃는 꼴.

히뭇이 가뭇없이 히죽하게.(평양)

김석규 金石圭

　김사과댁 맞손자로 해맑은 얼굴에 슬기로운 도령임. 일찍이 아버지를 여의고 할아버지 김사과 곰살궂으면서도 호된 가르침 아래 경사자집 經史子集을 익혀가는데, 바둑에 남다른 솜씨를 보임.

갈꽃이

　손문장孫文章 양딸로 뛰어나게 아름다운 얼굴과 소리에 솜씨를 보이는 데, 손문장이 동학을 한다는 것을 무섭게 을러대어 관아에서 억지로 기안妓案에 들게 함.

금칠갑 琴七甲

　산적 출신이었으나 만동이 동뜬 힘과 의기義氣에 놀라 복심이 된 젊은 이로, 만동이 부탁을 받고 김사과댁에 머슴으로 들어가 집안을 보살피다가 괘서掛書를 붙이며 고을 농군들 봉기를 부채질함.

김병윤 金炳允

　석규 아버지로 비렴급제飛簾及第하여 아산현감牙山縣監에 특명제수되었으나 아전 잔꾀에 말려 관직을 버리고 29세로 요사夭死하기까지 술을 벗하며 살던 뻣뻣한 선비였음.

김사과 金司果

　몇 군데 고을살이에서 물러나 서책을 벗하며 맞손자 석규 가르침에 오로지하는 판박이 시골 선비임. 벗인 허담과 함께 대흥大興고을 정신적 버팀목임.

김재풍 金在豊

　공주감영 병방비장으로 육십 근짜리 철퇴를 공깃돌 놀리듯 하는 장사면서 법수 갖춰 익힌 무예 또한 놀라운 무골이나, 충청감사가 올려 보내는 봉물짐 어거하여 가다가 끝향이가 쓴 닭똥소주에 녹아 쓰러지게 됨.

끝향이

홍주관아 외대머리로 리 립이 입담에 끌려들어가 만동이를 만나게 되면서 사내로서 좋아하게 되어, 리 립이가 꾸며대는 여러 가지 사달에서 많은 공을 세우는 정이 많은 여인임.

노삭불 盧朔弗

홍주고을 부잣집 외거노비로 있으며 리진사 복심되어 움직이는 고지식하나 꾀 많은 배알티사내로, 끝향이를 좋아함.

덕금 德金

면천免賤한 상민 딸로 태어나 만동이를 좋아하였으나 뜻을 이루지 못하고, 만동이가 장선전 부녀와 앵두장수 된 다음부터 반실성을 한 꼴로 다시어미인 향월이가 차린 비티 밑 주막에 붙어 꿈이 없는 나날을 보냄.

리 립 李立

옛사라비 전배인 홍경래를 우러러 모시는 평안도 정주定州 출신 가진사假進士로 만동이를 홍경래 대받은 평호대원수로 모시고 새 세상을 열어보고자 밤을 낮 삼는 꾀주머니임.

리생원 李生員

대흥고을 책방冊房으로 딱한 나날을 보내는데, 음률에 뛰어나고 서화에 밝은 재사才士로 은수 소리선생이 됨.

리씨李氏부인

석규 어머니. 젊은 홀어미가 되어 석규 오뉘에게 모든 앞날을 걸고 꼿꼿하게 살아가는 판박이 조선 사대부가 부인임.

리참봉 李參奉

역관 출신 가짜 양반으로 최이방에게 뒤꼭지를 잡혀 갖은 시달림을 당하던 끝에 발피潑皮를 돈 주고 사 최이방을 혼내주고 대흥고을을 떠남.

리평진 李平眞

은수 아버지로 김병윤과 동문수학한 사이나 글에는 뜻이 없고 산천유람이나 다니며 잡기에만 골몰하는 조금 부황한 몰락양반임.

만동 萬同

김사과댁 씨종인 비부婢夫쟁이 천千서방 전실 자식으로 남다른 힘씀과 무예를 지녀 '아기장수'로 불림. 장선전 외동따님인 인선아기씨를 그리워하나 넘을 수 없는 신분 벽으로 괴로워하던 중 윤동지와 아전배 잔꾀에 걸려 옥에 갇힌 장선전을 파옥시켜 함께 자취를 감춤. 온갖 어려움 끝에 인선이와 내외간 연줄을 맺게 된 그는 장선전을 군사軍師로 하는 평호대원수平湖大元帥 꿈을 키우다가 명화적明火賊으로 충청감사 봉물짐을 털게 됨.

모세몽치 牟世夢致

백토 한 뼘 없이 조동모서朝東暮西하는 부보상으로, 일제 조선침탈 앞장꾼으로 들어와 내륙 물화를 훑어가는 왜상倭商을 때려죽이게 됨.

박성칠 朴性七

창옷짜리 진사와 성균관 급수비 사이에 태어나 탄탄한 유가교양과 뛰어난 무예를 갖췄으나, 신분벽에 막혀 농세상을 하다가 대홍고을 인민봉기를 채잡는 사점土點백이임.

백산노장 白山老長

백두산에서 참선을 하였다는 노선객老禪客으로 석규에게 바둑돌을 통하여 도道에 이를 수 있는 길을 일러주며, '흑백미분黑白未分 난위피차難爲彼此 현황지후玄黃之後 방위자타方位自他'라는 비기秘記를 주어, 석규로 하여금 평생 화두話頭가 되게 함.

변 협 邊協

대홍고을 포도부장으로 본국검本國劍 달인達人임. 뼈대 있는 무인이었으나 향월이 색에 녹아, 봉물짐을 털던 명화적 만동이와 겨룸에서 크게 다치게 됨.

삼월 三月

춘동이 누이로 세상에서도 뛰어난 소리꾼이 되려는 꿈을 지니고 있는 되바라진 꽃두레임.

서장옥 徐璋玉

황하일黃河—과 함께 장선전을 찾아와 동학에 들 것을 넌지시 구슬리고,

만동이를 눈여겨보며 무슨 비기 같은 말을 남기고 떠나는 처음 동학남
접東學南接 우두머리임.

쌀돌이

갈꽃이를 좋아하는 고아 출신 곁머슴으로 갈꽃이가 기생이 되어 감영
으로 간 다음 꿈을 잃은 나날을 보내다가 동학봉기에 들게 됨.

안익선 安益善

양반 신분이나 스스로 광대로 나선 비가비임. 국창 정춘풍鄭春風 제자
로 마침내 중고제中高制라는 내포內浦 바닥 남다른 소리제를 이룩하는
데, 여난女難에 시달리는 감궂은 팔자임.

오씨吳氏부인

석규 할머니. 잡도리 호된 몸과 마음가짐으로 무너져가는 가문을 지
켜가는 판박이 반가 노부인임.

온호방 溫戶房

가리假吏 출신 고을 호방으로 윤동지를 쑤석거려 장선전을 사지死地에
떨어뜨린 사납고 모진 아전배임.

운산 雲山

철산화상 상좌로 백산노스님 시봉을 하면서 많은 가르침을 받아 조선
선불교를 다시 일으키려는 큰 뜻을 품고 정진하는 눈 맑은 수도승임.

윤경재 尹敬才

윤동지 둘째아들로 사포대士砲隊를 이끌며 행짜가 매우 호된 가한량假
閑良. 죄 없는 양민들을 화적으로 몰아 관가에 넘기다가 만동이 들이침
을 받고 황포수黃砲手 불질에 보름보기가 됨.

윤동지 尹同知

홍주목洪州牧 퇴리退吏 출신으로 대흥고을에서 첫째가는 거부巨富임.
군수도 마음에 들지 않으면 갈아치울 만큼 거센 힘이 대단한 고을 세
도가로 인선이를 첩으로 들여앉히려다 비꾸러짐.

은수 銀秀

리평진 외동따님으로 거문고와 소리에 뛰어난 녀름새를 보임. 리책방
을 스승으로 모시며 소매를 걷어부치고 갈닦음을 하는데, 두 살 밑인
석규도령이 보내오는 마음에 늘 가슴 졸여함.

인선 仁善

오십궁무五十窮武인 장선전 외동따님으로 아름다운 얼굴과 슬기롭고
도 숭굴숭굴한 인품이며 만동이와 내외가 됨. 명화적 여편네로 주저
앉게 된 제 팔자를 안타까워하며 만동이한테 늘 높은 뜻을 가질 것을
일깨우는 스승 같은 여인임.

일매홍 一梅紅

김옥균金玉均 정인情人으로 상궁 출신 일패기생임. 갑신거의甲申擧義가
무너진 다음 한양 다방골에서 자취를 감추었다가, 청주 병영淸州兵營에
관비官婢로 박혀 있다는 김옥균 부인을 찾아왔던 길에 김병윤 생각을
하며 대흥고을을 지나가게 됨.

장선전 張宣傳

미관말직인 권관權管을 지낸 타고난 무인으로 때를 못 만난 나날을 보
내다가 만동이를 따라 산으로 들어감. 홍경래洪景來 군사軍師였던 우군
칙禹君則처럼 만동이를 도와 큰 뜻을 펴보려는 꿈을 지니고 있음.

준정 俊貞

석규 누나. 곱고 여린 참마음 지닌 이로서 양반 퇴물로 백수건달인 박
서방에게 시집가 평생 눈물로 지냄으로써 석규에게 한평생 마음에 생
채기가 되는 여인.

철산화상 鐵山和尙

백산 상좌로 행공行功과 무예에 뛰어난 미륵패임. 동학봉기 때 미륵세
상을 꿈꾸는 불교 비밀결사체인 '당취黨聚'를 이끌고 들어가나, 서장
옥과 함께 무너지게 됨.

최유년 崔有年

충청감사 앞방석으로 충청도 쉰세고을을 쥐고 흔드는 칼자루 쥔 사람
인데, 끝향이가 쓴 패에 떨어져 만동이네 화적패한테 봉물짐을 털리
고 도망치다 죽이려던 노삭불이한테 됩세 맞아 죽게 됨.

최이방 崔吏房

감영 이방과 길카리가 된다는 것으로 온갖 자세藉勢를 부리며 군수를
용춤추이는 대흥관아 칼자루 쥔 사람인데, 은수를 며느리로 데려와보
고자 갖은 간사위를 다 부림.

춘동 春同

만동이 배다른 아우로 자치동갑인 상전 석규 손발 노릇을 하는데, 언니와는 다르게 가냘프고 무른 몸바탕이나 끼끗한 기상에 슬기롭고 날쌘 꽃두루임.

큰개

임술민란에 부모를 잃고 떠돌다가 훈련도감에 들어가 임오군변과 갑신거의 때 기운차게 움직인 남다른 힘씀과 무예를 지닌 피끓는 사내임. 만동이를 좋아하였으나 그가 명화적이 된 것에 크게 꿈이 깨졌고, 동학봉기 때 서장옥 복심으로 눈부시게 뛰게 됨.

향월 向月

감영기생 출신 술어미로 만수받이나 색을 밝혀 온호방·변부장과 속살 이음고리를 맺었다가 만동이한테 혼찌검을 당함.

허담 虛潭

김사과 하나뿐인 벗으로 평생 벼슬길에 나아가지 않고 애옥한 살림 속에서도 오로지 경학經學 궁구에만 골똘하는 도학자道學者인데, 무섭게 바뀌는 문물 앞에서 허겁지겁 어리둥절함.

『國手事典』을 써보는 까닭

김성동

삼독번뇌三毒煩惱라고 한다. 탐내고 성내고 어리석기 때문에
세세생생世世生生을 두고 화택*에서 벗어나지 못하는 것이니, 이
세가지 독 밑뿌리를 뽑아내지 않고서는 깨달음 넓은 바다로 나
아갈 수 없다는 것으로, 불가佛家에서 쓰는 말이다. 중생계衆生界
근본 모순을 말하는 것이다.

이 삼독번뇌를 벗어나지 못하는 한 이 세상은 언제나 불타
는 집이요, 아귀餓鬼 축생畜生 수라修羅가 서로 투그리며* 탁난치
는* 삼악도三惡道니, 생지옥일 수밖에 없다. 중생은 모두 삼독 종
인 것이다.

우리 민족에게는 예로부터 삼독번뇌가 있어 왔으니, 한독漢毒
· 왜독倭毒· 양독洋毒이 그것이다. 저 리제麗濟 애잡짤한* 패망 다
음부터, 만주와 연해주 활찌고* 마안한* 벌판을 잃어버린 다음부

터, 한족과 왜족과 북미합중국을 우두머리로 한 양족洋族들에게
갈가리 찢기고 짓밟혀서 만신창이로 거덜이 나버린 것이 우리
역사니….

그 가운데서도 첫째로 생채기 나서 피를 흘리게 된 것이 문화
일 것이다. 모로미˙ 모든 역사 밑바탕이 되는 문화. 대컨˙ 문화 고
갱이˙를 이루는 것이 말인데, 이 삼독으로 말미암아 우리 제바닥˙
말 부서짐이 바드러움을 넘어 잡탕밥 꿀꿀이죽이 되어버린 오늘
이다.

말이 살아 있어야 한다. 대컨 천지 정기를 얻은 것이 사람이요,
사람 몸을 맡아 다스리는 것이 마음이며, 사람 마음이 밖으로 펴
나오는 것을 가리켜 말이라고 부르니, 말을 되살려야 한다. 말을
되살리지 않고서는 그 말을 바탕으로 이루어지는 민족문화가 올
바르게 설 수 없고, 민족문화가 올바르게 서지 못하는 만큼 참된
뜻에서 민족 얼 또는 민족 삶은 있을 수 없다. 탐진치˙ 삼독번뇌
를 벗어나지 못하는 한 세세생생을 두고 지옥고地獄苦를 면할 수
없듯이 한·왜·양 삼독을 벗어나지 못하는 한 문화식민지 종됨
을 벗어날 수 없으니, 말에 대해서 생각해보는 까닭이 참으로 여
기에 있다.

잘못된 학교교육 탓인가. 사람들은 흔히 한자漢字로 된 쓰임말
이면 다 중국에서부터 비롯된 것으로 알고 있다. 입말로 살아가
는 노동대중이야 마땅한 것이겠으니 그렇다고 하더라도 글말로

밥을 먹는 이른바 먹물들까지 그러한 데는, 다만 안타까울 뿐. 그러나 똑같은 한자로 되어 있다고 하더라도 중국에서 쓰는 말이 다르고 우리나라에서 쓰는 말이 다르며 왜국에서 쓰는 말이 또한 서로 다르니, 말과 글 밑바탕이 되는 역사와 문화가 제각기 다른 까닭에서이다.

한문이라는 것이 본디는 저 한님˙ 검불[神市]시대 만들어졌던 '가림토문자'에 그 뿌리를 둔 것이라고는 하지만 그것을 저희 종족들 말과 글로 뻗쳐 내온 중국은 그만두고, 골칫거리가 되는 것은 언제나 왜국이다. 우리가 나날살이에서 아무런 물음 없이 쓰고 있는 말들 거의가 왜식 한자말인 것이다. 보기를 몇 개만 들어 보겠다.

이른바 풀뿌리 민주주의를 말하면서 자주 보고 듣는 것이 '민초民草'라는 말인데, 언제나 짓밟혀만 온 민족인 탓인가. 아니면 시인 김수영金洙暎 훌륭한 시 「풀」을 떠올리는 시심詩心 높은 겨레여서 그러한가. '민초'가 우리말이 아니라고 생각하는 이는 아주 드물다. 그러나 '신토불이身土不二'가 그러하듯이 '민초'는 왜국 사람들이 만들어낸 말이고 우리말은 '민서民庶' 또는 '서민庶民'이다.

우리가 귀 시끄럽고 눈 아프게 듣고 보는 것이 '역할분담'이라는 쓰임말인데, 나눠 맡는다는 뜻 '분담'도 그렇지만, 무엇보다도 '역할'이 또 왜말이다. 왜제 때 어떤 왜국 학자가 쓰기 비롯한 말로, 우리말은 '소임所任'이다. 숨막히던 그 시절 우리 애국지사와 뜻있는 문학인들은 '역할'이라는 말 대신 반드시 '소임' 또는 '구실'이라고 썼다.

장마철이면 나오는 "침수가옥 몇 백 동"이나 "아파트 몇 동" 하는 말 가운데 '동棟'이 또 왜말이다. '히도무네(한 동)', '후다무네(두 동)' 하고 집수를 세는 왜국 사람들 한자를 그대로 받아온 것인데, 우리말은 '한 채', '두 채'이다. '앞채', '곁채', '뒷채'이며, "채채에 사람이 찼다"거나 "채채가 다 물에 잠겼다"고 한다.

"본 의원이 이렇게 훌륭한 자리에서 몇 마디 축하의 말씀을 드리게 된 것을 무한한 광영이라 생각하며…"

국회의원이라는 어떤 이가 이렇게 말하는 것을 들은 적이 있는데, 그 사람만이 아니라 이른바 저명인사며 지어°모국어를 책임 맡은 사람이라고 할 수 있는 문학인들까지도 점잔을 빼는 자리나 글에서 심심찮게 '광영'이라고 한다. '본 의원'이라고 할 때 본本도 그렇지만 '광영光榮'은 왜말이고 우리말은 '영광榮光'이다.

재미있는 것은 똑같은 뜻이고 한자까지 같건만 글자 앞뒤가 뒤바뀌어 있다는 점이다. 이런 지경은 굉장히 많다. '호상'이라는 말을 썼다가 이른바 '사상'을 의심받고 경찰서에 잡혀가 욕을 봤던 사람이 있는데, '호상互相'은 우리말이고 '상호相互'는 왜말이다.

'동무'라는 아름다운 우리말을 쓸 수 없게 된 것과 마찬가지로 찢겨진 겨레 슬픔이지만, 기가 막힌 것은 우리말을 썼다고 잡아간 '경찰'도 왜말이고 그 사람이 졸경을 치렀을 '경찰서' 또한 왜말이라는 참일*이다.

일장기日章旗가 내려진 지 하마 반백년이 넘건만 상기도 그 사람들이 쓰던 말로 투겁하다시피* 뒤발을 하고 사는 우리는 정녕 어느 나라 사람이요, 어느 할아버지 자손들인가. 왜식 쓰임말만 해도 하 질기굳어* 당최 정신이 하나도 없는 판인데, 눈 위에 서리치기로 통터저* 밀려오는 게 해행문자*니, 대들보가 무너지려는 판에 기둥뿌리마저 흔들리고 있음이다.

보기를 들이기로 하면 한도 없고 끝도 없으니 그만두려니와, 다만 한 가지, 우리말과 왜국말이 다르듯이 우리가 쓰는 한자쓰임말과 왜국사람들이 쓰는 한자쓰임말이 다르다는 것을 다시 한번 말해둔다.

우리 국군장병들을 '무사武士'라 할 수 없고, 왜국이 쓰는 '용심用心'과 우리가 쓰는 '조심操心'은 죽어도 섞어 쓸 수 없으며, 우리가 쓰는 채독菜毒 감기感氣 신열身熱 환장換腸 고생苦生 한심寒心 병정兵丁 사주팔자四柱八字 복덕방福德房 편지片紙 서방書房님 훈장訓長님 사모師母님 존중尊重 생심生心 같은 말들을 왜국사람들이 쓸 수 없듯이 화사華奢 강담講錟 원금元金 색마色魔 평판評判 원족遠足 납득納得 국민國民 역할役割 입장立場 세대洗臺 적자赤字 곡물穀物 달변達辯 토산土産 고참古參 후절수後切手 진검승부眞劍勝負 같은

270

말들을 우리가 쓸 수 없다는 것.

　구우일모九牛一毛에 지나지 않겠지만 고황膏肓에 든 왜식 쓰임말들을 조금 모아보았다. 졸작『국수國手』를 쓰면서 들추어보았거나 보고 있는 옛 글발들과 왕고王考를 비롯한 어른들한테서 귀동냥한 말씀들을 떠올려 만든 것으로, 뜻 있는 이들 눈길과 꾸지람을 바란다.

[『신동아』1998년 8월]

화택(火宅) 불타고 있는 집. 번뇌와 고통이 가득한 이 세상. **투그리며** 짐승들이 서로 틀려 싸우려고 소리를 지르고 잔뜩 벼르며. **탁난치는** 몸부림을 치는. **애잡짤한** 가슴이 미어지도록 안타까운. **활찌고** 너른 들 등이 매우 시원스럽게 벌어진 모양. **마안한** 끝없이 아득하게 먼. **모로미** 모름지기. **대컨** 무릇, 헤아려보건대. **고갱이** 몬 중심. **제바닥** 몬 자체. 본 바닥. **탐진치(貪瞋癡)** 욕심·노여움·어리석음. **한님** 지금 시베리아 바이칼호 근처에서 처음 나라를 열었던 우리 밝돌겨레 첫한아비, 하느님이 줄어 된 말이므로 '환인'으로 읽어서는 안 됨. **지어** 심지어. **참일** 사실.('사실'은 왜말임) **투겁하다시피** 덮어씌우다시피. **질기굳어** 질기고 굳세, 굳세고 끄덕없어. **통터저** 여럿이 한꺼번에 냅다 쏟아져 나와. **해행문자(蟹行文字)** 가로로 쓴 문자. 옆으로 써나간 서양글자로, '영어'를 말함.

'한자漢字'는 우리글이다

'한자漢字'라 하지 않고 '진서眞書'라고 하였습니다. '참글' '진짜글'이라는 뜻에서 일컬었던 '진서'라는 말도 '훈민정음' 곧 '언문諺文'이 만들어지면서부터 쓰여지게 되었고, 그냥 '글'이라고 하였지요. "글 읽는다" "글공부한다"는 말은 "진서를 읽는다" "진서를 익힌다"는 말이었던 것입니다.

'한자' 또는 '한문'이라는 말은 왜국 사람들이 만들어 낸 말이올시다. 페리제독이 이끄는 북미합중국 육전대 올골질* 아래 '메이지유신'을 함으로써 서구 제국주의 도마름*이 된 왜국제국주의가 조선에 들어오면서부터 목적의식적으로 퍼뜨린 말인 것입니다.

'한자' '한문'이라는 것은 중국 한나라 때 만들어진 글자나 그 글자로 이루어진 글월을 말합니다. 한漢나라는 진秦나라 다음에 들어선 나라입니다. 진나라는 진시황秦始皇이 여섯 나라를 일통시켜 세운 중국 맨처음 일통제국입니다. 그때에 두 가지 커다란 사달°이 있었으니, 주나라 때부터 비롯된 '만리장성' 쌓는 일을 제대로 다그치는 것과 '분서갱유'가 그것입니다. '분서갱유焚書坑儒'란 인민대중들이 글을 깨우침으로써 슬기샘°이 터져 진시황 '영구집권 시나리오'에 앙버티는° 것을 그 밑바탕에서부터 막아 내기 위한 것이었습니다. 그래서 공자 가르침을 배우지 못하게 책을 불태우며 유학자 4백 60여 명을 산 채로 구덩이에 묻어 버렸던 것이지요.

그런데 '분서갱유'를 했다는 것은 글자가 있었다는 것을 말합니다. 진제국 앞이 주周나라입니다. 주나라 때도 글자가 있었습니다. 주황실이 기울어지면서 여러 제후국諸侯國 사이에 전쟁이 끊이지 않던 3백 60년간을 '춘추시대春秋時代'라고 하는데, 이 시대 역사를 편년체로 적바림°한 것을 공자孔子가 윤리도덕적 처지에서 꼬집고 고쳐낸『춘추春秋』를 비롯한 오경五經이 나왔습니다. 주나라 앞이 은殷나라인데, 이때도 글자가 있었습니다. 죽서竹書 목간木簡 금정문金鼎文을 비롯하여 유명짜한 갑골문甲骨文이 그것이지요.

이 은나라가 바로 동이족東夷族이 세운 나라였습니다. 동이족 첫한아비°인 단군 손자 가륵嘉勒이 세운 나라였습니다. 이 가륵 임금이 신하였던 고글高契에게 명하여 가림토° 글자에 음운音韻

을 만들어 읽는 수를 세상에 알리게 하였던 것입니다. 『태시기太始記』에 이런 적바림이 있습니다.

신지씨神誌氏는 천황天皇 명을 출납하는 일을 하였는데, 그때까지 글자가 없어 적어둘 수가 없었다. 하루는 사냥을 나갔다가 놀라 달아나는 암사슴을 보고 활을 쏘았으나 놓치고 말았다. 그래서 사방으로 헤매며 찾느라 산 넘고 물 건너 편편한 모래밭에 이르렀다. 이때 비로소 암사슴이 뛰어간 발자국을 보고 그 갈피를 알게 되었다. 이에 고개를 끄덕이며 깊이 생각하고 말하기를 "적는 수는 오직 이 길밖에 없구나." 사냥을 마치고 돌아와 되풀이 하여 생각한 끝에 글자 만드는 수를 터득하게 되었으니 이것이 바로 옛 글자 비롯됨이다.

왜국제국주의자들이 '글'이나 '진서'라 하지 않고 '한자'·'한문'이라고 한 데는 까닭이 있으니, 우리 겨레 기나긴 역사를 뭉개버리고자 했던 것이 그것입니다. 자기네 역사보다 여러 천 년 앞서부터 이어졌던 단군조선檀君朝鮮 역사를 '신화神話'라 하여 없애 버리고자 우리 겨레가 만들어 낸 글, 곧 진서를 중국 한나라 때 만들어진 것으로 했던 것이지요. 중국 또한 진서를 한족漢族이 만든 것으로 하더니 이제는 '고구리 역사'마저 당제국 지방정권으

274

로 만들어 버린 '동북공정東北工程 프로젝트'를 끝마친 지 오래입니다.

[『천자문 쓰기』 2004년 5월]

울골질 진저리나게 을러메는 것. **도마름** 지주地主한테 몸받아(위임받아) 논밭일을 맡아 보던 마름 가운데 우두머리. **사달** 사건事件. **슬기샘** 지혜智慧 밑바탕. **앙버티는** 기를 쓰고 고집하여 끝까지 대항對抗하는. **적바림** 적발. 자국. 기록記錄. **첫한아비** 맨첨 한아비. 시조始祖. **가림토**(加臨土) '가림토'란 '가린다'는 뜻으로, 상형문자 같은 글자를 알기 쉬운 표음문자로 '가려서' 만든 글자라는 말로, 단군조선 첫때부터 써오던 '훈민정음' 뿌리글자임. **수** 길. 꾀. 솜씨. '방법方法'은 왜말임. 『**태시기**』 조선왕조 숙종 2년인 1676년 씌어진 북애자北崖子 『규원사화揆園史話』에 나오는 책 이름. **갈피** 턱. 이치理致.

國手事典 아름다운 조선말

1판 1쇄 발행	2018년 8월 1일
1판 7쇄 발행	2018년 8월 15일

지은이	김성동
펴낸이	임양묵
펴낸곳	솔출판사

기획	임정림 김경수
책임편집	임우기
교정·교열	남인복
편집	조소연 신주식 이신아
디자인	오주희 박민지
경영 및 마케팅	김형열 이예지
재무관리	이혜미 김용렬

주소	서울시 마포구 와우산로29가길 80(서교동)
전화	02-332-1526
팩스	02-332-1529
홈페이지	www.solbook.co.kr
이메일	solbook@solbook.co.kr
출판등록	1990년 9월 15일 제10-420호

ISBN	979-11-6020-053-9 (04810)
	979-11-6020-047-8 (세트)

· 이 도서의 국립중앙도서관 출판예정도서목록(CIP)은 서지정보유통지원시스템 홈페이지(http://seoji.nl.go.kr)와 국가자료공동목록시스템(http://www.nl.go.kr/kolisnet)에서 이용하실 수 있습니다. (CIP제어번호:CIP2018020115)